訓詁學大綱

胡楚生 著

臺灣學生書局 印行

訓詁學大綱

目次

第一章 緒論

第二章　詞義的變遷

第三章 四聲別義簡說

第四章　聯緜字略論

第五章　訓詁的方法

第六章　古書注解綜述

第七章　通假字的問題

第八章　形聲字的系統

第九章　同源詞的研究

第十章　爾雅及其有關書籍

第十一章　方言與釋名的訓詁理論

第十二章　經傳釋詞一系的虛詞研究

第十三章　古書疑義舉例及其有關書籍

第十四章　訓詁學的過去與未來

〔附錄〕

新版自敘

訓詁學大綱一書，民國六十一年，由蘭臺書局出版，民國七十七年，改由華正書局印行，近年來，華正書局結束營業，由作者收回版權，轉請學生書局繼續印行。

本書的編寫，主要在敘述訓詁學中的一些基本概念與基本方法，並敘述訓詁學在過往發展的歷程。

訓詁學發展到清代，名家輩出，高郵王念孫、王引之父子的成就最爲可觀，本書在「附錄」中，特別選擇了王氏父子在「經義述聞」、「讀書雜志」中的一些實例，以及俞樾在「群經平議」及「諸子平議」中的一些實例，作爲讀者們研習分析的資料，從這些實例的分析中，可以體會到，訓詁學家往往是從一般無疑處發現了問題，又在一些訓詁方法的運用下解決了問題，使得古籍原本扞格難通的文義，怡然理順，從而彰顯出經典中原有的義蘊。隨著一個個訓詁實例的分析，很自然地會使讀者們熟練訓詁方法的運用，提升讀者們對於經典正確理解的能力。

站在研讀古籍的立場，先求客觀地了解經典的意義，先求如實地了解聖賢們在經典中究竟表達了那些思想，豈不是應該先行致力的方向嗎！

民國一〇五年九月十二日　胡楚生謹識

訓詁學大綱

序

訓詁學是研究詞彙意義的學問，也是研究古籍訓釋的學問，因此，研習訓詁之學，對於了解詞義的變遷，掌握古籍的意義，探討古代的文化，都有不少的裨益。

筆者近幾年來，一直担任訓詁學這門功課，就曾深深地感覺到，缺乏一個比較適用的教本，筆者在教課時，也曾編有一些講義，本書就是根據這些講義，删改增訂，加以編成，目的只是為了避免抄寫講義的煩勞，同時，希望協助那些初習訓詁的人們，使他們對於訓詁之學，較易入門而已。

本書的敍述，前幾章偏重在訓詁學中基本概念與基本方法的介紹，後幾章偏重在訓詁要籍的介紹，最後一章，則是比較全面性的介紹了訓詁學在過去的發展，以及在未來的展望。

本書的敍述，引用了許多過去以及當代學者們研究的成果，這些成果，給予了筆者極大的便利，本書的能夠完成，對於那些引用了他們作品的學者們，在此，謹表示我由衷的謝意。

本書的完成，受到師大學長謝雲飛先生的許多鼓勵，本書的初稿，又蒙謝先生惠閱一過，提示了許多寶貴的意見，這都是使我萬分感激的。

民國六十一年七月二十四日胡楚生於新加坡南洋大學

第一章　緒　論

第一節　訓詁與訓詁學

一、訓詁的意義

訓詁學是探討語言意義的學問，也是研究古籍訓釋的學問，不過，訓詁學這個名稱，却是近來才出現的，在古代，只有訓詁，而並無訓詁之學。換句話說，只有工作的實行，却無系統的學理解說。訓詁這兩個字，在古代，雖然也常合併起來成爲一個複合的詞語，但是，當它們分別開來時，它們也各自有其本身特具的意義。以下，我們先談「訓」字的意義。

說文：「訓，說教也，从言川聲。」徐鍇繫傳：「訓者，順其意以訓之也。」段玉裁注：「說教者，說釋而教之，必順其理。」

廣雅釋詁：「訓，順也。」王念孫疏證：「訓順古同聲。」

孔穎達毛詩正義：「訓者道也，道物之貌，以告人也。」

從上面這些資料，我們可以看出，「訓」字的意義，本是說教，但是，將一件事物的名稱和內容，仔細的解釋說明，告訴他人，而要使他人能夠清楚的了解，却必須依順着這件事物的本來面貌，本來道理，這樣，才能達到解釋說明的目的，所以，以「順」來釋「訓」，便是強調，道物之貌以告人，主要的方法，是依順着這件事物的本性，將其面貌內容，全盤托出，而不是違反這件事物的本性，這樣，才算是符合了「訓」字的意義。其次，我們再談到「詁」字的意義。

說文：「詁，訓故言也，从言古聲。」段玉裁注：「故言者，舊言也，十口所識前言也，訓者說教也，訓故言者，說釋故言以教人，是之謂詁。」

郭璞爾雅（釋詁）注：「此所以釋古今之異言，通方俗之殊語。」郝懿行爾雅義疏：「詁之爲言故也，故之爲言古也，詁通作故，亦通作古，釋文，詁兼古故二音是也。」

孔穎達毛詩正義：「詁者古也，古今異言，通之使人知也。」

從上面這些資料，我們可以看出，「詁」字的意義，和「故」字是相近的，詁言也就是故言了，然而，什麼又是故言呢？原來故是舊的意思，也就是古的意思，「故」字和「古」字通用，說文：「古，故也，从十口，識前言者也。」這樣說來，古故詁三字，意義的範圍，雖有廣狹的不同，但是語言的本源，却是相同的。人們的語言，經過時間和空間的演變，往往產生了隔閡，因此，人們依順着語言本來的意義，而加以解釋說明，使得古今方俗的語言，能夠互相溝通，這樣，便符合了「詁」的意義了。

所以，訓詁二字，分別地說，「訓」是依順名物的本性，而解釋它的形貌、性質、和意義。「詁」是依順語言的本性，用今字去解釋古字，用今語去解釋古語，或是用方言雅言去互相解釋。我們也可以說，「訓」的解釋對象，偏重在有具體形貌可尋的名物方面，「詁」的解釋對象，偏重在有抽象意義的語言方面，不過，這也只是一個大略的區分而已。

實際上，在古籍中，訓詁二字複合使用，往往是代表一種比較籠統的意義，那就是對於古籍詞義的解釋，而且，在古籍中，卽使是單用訓字或詁字，它們的意義，也都表示對於詞義的解釋，而很少只是專門指稱名物，或只是專門指稱語言的。

在漢代的古籍中，訓詁的「詁」字，往往都寫作「故」字，像漢書藝文志「魯申公爲詩訓故」，儒林傳「申公獨以詩經爲訓故以教」，訓故都就是訓詁的意思。一直到漢書的揚雄傳中，才出現了「訓詁」二字的連文，至於漢人書名叫做「故」或「解故」的，取義也都和訓詁有關。

二、訓詁學的意義

在秦漢之時，研究經學及小學的學者，爲了解釋古書，自然也有了他們的一些訓釋古書的方法，但是，那只是從經驗中體會出來的一些片斷的方法而已，有時是能行而並不一定卽能眞知其意的，所以，也並不能自覺地推衍成一套比較有完整系統的理論，所以，嚴格地說，在秦漢之時，多半只有「訓詁」而沒有「訓詁之學」，這種情形，後代的學者，經過逐步地改善，在訓詁理論上，也逐漸有了相當的成果，今天，我們繼承了前人研究的成果，在演繹成爲較有系統的訓詁學上，自然會有不少的方便，但是，這一門學問，距離理想的境地，相信還是非常遙遠的。

從古言古語的疏通訓解，進而到歸納古人關於訓詁的材料和方法，以發明出更加完整而有系統的訓詁理論，並參照其他有關的學科，以演繹出更爲理想的理論體系，這便是我們致力於「訓詁學」研究的目的了。

第二節　訓詁的興起

一、訓詁與古訓

在上一節，我們說到，訓詁的「詁」，與「故」「古」二字，有著相同的意義，在古籍中也可以互相通用。因此，說到訓詁的起源，一些過份崇古的學者，便找出詩經和尚書中的「古訓」二字，以爲是「訓詁」二字最早的出處了，「訓詁」二字連文，如果真已出現在詩書之中，那麼，在詩經尚書撰成的時代，無疑地，訓詁的方法，便也應該跟著產生了。

錢大昕經籍纂詁序說：

「而其詩述仲山甫之德，本於古訓是式，古訓者，詁訓也，詁訓之不忘，乃能全乎民秉之彝，詁訓之於人大矣哉。」

現在，讓我們檢討一下詩書的原文。

詩大雅蒸民：「仲山甫之德，柔嘉爲則，令儀令色，小心翼翼，古訓是式，威儀是力。」毛傳：「古、故，訓、道。」鄭箋：「故訓，先王之遺典也。」

尚書商書說命：「王人求多聞，時惟建事，學于古訓乃有獲，事不師古，以克永世，匪說攸聞。」孔傳：「王者，求多聞以立事，學於古訓乃有所得，事不法古而能以長世，非說所聞。」

其實，毛傳鄭箋和僞孔傳都解釋得不錯，「古訓」只是「古代教訓」的意思，孔傳說「事不師古」，師古正是「古訓是式」最好的解釋。

所以，如果一定要說蒸民和說命中的「古訓」便是「詁訓」，那是很難使人信服的。

二、訓詁興起的原因

對於訓詁的興起，我們可以從兩個角度來看。首先，語言文字是隨著時代地域的不同而變動不居的，時間既有古今之異，地域也有南北之殊，因此，語言文字自然也不能無所變異，無所差別，再加以社會典制的變易，人情習俗的改革，因此，古今方域之間，在感情意志的傳達方面，自然產生了不少的隔閡，這種隔閡的溝通消除，便有賴於訓詁作爲媒介了，所以，陳澧說：「蓋時有古今，猶地之有東西有南北，相隔遠則言語不同矣。地遠則有翻譯，時遠則有訓詁，有翻譯則能使別國如鄉鄰，有訓詁則能使古今如旦暮，所謂通之也，訓詁之功大矣哉。」（東塾讀書記）便是這個道理，齊佩瑢氏在他的訓詁學概論中，便是主張「訓詁的興起完全是由於古今語文不同」，他又以爲古今語文的不同，共有七種情形，一是由於語音的轉異，二是由於語源的尋究，三是由於語義的變遷，四是由於語法的改易，五是由於字體的差別，六是由於用字的假借，七是由於習俗的損益。也就由於以上的七種原因，所以，古今語文便有所不同而產生隔閡，因此，人們在需要溝通感情意志的情形下，訓詁解釋便應運而生了。

另外一方面，中國的學術，在秦始皇焚書之後，典籍遭受破壞，殘缺不全，漢代的儒者，爲求了解先賢的微言大義，不得不對於殘存的古籍，先作一番整理的工作，而且，先秦以上通行的文字，與兩漢的隸書也並不相同，由於殘存的典籍多數以古文寫成，經師口誦流傳之後，又多以今文書就，古文今文之間，不唯文字有所異同，簡策有所錯亂，而且，西漢經學，師弟相承，專守一經，各有家法，東漢之後，鄭玄偏注群經，許愼五經無雙，學者多兼習衆經，家法師法，不僅混淆，而所習既多，異同之處，也就越發出現，對於古籍，爲求正確的解釋，「訓詁」的工作，也就自然地產生了，胡樸安氏在他的中國訓詁學史中，便是主張訓詁的興起，在於秦火之後的文字異同，師說各別，簡策錯亂這三種原因之上。齊氏的說法，是着眼在語文自然演變的觀點上，胡氏的說法，是着眼在實際情況發生的觀點上，換句話說，照齊氏的意見，卽使沒有秦火的焚書，訓詁的興起，仍然是會出現的，因爲，語文變遷的結果，所造成的隔閡，總是需要「訓詁」去溝通的。照胡氏的意見，如果沒有秦火焚書，那麼，「訓詁」的情形，也許就不會出現了。

我們以爲，語文變遷的現象是自然存在著的，秦火焚書之後，也確實出現了歷史上第一次大規模地訓詁工作，因此，就理論上說，語文的變遷，可算是導致訓詁興起的遠因，就事實上說，秦火的焚書，可算是促使訓詁興起的近因，這兩種說法，是相輔而並不相違的。

第三節　訓詁學的效用

古今的語文，既然有所變遷，古書的奧衍，又非有疏通訓釋不可，因此，訓詁學便應運而生了，但是，在現代，我們研習訓詁學，研習古人的訓詁方法，到底還有些什麼其他的意義呢？以下，僅就研習訓詁，可以得到的效用，擇其較爲重要的，說明如下。

一、有助於系統地了解詞義的變遷

每個詞彙，除了它造字時的本義之外，另外還擁有數目多少不同的引申義及假借義等，而各種詞義與詞義之間，又往往有著相當密切的關係，（這在下一章中，我們將詳細地討論。）我們研習訓詁學，，便可以逐漸地了解到，詞義的變遷，也是有著相當的規律的，明白了詞義變遷的規律，對於詞義的變動不居，才能得到執簡御繁，有條不紊的運用。

例如「行」這個詞彙，說文上說是「人之步趨也，从彳从亍，會意。」說文一書，目的是尋求造字時的本義的，但是，它對於「行」字本義的解說，却顯然有了錯誤，「行」字在甲骨文中作卝卝，顯然是表示十字大路的意思，所以，羅振玉說是「象四達之衢」，應該本是大路，所以，詩經卷耳篇中「寘彼周行」的「行」字，便還是用著它的本義，了解到「行」原來是大路，那麼，像「衖」、「術」、「街」、「衝」、「衕」、「衢」等字為什麼都从「行」，也就不言而喻了。因為道路為人們所行走之地，故又引申為行走之義，這便是許慎所說的「人之步趨」了，已經由名詞轉化為動詞。至於論語述而篇中「吾無行而不與二三子者」的「行」，用作行為之義，詩經鹿鳴篇中「示我周行」的「行」，用作道理之義，便是「行」字已逐漸趨向於抽象化的引申了。

我們研習訓詁學，不僅可以系統地了解詞義變遷的規律，以及詞彙中各種意義之間的關係，同時也可以了解詞義所以變遷的原因，從而可以更加明確地了解古籍中詞彙的意義。

二、有助於確切地掌握古籍的意義

古籍之中，往往有一些詞彙或成語，由於時代久遠，意義顯得模糊，雖曾經過歷代許多學者的研究，仍然未能確切無誤地掌握它們的意義，而研習訓詁學，對於確切地掌握這些詞彙或成語的意義，有時，是有所帮助的。

例如「罔極」這一個詞語，世人一般都用來指稱父母之恩德，所謂罔極之深恩，這本是出於詩經蓼莪篇的詩句：「父兮生我，母兮鞠我，拊我畜我，長我育我，顧我復我，出入腹我，欲報之德，昊天罔極。」對於「罔極」一詞，鄭玄的解釋是：「之，猶是，我欲報父母是德，昊天乎，我心無極。」鄭氏解罔極爲無極，又在罔極之上，加了「我心」二字，以作解釋。朱子的解釋是：「罔、無，極、窮也，言父母之恩如此，欲報之以德，而其恩之大，如天無窮，不知所以爲報也。」朱子解罔極爲如天之無窮，雖然比較鄭氏的說法較爲通順，但是，解罔極爲無窮，終究還不是詩句中的本義。

屈萬里先生嘗撰有「罔極解」一文，以爲極當訓中訓正，罔極之意，便是「無中正之行，猶詩人所謂無良，今語所謂缺德。」因此，昊天罔極，乃是「詈天之語，而非形容父母深恩之辭。」所以，蓼莪篇中的「欲報之德，昊天罔極」，乃是子女欲報答父母養育的深恩大德，而「昊天無良，意謂奪其父母而去也。」同時，屈先生還舉出詩經其他篇中提到「罔極」一詞的，一共有氓、園有桃、何人斯、青蠅、民勞、桑柔等六篇七次，其意義也都和蓼莪篇中的解釋，完全相符。這種對於古籍中詞彙或成語,確切地掌握其意義，在某些部分，是需要訓詁學的知識來作工具的。

因此，我們研習訓詁學，了解訓詁的方法，這對於閱讀古籍，無疑是增加了一種有利的工具，對於有效地掌握古籍中詞彙及成語的確切意義，是有所助益的。

三、有助於探討古代社會的狀況

對於古代文化社會狀況的認識，詞彙的研究，往往能夠提供許多的帮助，例如爾雅釋親之中，曾經提到：「父之姊妹爲姑」，「妻之父爲外舅，妻之母爲外姑」，「婦稱夫之父曰舅，稱夫之母曰姑」，由這些稱謂的詞彙中，馮漢驥氏乃據以研究，而認爲就是雙系的交表婚姻制度的現象，馮氏在「由中國親屬名詞上所見之中國古代婚姻制」（載齊魯學報第一期）一文中說：

「如己身（女）與母之昆弟之子結婚，則母之昆弟（舅）與夫之父爲一人，以『舅』一名詞統之，固屬自然。再如己身（女）與父之姊妹之子結婚，則父之姊妹（姑）與夫之母又爲一人以『姑』一名詞統之，亦屬自然也。吾人當知，在親屬關係增加之程度上，『舅』（母之昆弟）『姑』（父之姊妹）之關係在先，『舅』（夫之父）『姑』（夫之母）之關係在後，以先有之名詞，加諸後來增加之關係上，在語言上固屬自然之趨勢也。反之，己身（男）若與母之昆弟之女結婚，則母之昆弟（舅）與妻之父爲一人。又如己身（男）與父之姊妹之女結婚，則父之姊妹（姑）與妻之母同爲一人。以同上之理由，舅姑之名，亦可加之於妻之父母也。」

這種己身能與舅、姑的子、女結婚的制度，由於爾雅中的詞彙提供了說明，也更爲增加了可信的程度。因此，研習訓詁學，對於了解古代的詞彙，進而探討古代社會的狀況，也是有所裨益的

談到研習訓詁學的效用問題，我們覺得，很難在本書一開始，便把它敘述得十分完備，我們在前面所敘述的三點意見，以及所提出的例子，也都只是枚舉的性質，以期引起讀者對於研習訓詁學的興趣而已，其實，本書在以下所敘述到的，也莫不都與「效用」有關，不過，這也只是一些訓詁學上的方法和原則而已，至於能否利用這些方法和原則，去獲得較佳的效果，那就在乎讀者們的運用之妙了。

第四節　與訓詁學有關的學科

古代所謂的小學，包括文字、聲韻、訓詁三個部門，因此，講到與訓詁學有關的學科，無疑地，便以文字學聲韻學與訓詁學的關係最爲密切了，此外，校勘學、語法學，修辭學等，與訓詁學的關係也非常密切、以下，我們將分別加以說明。

一、文字學

訓詁學著重在詞彙意義的研究，詞義的種類，雖然有本義、引申義、假借義、通假義等等的不同，但是，最基本的，却是詞彙的本義，不僅引申義是由本義引申而出，就是假借義也必然與本義有相當密切的關係，因此，我們越能正確地掌握詞彙的本義，便越能正確地掌握它們的引申義與假借義，而詞彙的本義，却必須從它的形體（文字）上獲得，因此，正確的掌握詞彙的本義，這是文字學與訓詁學的關係之一。（在下一章中，我們將討論與這有關的問題。）

訓詁的方法，傳統都分爲形訓、音訓、義訓三種，形訓的方法，是依形而見義，就文字的形體，而了解其意義，不過，文字的形體，既有很大的變遷，而依形見義的所得，又往往只是文字的本義，在訓詁中，應用較多的還是引申與假借之義，所以，形訓在訓詁方法之中，其用途是受到很大的局限的，不過，依形見義的形訓，並不能在訓詁的方法中完全摒棄不用，而依形見義，又正是文字學所優於施爲的方法，因此，爲形訓提供正確的解釋，這是文字學與訓詁學的關係之二。（在第五章中，我們將討論與此有關的問題。）

漢字之中，形聲字約佔百分之八十以上，而形聲字不僅在形體方面有系統可尋，在意義方面，它也是有系統可尋的，我們如果能夠了解形聲字在意義方面的系統，從而執簡馭繁，便不啻是掌握了大多數漢字的意義，因此，系統地掌握詞彙的意義，這是文字學與訓詁學的關係之三。（在第八章中，我們將專門討論形聲字的系統。）

二、聲韻學

古人讀書，多由口授，弟子在筆錄的時候，不免寫些音同音近的「白」字，這種情形，我們稱之爲「通假字」，因此，當我們閱讀古籍時，便經常會遭遇到這些通假字的困擾，唯一的辦法，便是把這些通假字改讀回它們的本字，這樣，就文從字順了。不過，古人的語音與今人不同，古人根據他們那時的古音去寫出了一些音同音近的通假字，我們如果不用與古人相同的語音去找回它的本字，而僅就古籍中文字所表現的現代語音去改讀，是無法得到它的本字的，所以，當我們爲一些古籍中的通假字去尋找本字時，必須借重於古音學的知識，才能獲得正確的結果，因此，利用古音學的知識去尋求通假字的本字，是聲韻學與訓詁學的關係之一。（通假字在訓詁學中，是一個重要的課題，本書在後面有專章討論。）

上古之時，未有文字，已先有語音，以表意義，等到後世，製爲文字，而後形音義三者，便爲一貫之勢，所以音近的字，儘管形體的差別很大，而意義却往往不甚相遠，因此，訓詁學上，往往利用「聲同義近，音近義通」的原則，去滙通不同形體而聲音接近的詞彙的意義，而得到怡然理順的解釋，這在訓詁學上，是屬於同源詞的研究範圍，但是，古音不同於今聲，怎樣去證明某些不同形體的詞彙在原始時却是音同音近呢？這又非借重古音學的知識不可了，因此，利用古音學的知識去確認某些詞彙在原始時的同出一源，這是聲韻與訓詁學的關係之二。（在第九章中，我們將專門討論同源詞的問題。）

三、校勘學

校勘學的目的，在於改正古籍的錯誤，恢復古籍正確的本來面貌。清代樸學大昌，許多學者都擅長於校勘之學，所以，在整理古書方面，能夠獲得很大的成果，像戴東原，王念孫、盧文弨、顧廣圻等，都是傑出的校勘學家。

訓詁學是研究古籍詞義的學問，不過，如果我們所根據的是一個文字錯誤極多的板本，那麼，儘管我們使用了許多訓詁的方法，也必然難以得到古籍的眞義，例如一般人在談到校勘學時，往往都會提到一個較早的校勘實例，呂氏春秋察傳篇說：「子夏之晉過衞，有讀史記者，曰：『晉師三豕涉河。』子夏曰：『非也，是己亥也，夫己與三相近，豕與亥相似。』至於晉而問之，則曰，晉師己亥涉河也。」這裡的「己亥」，由於字形的損壞，而讀者誤以爲是「三豕」，如果沒有子夏的糾正復原，那麼，無論利用什麼訓詁的方法，恐怕也難把「晉師三豕涉河」解釋得符合原本的眞義吧。

在前面，我們曾說到，通假字是訓詁學上的一個重要課程，不過，在範圍較廣的校勘學中，把因聲近而誤的通假，也收入在校勘的問題之內，但是，我們寧願把聲近而誤的例子歸入訓詁，形近而誤的例子歸入校勘，總之，訓詁學雖是以詞彙在文句中的意義爲研究的對象，但是，卻必須以校勘學爲前提，只有在古籍恢復正確的本來面貌的前提下，詞彙的意義，才能獲得更加正確的訓釋。

四、文法學

文法學的研究，是以文句作爲基本的單位，訓詁學的研究，是以詞彙作爲基本的單位，而尤其着重詞彙在文句中應用的意義，所以，文法學與訓詁學有著極爲密切的關係，這是不言而喻的。

中國在古代，只有所謂的虛詞之學，而無文法之學，自從馬建忠利用西洋文法的結構，完成了他的馬氏文通之後，中國才算正式的有了文法之學，近年來，文法之學的研究，日漸昌盛，學者們研究古代文法和現代語法，都有了極佳的成果，文法學的研究，對於詞彙的性質，句法的組織，也分析得相當精確細密，我們從事訓詁的研究，如果要更爲正確地了解古籍文句中詞彙的意義，那麼，許多文法上的分析方法，是非常値得我們去參考利用的。

五、語言學

普通語言學所包含的內容，不外是語言的起源，語言的發展，語言的實用功能，語義的變化，語言的借用，語源的研究，語音的演變，語法的形式，方言的分布，以及語言學與文化、思想、社會的關係等等，這些問題，在在都與訓詁學中所討論的問題，有著極爲密切的關係。因此，語言學上的一些原理，確是硏究訓詁學應該加以參考的。

古代的一些訓詁學家，在文字的形體方面，往往過於墨守說文，在音義的關係上，又往往只說是「某某一聲之轉」，前者失之於拘，後者又過於泛濫無涯，所以，現代研究訓詁之學，如果能擷取一些語言學的理論和方法，相信對於充實訓詁學的內容，是會有極大的帮助的。

六、修辭學

訓詁學以研究詞彙的意義，進而了解古籍的意義爲其目的，而古籍中有許多不易了解的地方，往往與修辭有密切的關係，一般修辭學上所探討的問題，像譬喩、借代、摹狀、諱飾、複疊、節縮、省略、轉品、錯綜等辭格，同樣也是訓詁學上時常提及的問題，近代中國的修辭學，雖然還在起步的階段，但是，許多研究的成果，也是值得研究訓詁之學的人們，作爲參考的資料的。

總之，現代的學術研究，已經不再是孤立的了，許多表面上截然無關的學科，實際上都有旁通相資的可能，人們在進行學術的研究時，往往旁涉的學科越多，治學上的工具越多，其研究所得的成績也往往更爲可觀，訓詁學的研究，除了上述幾種有關的學科外，像經學史、民俗學、社會學、語義學等等，也都對訓詁學的研究，有著相當的帮助。

本章主要參考資料

一、胡樸安　中國訓詁學史（緒言）
二、何仲英　訓詁學引論（第一章第一節、訓詁溯源）
三、齊佩瑢　訓詁學概論（第一章、緒說）
四、屈萬里　罔極解（見大陸雜誌一卷一期、又見書傭論學集）
五、周法高　中國語言與文化（見中國語文研究）
六、王叔岷　校讎通例
七、龍宇純　中國文字學
八、呂叔湘　中國文法要略
九、陳望道　修辭學發凡
十、高名凱　語言學概論
十一、張以仁　「告」字深源（見大陸雜誌三十三卷四期）

第二章　詞義的變遷

第一節　詞義的種類

訓詁學是研究語言意義的學問，一般說來，「字」是文字書寫的基本單位，「詞」是語言表意的基本單位，漢字之中，雖然大多數的一個字（一個音綴）便是一個詞，但是，有些詞却需要兩個以上的字（兩個以上的音綴）結合在一起而不可分離，才能將意義表達出來，由於此處著重的是意義的研究，所以，在本章的敍述中，我們便只說詞義，而不說字義了。以下，我們將先討論詞義的種類，將應用在古籍或口語中的詞彙，就其性質，分為以下幾種。

一、本義

所謂詞的本義，便是詞的本來意義。在古籍中，在辭典中，我們常會發現，一個詞往往不只具有一個意義，當它們具有兩個以上的意義時，其中應該有一個是本義，另外的一個或一些便應該是引申義或假借義或其他。不只引申義是由本義「引申」出來的，其他諸如假借義等等，也或多或少的與本義有著關聯，如果我們掌握到一個詞的本義，那麼，對於了解它的其他引申假借等意義，應該是有着相當的幫助的。

像辭海中的「道」字，共有①路也②理也③通也④術也⑤由也從也⑥祭名⑦地域上之區畫也⑧宗教名⑨周時國名⑩姓也⑪言也⑫治也⑬引也等十三種意義。除了⑨⑩兩種意義之外，多數是由「道路」的意義引申出來的。所以，掌握了一個詞的本義，就如同掌握了這個詞的綱領，然後，那些紛繁的詞義便都會如網在綱，有條不紊地，簡單而有系統了。所以，對一個詞的本義了解得深刻，對於這個詞的其他的意義，便也可以了解得更爲透徹。

不過所謂詞的本義，到底是以什麼作爲標準呢？文字學家辨認本義，主要是依靠字形，許慎的說文解字，便是憑藉字形來說明本義的專書，所謂緣形以知義，凡其義與字形相應合的，便是此字的本義了。而且，從甲骨文出土之後，對於說文，在字形的辨認以及本義的解說上，也都有了不少的補充，這對於本義的研究，更增加了許多的便利，像「行」字和「向」字，說文：「行，人之步趨也，从彳亍。」又：「向，北出牖也，从宀从口，詩曰，塞向墐戶。」但是，甲骨文比小篆更能表示此兩字的本義，甲骨文行作「卄」，向作「向」，分明便是大路和窗口的意思。辭海在「行」字下列出爲也、移也、行裝也、道也、巡視也、列也等意義，在「向」字下列出對也、趨向也、傾仰也、昔也等意義，便都與行字向字的本義有着相當的關聯，所以，古人常說，本義明而後餘義明，這是有着相當道理的。

我們曾說，許慎的說文解字，是憑藉字形以說本義的專書，又說，凡意義與本形相應合的，便是本義。不過，這只是指大多數的情形而言，說文中除了說解本義有所錯誤的不計之外，另外有一種現象，是須要加以說明的，那便是說解的本義，並不像字形中所顯示的那麼窄小，尤其是一些比較抽象的概念，因爲其意義的表現比較困難，便往往藉着一些比較具體的形象而來顯示，像說文中「大」「凶」「初」「閒」等字，因爲造字時無形可畫，無聲可諧，於是便借了人的正立之形，地的穿陷之形，以刀裁衣之形，門隙中見月之形，來表示其「巨大」「凶惡」「初始」「空隙」等意義，但其意義却並不須要局限在「人之大」「地之穿之凶」「裁衣之始」「門隙中見月」等較窄的範圍內。陳澧在東塾讀書記中曾說：「爾雅初哉首基，邢疏云，初者，說文云，從衣從刀，裁衣之始也…此皆造字之本意也，及乎詩書雅記所載之言，則不必盡取此理，但事之初始俱得言焉，澧謂近人之說多與邢氏同，以說文爲本義，爾雅爲引申義，其實不盡然也，造字者無形可畫，無聲可諧，故以從衣從刀會意耳。」這正說明了說文中所說的本義，並非盡如字形所表示的那麼窄小，就拿「初」字來說，如果我們以「裁衣之始」爲本義，以「一切開始之義」爲引申義，雖然意義與字形是應合了，但揆之古人造字時的用意，恐怕以上的說法便不免有因果倒置之嫌了。所以，陳澧以爲說文中據字形以說字義，有兩種情形，一種是字形卽本義，一種是字形非本義，許愼只說字形，不說本義。像「大、凶、初、閒」等字，便是屬於後一種情形的例子，雖然，這種例子並不太多，但是，在研究本義時，却是應該加以注意的。

二、引申義

所謂引申義，是從本義引申出來的，更正確的說，它是從本義發展出來的。我們可以說，意義的發生，是詞的本義，而意義的發展，便是詞的引申義了。

在訓詁的立場上來說，詞義的引申，意味著詞義的變遷和詞義的豐富，吳敬恆氏說文解字詁林補遺敘說：「一經引申，則一長也，字書止能存其久遠之本義，而引申爲長短，又引申爲少長，又引申爲消長，爲首長。於是長、修也，修、長也，長、大也，大、長也，長、增也，增、益也，益、增長也，長、上也，上、長也，又君長也。一一當訓，亦且紛紛相互，而無形之字，亦大增加。」又說：「因引申而得含義之周匝，遂逐漸而增優美之語言，所以至於晚近，引申之作用愈繁而愈臻神妙，引申一術，實為語言文字進化之中心點，為中外之所同。」這兩段話，很能說明引申的功用和價值。

雖然，一個詞有許多意義，但是，它們之間往往是互相聯系着的，而且，往往是環繞着一個本義作為中心，所以，如果能從本義的發展去研究其他各種詞義的引申，這對於徹底的了解詞義，應該是一種以簡馭繁的方法。例如「朝」字的本義是旦也，是早晨，引申為朝向、朝見，再由朝見引申為朝廷，又由朝廷引申為朝代，這都是一脈相承，由近及遠，從本義發展出來的。

詞義的發展，由本義引申為他義，是緣於人們的聯想作用的，張世祿語言學概論說：「通常語言上，意義轉變的範圍，依據聯想程序的進行，可以無限的擴大。」胡以魯國語學草創說：「西，鳥歸巢也，聯想及夕陽西下之時，乃名日沒之方為西。朋，群鳥也，聯想及友朋，借以名朋。」便是由於聯想而引申其義的例子。

不過，聯想的進行，其前後的關係，雖然都有線索可尋，但其進行的方向，却都是偶然的，不自覺的。一般說來，思想可分為兩類，一類是「有意旨的思想」，一類是「聯想的思想」，前者是必然性的，後者是偶然性的，在詞義的研究上來說，詞義的發生，也就是詞的本義，是基於「有意旨的思想」而產生的，詞義的發展，也就是詞的引申義，是基於「聯想的思想」而產生的。詞義的引申，是就本義展轉推移，而產生的一群意義，在這些意義與意義之間，其演進的軌跡，雖然有線索可尋，不過，這種發展的關係，却是偶然的，飄忽不定的。

聯想的思想雖然是偶然的，但也並非完全沒有軌跡可尋，一般說來，心理學家們曾為聯想的思想，找出了四種法則。一是接近律，觀念（包括時間與空間）接近的事物，容易導致聯想。二是類似律，凡性質類似的事物，也容易導致聯想。三是反對律，凡性質相反的事物，也容易導致聯想。四是因果律，凡有因果關係的事物，也容易導致聯想。

引申義在古籍的詞義之中，爲數最多，應用最廣，我們如果在辭海中任擇一字，來作例子，便會發覺，除了那個字的一個本義和少數幾個假借、通假意義外，其餘大多數的，便是這個字在古籍中使用時的各種引申義了，所以，了解引申義的性質和來源，對於閱讀古籍，是有相當助益的。

三、假借義

許愼說文解字敍說：「假借者，本無其字，依聲託事，令長是也。」本無其字，依聲託事，這兩句話，對於假借的意思，解釋得很好，不過，許氏以令長二字來作假借的字例，便不大恰當了。一般說來，語言中音義的數量，遠超過文字的數量，因此，當人們語言中有某一種聲音，代表某一種意義，却沒有代表這聲音意義的文字，而需要製造一個文字來代表時，如果這聲音意義不易用象形指事形聲會意等方法來製造新字，於是便根據這個聲音，借一個與它聲音相同的已有的文字，作爲代替，而將原來所要表示的事物意義，寄託在借用的同音字形之內，這便是以不造字爲造字的假借了。

段玉裁在說文解字注中，曾解釋許愼所擧的令長二字說：「令之本義發號也，長之本義久遠也，縣令縣長本無字，而由發號久遠之義，引申展轉而爲之，是謂假借。」其實，以發號久遠之義爲縣令縣長，這只是意義的引申，並非假借，所以，段氏也承認了那是「引申展轉而爲之」的，引申展轉而爲之，那正是引申的特徵呢。

眞正的假借字，應該像「其」本是簸箕之箕，而借爲語詞之其，「隹」本是短尾之禽，而借爲夫唯之唯，簸箕與語詞「其」之間，短尾禽與夫「唯」之間，並無意義上的關聯，也沒有引申展轉而可通的可能，而僅只有音同借其形的關係，這才是假借。所以，我們可以這樣說，凡詞義與其字形之本義相應合者爲引申之義，反之，則可能爲假借義或其他通假等意義了。

在古籍中，假借義的出現，雖不如引申義那麼多，但也並不在少數，就拿論語首章來說：「學而時習之，不亦說乎。」說文：「而，須也。」又：「之，出也。」又：「不，鳥飛上翔，不下來也。」又：「亦，人之臂亦也。」在論語首章的前九個字中，便出現了四個假借字。（不字說文之說錯謬，當从甲文釋柎，用爲否定詞者爲假借義。）雖然，專門研究假借，是文字學上的工作，在訓詁詞義的研究中，所着重的，是詞彙在文句中的應用問題，而詞彙在文句中應用時，人們一般都不甚注意它們在構造時的假借問題，但是，從詞彙的基本性質上來看，假借義仍然是不能不承認它們的存在，所以，也順便附及於此。

四、通假義

研究獨立的文字在構造時的假借問題，那是文字學上的課題，在訓詁學的研究中，所着重的是詞彙在文句中應用時的意義。文字是約定俗成的，在構造文字時，卽已假借某同音的字形來代替某聲某義，構成了所謂的假借字，那麼，約定俗成，行之久遠以後，除了探討造字的原由之外，否則，在使用文字時，人們便只注意到它們的通行意義，而很少甚至不再去追究那些是假借之字，那些詞彙的意義是假借之義了。像論語首章的「學而時習之，不亦說乎。」人們在閱讀時，便很少甚至不再注意「而、之、不、亦」等字是假借字，它們的本義原來是某某了。

相反地，人們倒是注意到另一種詞彙，那是既經約定俗成以某詞表某義之後而仍然不按常規使用的一些錯別字，像論語首章「學而時習之，不亦說乎」中的「說」字，就上下文句的意義看，「說」字應該是喜悅之義，但是，論語中不用人們約定俗成的「悅」字，却用了與悅字音近的「說」字，這種現象，便是所謂倉卒之間無其字，而代之以音同音近之字，便是所謂「本有其字依聲託事」了，它的借代原理，與假借相同，但假借是指文字的構成而言，它却屬於文句中的使用，情形並不一樣，這種錯別字，人們稱之爲同音通用，同音通假，簡稱爲通假，這種在文句中出現的通假字，通假詞，它所表示的意義，也就是通假義了。

出現在古籍中的通假字、通假詞，爲數極多，像左傳中的「鹿死不擇音」，音是蔭的通假字，詩經中的「外禦其務」，務是侮的通假字，「居河之麋」，麋是湄的通假字，便都是前述「說」「悅」一類的例子，這種通假義，才是訓詁上詞義研究時所着重的課題。（在後面「通假字的問題」一章之中，我們還將詳細的討論通假有關的一些問題。）

總之，訓詁上所注重的是詞彙在文句中彼此聯系時所表現的意義，但是，如果不了解詞彙在孤立時的本義和假借義，那麼，許多引申義和通假義的情形便也不易確切地掌握到，所以，詞彙的本義和假借義（尤其是本義），在詞義的研究上，仍然是極端重要的。

一般說來，出現在古籍中的許多詞彙，分析它們性質，大致可以得到上述四種不同的類別，我們也可以根據上述四種詞義，考察古籍中的每一個詞彙，在使用時，是屬於那一種意義，這樣，對於古籍意義的了解，相信是有所助益的。

第二節　詞義演變的方式

由於古今時代的變遷，由於社會環境的進化，由於各地習俗的異同，人類的思想，也越來越趨向於細密和精確，因此，表示思想概念的詞義，自然也不得不隨着時代而改易演變。古今詞義的演變，一般而言，不外縮小、擴大、轉移等三種方式，這也是一般西洋語言學者所主張的。以下，我們就根據這三種方式，舉出一些古今詞義演變的例子，作爲參考。

一、擴大式

詞義的擴大就是概念外延的擴大，換句話說，也就是縮小特徵，擴大應用的範圍，詞義由特殊而趨向普遍。例如「江」字尚書禹貢：「江漢朝宗於海。」詩經漢廣：「江之永矣。」墨子魯問：「昔者楚人與越人舟戰於江。」孟子滕文公：「決汝漢，排淮泗，而注之江。」說文：「江，江水，出蜀湔氐徼外峮山，入海。」在這些典籍中出現的「江」字，都只是專有名詞，只代表今天的長江。後來，「江」字逐漸擴大它的詞義，變爲表示大水的通稱，人們爲了區別起見，原來的「江」字只好加上形容詞，稱爲長江了。

又如「河」字，尚書禹貢：「浮於洛，達於河。」詩經關雎：「在河之洲。」論語子罕：「鳳鳥不至，河不出圖。」墨子尚賢：「昔者舜耕於歷山，陶於河瀕。」說文：「河，河水，出敦煌塞外昆侖山，發原注海。」在這些典籍中出現的「河」字，都只是專有名詞，只代表今天的黃河。屈萬里先生有「

河字意義的演變」一文，就先秦一些可信或比較可信的經籍中，估計所見約四百個「河」字，都只是黃河的意思。後來，「河」字逐漸擴大它的詞義，變爲表示河流的通稱，人們爲了區別起見，原來的「河」字只好加上形容詞，稱爲黃河了。

又如「牧」字，說文：「牧，養牛人也。」左氏昭七年傳：「牛有牧。」杜注：「養牛曰牧。」這當是牧字的本義，後來詞義擴大到飼養牛羊牲畜，也都稱牧，孟子公孫丑：「今有受人牛羊而爲之牧之者。」詞義又擴大到管理人民，也都稱牧，管子有牧民之篇，後世州長又稱州牧。詞義又擴大到培養管理一切都稱牧，易謙卦：「謙謙君子，卑以自牧也。」王注：「恆以謙卑自養其德也。」這都是「牧」字詞義擴大的結果。

又如「臉」字，說文中無臉字，集韻：「臉，頰也。」韻會：「臉，目下頰上也。」可見「臉」是指双眼之下，双頰之上，抹搽胭脂的地方，「臉」字的出現，時代比較晚，大約在齊梁之時，才出現在典籍中，而且，也只限於使用在婦女的描繪上，梁簡文帝妾薄命樂府：「玉貌歇紅臉。」陳後主有所思樂府：「落花同淚臉」。晏殊詞：「輕紅淡白勻双臉。」晏幾道詞：「輕勻兩臉花。」既然說是「双臉」「兩臉」，可見當時一個人有兩個臉。後來詞義逐漸擴大，「臉」才由「目下頰上」的意思擴大到整個「面」的意思了。

其他，像「取」字，由捕取左耳之義到取地取人取物，「災」字由天火之義到一切災害之義，「雌雄」二字由鳥父鳥母到一切生物之陰陽兩性之稱，「牝牡」二字由畜父畜母到一切飛禽走獸家畜之稱，也都是詞義擴大的例子。

許多的語詞，其意義都有擴大的傾向，這從漢字的部首中，便可以發現極多的此類例子。而且，意義過於狹窄的詞彙，如果詞義不加以擴大，便有被淘汰的危險，像說文中的：「騋，馬七尺爲騋。」「馴，馬八歲也。」「騩，馬淺黑色。」「驪，馬深黑色。」「駹，馬面顙皆白也。」像這一類過於區別的語詞，詞義過分狹窄，後來又不再擴大，便逐漸地在人們的使用中被淘汰了，原來只用一個字所表示的意義，後來逐漸用兩三個字來表示，像「馴」字，便直說是「八歲馬」便行了。

二、縮小式

詞義的縮小就是概念外延的縮小，換句話說，也就是擴大特徵，縮小應用的範圍，詞義由普遍而趨向特殊。例如「穀」字，說文：「穀，百穀之總名。」這是穀的本義，所以，尚書堯典：「汝后稷，播時百穀。」呂刑：「稷降播種，農殖嘉穀。」論語微子：「四體不勤，五穀不分。」莊子秋水：「穀食之所生，舟車之所通。」這些典籍中所提到的「穀」字，都是百穀的總名。後來詞義逐漸縮小，「穀」便專指稻米的果實了。

又如「宮」字，說文：「宮，室也。」易繫辭：「古者穴居野處，後世聖人易之以宮室。」孟子滕文公：「舍皆取諸其宮中而用之。」禮記內則：「儒者有一畝之宮。」這些典籍中所提到的「宮」字，都只是一般人的住宅之義，爾雅釋宮釋文：「古者貴賤同稱宮，秦漢以來，唯王者居稱宮焉。」所以，到了秦漢以後，「宮」字的詞義逐漸縮小，只是作爲皇宮的專稱了。

又如「瓦」字，說文：「瓦，土器已燒之總名。」這是瓦的本義，詩經斯干：「乃生女子……載弄之瓦。」毛傳：「瓦，紡磚也。」莊子達生：「以瓦注者巧。」禮記檀弓：「有虞氏瓦棺。」楚辭卜居：

「黃鍾毀棄，瓦釜雷鳴。」這些典籍中的「瓦」，也都是土器已燒之總名。「瓦」既是土器已燒之總名，當然屋上所蓋的也可以稱之爲「瓦」，莊子達生：「雖有忮心者不怨飄瓦。」這是指的屋瓦，後來，「瓦」的詞義逐漸縮小，便局限在屋瓦的這一專稱之中了。

又如「寡」字，小爾雅廣義：「凡無妻無夫通謂之寡。」所以，像左氏襄二十七年傳：「齊崔杼生成及彊而寡，娶東郭姜，生明。」崔杼是男子，因寡而另娶。墨子辭過：「內無拘女，外無寡夫。」又：「天下之男多寡無妻女多拘無夫。」也是以寡指男子無妻。後來，「寡」字的詞義逐漸縮小，專指婦人之無夫的了，所以，孟子梁惠王說：「老而無夫曰寡」。

其他，像「臭」字由氣味之義到惡臭之義，「朕」字由人們自稱到帝王專稱，「墳」字由大防之義到塚墓之稱，「史記」由一切歷史記載之名到太史公書名的專稱，「春秋」由季節之名到歷史記載到孔子書名的專稱，「君子、小人」由貴族賤民到道德高尚低下之義，這些，也都是詞義縮小的例子。

三、轉移式

凡引申的意義，既不屬於擴大，又不屬於縮小的，都可認爲是轉移的方式。例如「走」字，說文：「走，趨也。」釋名：「徐行曰步，疾行曰趨，疾趨曰走。」這是「走」的本義，所以，像詩經緜篇：「來朝走馬。」左氏隱十一年傳：「潁考叔挾輈以走。」孟子梁惠王：「棄甲曳兵而走。」這裡的「走」字，還是它的本義。後來，「走」字的詞義逐漸轉移，已變成今天「徐行」的意思了。

又如「去」字，說文：「去，人相違也。」段注：「違，離也。」所以，在上古時，「去」字主要的意義是「離去」，像詩經碩鼠：「逝將去女，適彼樂土。」論語微子：「微子去之。」墨子親士：「

桓公去國而覇諸侯。」孟子公孫丑：「孟子去齊。」、荀子致仕：「川淵枯則魚龍去之。」這些「去」字，都只是「離去」之義，另外，像老子：「去甚去奢去泰。」也是由「離去」之義引申而來的。但是，後世「去」的詞義逐漸轉移，已變成今天「前往」的意思了。

又如「購」字，說文：「購，以財有所求也。」段注：「懸重價以求得其物也。」所以，在上古，「購」實在是懸賞徵求的意思，像漢書高帝紀：「乃多以金購豨將。」項籍傳：「吾聞漢購我頭千金。」後漢書光武紀：「購光武十萬戶。」都只是重金徵求的意思。後來，「購」字的詞義逐漸轉移，已變成今天「買」的意思了。

又如「涕」字，說文：「涕，泣也。」廣雅釋言：「涕，淚也。」也就是眼淚的意思，而在上古，鼻涕却稱之爲「泗」，或稱之爲「洟」，不稱爲「涕」，所以，詩經澤陂：「涕泗滂沱。」毛傳：「自目曰涕，自鼻曰泗。」周易萃卦：「齎咨涕洟。」鄭注：「自目曰涕，自鼻曰洟。」涕都不是指鼻涕。其他，像詩經小明：「涕零如雨。」莊子大宗師：「孟孫才其母死，哭泣無涕，中心不戚。」司馬相如長門賦：「涕流離而從橫。」李善注：「自眼出曰涕。」也都是指眼淚而言。也許因爲流淚之時，鼻涕往往一併而出，所以，「涕」便逐漸由眼淚轉移其意義，而變爲鼻涕之稱了。王褒僮約：「目淚下，鼻涕長一尺」。可見到了漢代，「涕」字才有鼻涕之義。

其他，像「窮」字由不得志之義到貧窮，「憐」字由憐愛之義到憐憫，「氓」字由民衆之稱到流氓，「僅」字由庶幾之義到僅只，由言其多到言其少，「無賴」由無所依靠到地痞之稱，「風流」由風俗教化，流風餘韻到行爲浪漫，「處分」由委任安置到懲治過錯，「消息」由生滅之義到音訊之義，這些，也都是詞義轉移的例子。

齊佩瑢氏在訓詁學概論中，曾把語義的演變，分爲擴大、縮小、變好、變壞、變强、變弱等六種方式，其實，他所說的後面四種方式，都可以包括在轉移的方式之中，所以，在我們的分類和學例中，便不多加分析了。

總之，在詞義演變的研究中，我們應該注意到的是，第一，注意語法的方式，由文句中上下文的意義，去肯定詞彙的意義。第二，用歷史的觀點去處理材料，由材料（文句）的時代去決定詞義的時代。第三，由不同時代的許多文句中詞彙的意義，去發現同一詞彙意義的變遷。第四，注意社會的背景。能留心到以上幾點，想來對於詞義演變的研究，當可得到比較正確的認識。

第三節　一詞多義與一義多詞

由於詞義的演變及其他原因，詞彙與意義之間，便很自然地產生兩種現象，一種是「一詞多義」，一種是「一義多詞」，辨析這兩種現象，對於閱讀古籍，也有着相當的幫助。

一、一詞多義

一詞多義，我們也可以稱之爲同形詞，因爲，它是以同一個詞彙，同一個形體，去表示好幾個不同的意義。像「師」字，至少有兩種很明顯不同的意義，一是二千五百人爲師，二是教人以道者之稱。「徒」字，至少有四種很明顯不同的意義，一是黨也，二是弟子，三是步行，四是但也。「習」字，至少有三種很明顯不同的意義，一是數飛也，二是溫燖，三是慣也。「引」字，至少有三種很明顯不同的意義，一是開弓，二是相牽，三是導也。「焉」字，至少有三種很明顯不同的意義，一是黃鳥，二是何也，三是作語詞用。這些，都是一詞多義的例子。

一詞多義的現象，多數由詞義的引申所造成，每一個詞，除了它唯一的本義之外，由於引申的作用，可以使它的詞義無限的發展，由一義而增至數義甚或是數十義，不過，這許多詞義之間，往往是相互有着聯系的，而且，往往是或遠或近，層次分明，有條不紊地圍繞住一個中心的，這就是本義和引申義的關係了。不過，一詞多義的現象，雖然多數由於引申的作用而形成，但是，假借和通假的原因，也是不可忽略的，在上述所舉出的例子中，像「焉」字的第二第三兩種意義，便都是由於假借而造成的例子。

同一詞彙，而竟然有着許多很明顯不同的意義，就像辭源、辭海等辭典中，每一個詞彙往往都列出不止一種的意義，這樣，在閱讀古籍時，雖然我們也可以查閱辭典，但對於詞義的確切掌握，仍然不免會覺得含糊，因爲，在古籍中出現的某一詞彙，辭典上可能列有十種意義，那麼，在這十種意義之中，到底那一種意義才是古籍上這個詞彙的正確意義呢？這個問題，可以由古籍中這一詞彙的上下文的關係來確定，就以「習」字爲例吧，像禮記月令：「鷹乃學習。」就上下文看，是指數飛之義，論語學而：「學而時習之。」就上下文看，是溫燖之義，論語陽貨：「性相近也，習相遠也。」就上下文看，是慣也之義。所以，一詞多義在古籍中的這個缺點，由上下文的關係，是可以加以彌補的。

普通所謂一詞多義，人們往往對之產生兩種誤解，第一，是誤會一個詞彙同時具有數種很明顯不同的意義，而不明白它們之間的關係。這在詞義的研究上，是需要爲它們一一找出其遠近的親屬關係，及其所以產生此意義的原因的。就以「時」字作例子吧，辭海中的解釋是：

㈠四時也，見說文，段注：「春秋冬夏之稱。」書堯典：「敬授人時。」漢書匈奴傳：「近不過旬月之役，遠不離二時之勞。」注：「三月爲一時。」

㈡時代也，漢書司馬相如傳：「朕獨不得與此人同時哉。」

㈢辰也，十二時也，見韻會舉要，按古無十二時之分，自漢以下，曆法漸密，於是始分一日爲十二時，今又分爲二十四小時。

㈣時常也，論語學而：「學而時習之。」

㈤適合時宜爲時，孟子萬章：「孔子，聖之時者也。」

㈥善也，見廣雅釋詁，詩小雅頍弁：「爾殽既時。」傳：「時，善也。」

㈦是也，見爾雅釋詁，郝懿行義疏：「時者，是聲之輕而浮者也，古人謂是爲時，書惟時懋哉，史記五帝紀作維是勉哉。」按書湯誓：「時日曷喪。」時日卽是日也。

㈧伺也，見廣雅釋言，論語陽貨：「孔子時其亡也。」

㈨姓也，晉大夫申叔時之後。

以上的九種意義，第一個是本義，第二到第六，是逐步由近（本義）及遠的引申義，第七第八是通假之義，第九個也可算是較爲廣義的一種假借。所以，辭海中「時」字的九種意義，實際上可以合併成爲四種意義。而且，它們之間的相互關係，也是有線索可以探尋的。

第二，是誤會一個詞彙所具有的數種很明顯不同的意義，是同樣重要的。其實，不但是每個詞彙只能擁有一個本義，其餘都只是引申、假借、通假等義，而且，每個詞彙在同一時間，同一地區，往往只能擁有一個較為通行的主要意思，而且，這個主要意義，也並不一定就是這個詞彙的本義，也許是它的引申義、假借義，反而更行重要。像「出」字，說文說是「進也，象草木益茲上達也」，引申為外出之義，但是，從秦漢以下，反到是外出之義變成為「出」字最通行的主要意義了。又像「然」字，說文說是「燒也」，假借為語助詞「斐然」「油然」「然而」之然，但是，從秦漢以來，反到是假借之義變為「然」字最通行的主要意義了，然燒的本義，反不得不更借重火旁作「燃」來強調其意義了。

二、一義多詞

一義多詞，我們也可以稱之為同義詞，因為，它是同一個意義，而却以不同的詞彙，不同的形體去表示的。像爾雅釋詁：「初、哉、首、基、肇、祖、元、胎、俶、落、權輿、始也。」又：「林、烝、天、帝、皇、王、后、辟、公、侯、君也。」又：「賚、貢、錫、畀、予、貺、賜也。」又：「仇、讎、敵、妃、知、儀、四也。」便都是同義詞的例子，又像說文中所載：「呻，吟也。」「吟，呻也。」又：「誡，敕也。」「敕，誡也。」又：「禎，祥也。」「祥，福也。」「福，備也。」也都是同義詞一義多詞的例子。

一義多詞的現象，多數是由於以下幾種原因所造成的，一是古今新詞的出現，二是方俗殊語的差異，三是詞彙翻譯的不同，四是詞彙名號的簡稱，五是語詞避諱的曲折。也許，語言學家還能作出更仔細的分析，但是，以上這五種原因，確是同義詞產生的比較重要的因素。

像走路的概念，古人用「行」來表示。論語雍也：「行不由徑。」便是其例，而今人用「走」來表示。錯誤的概念，古人用「過」來表示，論語雍也：「不遷怒，不貳過。」便是其例，而今人用「錯」來表示。偷竊的概念，古人用「竊」來表示，論語衞靈公：「臧文仲其竊位者與。」便是其例，而今人用「偷」來表示。其他，像古人用「走」，今人用「跑」，古人用「畏」，今人同「怕」，古人用「食」，今人用「吃」，古人用「飲」，今人用「喝」，古人用「堅」，今人用「硬」，這些同義詞的出現，便是由於時代久遠，因而新詞彙逐漸取代了概念相同的舊詞彙的例子。

像方言：「黨、曉、哲、知也，楚謂之黨，或曰曉，齊宋之間謂之哲。」又：「嫁、逝、徂、適、往也，自家而出，謂之嫁，由女而出爲嫁也，逝，秦晉語也，徂，齊語也，適，宋魯語也，往，凡語也。」這些同義詞的出現，便是由於古代方言俗語的區分而產生的例子。像「明天」一詞，蘇州話叫做「明朝」，「猴子」一詞，廣州話叫做「馬騮」，「什麼」一詞，山東叫做「啥」，「妻子」一詞，蘇州叫做「家小」，「老闆」一詞，福建話叫做「頭家」，「誰」這詞語，廣東話叫做「邊個」，「很」這詞語，上海話叫做「交關」，這些同義詞的出現，便是由於現代方言俗語的區分而產生的例子。

中國語言之中，有許多譯自域外的語彙，但是，由於譯者非止一人，因此，各人的譯法也便不能一致，有人採取音譯，有人採取意譯，有人採取音意綜合的譯法。即使採取同一種譯法，如果譯者並非一人，也可能譯成不同的結果，這樣，也容易造成語彙中同義詞的產生，像林紓譯Hugo爲「囂俄」，後人譯爲「雨果」，有人譯Telephone爲「德律風」，也有人譯爲「電話」，有人譯Microphone爲「麥克風」，也有人譯爲「擴音器」．有人譯Cement爲「水泥」，也有人譯爲「水門汀」，有人譯ice Cream爲「冰淇淋」，也有人譯爲「雪糕」，有人譯Cambridge爲「劍橋」，而徐志摩譯爲「康橋」，這些，便都是由於翻譯的結果不同，而產生了同義詞的例子。

古籍中爲了詞語的排偶，或者是爲了語言的簡潔，往往會將一些較長的名號加以節略，變爲省稱，這樣，也容易造成同義詞的產生，像「呂氏春秋」簡稱「呂覽」，「白虎通德論」簡稱「白虎通」，「風俗通義」簡稱「風俗通」，「資治通鑑」簡稱「通鑑」，「文獻通考」簡稱「通考」，甚至「司馬遷」簡稱「馬遷」，「東方朔」簡稱「方朔」，「諸葛亮」簡稱「葛亮」，這些，便都是由於名號的簡省，而產生的同義詞的例子。

避諱，也是同義詞產生的原因之一，相傳呂太后名雉，故西漢改「雉」為「野鷄」，漢明帝名莊，故東漢改「莊光」為「嚴光」，唐高祖名淵，故唐代改「龍淵」為「龍泉」，唐太宗名世民，故唐代改「世」為「代」。至於其他民間的避諱，像王衍諱「錢」而說「阿堵」，廣東人諱乾諱血，故稱豬肝為「豬潤」，豬血為「豬紅」，北方人諱虎諱蛇，故稱虎為「大蟲」，稱蛇為「長蟲」，明代陸容在菽園雜記中說：「民間俗諱，各處有之，而吳中為甚，如舟行諱住諱翻，以著為快兒，幡布為抹布。諱離散，以梨為圓果，傘為豎笠。」這些同義詞，便都是由於避諱而產生的例子。另外一種與避諱近似的是委宛語、曲折語，在古籍中，這種語詞，也時常見到，像「春秋日高」、「年事已長」、「高年」等，便是「老」的委宛語，「不豫」、「采薪之憂」等，便是「病」的委宛語，「不祿」、「不諱」、「物故」、「物化」、「仙逝」、「晏駕」、「宮車晚出」、「山陵崩」等，便是「死」的委宛語，這些例子，也是同義詞產生的原因之一。

一義多詞，雖然是漢語中常見的現象之一，但這也只是就詞彙在應用時說它們是大略相同而已，如果我們比較精細的觀察，便會知道，實際上，應該沒有任何兩個詞彙的意義，是完全相等的。因為，詞彙的本身，在孤立時，是沒有確定的生命的，只有等它到了文句之中，它才有了確定的生命，馬氏文通說

：「字無定義，故無定類，而欲知其類，當知上下之文義何如耳。」借他這話來說明詞彙的性質，到是很適當的，所以，詞義是臨時的，唯一的，任何詞彙，當它到了文句之中，它的意義就變爲臨時的，與別的時候的意義，便不一定相同了，然而，它又是唯一的，所以，與別的詞義也決不至於相淆。所以，當我們說某詞與某詞意義相同，是同義詞時，也只是指此二詞在它們各自所擁有的種種意義中，適巧各有一種意義，是恰爲相同的而已。

例如「能」字，辭海中的解釋是：㈠獸名㈡有道藝者謂之能㈢勝任也㈣順也親也善也㈤得也容也㈥猶而也㈦猶乃也㈧猶爲也㈨猶有也㈩猶言這個、若個、或這樣、那樣，爲有所指之詞⑪通態⑫物理學名詞，凡能作功之物體，稱之爲有能。又如「得」字，辭海的解釋是：㈠獲也㈡貪也㈢得意也㈣猶能也㈤通德，感恩也。就辭海而言，「能」字的第五種用法，「得」字的第四種用法，其意義是相同的，相當的，除此之外，「能」字的另外十一種意義與「得」字的另外四種意義，都並不相同，並不相當。而且，「能」字的第五種意義和「得」字的第四種意義，雖然都可表示「可能」的意義，但也只是相同相當而已，它們的用法也絕不完全相等，「能」字用於表示能力之所及，論語八佾：「夏禮，吾能言之。」便是這種例子，「得」字用於表示客觀條件的容許，論語微子：「孔子下，欲與之言，趨而避之，不得與之言。」便是這種例子，所以，在這兩個例句中，「能」和「得」却並不能夠互換使用，所以，我們說，在「能」與「得」這兩個詞彙中，只有在某種臨時的情況下，它們才是同義詞，但卽使是同義詞，也並不表示它們完全相等，因爲它們各自也有其唯一性的。在詞義的研究時，古籍的閱讀時，這種同義詞之間的細微差別，也並非是不重要的，我們往往能利用它們去確切的掌握詞彙及文句的意義，以及辨認古籍的性質與時代。

除了一詞多義的現象之外，詞義的演變，與詞彙的形體和聲音，也有相當密切的關係。如果一個初文，就其本義，展轉引申，詞義增多，然後在字形上要加以分別，於是就此初文，增加不同的偏旁形符，使能各專一義，而造成所謂的「分別文」，這樣便導致了文字形體的增加，像由「句」這初文而造成許多不同偏旁形符的分別文，諸如「鉤」、「雊」、「朐」、「痀」、「跔」、「翑」、「𠛎」、「耇」、「絇」、「軥」等，便是這種例子，這種情形，也就是「右文說」或「形聲兼意說」所以興起的原因了，這個問題，在本書的第八章中，談到形聲字的系統時，我們將再作較爲詳細的介紹。

另外，由於詞義的引申，或由於假借等原因，同一詞彙便有了不同的意義，爲了對於一詞多義的現象加以區別，人們往往利用不同的聲調來表示同一詞彙的不同意義，這也就是「四聲別義」所以興起的原因了，這個問題，在本書的第三章中，也就談到殊聲別義的現象時，我們將再作較爲詳細的介紹。

本章主要參考資料

一、齊佩瑢　訓詁學概論（第二章、訓詁的基本概念）
二、王了一　中國語文概論（第四章、詞彙）
三、王了一　古今詞義的異同、詞的本義和引申義（見古代漢語）
四、王了一　古今詞義的異同、詞是怎樣變了意義的、概念是怎樣變了名稱的（見漢語史稿）
五、杜學知　訓詁學綱目（第三篇、意義之擴展）
六、杜學知　意義引申與聯想法則（大陸雜誌二十卷十二期）
七、杜學知　字義之類型（見成功大學學報第一卷）
八、周法高　中國訓詁學發凡、中國方言學發凡、中國語的借字（見中國語文研究）
九、何仲英　訓詁學引論（第三章、現在方言）
十、陳望道　修辭學發凡（第六篇第八節、諱飾）
十一楊樹達　中國修辭學（第五章、改竄）

第三章　四聲別義簡說

第一節　四聲別義的起源

一、四聲別義的現象

利用聲調的差異來區分同一個詞彙的意義，是漢字（漢語）中一種特有的現象，這種現象，不但古代已有，現代也同樣具有，不但保存在古代文字的記錄中，也保存留在今天人們的口語中。

就以現代的國語爲例子吧，像「背」字，背脊之背，讀去聲，以背負之，讀陰平聲。「把」字，把持之把，讀上聲，物之把柄，讀去聲。「鋪」字，鋪張之鋪，讀陰平聲，商店又稱鋪子，讀去聲。「磨」字，石磨之磨，讀去聲，磨刀之磨，讀陰平聲。「咽」字，咽喉之咽，讀陰平聲，吞咽之咽，讀去聲。「釘」字，釘子之釘，讀陰平聲，釘物之釘，讀去聲。「空」字，空洞之空，讀陰平聲，閒空之空，讀去聲。「旋」字，旋轉之旋，讀陽平聲，旋風之旋，讀去聲。「散」字，分散之散，讀去聲，鬆散之散，讀上聲。「擔」字，擔當之擔，讀陰平聲，擔子之擔，讀去聲。像以上的這種例子，還可以舉出來許多。

在古代語言和現代標準語言中，都有着四種不同的聲調（平上去入和陰平陽平上去），因此，同一個文字，隨着聲調的變化，便往往可以代表了四種不同的意義（自然，有些是有音而無字無義的），因此，如果中國有五萬個漢字，依照聲調區分的規律，照理說，便可以代表了二十萬個詞彙的意義了，這確實是一個避免大量製造文字的特殊方法。本篇所要討論的，主要是保留在古籍中的利用聲調來區分字義的一些現象，其他的便都不涉及了。

二、四聲別義興起的時代

利用聲調來區別意義，這方法到底是上古以來便有的呢？還是後來才有的呢？對這問題，歷來許多學者，都是不同的意見，顏之推顏氏家訓音辭篇說：

「夫物體自有精麤，精粗謂之好惡。人心有所去取，去取謂之好惡。（上呼號反，下烏故反。）此音見於葛洪徐邈。而河北學士讀尚書云，好（呼號反）生惡（於谷反）殺，是爲一論物體，一就人情，殊不通矣」。

又說：

「江南學士讀左傳，口相傳述，自爲凡例，軍自敗曰敗，打破人軍曰敗（補敗反），諸記傳未見補敗反，徐仙民讀左傳唯一處有此音，又不言自敗敗人之別，此其穿鑿耳」。

葛洪有要用字苑一卷，見兩唐志，徐邈有毛詩音、左傳音，見經典釋文敍錄，葛徐二人皆是晉人，顏之推雖不以葛徐二人之說爲然，但據音辭篇的記載，也無疑地承認了魏晉時代，便有了用聲調來區別詞義的方法。陸德明在經典釋文序上說：

「夫質有精麤，謂之好惡，並如字，心有愛憎，稱爲好惡（上呼報反，下烏路反）。當體即云名譽（音預），論情則曰毀譽（音餘）。及夫自敗（薄邁反）敗他（補邁反）之殊，自壞（乎怪反）壞撤（音怪）之異。此等或近代始分，或古已爲別，相承積習，有自來矣。余承師說，皆辯析之。」

陸氏雖也不能斷定殊聲別義是否古已有之，但至少說明在唐以前，這種方法，是相承積習，有自來矣的了。周祖謨先生曾撰有四聲別義釋例一文，以爲用聲調來區分詞義，遠自後漢，已經開始，他說：

「以余考之，一字兩讀，決非起於葛洪徐邈，推其本源，蓋遠自後漢始。魏晉諸儒，第衍其緒餘，推而廣之耳，非自創也。唯反切未興之前，漢人言音，只有讀若譬況之說，不若後世反語之明切，故不爲學者所省察。清儒雖精究漢學，於此則漫未加意。」

因此，周氏從鄭玄的三禮注，高誘的呂覽淮南注，服虔應劭的漢書音義中，輯出許多一字兩音的例子，並以魏代的蘇林、如淳、孟康、韋昭的說法爲輔，證明一字兩讀，確實是起於後漢。

周氏所舉的例子，像「勞」字，勤勞之勞，讀平聲，慰勞之勞，讀去聲，淮南子氾論訓：「以勞天下之民。」高誘注：「勞讀勞勑之勞。」像「爲」字，作爲之爲，讀平聲，相助之義的爲，讀去聲，漢書高帝紀：「明其爲賊。」集注：「應劭曰，爲音無爲之爲，鄭氏曰，爲音人相爲之爲。」像這一類的例子，周氏一共舉出了二十個字，然後，他從而下斷語說：

「可知以四聲別義，遠自漢始，確乎信而有徵，清人所稱此乃六朝經師之所爲，殆未深考。卽諸儒之音觀之，以杜子春之音周禮『儺讀難問之難』爲最早，爾後鄭玄高誘分別更廣，鄭玄與盧植同爲馬融之門人，而高誘又爲盧植之弟子，二人師友之淵源旣深，故解字說音，趣旨亦同。後儒旣作，遂成風尚，迨夫晉世，葛洪徐邈，更趨精密矣。論其所始，不得不謂其昉自漢世也。」

周氏的結論，應該是可信的，因此，以聲別義，確是漢語的特色之一，它與訓詁聲韻以至文法，都有相當密切的關係。

第二節　對四聲別義說的非難與肯定

一、對四聲別義說的非難

在上一節中，我們提到，利用聲調來區別詞義的方法，有些學者主張是起於魏晉，有些學者主張是起於後漢，他們所主張的時代雖然不同，但在肯定魏晉以前已有殊聲別義之法的這一點上，却是完全相同的。但是，在清代，却有一些學者，他們並不相信魏晉以前便有殊聲別義這一方法。

在中國聲韻學史上，清代是古音之學極爲發達的時代，也就是由於清代學者們精通古音之學，因此，他們以爲古今的聲韻是有所不同的，而且，四聲之說，乃始於南北朝的沈約，那麼，如果說魏晉以前便已有殊聲別義之法的話，便未免是以今律古了。這種反對的意見，最早由顧炎武提出，他在音論卷下「先儒兩聲各義之說不盡然」條中說：

「先儒謂一字兩聲，各有意義，如惡字爲愛惡之惡，則去聲，爲美惡之惡，則入聲，顏氏家訓言此音始於葛洪徐邈，乃自晉宋以下同然一辭，莫有非之者。余考惡字，如楚辭離騷有曰：『理弱而媒拙兮，恐導言之不固，時溷濁而嫉賢兮，好蔽美而稱惡。』此美惡之惡，而讀去聲。漢劉歆遂初賦：『何叔子之好直兮，爲群邪之所惡，賴祁子之一言兮，幾不免乎徂落。』此愛惡之惡，而讀入聲。乃知去入之別，不過發言輕重之間，而非有此疆爾界之分也。凡書中兩聲之字，此類實多，難以枚舉。」

自從顧氏此說出現之後，學者們便承其緒論，多所發揮，錢大昕在十駕齋養新錄中「論易之觀字」一條說：

「古人訓詁，寓於聲音，字各有義，初無虛實動靜之分。好惡異義，起於葛洪字苑，漢以前無此分別也。觀有平去兩音，亦是後人强分。易觀卦之觀，相傳讀去聲，象傳大觀在上，中正以觀天下，象傳風行地上觀，並同此音，其餘皆如字，其說本於陸氏釋文。然陸於觀國之光，兼收平去兩音，於中正以觀天下云，徐唯此一音作官音，是童觀闚觀觀我生觀國之光，徐仙民並讀去聲矣。六爻皆以卦名取義，平則皆平，去則皆去，豈有兩讀之理？而學者因循不悟，所謂是末師而非往古者也。」

錢氏又在養新錄中「論長深高廣字音」條說：

「長深高廣俱有去音，陸德明云：凡度長短曰長，直亮反。度深淺曰深，尸鴆反。度廣狹曰廣，光曠反。度高下曰高，古到反。相承用此音，或皆依字讀（見周禮釋文）。又周禮前期之前，徐音昨見反，是前亦有去聲也。此類皆出乎六朝經師，强生分別，不合于古音。」

錢氏的意見，大致與顧氏相同。袁仁林在虛字說中「意分而音不轉」條說：

「先儒分別動靜字，蓋從人意驅使處分之也。同一字也，用爲勉强着力者則爲動，因其自然現在者則爲靜。如明明德、尊尊、親親、老老、賢賢、長長、高高、下下、俱是上動下靜。君君、臣臣、父父、子子、夫夫、婦婦、之類，又是上靜下動。止至善之止爲動，知止之止爲靜，格物之格爲動，物格之格爲靜。動靜相因，舉無窮無盡之事，即以本字還之，使意無餘見，北驅使之妙也。凡此之類，意分而音不轉。」

袁氏承認了詞性的變異，却不承認詞性的變異是由於聲調的改讀。盧文弨在鍾山札記中「字義不隨音區別」條說：

「余向讀周易八論，第一篇引易緯乾鑿度云：易一名而含三義，所謂易也、變易也、不易也。鄭康成依此義作易替及易論，謂易簡一也，變易二也，不易三也。竊疑易簡之易，讀以豉切，變易不易，俱音亦，音不同則義亦異，何以合而爲一？繼而知古人之於字訓，並不因音讀之異而截然區別也。爾雅釋詁：『台、朕、賚、畀、卜、陽、予也。』若以後人所見，如鄭漁仲便欲以台、朕、陽爲予我之予，羊如切，賚、畀、卜爲賜予之予，羊汝切，而古人則不分也。……………未別四聲以前，古人爲詩亦無平側之分，往往互用，義或其音不諧，後人往往疑爲假借，而不知字義之本不隨音而變也，何假借之有。」

盧氏也不承認字義隨字音而變異的說法。段玉裁在六書音均表中「古音義說」條說：

「字義不隨字音爲分別，音轉入於他部，其義同也，音變析爲他韻，其義同也，平轉爲仄聲，上入轉爲去聲，其義同也。今韻例多爲分別，如登韻之能爲才能，咍韻之能爲三足鼈，之韻之台爲台予，咍韻之台爲三台星，六魚之譽爲毀譽，九御之譽爲稱譽，十一暮之惡爲厭惡，十九鐸之惡爲醜惡者，皆拘牽瑣碎，未可以語古音古義。」

段氏也不承認字義隨字音而變異的說法，同時，利用聲調區別意義，主要是靠去聲來和其他聲調對立，但是，段玉裁却是主張古代沒有去聲的，因此，他也就更不肯承認殊聲別義的方法了。在說文解字注中，他也時常堅持這一意見，例如在「養」字下注云：「今人分別上去，古無是也。」在「惡」字下注云：「本無去入之別，後人强分之。」

總括起來說，顧氏等人，反對魏晉以前就有殊聲別義之法，最主要的，便是以爲古無四聲之別，四聲的發現，是晚到南北朝的沈約時代，因此，四聲既是後起的，便不能承認四聲未發現前的古人，也使用了殊聲別義的方法。

二、對四聲別義說的肯定

自從明代陳第著毛詩古音考，首倡古詩不必拘於後世四聲之說法後，顧炎武撰音論，便有古人四聲一貫之說，後來江永在古韻標準中又舉出詩經中四聲通韻的例子爲證，於是古無四聲之論，便風行一時。及至段玉裁著六書音均表，以爲古今聲調本自不同，古四聲不同於今，就如古韻部異於今韻，段氏乃以爲周秦漢初之文，有平上入而無去。孔廣森又創古音有去無入之說。直到江有誥氏，才正式提出「古人實有四聲，特古人所讀之聲與後人不同。」（再寄王石臞書）道咸之際，夏燮著述韻，論古有四聲，最爲精闢。民國三十年，周祖謨氏發表了古音有無上去二聲辨一文，認爲「古人確有上去二聲」，「古有四聲，殆無疑義」，這個問題，才算有了定說。

其實，任何一種語言現象都不是一朝一夕便可以產生的，聲調的分別，在南北朝以前，應當是早就出現在人們口耳之間的一種語言現象了，不過，到了南北朝時，這種現象才逐漸成熟而已，所以，沈約等人，適逢其會，因勢利導，才加以發現而已，却並不是他們憑空創造出來的。所以，魏晉以前，語言的聲調既有四聲之別，那麼人們利用不同的聲調去表示不同的意義，便也是一件很自然的事了。

清儒如袁仁林、盧文弨等，也提到「字義不隨音區別」，「意分而音不轉」，以爲一字數義，往往是意義相因相通，只不過是詞性有動靜之別而已，意義既無大差異，那麼，也就不必一定要用音來區別它們了。其實，詞彙是表義的單位，詞彙既然可以靈活的轉變它的詞性，那麼，當人們已懂得四聲的變化時，運用聲調的差異，更加清晰地去分別詞彙的特殊意義，這也是正常的行爲啊，所以，周法高先生在「語音區別詞類說」一文中說：「根據記載上和現代語中所保留的用語音上的差異（特別是聲調）來區別詞類或相近意義的現象，我們可以推知這種區別可能是自上古遺留下來的，不過好些讀音的區別（尤其是漢以後書本上的讀音），却是後來依據相似的規律而創造的。」也承認了上古即有殊聲別義的可能。

第三節　因詞性轉異而變調的例子

宋代賈昌朝曾有群經音辨之作，搜集了許多殊聲別義的例子，其後，元代劉鑑著有經史動靜字音，明代袁子讓著有字學元元，也搜集了一些這種例子，民國三十五年，周祖謨氏撰有四聲別義釋例一文，刊於輔仁學誌，對於殊聲別義之說，可以說是集大成的作品了，民國四十二年，周法高先生復有語音區別詞類說一文，在理論上，將這問題更往前推進了一步，其他如王了一氏等人，也都曾討論到這一方面的問題。

周祖謨先生說：「夫古人創以聲別義之法，其用有二，一在分辨文法之詞性，一在分辨用字之意義，前者屬於文法學之範疇，後者屬於語義學之範疇。依其功用之不同，可分爲兩類，一因詞性不同而變調者，一因意義不同而變調者。」（四聲別義釋例）以下，我們就大致根據周氏的說法，加以區分類別（小類則有刪略），舉出例證，以作參考，此節先舉由於詞性轉異而改變聲調的例子。

一、區別名詞用爲動詞

王，君也，于方切，平聲。君有天下曰王，于放切，去聲。

案易師卦「以王」釋文云：「王如字，物歸往也，徐又往況反。」漢書高紀：「項羽背約，而王君王於南鄭。」集注：「上王音于放反。」往況于放音同。凡爲王，或使之爲王，均讀去聲。

衣，身章也，於希切，平聲。以衣施諸身曰衣，於既切，去聲。

案論語子罕：「衣敝緼袍。」皇疏：「衣猶著也。」釋文：「衣，於既反。」

冠，首服也，古桓切，平聲。以冠加諸首曰冠，古玩切，去聲。

案儀禮士冠禮釋文：「冠，古亂反。」漢書蕭何曹參傳贊：「位冠群臣。」集注：「冠謂居其首，古亂反。」

枕，藉首木也，章荏切，上聲。首在木曰枕，章鴆切，去聲。

案易坎卦：「險且枕。」釋文：「徐針鴆反，王肅針甚反，鄭玄云，木在首曰枕。」又論語述而篇：「曲肱而枕之。」釋文：「枕，之鴆反。」引伸爲枕臨之枕，亦音去聲，漢書嚴助傳：「南近諸越，北枕大江。」集注：「枕，臨也。」

文，采章也，無分切，平聲。施以文飾曰文，亡運切，去聲。

案論語憲問篇：「文之以禮樂。」子張篇：「小人之過也必文。」文並讀去聲。

麾，旌旗也，許爲切，平聲。所以使人曰麾，許類切，去聲。

案左氏隱公十一年傳：「周麾而呼曰，君登矣。」杜注：「麾，招也。」釋文：「麾，許危反，又許僞反。」

二、區別動詞用爲名詞

乘，登車也，食陵切，平聲。謂其車曰乘，食證切，去聲。

案詩株林：「駕我乘馬，說于株野。」釋文：「乘，繩證反。」

卷，曲也，居兗切，上聲。謂曲者曰卷，居戀切，去聲。

案禮記曲禮：「請業則起。」鄭注：「業謂篇卷也。」釋文：「卷音眷，徐邈久戀反。」

傳，授也，直專切，平聲。記所授曰傳，直戀切，去聲。

案傳記字音去聲，名詞，經典釋文於周易義云：「傳，直戀反，以傳述爲義。」

藏，入也，徂郎切，平聲。謂物所入曰藏，徂浪切，去聲。

案周禮天府：「掌祖廟之守藏，凡國之玉鎭大寶器藏焉。」藏焉之藏，爲動詞，守藏之藏，爲名詞，釋文：「藏，才浪反。」

將，持也，即良切，平聲。持衆者曰將，即亮切，去聲。

案荀子成相：「將之無鈹滑。」楊注：「將，持也。」史記秦本紀：「將軍擊趙。」正義：「將猶領也。」將並讀平聲。周禮夏官司馬：「軍將皆命卿。」將則讀去聲。

采，取也，倉宰切，上聲。所以取食曰采，倉代切，去聲。

案韓詩外傳八：「天子爲諸侯受封，謂之采地。」左氏莊公元年經注：「單伯采地。」釋文：「采，七代反。」

過，逾也，古禾切，平聲。既逾曰過，古臥切，去聲。

案過者，經過也，讀平聲。過失爲其引伸義，讀去聲。

三、區別自動詞與他動詞

禁，制也，居吟切，平聲。制謂之禁，居蔭切，去聲。

案前者爲自動詞，後者爲他動詞。情不自禁，音平聲，如文選阮藉詠懷詩：「涕下誰能禁。」是其例。至如禁止之禁，則音去聲，如國策西周策：「禁秦之攻周。」是其例。

去，離也，棄也。除之曰去，羌擧切，上聲。自離曰去，丘倨切，去聲。

案左氏閔公二年傳：「衞侯不去其旗。」呂覽下賢篇：「去其帝王之色。」去並訓除，均讀上聲。至於離去之去，則讀去聲，呂覽審分篇：「居無去車。」高注：「去，釋也，去讀去就之去。」

語，言也，仰擧切，上聲。以言告之謂之語，牛據切，去聲。

案論語述而篇：「子不語，怪力亂神。」此語字讀上聲。至於讀去聲者，如論語雍也篇：「中人以上，可以語上也。」莊子在宥篇：「來，吾語女。」釋文：「語，魚據反。」是其例。

食，飲食也，時力切，入聲。以食與人謂之食，祥吏切，去聲。

案詩小雅緜蠻：「飲之食之。」史記淮陰侯列傳：「食我以其食。」食字並讀去聲。

四、區別形容詞與動詞

好，善也，呼皓切，上聲。嚮所善謂之好，呼到切，去聲。

案論語子路篇：「不如鄉人之善者好之。」此好字讀去聲。大學：「如好好色。」上好字爲動詞，下好字爲形容詞，音讀各異。

惡，否也，烏各切，入聲。心所否謂之惡，烏路切，去聲。

案論語子路篇：「鄉人皆惡之，何如？」此惡字讀去聲。大學：「如惡惡臭。」上惡字為動詞，下惡字為形容詞，音讀各異。

遠，疏也，對近之稱，於阮切，上聲。疏之曰遠 于眷切，去聲。

案六經正誤卷一云：「凡指遠近定體，則皆上聲。離而遠之，附而近之。則皆去聲。」此卽形容詞與動詞之別，論語雍也篇：「敬鬼神而遠之。」國語晉語：「諸侯遠己。」遠並音去聲。

空，虛也，苦紅切，平聲。虛之曰空，苦貢切，去聲。

案詩節南山：「不宜空我師。」空讀去聲。

上，下之對稱，居高定體曰上，時亮切，去聲。自下而升曰上，時掌切，上聲。

案易需卦：「象曰，雲上於天。」釋文：「上，時掌反，干寶云，升也。」

近，不遠也，其謹切，上聲。親之曰近，巨刄切，去聲。

案易繫辭：「近取諸身。」近讀上聲。書五子之歌：「民可近，不可下。」近讀去聲。

第四節　因意義不同而變調的例子

在上一節中，我們所見到的，是由於詞性有所轉異而改變其聲調的例子，在這一節中，將列擧的，是由於意義有所轉異而改變其聲調的例子，不過，這些類例，都只是擧其大略而已，並不是限定只有這些類例，不可增減的。

一、意義有彼此上下之分而異其讀

假，借也，取於人曰假，古雅切，上聲。與之曰假，古訝切，去聲。

案禮記王制：「大夫祭器不假。」釋文：「假，古訝切。」

風，教化也，上化下曰風，方戎切，平聲。下刺上曰風，方鳳切，去聲。

案詩關雎序：「風，風也。」釋文：「下風字，徐音福鳳反，崔靈恩集注本下即作諷字，云用風感物則謂之諷。」序又云：「上以風化下，下以風刺上。」釋文：「下風字亦音福鳳反。」

養，育也，上育下曰養，餘兩切，上聲。下奉上曰養，餘亮切，去聲。

案書大禹謨：「政在養民。」養音上聲。易漸卦注：「無祿養進而得之。」釋文：「養，羊尚反。」孟子離婁篇：「曾子養曾晳，必有酒肉。」養亦音去聲。

二、意義有引申變轉而異其讀

聞，聆聲也，亡分切，平聲。聲著於外曰聞，亡運切，去聲。

案聲聞字爲名詞，詩卷阿：「令聞令望。」書堯典僞孔傳：「名聞充溢。」釋文聞並音問，本亦作問。

聽，聆也，他丁切，平聲。聽受謂之聽，他定切，去聲。

案周禮鄉長：「凡歲時之戒令皆聽之。」鄭注：「聽之，受之而行也。」國語周語：「民是以聽。」韋注：「聽，從也。」聽並音去聲。

相，共也，息良切，平聲。共助曰相，息亮切，去聲。

案相者兩相之辭。共助曰相者，如易泰卦：「輔相天地之宜。」書盤庚：「予其懋簡相爾。」相皆相助之義，釋文並音息亮反。

勝，擧也，識烝切，平聲。擧之克曰勝，詩證切，去聲。

案國語周語：「不過一人之所勝。」韋注：「勝，擧也。」詩玄鳥：「武王靡不勝。」釋文：「勝音升，任也。鄭式證反。」

便，利也，蒲緶切，去聲。巧佞曰便，蒲連切，平聲。

案巧佞謂言辭捷給也。論語季氏：「友便佞。」書冏命：「便僻側媚。」便並音平聲。

雨，天澤也，王矩切，上聲。謂雨自上下曰雨，王遇切，去聲。

案雨，水從雲下也，引伸凡物之如雨下降者，亦謂之雨，讀去音，左氏文公三年經：「雨螽於宋。」詩大田：「雨我公田，遂及我私。」雨並音去聲。

比，近也，卑履切，上聲。近而親之，比而次之，曰比，毗至切，去聲。

案論語里仁：「義之與比。」皇疏：「比，親也。」釋文：「比，毗志反。」

三、意義有特殊限定而音少變

迎，逆也，魚京切，平聲。謂迓爲迎，魚映切，去聲。

案儀禮士昏禮：「壻親迎。」穀梁桓公三年傳：「冕而親迎。」釋文迎並讀去聲。蓋物來而接之爲平聲，物未來而往迓之使來，則去聲。

施，行也，式支切，平聲。行惠曰施，羊至切，去聲。

案易乾卦：「彖曰，雲行雨施。」詩葛覃：「葛之覃兮，施于中谷。」施並讀去聲。

走，趨也，臧苟切，上聲。趨嚮曰走，臧候切，去聲。

案漢書高紀：「步從間道走軍。」集注：「服虔曰，走音奏。師古曰，走謂趣向也，服音是。」又史記蒙恬傳：「北走琅邪。」黥布傳：「疾走漢。」走並讀去聲。

呼，聲也，火吳切，平聲。大聲曰呼，火故切，去聲。

案呼，出氣也，平聲。大聲號呼，則音去聲，禮記曲禮：「城上不呼。」釋文：「呼，火故反，號叫也。」

輕，浮也，對重之稱，去盈切，平聲。所以自用曰輕，苦政切，去聲。

案左氏隱公九年傳：「戎輕而不整，貪而無親。」釋文：「輕，遣政反。」周禮車僕：「輕車之萃。」鄭注：「輕車，所用馳敵致師之車。」釋文輕亦遣政反。

四、義類相若，略有分判，音讀亦變

巧，功巧也，善功曰巧，苦絞切，上聲。僞功曰巧，苦教切，去聲。

案禮記月令：「毋或作爲淫巧。」表記：「無作淫巧。」釋文巧並音苦教反。呂覽上農篇：「多詐則巧法令。」高注：「巧讀如巧智之巧。」本讀去聲。

降，下也。下謂之降，古巷切，去聲，見母。伏謂之降，戶江切，平聲，匣母。

案降之讀爲平聲，如左氏僖公十九年傳：「軍三旬而不降。」釋文：「降，戶江反。」是其例。

倒，傾也。傾謂之倒，都老切，上聲。顚倒反正曰倒，都導切，去聲。

案詩東方未明：「顚倒衣裳。」釋文：「倒，多老反。」讀上聲，今多讀爲去聲。韓非子難言：「

至於忤於耳倒於心。」倒音去聲。倒懸字亦然。

遺，亡也。有所亡曰遺，以追切，平聲。有所與曰遺，羊季切，去聲。

案詩鴟鴞序：「乃爲詩以遺王。」左氏隱公元年傳：「未嘗君之羹，請以遺之。」遺並讀去聲。

披，開也。開謂之披，鋪悲切，平聲。分謂之披，鋪彼切，上聲。

案凡分開之義爲平聲，析裂之義爲上聲。史記魏其武安侯傳：「不折必披。」方言卷六：「東齊器破曰披。」披並讀平聲。左氏成公十八年傳：「而披其地。」昭公五年傳：「又披其邑。」披並讀上聲。

以上所擧的類例，都是就變換聲調之功用而言的，如就其形式而言，則有由平聲變爲上聲去聲的，有由入聲變爲去聲的，其中由平變入，由入變平的極少，最主要的，是平聲與去聲的變化。周祖謨氏在四聲別義釋例一文中說：「藉四聲變換以區分字義者，亦卽中國語詞孳乳方式之一端矣。其中固以變字調者爲主，然亦有兼變其聲韻者。」又說：「凡此所擧，要無一致之標準，其中字調之改變，凡類例相同者，變易之形式亦同，此殆由類推而來，卽語言學所謂類比作用也。」雖然，後代複音詞興起，尤其在口耳之間，人們往往利用複音詞來表示詞義的區別，（複詞的出現，確實是爲了避免單音詞「同音異義」的缺點。）因此，殊聲別義的方法，已逐漸減少了使用的範圍，但是，了解古人殊聲別義的方法，對於我們硏讀古籍，仍然會有着相當的帮助的。

漢字雖然有著四聲的變化，可以用來區別字義和語義，但是，在漢字之中，同一聲調而意義不同的文字，也往往很多，因此，「同音異義」的現象，在單音綴孤立語的漢字之中，實在是不可避免的缺點，像「玻、波、菠、撥、剝」，「暮、慕、募、沐、牧、睦、穆」等，都分別是聲調相同的同音字，如果人們在口頭上只讀出這些單字的聲音，我們是無法詳細分辨它們的意義的，只有當人們用複詞在口語中說出「玻璃、波浪、菠菜、挑撥、剝削」，用複詞說出「薄暮、羨慕、勸募、沐浴、牧草、和睦、肅穆」等等，它們各自的意義，才算有了確定的範圍。

在漢字中，不僅是不同的字形，有著「同音異義」的現象，而且，由於漢字有著一辭多義的特徵，因此，往往同字同音，也有異義的情形出現，例如人們只說一個「朝」字，一個「安」字，我們還是不能肯定他們所要表達的意義，只有當他們用複詞說出「朝代」、「朝廷」、「朝向」、「朝見」，用複詞說出「安全」、「安祥」、「安雅」、「安妥」，我們才能比較精確地了解到它們的意義。

複詞的應用，在古代，很早已開始了，清人許篤仁在轉注淺說中曾說：「百姓昭明（虞書堯典），聖有謨訓（五子之歌），協和萬邦（堯典），昏迷於天象（胤征），罔失法度（大禹謨），上天孚佑下民（商書湯誥），四海困窮（大禹謨），乃底滅亡（五子之歌），三曰康寧（洪範），罔不祗敬（太甲上），皇帝清問下民（周書呂刑），我心傷悲（檜素冠），不知稼穡之艱難（無逸），生我劬勞（小雅蓼莪），罔有馨香德（呂刑），生我勞瘁（蓼莪），踰垣牆（費誓），庶幾悅懌（頍弁），有女仳離（王風中谷），薄言還歸（周南采蘩）。右方所舉昭明、滅亡、祗敬、馨香、還歸等，皆二字同意，而聯爲一字之用。」傅斯年先生在漢語改用拼音文字的初步談一文中，也說：「在古代，已經感覺單音的困難，所以唐曰陶唐，夏曰有夏，周曰有周，都是單音充成複詞。」

到了近代，白話文學興起，複詞在人們口語上以及白話文中的應用，也越來越廣了。黎劭西氏在高元國音學序中說：「眉就是毛，爲什麼不單說眉，而要不避重複說眉毛？睛只是眼之一部，爲什麼不單說眼，而定要違乎邏輯說眼睛？骨只是骨，頭只是頭，爲什麼不單說骨，而要更拉一個頭字，又打銷他的本義，湊起來說骨頭？耳是身體的一部，朵是樹木垂朵朵也，爲什麼不單說耳，而要無端添上一個比喻形狀的字來說耳朵？鼻與子有什麼關係？尾與巴有什麼關係？爲什麼不單說鼻與尾？而要無端聯著一個毫無關係的字來說鼻子與尾巴？自然！這個總原因，就是說話的時候，要避開單音詞所萬不能免之『音同意異』的困難。」

其實，複詞不僅能區分詞義，避免誤會，而且，也是區分文言白話，以及翻譯文言爲白話的極佳工具呢。由於討論到四聲別義的應用有其局限，而複詞又適能彌補四聲別義的不足，便附帶在此，把複詞的作用，簡單地介紹一下。

本章主要參考資料

一、周祖謨　四聲別義釋例（見問學集）

二、周法高　語言區別詞類說（見中國語法札記，史語所集刊第二十四本）

三、鄭　奠、麥梅翹古漢語語法學資料彙編。

四、杜學知　訓詁學綱目（第四篇第七章、殊聲別義）

五、齊佩瑢　訓詁學概論（第八節、字義的種類）

六、王了一　詞類的活用（見古代漢語）

七、王了一　語法的發展（見漢語史稿）

八、周祖謨　古音有無上去二聲辨（見問學集）

九、周祖謨　顏氏家訓音辭篇注補（見問學集）

十、董同龢　上古聲調的問題（見漢語音韻學）

十一、劉師培　論四聲、論一字數音（見中國文學教科書）

十二、杜學知　復詞別義說（見大陸雜誌二十八卷七期）

第四章　聯緜字略論

第一節　聯緜字的意義

一、聯緜字的名稱

近代的學者們，很多都以爲，中國的語言，是單音綴的孤立語，因爲，中國的語言，每一語言只有一個音綴，同時，也沒有語頭語尾的變化。不過，這種說法，也並非完全可靠的，像漢語中的許多聯緜字，便是一個很大的例外，並且，聯緜字在古代典籍中的使用，也相當廣泛，因此，在這一章裡，我們將對聯緜字的各個方面，作一簡略的介紹，相信對於掌握詞義的變化，以及閱讀古籍，是有所助益的。

「聯緜字」的名稱，最早見於宋代張有的復古編，在這以前，人們對於聯緜字或稱之爲「連語」，（賈誼新書有連語篇），在張有之後，學者們便多數接受了「聯緜字」這個名稱，不過，對於這一名稱的含義，各家所說的，却並不十分確定。

二、聯緜字的含義

王國維氏古文學中聯緜字之研究：「聯緜字合二字而成一語，其實猶一字也」。又說：「分類之法，擬分雙聲字爲一類，疊韻字爲一類，其非雙聲疊韻者，又爲一類」近代聯緜字的研究，實在是從王氏開其端的，許多學者，都受到王氏的影響。

張壽林氏三百篇聯緜字研究：「夫聯緜字之爲義，舉凡連二字以成一義者，無不包內，故謂之連語，蓋準音以求義，綴字而成詞也。然僅連二字，而詞義弗備，亦不足以成連語，是以雙聲疊韻，雖具其德，未必皆屬連語。」又：「蓋雙聲疊韻，可爲連語，而未必皆屬連語。世之以聯緜字必雙聲疊韻者，誤會實多，不知聯緜字者，實指綴二字以成一語之複語而言也。」

王了一氏中國語法理論：「中國有所謂聯緜字，就是聲音相同或相近的兩個字，疊起來成爲一個詞。（聲音不近的，如『淹留』之類，我們只認爲雙音詞，不認爲聯緜字。我們對於聯緜字所下的定義和前人不盡相同。）聯緜字大致可分爲三種：㈠疊字，即『關關』『呦呦』『淒淒』『霏霏』之類。㈡雙聲聯緜，即『丁當』『淋漓』之類。㈢疊韻聯緜，即『倉皇』『龍鍾』之類。聯緜字不一定是用於擬聲法和繪景法的，『猩猩』『鴛鴦』『螳螂』之類都只是普通的名詞，但是擬聲法和繪景法却大半是由聯緜字構成的。」

周法高先生聯緜字通說：「所謂聯緜字，具有下列一些特點，(1)聯緜字的構成分子，大體在語音上有相同之處，如雙聲、疊韻、疊字等。(2)聯緜字因爲所重在聲，所以在字形上往往不很固定。(3)聯緜字大部分爲狀詞，又有一些爲名詞、歎詞等。(4)聯緜字中有不少爲雙音語，即一個語位（Morpheme）包含二個音節者。」

對於聯緜字的意義，以王了一與周法高兩位先生所說，最爲明確，此外，還有一些學者，像朱起鳳所著的辭通，符定一所著的聯緜字典，所收錄的，絕大多數都是一些複音的詞語，尤其是符氏的書，以聯緜字典爲名，而書中絕大部分的複音詞都不屬於我們此處所說的聯緜字的範圍，極易引起人們的錯覺，因此，他們對於聯緜字所認定的意義，自然也就不甚適用於我們此處所講到的了。

第二節　聯緜字的起源

中國的語言，是單音綴的孤立語，在大多數的情況下，確實是如此的，那麼，既然是單音綴的孤立語，聯緜字又是怎樣產生的呢？對於這個問題，許多學者，都曾作過探討，以下，我們將擇其較爲重要的說法，介紹如後。

一、由於餘音的添注

章太炎先生新方言釋器：「說文，匫，古器也，呼骨切，今人謂古器爲『骨董』，相承已久，其實骨卽匫字，董乃餘音，凡術物等部字多以東部字爲餘音，如窟言窟籠，其例也。」又：「說文，空，竅也，堀，兔堀也，引申凡空竅曰堀，字亦作窟，今人謂地有空竅爲窟籠，籠者收聲也，或曰，窟籠合音爲空。」所以，章氏以爲聯緜字的產生，是由於一字的餘音，增加語尾而復爲二字。

沈兼士先生也有類似的說法，他說：「原來言語中的單音詞，其後漸因便利起見，多半變爲疊韻或雙聲的複音詞了（其中有另外加添語尾的。）但是後來附加上的音，只是借一個同音字來表示他，却沒有另外造字。比方處所的『所』，果敢的『果』，悉蝍的『悉』之類，只借了異義同音的『所』『果』『悉』來比擬他的聲音就是了。」（國語問題之歷史的研究）陸穎明氏讀說文雜記：「說文中二字名詞，唯一字者爲本字音甚多。唐逮、及也。逮爲本字，唐則其餘音也。悉蝍，唯蝍爲本字，悉則其餘音也。」不過，這種從複音聯緜字中尋找一個本字一個餘音的說法，也是很勉强的，像說文的「謰謱」、「

厜㕒」、「蟰螻」等，我們很難說它們那一個是本字，那一個是餘音。所以，用餘音添注法來解釋一部分聯緜字的產生，像唐逮之「唐」，權輿之「輿」，沃若之「若」，是可以被承認的，但如果要以餘音說來解釋所有的聯緜字產生的原因，便不免有所欠缺了。

二、由於聲韻的緩急

人們的語言，有緩急的不同，何休在注公羊傳時，已有長言短言的區別，所謂長言，是指一字緩讀，可由聲韻伸展爲兩字，所謂短言，是指兩字急讀，可由二字合縮爲一字，鄭樵在「論急慢聲諧」中所說的「慢聲爲二，急言爲一」，便是指的這種道理。

孫德宣氏聯緜字淺說：「如壽夢爲乘，不可爲叵，不要爲別，奈何爲那，左宣二年傳：『棄甲則那。』注：『猶何也。』按奈何合音爲那。胡同爲巷，巷，古音呼貢反。左定四年傳申包胥，國策作棼冒勃蘇，鶡冠子作麃胥，按棼冒合音爲包，勃蘇合音爲胥。」又：「聯緜字之屬重言者，亦歸此類，蓋古人訓詁常以重言釋一言，如詩：『亦汎其流。』傳云：『汎汎，流皃。』『有洸有潰。』傳云：『洸洸，武也。潰潰，怒也。』箋云：『洸洸然，潰潰然，無溫潤之色。』『碩人其頎。』箋云：『長麗好頎頎然。』『咥其笑矣。』傳箋皆云：『咥咥然笑。』是重言之功用，不殊單言。」所以，孫氏以爲重言疊字的聯緜字，也是由於緩言慢聲所造成的。

張壽林氏三百篇聯緜字研究：「蓋字本單音，慢言之則爲二語，寖假而另造新字，遂成連語，玆舉數字，藉爲佐證。繾綣爲嬛之慢言，大雅民勞篇云：『以謹繾綣。』嘉定錢氏（繹）方言箋疏云：『繾綣疊韻雙聲字，急言之則爲嬛。』匍匐爲鞠之慢言，邶風谷風云：『匍匐救之。』傳云：『匍匐言盡力也。』匍匐之合聲爲鞠，東方朔七諫云：『塊兮鞠，當道宿。』王逸注云：『匍匐爲鞠是也。』芄蘭爲雚之慢言，衞風芄蘭云：『芄蘭之支。』傳云：『芄蘭，草也。』說文云：『雚，芄蘭也。』王氏說文句讀云：『急言之曰雚，曼言之曰芄蘭。』仳離爲別之代語，王風中谷有蓷云：『有女仳離。』傳云：『仳離，別也。』是仳離爲別之代語。是則語言出口，偶有齟差，緩急之間，或生音變，連語之中，此類實繁。』

孫氏與張氏等所說的理由，應該是可以成立的，所以，聯緜字的產生，語音的緩急，應該是一個非常重要的因素。

三、由於肖物發音

孫德宣氏聯緜字淺說：「凡擬物形，肖物聲之字，單字不足以盡象，則以複詞爲之，以求其似。」用聯緜複音詞來模倣自然界以及動物的聲音，以加强單音字所不易表現的聲音感（聽覺），如詩經中的關關、喓喓、叮叮、嚶嚶等，用聯緜複音詞來描繪自然界以及動植物的形貌，以加強單音字所不易表現的形象感（視覺），如詩經中的萋萋、蓁蓁、赳赳、惙惙等，應該是很自然的現象。孫氏又說：「古人行文，往往疊用數同義字以足語氣，而不嫌其重複。」他所舉的例子，如「蒙龍」一詞，上下二字俱有覆蔽之意，「侏儒」一詞，上下二字俱有短意，這種現象，在古籍中也應該是存在著的。

張壽林氏三百篇聯緜字研究：「語言流動不居，單音之字，必不足以盡其概，乃合二字以濟其窮。」他所舉的例子，如離離（王風黍離）、流離（邶風旄丘），乃是「物體圓者，流轉有聲，音近Gulu，初民模倣，以爲稱謂，離離流離，皆以聲得義，引申而成。」又如丁丁（周南兎罝）、町疃（豳風東山），乃是「衝撞之聲，不出Ding Duorg，丁丁町疃，皆取其聲以爲義。」又如蟋蟀（豳風七月），乃是「蟲鳴草中，音近 Shishu，蟋蟀之名，狀其聲也。」這些都可以作爲參考的資料。

關於聯緜字產生的原因，舉其重要的，大致不外乎以上三種。此外，像魏建功氏有複音詞分化之說，林語堂先生有複輔音之說，章太炎先生有一字重音之說，（皆見孫德宣聯緜字淺說一文），孫德宣氏又有方言口語記錄之說，這裡就都不詳細的介紹了。

第三節　聯緜字的特徵

從前一節中，我們已經大略地知道了聯緜字的意義，在這一節中，我們將說明聯緜字的特徵。聯緜字的特徵，可以從語音、語義、及字形三個方面來看。以前的學者們，研究聯緜字時，多數都以詩經爲主要的資料，再旁及其他的一些著述，本章所論述的，也不例外。

一、語音方面的特徵

㈠雙聲

所謂雙聲，一般而言，多指在廣韻中相同聲紐的字，廣泛一點，指古聲紐相同的字（如黃季剛先生有古聲十九紐之說），或者，更廣泛一點，指發音部位相同的字（如章太炎先生有古雙聲之說）。

詩經中雙聲的聯緜字，屬於形容詞的，如參差（關睢）、踟躕（靜女）、栗烈（七月）、觱發（七月）。屬於名詞的，如蟋蟀（七月）、蝃蝀（蝃蝀）、蒹葭（蒹葭）、伊威（東山）。此外，如繽紛（離騷）、容與（哀郢）、憔悴（漁父）、突梯（卜居）、猶豫（趙策）、便嬖（孟子、粱惠王）等，也都屬於雙聲的聯緜字。

㈡疊韻

所謂疊韻，一般而言，多指在廣韻中相同韻類的字，或者，廣泛一點，指古韻部相同的字（如黃季剛先生有古韻二十八部之說），或者，更廣泛一點，指古韻部相通轉的字（如章太炎先生有成均圖）。

詩經中疊韻的聯緜字，屬於形容詞的，如窈窕（關雎）、虺隤（卷耳）、窈糾（月出）。屬於名詞的，如崔嵬（卷耳）、芣苢（芣苢）、倉庚（七月）、蠨蛸（東山）。此外，如顑頷（離騷）、嬋媛（哀郢）、薜荔（山鬼）、觳觫（孟子梁惠王）、鎡基（孟子公孫丑）等，也都屬於疊韻的聯緜字。

㈢疊字

疊字也稱重言，普通的疊字，大多數都是兩字相同，但也有一小部分，寫法不盡相同。

詩經中重疊的聯緜字，其兩字相同者，如萋萋（葛覃）、灼灼（桃夭）、肅肅（兔罝）、趯趯（草蟲）、蚩蚩（氓）、呦呦（鹿鳴）等，這一類的例子，俯拾即是。

另外，詩經中也有一小部分重疊的聯緜字，其兩字却不盡相同的，如大雅公劉：「于時處處，于時廬旅，于時言言，于時語語。」馬瑞辰毛詩傳箋通釋：「廬旅古同聲通用…………詩上下文處處、言言、語語，皆用疊字，不應廬旅獨異詞。」

總之，聯緜字的構成，其特徵之一，便是二字在聲音上必須是相近的關係，否則，便如王了一氏所說，聲近不近的，如「淹留」之類，便只能認爲它是複音詞，却不能承認它是聯緜字了。

二、語義方面的特徵

㈠聯緜字合二字成義，不可分訓

王念孫廣雅疏證：「大抵雙聲疊韻之字，其義卽存乎聲，求諸其聲則得，求諸其文則惑矣。」（釋訓、揚榷、嫴榷、堤封、無慮、都凡也條下）又讀書雜志卷十六連語條下說：「凡連語之字，皆上下同義，不可分訓，說者望文生義，往往穿鑿而失其本指。」又經義述聞卷三十一通說下：「古人訓詁不避重複，往往平列二字上下同義者，解者分爲二義，反失其指。」所以，聯緜字在語義的解釋方面，確實是連文成義，不可分訓的。

像爾雅釋詁：「覭髳，茀離也。」郭璞注：「謂草木之叢茸翳薈也。茀離卽彌離，彌離猶蒙蘢耳。孫叔然字別爲義，失矣。」郭璞所謂孫炎字別爲義，便是指孫炎將連語分訓，所以不當。郝懿行義疏：「茀離疊韻，亦古方俗語，取其聲，不論其字者。孫炎字別爲義，郭所以譏其失矣。」也是主張連語不可以分訓的。

㈡同一聯緜字，有時不止一義

這也是聯緜字常有的現象之一，像王念孫廣雅疏證卷六釋訓「從容，舉動也」條下：「案從容有二義，一訓爲舒緩，一訓爲舉動。……自動謂之從容，動人謂之慫慂，聲義並相近，故慫慂或作從容。」這樣一來，「從容」一詞，便有舒緩、舉動及動人三種意義了。

總之，聯緜字的構成，其特徵之一，便是合二字而成一義，却不可以分別解釋呢。

三、字形方面的特徵

程瑤田果贏轉語記：「雙聲疊韻之不可爲典要，而唯變所適也。聲隨形命，字依聲立，屢變其物而不易其名，屢易其文而弗離其聲。」張壽林三百篇聯緜字研究：「蓋聯緜之字，義寄於聲，意不在形而在音，義不在字而在神，聲似則字原不拘，音肖則形可不論。」聯緜字以聲音為主，字隨音轉，所以字形常不固定，這是聯緜字最常見的現象之一。

洪邁容齋五筆「委蛇字之變」條：「此二字凡十二變，一曰委蛇……二曰委他……三曰逶迤……四曰倭遲……五曰倭夷……六曰威夷……七曰委移……八曰逶移……九曰逶蛇……十曰踒蛇……十一曰遏迤……十二曰威遲……。」劉師培駢詞無定字釋例：「唯所用駢詞，往往義同字異，推其原因，則以駢詞之中，或無正字，同音之字，取義必同。故字異音同，均可通用，名曰異文，實則同義。……古代文詞之駢字，雖因文而殊，然其音相近，其義亦必相同，不必泥於字之同異也。……蓋躑躅、蹢躅、踟蹰、踟躕、躊躇、躕躅、均即躊躇之異文。」洪氏與劉氏所說，便是這種例子。這也是聯緜字的特徵之一。

第四節　聯緜字演化

聯緜字的變化，雖然極為繁瑣，但其演變之跡，却也有其條貫可尋，以下，我們將就其較為顯著的一些變化軌跡，略舉其例，加以說明。

一、語音方面的演化

㈠雙聲聯緜字依叠韻相轉

如廣雅釋訓：「躊躇，猶豫也。」王念孫疏證：「此雙聲之相近者也，躊猶、躇豫為叠韻，躊躇、猶豫爲雙聲。」

㈡疊韻聯緜字依雙聲相轉

如廣雅釋訓：「逍遙、儴徉也。」疏證：「疊韻之轉也。」又如廣雅釋訓：「徘徊、便旋也。」疏證：「此疊韻之變轉也。」在這兩個例子，逍遙、儴徉、徘徊、便旋爲疊韻，逍儴、遙徉、徘便、徊旋爲雙聲。

㈢雙聲疊韻聯緜字與疊字相轉

如詩經羔羊：「退食自公，委蛇委蛇。」而君子偕老：「委委佗佗，如山如河。」委蛇爲疊韻聯緜字，轉爲疊字的委委佗佗。又如詩經楚茨：「苾芬孝祀，神嗜飲食。」而信南山：「苾苾芬芬，祀事孔明。」苾芬爲雙聲聯緜字，轉爲疊字的苾苾芬芬。

㈣顚倒相轉

如郝懿行證俗文：「落拓，亦卽拓落，揚雄傳下解嘲云：『何爲官之拓落也。』師古曰：『拓落，不耦也，拓音託。』是知拓落猶落拓矣。」又如王筠毛詩雙聲疊韻說，以爲詩東方未明之「衣裳」與「裳衣」，魚藻之「豈樂」與「樂豈」，也都是這種例子。

二、字形方面的演化

㈠上字與下字的偏旁，往往有互相同化的趨勢

如王引之經義述聞通說：「經典之字，多有因上下文而誤寫偏旁者，如堯典『在璿機玉衡』，機字本從木，因璿字而從玉作璣，此本有偏旁而誤易之者也。盤庚『烏呼』，烏字因呼字而誤加口。周

南關雎『展轉反側』，展字因轉字而誤加車。魏風伐檀『河水清且漣猗』，猗字因漣字而誤加水。小雅采薇『玁允之故』，允字因玁字而誤加犬。……此本無偏旁而誤加之者也。」劉師培字義起於字音說：「如絪縕見於周易，思玄賦用之，則爲烟熅。猗狔見于禮運，江賦用之，則爲翻翊。」孫德宣聯緜字淺說：「就聯緜字之形音觀之，上下字常有互相同化之趨勢，如上字從某旁，下字亦從某旁，如阢隉一詞，變爲倪仉、䚳䚯、劓刖。」

周法高先生綜合以上諸家所言，而總之說：「上述諸例，大致可分析作：a、下字隨上字偏旁而同化者，如璿璣（機）、漣漪（猗）、玁狁（允）等。b、上字隨下字偏旁而同化者，如嗚（烏）呼、輾（展）轉等。c、上下字同時變偏旁者，如阢隉、倪仉、䚳䚯、劓刖諸形，皆一語之異形。」

㈡同一字形，往往因上下文之牽涉而異其讀音

如孫德宣聯緜字淺說：「其上下字之聲與韻，亦往往互相牽涉而發生變異，如漢書揚雄傳反離騷：『紛纍㠯淟涊兮。』注：『淟音吐典反，涊音乃典反。』涊音乃典反，實涉上文而韻變者。解嘲：『執蝘蜓而嘲黽龍。』注：『蝘音烏典反，蜓音殄。』蜓音亦涉上文蝘而韻變者。」便是這種例子

三、位置方面的演化

聯緜字在文句中，其位置的配合，往往有不同的形式，今簡略說明如下。

㈠單複相配

這種情形，在文學戲曲中，最爲常見，郭坤福君嘗有「元人小令中的疊字」一文，搜集此類例子頗多，其單複相配的情形，如「冷清清」、「孤另另」、「氣昂昂」、「淅零零」、「喜孜孜」、「

暖烘烘」、「碧森森」、「綠茸茸」、「醉醺醺」、「響瑲瑲」等，便都是最常見的這種例子。

㈡兩複相配

兩組聯緜字，構成四字句，在前述郭君的文章中，其兩複相配的情形，如「切切嘈嘈」、「玎玎瑲瑲」、「茫茫渺渺」、「紛紛擾擾」、「皎皎潔潔」、「滴滴點點」、「樂樂陶陶」、「蕩蕩悠悠」、「隱隱迢迢」、「瀟瀟颯颯」等，便都是最常見的這種例子。

㈢間隔

如詩經燕燕：「燕燕于飛，頡之頏之。」采薇：「優哉游哉，亦是戾矣。」頡頏雙聲，優游疊韻，這是聯緜字處在詩句中一三兩字的例子。

又如詩經淇奧：「如切如磋，如琢如磨。」小戎：「言念君子，載寢載興。」切磋雙聲，寢興疊韻，這是聯緜字處在詩句中二四兩字的例子。

又如詩經隰桑：「隰桑有阿，其葉有難。」老子：「豫焉若冬涉川，猶兮若畏四隣。」阿難疊韻，猶豫雙聲，這是聯緜字分在兩句之中的例子。

至於詩經之中，如「匍匐救之」（谷風）、行邁靡靡」（黍離）、「舒而脫脫兮」（靜女），雖然，聯緜字的位置，各在詩句之首、之末、之中，但却是聯緜字的正例，不屬於演化的範圍了。

第五節　聯緜字的功用

以前有些學者，由於不了解聯緜字的性質，因此，在解釋古籍時，往往便會產生誤解，他們不是把聯緜字强行分訓，就是把聯緜字誤視爲並非一詞，孫德宣氏在聯緜字淺說中，曾搜集了一些此類的例子，像「窈窕」之分訓爲美心與美狀，「饕餮」之分訓爲貪財與貪食，便是把聯緜字强行分訓的例子。像論語鄉黨：「入公門，鞠躬如也。」皇疏：「鞠，曲斂也。躬，身也。」論語述而：「文莫，吾猶人也。」孔注：「文無者，猶俗言文不也。」便是把聯緜字「鞠躬」「文莫」誤視爲並非一詞而望文生義的例子，所以，在解釋古籍時，了解聯緜字的特性，應該是非常重要的。

劉勰文心雕龍物色篇：「詩人感物，聯類不窮，流連萬象之際，沈吟視聽之區，寫氣圖貌，既隨物以宛轉，屬采附聲，亦與心而徘徊，故『灼灼』狀桃花之鮮，『依依』盡楊柳之貌，『杲杲』爲出日之容，『瀌瀌』擬雨雪之狀，『喈喈』逐黃鳥之聲，『喓喓』學草虫之韻，……『參差』『沃若』，兩字窮形，並以少總多，情貌無遺矣，雖復思經千載，將何易奪？」這是最早肯定聯緜字在文學作品中的功用的批評。

顧炎武日知錄卷二十一詩用疊字條：「詩用疊字最難，衞詩『河水洋洋，北流活活，施罛濊濊，鱣鮪發發，葭菼揭揭，庶姜孽孽』，連用六疊字，可謂複而不厭，賾而不亂矣。古詩『青青河畔草，鬱鬱園中柳。盈盈樓上女，皎皎當窗牖。娥娥紅粉妝，纖纖出素手』，連用六疊字，亦極自然，下此即無人能繼。屈原九章悲回風『紛容容之無經兮，罔芒芒之無紀。軋洋洋之無從兮，馳逶移之焉止。漂翻翻其上下兮，翼遙遙其左右。氾潏潏其前後兮，伴張弛之信期』，連用六疊字。宋玉九辯『乘精氣之摶摶兮，騖諸神之湛湛。驂白霓之習習兮，歷羣靈之豐豐。左朱雀之茇茇兮，右蒼龍之躍躍。屬雷師之闐闐兮，通飛廉之衙衙。前輕輬之鏘鏘兮，後輜乘之從從。載雲旗之委蛇兮，扈屯旗之容容』，連用十一疊字，後人辭賦，亦罕及之者。」顧氏對於聯緜字在文學表現上的功用，也推崇備至。

張壽林氏三百篇聯緜字研究：「此種聯緜之字，實具音韻之隱微功用，既可以提高文章聲調，尤足以增進文章之美麗，天籟自鳴，非可得而造作。」又說：「苟舉聯緜之字，而統計其詞性，則形容詞副詞，實居其半，其於文學上之功用，要亦在此，故聯緜之字，舍音韻節奏而外，於修辭學上，俾益最多。」因此，聯緜字在豐富文學的內容與增加辭彙的修飾方面，都具有莫大的功用。

以下，我們將再列舉一些例子，來說明聯緜字在文學作品中的實際效用。

一、摹擬聲音

陳望道氏修辭學發凡：「摹聲格是吸收了聲音的要素。在語辭中的一種辭格，約略可以分作兩類：一是直寫事物的聲音的，二是借了對於聲音所得的感覺，表現當時的氣氛的。」在詩經中，像「佩玉鏘鏘」（有女同車）、「有車鄰鄰」（車鄰）、「呦呦鹿鳴」（鹿鳴）、「蕭蕭馬鳴」（車攻）等，便是直寫事物聲音的例子。像「風雨淒淒」（風雨）、「駟介陶陶」（清人）等，便是表現當時氣氛的例子。

二、圖寫形象

在文學作品中，如能善於利用聯緜字去摹倣事物的形象，也能使事物的形貌情景，微妙生動，在詩經中，像「參差荇菜」（關雎）、「狐裘蒙戎」（旄丘）、「其葉沃若」（氓）、「白石粼粼」（揚之水）、「蒹葭蒼蒼」（蒹葭）、「湛湛露斯」（湛露）等，便都是這種例子。

三、描繪動作

事物的形象，易於描寫，而行爲動作，則比較難於描繪表現，不過，聯緜字在這一方面，也時常能夠發揮它的功能，將一些動作描繪得如在目前，在詩經中，像「趯趯阜螽」（草蟲）、「踊躍用兵」（擊鼓）、「有狐綏綏」（有狐）、「有兎爰爰」（兎爰）、「其魚唯唯」（敝笱）、「嘽嘽駱馬」（四牡）等，便都是這種例子。

總之，聯緜字不僅在文學的創作上，對於文學作品中音節的諧和，辭語的修飾，內容的豐富，有著極大的影響，同時，對於文學的欣賞而言，聯緜字也有助於讀者更爲深入的領悟作品的意涵，對古籍的閱覽而言，聯緜字也有助於讀者更爲確地掌握古籍的意義。

本章主要參考資料

一、張壽林　三百篇聯緜字研究（燕京學報十三期）
二、孫德宣　聯緜字淺說（輔仁學誌十一卷一、二合期）
三、周法高　聯緜字通說（見中國語文論叢）
四、符定一　聯緜字典
五、朱起鳳　辭通
六、劉師培　駢詞無定字釋例（見左盦外集、劉申叔先生遺書）
七、王了一　雙聲疊韻與古音通假（見古代漢語）
八、王德毅　王國維年譜
九、陳望道　修辭學發凡（第五篇之六、摹狀，第七篇之五、複疊）
十、郭坤福　元人小令中的疊字（載南洋大學中國語文學會年刊，一九六八年號）

第五章　訓詁的方法

第一節　形訓

一、形訓的方法

對於古籍中的古字古言，加以訓釋疏解，這種工作，漢代的學者們，已經就開始從事了，他們對於古籍的訓釋，當然也有著他們自己的方法，但是，他們卻未能自覺地形成一種系統的方法，所以，在那時，往往是只有工作的實行而並無學理的解釋，也就是只有訓詁，而沒有訓詁學了，等到後人逐漸歸納前人所施用的種種方法，才得到一些系統化的理論。我們學習訓詁之學，了解了前人所施用的這些方法之後，當我們閱讀古籍的注釋時，我們必然會以我們已有的知識，去判斷這些古注，它們是應用了某一種訓解的方法，從而可以由此方法，更加了解其中的意義，增加我們對於古籍的了解。或者，當我們閱讀古籍時，有些字句却沒有古注可以利用，我們便可以憑藉我們已經了解的訓詁方法，從而去訓釋古籍中的古字古言，從而去了解古書注的意義。或者，古籍中雖然是有了注釋，但有些古注却免不了有著錯誤的解釋，這時，也只有了解了一般的訓詁方法，我們才能在閱讀古籍中，免受那些錯誤的古注的誤導，甚至能改正古注的錯誤，這些，也就是我們學習訓詁方法的目的和效用了。

首先，我們要討論形訓，文字是以表達意義爲主的，文字的形相和意義的關係，自然是很密切的，加上漢字又是衍形的文字，尤其是六書中的象形、會意等字，見其形象便可以知其意義，所以，從文字的本身去依形見義，實在是訓詁中正常的方法之一。

許慎說文敍：「象形者，畫成其物，隨體詰詘，日月是也。」詰詘就是屈曲，隨著物體的形象，屈曲地畫成其物，就是象形字了。鄭知同說文淺說云：「象形字皆出於古聖人，爲文最樸，而用意極工，用筆特損，而狀物絕肖。」又云：「畫竹即眞是竹，畫蛇則頭目神情畢露。」這還只是就小篆而言，如更就甲骨鐘鼎文字去看，則象形字更覺維妙維肖了。所以，依形見義、就象形字而言，確是最方便不過的了。說文中凡說到「象形」的，都是直接就文字的形相，說明文字的意義的。我們也可以說，凡是字義和其字形相應的，便是本義，因此，凡是本義，都可依它的形相爲釋，下面就是一些例子。

說文：「卜，灼剝龜也，象炙龜之形、一曰、象龜兆之從橫也。」

說文：「竹、冬生艸也，象形，下垂者，箁箬也。」

說文：「戶，護也，半門曰戶，象形。」

說文：「豆，古食肉器也，从口象形。」

說文：「象，南越大獸，長鼻牙，三年一乳，象耳牙四足尾之形。」

這一類的例子，說文上是多得不勝枚舉的。此外，說文上的「會意」之字，也是和字形有著密切的關係

許氏說文敍：「會意者，比類合誼，以見指撝，武信是也。」段注：「會者合也，合二體之意也，一體不足以見其義，故必合二體之意以成字。」

所以，比合二個以上的已有之文，以表現此新字之意義的，叫做會意。王筠釋例也以爲「會者合也……

不作會悟解也。」但是，廖平的六書舊義，却有不同的意見，並且採用了班固象意的名稱，他說：「象意皆虛字，此定說也。舊說不講意字，惟言會字，就許會意之名，猶可附會，若用班象意之名，則會字不可言矣。」又說：「象意一類，一言以決之曰，皆虛字，無形可有，無事可作，無聲可託，乃為象意，如武信二字，無形無事無聲是也，必如此類，乃為象意。」廖氏之說，也確實有他的獨到見解，然而，不論怎樣說，會意一類文字，可以由形相的本身以見其義，是不能否認的，下面就是一些例子。

說文：「卟，卜以問疑也，从口卜，讀與稽同。」

說文：「休，息止也，從人依木，庥，或從广。」

說文：「男，丈夫也，从田力，言男子力於田也。」

說文：「祭，祭祀也，从以示，以手持肉。」

說文：「閑，闌也，从門中有木。」

說文：「暴，晞也，从日出廾米。」

說文：「爨，齊謂之炊，爨，𦥑象持甑，冂為竈口，廾推林內火。」

這種例子，在古籍之中，出現的也不在少數。

左氏宣十二年傳：「夫文，止戈為武。」

左氏宣十五年傳：「故文，反正為乏。」

左氏昭六年傳：「於文，皿蟲為蠱。」

從以上的例子中，我們可以知道，從會意字的形相上，便可以清晰的看出了文字的意義。此外，六書中的指事字，在依形見義方面，也有很大的用處。

許氏說文敍云：「指事者，視而可識，察而見義，上下是也。」段注：「指事之別於象形者，形謂一物，事晐衆物，專博斯分，故一舉日月，一舉上下，上下所晐之物多，日月祇一物。」王筠釋例：「所謂視而可識，則近於象形，察而見意，則近於會意，然物有形也，而事無形，會兩字之義，以爲一字之義，而後可會，而丄丅兩體，固非古本切之丨，於悉切之一也，明於此，指事不得混於象形，更不得混於會意矣。」葉德輝六書古微也說：「六書中之象形字，直名曰象形可也，而有曰象某之形，曰象其某，曰象有某，其字皆有所指，所謂象事之稱，卽本於此。」葉氏是依據班固象事之名，來作解釋的，由以上所說，我們可以知道，說文中的指事之字，也是可以依其形相而知其意義的，下面就是一些例子。

說文：「八，別也，象分別相背之形。」

說文：「亼，三合也，从人一，象三合之形。」

說文：「予，推予也，象相予之形。」

說文：「刃，刀鋻也，象刀有刃之形。」

說文：「只，語已詞也，从口，象气下引之形。」

說文：「牟，牛鳴也，从牛，厶象其聲氣從口出，」

說文：「入，內也，象從上俱下也。」

說文：「厶，姦邪也，韓非曰，倉頡作字，自營爲厶。」

總之，凡屬於六書中的象形、指事、會意之字，我們都可以依其形相而得其意義，所以，形訓一法，也屬於正常的訓詁方術之一。

二、形訓的缺點

因爲中國文字的形體，幾千年來，經過了鐘鼎、甲骨、篆、隸、行、草等各種不同的變遷，才成爲今天的楷書，所有的古籍刻本，也多數是採用了楷書的體勢，古代的文字，從鐘鼎甲骨轉變到小篆的字形，已經多少失去了造字時的本體，在文字的點畫構造上，已不易看出形象和意義之間的關係了，何況，從小篆轉變到楷書，又不知改變了多少字形上的關係，今天，我們實在難以從楷書的字形上再看出它的意義的依據了，像前舉的例子中，就楷書的字形來說，我們很難再從「暴」字看出拱米的形象，從「乏」字看出反正的形象，從「予」「八」二字看出推予及分別的形象，自然也很難從字體的形象上推尋出它們的意義來了，字體屢遷，難於掌握，這不能不說是「依形見義」的最大缺點了，其次，訓詁上注重的是詞彙在古籍文句中的應用意義，而依形見義所提供的，往往只是文字的本義，因此，在實用的範圍中，形訓的方法，自然也受到很大的限制了。

第二節　音訓

文字代表語言，語言又是表示意義的，段玉裁說：「聖人制字，有義而後有音，有音而後有形，學者考字，因形以得其音，因音以得其義，治經莫重於得義，得義莫切於得音。」（廣雅疏證序）這是因爲古時沒有文字以前，先有語言，而語言寄託在文字之中，又因語言是傳達意義的，所以，意義又寄託在語言之中，因此，先有意義，後有語言，再有文字，因此，後人就文字以求語音，就語音以求事物稱名之所以然，音訓之法、就由此而興起了。

古代許多訓詁學家，在訓釋字義的時候，往往利用音同音近的字來解釋被訓的名物，希望在音訓的原則上，推尋出那一名物「命爲此名的所以然」來，因此，音訓又可以稱之爲「推因」或「求原」。音訓的類例，約有以下幾種。

一、以本字爲訓

訓詁的目的，在以已知的字義解釋未知的字義，使人了解，因此，在訓解字義時，訓解字和被訓字之間，必然有著意義上關係，雖然，訓解字和被訓字之間，其意義並不是百分之百的相等，兩者之間，不能劃一等號，（如果完全相等，在文字學上，便不宜多造其中一字）訓釋字和被訓字之間，只是說，在某些文句之中，某些情況之下，它們有著或多或少的意義的關聯吧了。但是在訓詁的時候，如果訓解字使用與被訓字完全相同的一字來解釋，這樣，在道理上，是違反了以已知釋未知的訓詁原則的。然而，在古注中，我們却常常看到這類以本字爲釋的例子。

周易序卦傳：「蒙者蒙也。」又：「比者比也。」又：「剝者剝也。」

孟子滕文公：「周人百畝而徹，徹者徹也。」

詩大序：「風者風也。」

釋名釋天：「宿，宿也，星各止宿其處也。」

釋名釋宮室：「觀，觀也，於上觀望也。」

釋名釋典藝：「傳，傳也，以傳示後人也。」

原來，以本字來解釋本字，也是有著他們的根據的，劉師培在中國文學教科書上說：「有以本字訓本字者，此由字包數音，音包數義，或以虛義釋實義，或以此音擬彼音。」在第三章中，我們也了解到，中國文字，由於有聲調的不同，詞性的不同，因而同一文字，常有不向的音讀和意義，而在訓詁的方法上，以本字來解釋本字，却正是上述原理的應用了，所以，凡是以本字訓本字的時候，其被訓字與訓解字之間，詞性多不相同，音讀亦必相異，自然，意義也有著差別了，如「宿，宿也。」上一宿字，爲星宿之宿，讀如朽音，爲名詞，下一宿字，爲止宿之宿，爲動詞。在這樣的情形下，表面上，雖然被訓字和訓解字同屬一字，但却並不違背「以易知釋難知」的訓詁原則的。

二、以形聲字之聲母訓聲子

黃季剛先生說：「形聲字有聲母，有聲子，聲子必从其聲母之音。」（說文條例之七）所謂形聲字的聲母，也就是形聲字所從以得音的聲符，像江河二字的工可，因爲江河二字的字音，是由工可二字所來，如母可生子，所以江河二字，又可說是工可二字的聲子。以下，我們就根據這種字音的關係，來說明幾種音訓的類例。

論語顏淵：「政者正也。」

孟子盡心：「征之爲言正也。」

說文：「誥，告也。」

說文：「仲，中也。」

說文：「誼，人所宜也。」

釋名釋言語：「智，知也、無所不知也。」

釋名釋宮室：「壁，辟也，辟禦風雨也。」

季康子問政於孔子，孔子告以政者正也，意思是說，政治的意義就是歸於中正的意思，所以孔子又說，子帥以正，孰敢不正，爲政的人，希望人民歸於中正，必然自己本身要率先作則，先歸於中正才行，就音訓的立場來說，政這個字，在命名之初，已包含了「正」的意義在內了，這是音訓所要解釋的，就形聲字的關係來看，被訓字都是聲子，訓解字都是聲母。

三、以形聲字之聲子訓聲母

這一類音訓的例子，恰與前一類相反，被訓字都是同一形聲字的聲母，訓解字都是聲子了。

周易序卦傳：「夬者，決也。」又：「兌者說也。」

周易咸卦彖辭：「咸，感也。」

說文：「衣，依也。」

說文：「羊、祥也。」

釋名釋言語：「敬，警也，恒自肅警也。」

釋名釋天：「冬，終也，物終成也。」

如果就字形的關係來說，依祥警感等字，都是衣羊敬咸等字的分別文，按理說，在字形上是先有衣羊等字，而後才有依祥等字的，但是、在音訓的關係上，分別文的關係，正好說明了訓解字和被訓字之間是同出一原，意義上正有著密切的聯繫，而不必太顧及到字形的先後的。

四、以形聲字同聲母之字爲訓

形聲字半爲形符，半爲音符，凡從同一音符（聲母）得聲之字，古音必然相同，意義亦因而多相接近。

說文：「禘，諦祭也。」

說文：「媒，謀也，謀合二姓者也。」

釋名釋書契：「笏，忽也，君有敎命，及所啓白，則書其上，備忽忘也。」

釋名釋州國：「郡，群也，人所群聚也。」

用諦字釋禘，謀字釋媒，忽字釋笏，群字釋郡，這都是音訓，也確實都能把被訓字的意義，以及它最初命此名的所以然之故，說明得非常清楚。

五、以同音之字爲訓

在聲韻學上，一般說來，音是由聲和韻兩者所結合而成的，凡是一字的聲韻和另一字的聲韻相同，我們便稱這兩字爲同音，如果只有聲類相同，我們便稱這兩個字爲雙聲，如果只有韻部是相同的，我們便稱這兩個字爲疊韻。不過，我們所說的雙聲疊韻，一般上說，只是指廣韻、切韻中的聲韻和韻部而已，但是，先秦兩漢的古籍之中，用到音訓的例子已是不勝枚擧的了，我們自然不能以隋唐兩宋時代時代的聲韻，去範圍先秦兩漢的古音。對於古音學的研究，清代及近代的學者們，已經作出了許多貢獻，因此，我們在此所談到的同音及雙聲疊韻等，實際上，把古音研究中的古聲通轉和古韻通轉等，那已包含在內了，對於古音的研究，我們採用黃季剛先生的古聲十九紐，以及古韻二十八部之說，作爲以下諸例的準則。以下，先舉出同音爲訓的例子。

周易序卦傳：「離者麗也。」又：「晉者進也。」

中庸：「仁者人也。」又：「義者宜也。」

說文：「禮，履也。」

說文：「士，事也。」

說文：「葬，藏也。」

釋名釋言語：「德，得也，得事宜也。」

釋名釋宮室：「戶，護也，所以謹護閉塞也。」

六、以雙聲之字爲訓

說文：「禍，害也。」禍害同屬匣紐。

說文：「哲，知也。」哲知同屬知紐。

說文：「藩，屏也。」藩屬非紐，屏屬幫紐，古聲同屬幫紐。

釋名釋天：「星，散也，列位布散也。」星散同屬心紐。

釋名釋言語：「公，廣也，可廣施也。」公廣同屬見紐。

詩經鄭風緇衣：「敝予又改爲兮。」傳：「改，更也。」改更同屬見紐。

詩經大雅桑柔：「秉心無競。」傳：「競，彊也。」競彊同屬見紐。

七、以疊韻之字爲訓

說文：「天，顚也。」天顚同屬先部。
說文：「水，準也。」水準同屬灰部。
釋名釋姿容：「聽，靜也，靜然後所聞審也。」聽靜同屬靑部。
釋名釋言語：「通，洞也，無所不貫洞也。」通洞同屬東部。
詩經周南關雎：「左右流之。」傳：「流，求也。」流求同屬蕭部。
詩經小雅伐木：「遷于喬木。」傳：「喬，高也。」喬高同屬豪部。
爾雅釋詁：「穀，祿也。」穀祿同屬屋部。
周易說卦傳：「乾，健也。坤，順也。」乾健同屬寒桓部，坤順同屬痕魂部。
孟子滕文云：「庠者養也，校者敎也。」庠養同屬唐部，校敎同屬豪部。

以上七類，從第一類到第四類，在字形上，訓解字和被訓字之間，有著形聲字聲母聲子等關係（第一類則完全相同了），第五類到第七類，在字形上，訓解字和被訓字之間，是沒有形聲字聲母聲子等關係的，如果純粹從聲音的立場來看，那麼，從第一類到第四類的例子，幾乎都可以歸併到同音爲訓的那一類裡面去，這裡，所以仍然分類七類的原因，在於使讀者能有一個較爲淸晰的印象，知道凡是音訓的例子，可以包括形聲字的字形關係在內，以後如果遇見古注中有形聲字的字形關係時，便立刻可以肯定它是同音爲訓或是音訓了，這樣，不但對於了解古注，有所裨益，就是在辨認通假字以求本字的應用上，也會有很大的幫助。

音訓只是古人在解釋字義時所施用的方法之一而已，它也像形訓一樣，有著它本身的缺點，一則，音訓的目的，是尋求事物命名的所以然，並不是對於那些「名」「物」的本身，作出一種確切不移的定義，這樣，音訓的結果，有時會使人們對於被訓字的意義，仍然產生模糊的印象，而不能十分清晰的了然於心。就如「政」之與「正」，「士」之與「事」，「羊」之與「祥」，「媒」之與「謀」等，它們兩兩之間彼此也許都有著同源的關係，但是，它們兩兩之間，却並不是完全同義的字，因此，在說明一個名物的意義的目的上，音訓是無法完成「儘量交待清楚」的使命的，這種情形，在古籍的訓釋上，表現得尤其明顯，這是因爲，古籍中的詞語，應用的往往是它們的引申或假借之義，在古籍的訓釋上，很少需要了解某一詞語得義的所以然。二則，音訓之法，只是任取音同音近的一字，以說明被訓字的意義（及其命名之所以然），但是，同音字衆多，正是漢字的特徵之一，往往和被訓字音同音近的字，爲數甚夥，任取其中一字爲訓，在意義上，尋求命名的所以然，這樣，便不免會有「穿鑿附會」的流弊發生，而且，當我們應用音訓的方法，去爲古籍作出訓解時，在衆多的同音字中，我們又將如何去選擇其中之一呢？論語八佾篇裡，記載了如此一個故事：「哀公問於社於宰我，宰我對曰：『夏后氏以松，殷人以柏，周人以栗，曰使民戰栗。』子聞之曰：『成事不說，遂事不諫，既往不咎。』」宰我的話，恰巧就是一個音訓的例子，那相當於在說：「栗者慄也，使民戰慄。」但是，在栗樹和戰慄之間，我們看出有什麼意義上的關聯，更看不出栗樹的最初命名，和戰慄有什麼樣的關聯，更談不到「使民戰慄」了。有時，同一個名物，各家音訓的解釋各不相同；例如：

說文：「未，味也，六月滋味也。」

史記律書：「未者，言萬物皆成，有滋味也。」

釋名釋天：「未，昧也，日中則昃向幽昧也。」

淮南子天文訓：「未者，昧也。」

至少就有了兩種絕不相同的音訓，有時，甚至同一人對同一名物，也會作出兩種並不相同的音訓，例如：

說文：「馬，怒也，武也。」

釋名釋天：「風，兗豫司冀橫口合脣言之，風，氾也，其氣博氾而動也。青徐言風，踧口開脣推氣言之，風，放也，氣放散也。」

雖然，釋名所收錄的方言不同，音讀有異，如果純就記音而言，如揚雄的以漢字標示音讀，自然可以說得過去，但是，釋名是尋求事物命名之所以然的書，再提到「其氣博氾而動」及「氣放散」這些話，似乎就說不通了，不過，這種缺點的例子，倒並不多見，要之，音訓的說解，有時自相矛盾，這也是使得人們對於「命名的所以然」有所疑惑的原因之一。

音訓雖然有著上述的一些缺點，但是，不但以前的古注中廣泛地應用了這種方法，而且，在同源詞的研究上，它也能提供出最佳的材料，所以，音訓的方法，仍然是值得我們去探討的。

第三節　義界

每一個詞語，都代表著與此詞語範圍相當的名物或事類，而每一件名物或事類的本身，又都包涵有多少不同的特徵，在訓釋某一詞語時，我們可以將此詞語所涵有的特徵，用一些字句，宛轉地敘述出來，為此詞語，下一明確的定義界說，這就是義訓中的「義界」之法了，它又可以稱之為「宛述。」自然，在這世界上，不論名物或事類，具體的或抽象的，品物眾多，而形象近似，易於混淆的卻也不少，在敘述某一詞語的特徵時，我們也不可能將它所有的特徵一一具列出來，因此，當我們利用「義界」的方法，去訓釋某一詞語時，我們應該強調這一名物或事類的某些與衆不同的特徵，以說明其意義，這樣，才能達到使人明白的目的，反之，如果所敍述的，是其與衆相同，爲衆所具的某一特徵，自然就不易使人明白這一語詞的意義了。義界的類例，可以分爲下列幾種：

一、就其形象爲訓

詩召南采蘋：「于以湘之，維錡及釜。」傳：「有足曰錡，無足曰釜。」

詩魏風伐檀：「河水清且漣猗。」又：「河水清且淪猗。」傳：「風行水成文曰漣。」又：「淪，小風水成文轉如輪也。」

詩小雅鴻雁：「鴻雁于飛，肅肅其羽。」傳：「大曰鴻、小曰雁。」

詩衞風伯兮：「伯兮執殳，爲王前驅。」傳：「殳長丈二而無刃。」

詩秦風無衣：「脩我戈矛，與子同仇。」傳：「戈長六尺六寸，矛長二丈。」

詩小雅伐木：「於粲洒埽，陳饋八簋。」傳：「圓曰簋。」按說文：「簋，黍稷方器也。」又：「簠，黍稷圜器也。」

詩魏風伐檀：「不稼不穡，胡取禾三百囷兮。」傳：「圓者爲囷。」按說文：「囷，廩之圜者，从禾在□中，圜謂之囷，方謂之京。」

以上，都是些依據名物形象的特徵來作解釋的例子，古籍的訓詁注解，和字書的說解字形字義略有不同，古注的訓詁，只是隨文疏解　，有時蒙上文而言，目的在使讀者明白此字在文句中的意義即可，所以，在解釋上，有時並不作全面的說明，而只取詞語的某一特徵，加以說明，而字書的對象不是文句，只是單字，所以，在解釋時，比較全面而具體，這樣，也就比較使人容易了解。例如前述詩中的鴻、雁、戈、矛，等字、毛傳並沒有指出飛鳥兵器等特徵，一則這些特徵，盡人皆知，一則具有這些特徵的，並不止是鴻雁戈矛，易於和其他的鳥類及武器相淆，所以，毛傳就簡單的只說出在此詩句中的鴻雁，戈矛兩兩相對的特徵，大小長短，使人明白即可，而且，在詩句中，只說鴻雁、戈矛，讀者自然不會誤會到其他鳥類武器去，所以，就無需一一說明其特徵了。

二、就其性質爲訓

易文言：「元者善之長也，亨者嘉之會也，利者義之和也，貞者事之幹也。」

爾雅釋訓：「善父母曰孝，善兄弟曰友。」

詩周南葛覃：「爲絺爲綌，服之無斁。」傳：「精曰絺，麤曰綌。」

詩邶風谷風：「誰謂荼苦，其甘如薺。」傳：「荼，苦菜也。」

詩鄭風將仲子：「無折我樹檀。」傳：「檀，彊忍之木。」

詩齊風東方未明：「折柳樊圃。」傳：「柳，柔脆之木。」

詩魏風園有桃：「心之憂矣，我歌且謠。」傳：「曲合樂曰歌，徒歌曰謠。」

以上是一些就其性質方面的特徵來作解釋的例子，這種解釋的方法，前人也叫做「以德訓之」。

三、就其功用爲訓

左氏襄七年傳：「恤民爲德，正直爲正，正曲爲直，參和爲仁。」杜注：「德正直三者備，乃爲仁。」

說文：「園，所以樹果也。」

說文：「圃，所以種菜曰圃。」

詩邶風柏舟：「我心匪鑒，不可茹也。」傳：「鑒，所以察形也。」

詩邶風谷風：「毋逝我梁，毋發我笱。」傳：「笱，所以捕魚也。」按說文：「笱，曲竹捕魚器也。」

詩王風采葛：「彼采艾兮。」傳：「艾，所以療疾。」按孟子：「猶七年之病，求三年之艾也。」趙注：「艾可以爲灸人病，乾久益善。」

詩小雅無羊：「爾牧來思，何蓑何笠。」傳：「蓑，所以備雨，笠，所以禦暑。」按正義：「蓑唯備雨之物，笠則充以禦暑，兼可禦雨。」

詩大雅靈臺：「王在靈囿，麀鹿攸伏。」傳：「囿，所以域養禽獸也。」

以上是一些就其功用方面的特徵來作解釋的例子，這種解釋的方法，前人也叫做「以業訓之」。

四、就其材料爲訓

詩邶風柏舟：「汎彼柏舟，亦汎其流。」傳：「柏木所以宜爲舟也。」按陳奐傳疏：「柏木爲舟曰柏舟。」

詩周南卷耳：「我姑酌彼兕觥，維以不永傷。」傳：「兕觥，角爵也。」

詩小雅何人斯：「伯氏吹壎，仲氏吹篪。」傳：「土曰壎，竹曰篪。」

詩大雅生民：「卬盛于豆，于豆于登。」傳：「木曰豆，瓦曰登。」按鄭箋：「祭天用瓦豆，陶器質也。」

五、就其顏色爲訓

詩鄭風出其東門：「縞衣綦巾，聊樂我員。」傳：「縞衣，白色，男服也。綦巾，蒼艾色，女服也。」

詩秦風終南：「君子至止，黻衣繡裳。」傳：「黑與青謂之黻，五色備謂之繡。」

詩小雅四牡：「四牡騑騑，嘽嘽駱馬。」傳：「白馬黑鬣曰駱。」

詩小雅無羊：「誰謂爾無牛，九十其犉。」傳：「黃牛黑脣曰犉。」

爾雅釋畜：「黃白雜毛、駓。」郭注：「今之桃華馬。」

爾雅釋畜：「彤白雜毛、騢。」郭注：「卽今之赭白馬，彤赤。」

爾雅釋獸：「甝，白虎。」郭注：「漢宣帝時，南郡獲白虎，獻其皮骨爪牙。」

爾雅釋草：「芑，白苗。」郭注：「今之白粱粟，皆好穀。」

六、就其時間爲訓

爾雅釋天：「春祭曰祠，夏祭曰礿，秋祭曰嘗，冬祭曰蒸。」

爾雅釋天：「春獵爲蒐，夏獵爲苗，秋獵爲獮，冬獵爲狩。」

爾雅釋地：「田，一歲曰菑，二歲曰新田，三歲曰畬。」

廣雅釋獸：「獸，一歲爲豵，二歲爲豝，三歲爲肩，四歲爲特。」

說文：「駒，馬二歲曰駒，三歲曰駣。」又：「⿰馬八，馬八歲也。」

說文：「㸬，二歲牛。」又：「犙，三歲牛。」又：「牭，四歲牛。」

說文：「羜，五月生羔也。」又：「䍪，六月生羔也。」又：「⿰羊兆，羊未卒歲也。」

按段氏於羜下注云：「謂羔生五月者也。」

左氏隱四年傳：「石碏使告于陳曰，衞國褊小，老夫耄矣，無能爲也。」杜注：「八十曰耄。」

七、就其位置爲訓

詩齊風東方未明：「東方未明，顚倒衣裳。」傳：「上曰衣，下曰裳。」

詩邶風匏有苦葉：「深則厲，淺則揭。」傳：「以衣涉水爲厲，謂由帶以上也。揭，褰衣也。」按爾雅釋水：「以衣涉水爲厲，由膝以下爲揭，由膝以上爲涉，由帶以上爲厲。」

詩秦風蒹葭：「所謂伊人，在水之湄。」傳：「湄，水隒也。」按爾雅釋水：「水草交爲湄。」

詩陳風澤陂：「寤寐無爲，涕泗滂沱。」傳：「自目曰涕，自鼻曰泗。」

詩齊風猗嗟：「猗嗟名兮，美目清兮。」傳：「目上爲名，目下爲清。」

詩鄘風載馳：「大夫跋涉。」傳：「草行曰跋，水行曰涉。」

詩周南卷耳：「陟彼高岡。」傳：「山脊曰岡。」

爾雅釋地：「邑外謂之郊，郊外謂之牧，牧外謂之野，野外謂之林，林外謂之坰。」

以上所舉的七種類例，只是義界方法中比較明顯的例子而已，並不是說，義界僅僅只有這幾種方法，也不是說，義界的方法，僅僅只能從名物的這幾種特徵上去解釋。在以上所舉的例子中，多數詞語所代表的，都是具體的事物，這是因爲，具體的事物比較容易解說，抽象的則比較困難了，尤其是一些哲學家們常用的名詞，像道、德、仁、義、天帝、心性、才、命、誠、敬等等，各家有各家在使用時獨特的涵義，儒家所說的道德和道家的所說道德已不一樣，即使孔孟所說的仁，其涵義也並非完全相等，因此，要替這一類的抽象詞語下一明確的界說，宛轉敘述出它們的定義，那是一件很不容易的事情，這只能在一本本的古籍上隨文疏解其義，或是分別歸納某家的學說，分別歸納某一本古籍，才能推尋出某家某書對於某一詞語的涵義，更進一步，才能互相比較他們彼此之間的異同了。

在訓釋某一個詞語的時候，我們自然希望，將這一詞語的意義解釋得極爲清晰明白，然而，詞語文字，只有在文句之中，它們才有生命的，詞語文字，在孤立的時候，它們的意義，却是不甚確定，所以，字義的訓釋，有時不能離開文句而成立，在古籍的文句中，爲了意義的需要，作者常常不免會使用了一些意義相當的同義詞，對於這種在同一文句出現的同義詞，一般訓詁學者往往喜歡分別加以解釋，這在字義的研究上，是無可厚非的，像前述例子中的，錡釜、豆登，壎篪、衣裳、厲揭、涕泗、名清等，分別解釋它們的意義，在文句意義的表達關係上，是有此必要的，舊日的訓詁學者喜歡說什麼「散文則同，對文則異」，「統言不分，析言有別」，上述的例子，正是「對文」和「析言」的情形。但是，有些詩文的作者，並不是爲了意義的需要，他們往往是爲了尋求文句的優美避免用字的重複，因而也使用了一些意義相當的同義詞像前述例子中的漣倫，鴻雁、涕泗、跋涉等等，有些是詩人借之以起興，有些是詩人陳述某種事類的概念，這種情形，前人稱之爲「變文」或「互文」，是一種常見的修辭方法，這時，雖是同義詞的「對言」，然而，在文句意義的表達關係上，却往往取其「統言」之義，而不必分別解釋了，一些訓詁學者，或許是讀書時過分地好求甚解，像論語鄉黨：「食不言，寢不語。」朱注：「答述曰語，自言曰言。」詩關雎：「輾轉反側。」朱注：「輾者轉之半，轉者輾之周，反者輾之過，側者轉之留。」朱注對於言語輾轉反側六字的解釋，就不免過嫌分別了，因爲，訓釋古籍和字書解釋一個個獨立的字義不同，訓釋畢竟是要以符合古書的全面意義爲主的，不能只是孤立地解字，而不顧及古書的命義所在。

第四節　翻譯

陳蘭甫在東塾讀書記上說：「時有古今，猶地有東西南北，相隔遠則言語不通矣，地遠則有翻譯，時遠則有訓詁，有翻譯則能使別國如鄉鄰，有訓詁則能使古今如旦暮。」陳氏雖以時間空間的區別把訓詁和翻譯分開，實際上，就廣義來說，溝通古今語義的訓詁，同樣是一種翻譯，所以，張之洞在輶軒語的論訓詁上就說：「古之訓詁，猶今之翻譯也。」劉師培在中國文學教科書上也說：「訓詁之學與翻譯之學同，所以以此字釋彼字耳。」黃季剛先生在訓詁述略上也說：「訓詁者，以語言解釋語言之謂，至於以此地之語釋彼地之語，或以今時之語釋昔時之語，斯固訓詁之所有事，而非構成之原理，蓋眞正之訓詁學，卽以語言解釋語言，初無時地之限域也。」所以，訓詁最初的意義，只是解釋古字古言，只是屬於時間上的範圍，從揚雄以後，至於方言雅言的解釋（翻譯）也都包括在訓詁的範圍裡面，降及後世，則別名共名之辨，借字正字之分，古制今制之通，也都包含在訓詁的範圍之內了，所以，訓詁一詞，本來是和翻譯相對的，後來，却逐漸擴大了它的範圍，把翻譯也包含在內了，至於近世把翻譯再擴大到東西洋語言的互譯，那已經不屬於中國訓詁學的範圍，不在本書討論之列了。

翻譯有音譯和義譯之別，翻譯時以其音近音轉的語言相釋，叫做音譯，這一類音譯似乎也可以歸入音訓的範圍，只是，音譯的目的仍舊是以語義的了解爲主，這和音訓的「推因」「求原」，尋求語言命名的所以然，却並不相同。至於翻譯時以其意義相當相近之語相釋，而並不涉及聲音的關係的，稱爲義訓，所以，不論音譯和義譯，仍然只應屬於義訓的範圍。

訓詁上的翻譯，前人也稱之爲「互訓」，只是，在音譯和義譯的例子中，有些是可以相互爲訓的，如說文的「信、誠也」，「誠、信也」，「歌、詠也」，「詠、歌也」之類，都是可以互訓例子，但是，有一些例子，却不能相互爲訓了，像古語和今語，古字和今字，我們既不能起古人於地下，那麼，以古語釋今語，以古字釋今字，就完全失去了訓詁翻譯的意義了，因爲，訓詁的原則——以易曉釋難識，以已知解未知，以常見譯罕見，以直言易曲語——其目的畢竟是在使人了解，其對象畢竟只是今人而不是古人的。所以，我們在此也採用了翻譯的名稱。翻譯的類例，在古籍上明顯而易見的，通常有以下幾種：

一、以今語釋古語

孟子滕文公：「書曰，洚水警予，洚水者，洪水也。」按洚洪音近。

論語子路：「必也正名乎。」鄭玄注：「正名謂正書字也，古者曰名，今世曰字。」

孟子梁惠王：「百姓皆以王爲愛也。」趙注：「愛，嗇也。」

論語爲政：「舉善而教不能，則勸。」包咸注：「舉用善人而教不能者，則民勸勉。」按說文：「勸，勉也。」段注：「勉之而悅從亦曰勸。」

詩周頌振：「振鷺于飛，于彼西雝。」傳：「鷺，白鳥也。」按說文：「鷺，白鳥也。」段注：「漢人謂鷺爲白鳥也。」

詩邶風谷風：「就其深矣，方之舟之。」傳：「舟，船也。」按陳奐傳疏：「舟船古今名。」

詩小雅桑扈：「交交桑扈，有鶯其領。」傳：「領，頸也。」按陳奐傳疏：「領頸古今異名也。」

說文：「尗，豆也。」段注：「尗豆古今語，亦古今字，此以漢時語釋古語也。」

以上都是一些以今語釋古語的例子，不過，這裡所說的古今，只是時間上相對的觀念而已，並不是確指某一時代一定爲古，某一時代一定爲今，而在例子裡所指的今，却需要從訓釋者的時代上去推定了，像鄭玄包咸趙歧毛公等，自然是以漢代爲今，卽使是段玉裁、陳奐疏解許愼毛公之說，亦是以漢代爲今了，所以，段氏在注「尗，豆也」時，就說「此以漢時語釋古語」了，這是最明白的說法。

二、以方言雅言互釋

方言是有着地方性局限的語言，只通行在某些地方，雅言是沒有地方性局限的語言，是通行廣遠的正言通語，爲了溝通人們的情意，方言雅言的互譯，直至今天，仍然是在繼續著的。

左氏宣四年傳：「楚人謂乳、穀，謂虎、於菟。」

方言卷一：「嫁、逝、徂、適、往也。自家而出謂之嫁，由女而出爲嫁也，逝，秦晉語也，徂，齊語也，適，宋魯語也，往，凡語也。」

詩小雅采綠：「五日爲期，六日不詹。」傳：「詹，至也。」按方言：「楚語謂至爲詹。」

詩周南樛木：「樂只君子，福履將之。」傳：「將，大也。」按方言：「將，大也，齊楚之郊，或曰京，或曰將。」

詩小雅卷阿：「純嘏爾常矣。」傳：「嘏，大也。」按方言：「嘏，大也，宋衞陳魯之間謂之嘏，秦晉之間凡物壯大謂之嘏。」

詩大雅雲漢：「胡不相畏，先祖于摧。」傳：「摧，至也。」按方言：「摧，至也，摧，方言。」

以上是以雅言解釋方言的例子，以下，我們再舉出一些以方言解釋雅言的例子。

春秋桓七年經：「焚咸丘。」公羊傳：「焚之者何，樵之也。」何休注：「樵之，齊人語。」

釋名釋水：「澤，今兗州人謂澤曰掌也。」

詩唐風蟋蟀：「蟋蟀在堂，歲聿其莫。」傳：「蟋蟀，蛬也。」按方言：「蜻蛚，楚謂之蟋蟀，或謂之蛬。」郭注：「卽趨織也，梁國呼蛬。」

詩豳風鴟鴞：「鴟鴞鴟鴞，旣取我子，無毀我室。」傳：「鴟鴞，鸋鴂也。」按孔疏：「陸機疏云，鴟鴞似黃雀而小，其喙尖如錐，取茅莠爲窠，以麻紩之如刺襪然，縣著樹枝，或一房，或二房，幽州人謂之鸋鴂，或曰巧婦，或曰女匠，關東謂之工雀，或謂之過鸁，關西謂之桑飛，或謂之襪雀，或曰巧女。」

詩召南草蟲：「陟彼南山，言采其蕨。」傳：「蕨，鼈也。」按爾雅釋草：「蕨，鼈。」郝氏義疏：「草木疏云，周秦曰蕨，齊魯曰鼈，俗云，其初生似鼈脚，故名焉。」

三、以義近之詞爲釋

所謂義近之詞爲釋，只是說，在某種情況下，雙方所代表的意義，有所近似而已，絕非指訓解字與被訓字之間，完全相等，實際上，沒有兩個詞語所表示的意義是完全相等的，每一個詞語，在它所代表的意義中，只有一個是本義，其他的都只是由此本義而來的引申義，而在訓詁上，詞語在孤立時是沒有生命的，只有在文句之中，它才獲得生命，而詞語到了文句之中，它所表示的意義，就由上下文的關係確定在它本身的許許多多意義中的某一種意義上了，當它們的意義在文句中臨時地確定時，它的那種意義，也許剛好和另一詞語的意義相同相近而已。像爾雅的第一條「初、哉、首、基、肇、祖、元、胎、俶、落、權　輿、始也」，我們只能說，在某些情況下，這許多字，都有「始」的意義，却不能說，初等於始，或是基等於肇，因爲，每個詞語都有它本身特有的意義，根本不能說它相等於另外某個詞語，因此，在「以義近之詞爲釋」的例子中，所譯解的，也只是詞語意義的大略而已。

詩大雅蒸民：「天生烝民，有物有則。」傳：「烝，衆也。」

詩邶風柏舟：「靜言思之，寤辟有摽。」傳：「靜，安也。」

詩檜風羔裘：「豈不爾思，中心是悼。」傳：「悼，動也。」

詩周南葛覃：「歸寧父母。」傳：「寧，安也。」

詩小雅采薇：「我戍未定，靡使歸聘。」傳：「聘，問也。」

詩小雅車攻：「我車既攻，我馬既同。」傳：「攻，堅也。」

詩小雅采芑：「三車三千，師千之試。」傳：「師，衆也。」

詩大雅思齊：「刑于寡妻。」傳：「刑，法也。」

在以義近之詞爲釋的方法中，還有些其他形式的例子，像釋名釋形體的「毛，貌也，冒也，在表所以別形貌，且以自覆冒也。」說文的「馬，武也，怒也。」禮記曲禮鄭注的「狎，習也，近也。」周禮鄭注的「典，常也，經也，法也。」這些，都是由於以一字爲訓而其義不足盡之，乃以兩字三字爲訓的，只要訓解字兩字三字的意義不相互的矛盾，而可以相互的補足，這種訓解的形式，也是可以採取的。另外，還有一類展轉爲訓的例子，像釋名釋宮室「廐，勼也，勼，聚也，牛馬之所聚也。」釋用器「斧，甫也，甫，始也，凡將制器，始用斧伐木，已乃制之也。」都是這種例子，以上的兩種情形，在古籍訓釋的實例中，並不常見，所以只附帶在此說明一下。

在上面，我們曾經提到，眞正的同義詞甚至是沒有的，因此，在訓譯時，我們只能說在某種情況下，某兩個詞語，意義是相近相當而已，而不能說它們是完全相等。也就是因爲「以義近之詞爲釋」有着這樣的特徵，因此，在解釋時，在使人明確了解的目的上，就不免產生了一些缺點，如果我們把一些「以義近之詞爲釋」的例子合併起來，相互比較，這種缺點，就會更形嚴重了。

如果以說文作爲例子，像「歌，詠也。」和「詠，歌也。」「信，誠也。」和「誠，信也」。可以互訓，但是，「我歌且謠」、「誠意正心」却不能解作「我詠且謠」「信意正心」。同樣地，「老，考也」和「考，老也。」「緝，績也。」和「績，緝也。」可以互訓，但是，「三載考績」却不能解作「三載老緝」，這是互訓的缺點。

比起互訓，還有遞訓的方法，像說文的「無，亡也。」「亡，逃也。」但「無」不能解作「逃」。「俗，習也。」「習，數飛也。」但「俗」不能解作「數飛」。「搖，動也。」「動，作也。」「作，起也。」但「搖」不能解作「起」。這種以乙訓甲，再以丙訓乙的例子，在說文和古注裡，都是屢見不鮮的，只要合併起來看，它們的缺點就立刻逞現無遺了。

互訓遞訓之外，還有同訓的方法，也是有着類似的缺點的，像詩大雅蒸民：「天生蒸民。」傳：「蒸，衆也。」大雅大明：「殷商之旅。」傳：「旅，衆也。」大雅民勞：「無縱詭隨，以謹醜厲。」傳：「醜，衆也。」在這三首詩裡，蒸、旅、醜三字，毛傳都訓衆，但是，蒸字不能解作旅，旅字也不能解作醜。說文上「轉，還也。」「償，還也。」轉償都訓還，但是，轉不能解作償。

所以，以義近之詞爲釋，尤其是以一字解釋一字，合併觀之，像以上的這三種缺點，確實是不能避免的。

四、以共名別名互釋

荀子正名篇說：「故萬物雖衆，有時而欲偏擧之，故謂之物，物也者，大共名也，推而共之，共則有共，至於無共然後止。有時而欲偏擧之，故謂之鳥獸，鳥獸也者，大別名也，推而別之，別則有別，至於無別然後止。」所以，共名別名，也只是相對的，而不是絕對的觀念。因此，訓釋古言古字，名物事類，有時，可以利用共名別名的相對關係，來加以說明，共名別名，也稱之爲類名私名，大名小名，以下是一些這類的例子。

詩周南汝墳：「遵彼汝墳。」傳：「汝，水名也。」

詩邶風泉水：「毖彼泉水，亦流于淇。」傳：「淇，水名也。」

詩邶風揚之水：「揚之水，不流束蒲。」傳：「蒲，草也。」

詩鄭風將仲子：「無折我樹杞。」傳：「杞，木名也。」

詩魏風伐檀：「胡瞻爾庭有懸鶉兮。」傳：「鶉，鳥也。」

詩小雅何草不黃：「匪兕匪虎，率彼曠野。」傳：「兕虎，野獸也。」

以上是一些以共名釋別名的例子，下面再擧出一些以別名釋共名的例子。

詩大雅蒸民：「王命仲山甫，城彼東方。」傳：「東方，齊也。」

詩周頌般：「於皇時周，陟其高山。」傳：「高山，四嶽也。」

詩魯頌泮水：「元龜象齒，大賂南金。」傳：「南謂荆揚也。」

論語陽貨：「禮云禮云，玉帛云乎哉。」鄭玄注：「玉，璋圭之屬也。」

淮南子原道訓：「會諸侯于塗山，執玉帛者萬國。」高誘注：「玉、圭，帛，玄纁也。」

禮記樂記：「君子樂得其道。」注：「道謂仁義也。」

孟子盡心：「養心莫善於寡欲。」趙岐注：「欲，利欲也。」

五、以單文重文互訓

陳奐在毛詩傳疏上說：「凡經文一字而傳文用疊字者，一言之不足，則重言以盡其形容者。」在詩文上，有時受了字句的限制，往往只用單文來表示意思的，在訓釋時，却用此字的重文來作解，而使得字義更加明確清楚，這在古籍上，是常見的，下面就是一些例子：

詩陳風宛丘：「坎其擊鼓。」傳：「坎坎，擊鼓聲。」

詩邶風擊鼓：「擊鼓其鏜。」傳：「鏜鏜然，擊鼓聲。」

詩小雅雨無正：「巧言如流，俾躬處休。」鄭箋：「使身居休休然。」

詩大雅桑柔：「四牡騤騤，旟旐有翩。」傳：「翩翩在路不息也。」

詩周頌振鷺：「振鷺于飛。」傳：「振振，鷺飛貌。」

除了以重文釋單文之外，在古籍中，以單文釋重文的例子，也是屢見不鮮的，爾雅釋訓一篇，搜集了詩經上這一類的例子最多，下面就是一些例子：

詩周南兔罝：「肅肅兔罝。」傳：「肅肅，敬也。」

詩大雅大明：「牧野洋洋，檀車煌煌。」傳：「洋洋，廣也。煌煌，明也。」

詩大雅雲漢：「兢兢業業，如霆如雷。」傳：「兢兢，恐也。業業，危也。」

詩大雅文王：「穆穆文王。」傳：「穆穆，美也。」

詩商頌長發：「相土烈烈，海外有截。」傳：「烈烈，威也。」

六、以今字釋古字

先秦時代，漢字的數量比起後代來，要少得多，許慎的說文解字，只收了九千三百五十三個字，其中還有許多冷僻的字，常用的字，也不過只有三四千個而已，但是，這不是說，古人的思想簡單，概念貧乏，上古字少的原因，最主要的，是由於有些字的「兼職」多，像左氏宣公二年傳：「從臺上彈人，而觀其辟丸也。」孟子梁惠王：「欲辟土地，朝秦楚，莅中國，而撫四夷也。」又說：「苟無恒心，放辟邪侈，無不爲已。」論語季氏：「友便辟。」中庸：「君子之道，辟如行遠必自邇，辟如登高必自卑。」在以上的例句中，總共出現了六個「辟」字，而實際上，這六個同樣的辟字，就已兼代了後世避、闢、僻、嬖、譬等字的概念。在這個例子中，我們可以說，辟是古字，其他的都是今字了，當然，古和今，仍舊只是時間上相對的觀念。同樣地，我們也可說，弟悌、共供、舍捨、知智、反返、竟境等等，也都是古今字。在訓釋字義時，我們也可以根據古今字的原則，去解釋它們的意義，下面就是一些例子：

詩召南采蘩：「于以采蘩，于沼于沚。」傳：「于，於也。」按說文：「于，於也。」段注：「凡詩書用于字，凡論語用於字，蓋于於二字，在周時爲古今字，故釋詁毛傳以今字釋古字也。」

詩邶風谷風：「宴爾新昏，以我御窮。」傳：「御，禦也。」

詩小雅正月：「赫赫宗周，褒姒威之。」傳：「威，滅也。」

詩小雅節南山：「赫赫師尹，民具爾瞻。」傳：「具，俱也。」

詩小雅蓼蕭：「既見君子，爲龍爲光。」傳：「龍，寵也。」按陳奐傳疏：「龍，古寵字。」

詩大雅抑：「夙興夜寐，洒埽庭內。」傳：「洒，灑也。」

詩大雅緜：「迺慰迺止，迺左迺右。」按釋文：「迺，古乃字。」

詩商頌殷武：「罙入其阻，裒荊之旅。」傳：「罙，深也。」按說文：「罙，深也。」段注：「此以今字釋古字也。」

古今字和古今語不同，古今字是指同一文字，而在古今不同的時代，有書寫應用的不同，古今語是說，同一事物，在古今不同的時代，有不同的稱謂、舉例來說，孟子滕文公上的「夏曰校，殷曰序，周曰庠」，便是古今語，而論語公冶長上的「甯武子，邦有道則知，邦無道則愚」，其中的知字和智字，便是古今字了。

古人某書用某字，也是有着習慣性的，像前述「于，於也」的例子，段注就說、「凡詩書用于字，凡論語用於字」至於論語引書，則仍用于字，如論語爲政篇說：「書云，孝乎惟孝，友于兄弟，施於有政，是亦爲政。」宋翔鳳的四書釋地辨證說：「上文引書作于，下文作於，是夫子語，顯有于於字作區別。」而僞古文尚書的作者，不明此理，把「施於有政」也當作尚書的原文，那就大錯特錯了。（僞古文尚書君陳篇：「惟孝友于兄弟，克施有政」）這是利用古書用字的習慣，也就是古今字的關似，來辨別古籍眞僞及時代的例子，這更是意想不到的功用了。

七、以本字釋借字

古人用字，往往取之音同音近，因此，通假字在古籍之中，幾乎俯拾即是，在古籍注解裡，訓詁家往往利用本字來解釋通假之字，這對於後人辨認通假字和尋求本字，確實給予了極大的便利，這種例子，在詩經的毛傳中，尤其爲多，馬瑞辰的毛詩傳箋通釋裡，有毛詩古文多假借考一篇，他說：「毛詩爲古文，其經字類多假借，毛傳釋詩，有知其爲某字之假借，因以所假借之正字釋之者，有不以正字釋之，而即以所釋正字之義釋之者。」又說：「齊魯韓，用今文，其今文多用正字，經傳引詩，亦多有正字者，正可藉以考證毛詩之假借。」以下，我們就根據馬氏所說的兩種情形，舉例於后：

詩周南汝墳：「未見君子，惄如調饑。」傳：「調，朝也。」按韓詩作「惄如朝饑。」

詩衞風芄蘭：「雖則佩韘，能不我甲。」傳：「甲，狎也。」按韓詩作「能不我狎。」

詩小雅小旻：「謀夫孔多，是用不集。」傳：「集，就也。」按韓詩作「是用不就。」

詩豳風七月：「八月斷壺。」傳：「壺，瓠也。」按說文瓠字段注：「七月傳曰，壺、瓠也，此謂假借也。」

詩小雅常棣：「兄弟鬩于牆，外禦其務。」傳：「務，侮也。」按陳奐傳疏：「侮爲本字，務爲假借字。」

以上是毛傳以本字釋借字之例，也就是馬氏所說的，毛傳知其爲某字之假借，即以所假借之正字釋之者。

詩周南葛覃：「害澣害否，歸寧父母。」傳：「害，何也。」按害無何義，廣雅釋言：「曷、盍、，何也。」害爲曷之借字。

詩邶風柏舟：「耿耿不寐，如有隱憂。」傳：「隱，痛也。」按隱無痛義，韓詩作「如有殷憂。」說文：「慇，痛也。」隱爲慇之借字。

詩小雅巧言：「秩秩大猷，聖人莫之。」傳：「莫，謀也。」按莫無謀義，齊詩作「聖人謨之。」爾雅釋詁：「謨，謀也。」莫爲謨之借字。

詩小雅斯干：「如矢如棘，如鳥斯革。」傳：「革，翼也。」按革無翼義，韓詩作「如鳥斯鞠。」說文：「鞠，翅也。」革爲鞠之借字。

詩大雅江漢：「匪安匪舒，淮夷來鋪。」傳：「鋪，病也。」按鋪無病義，釋文鋪作痡，周南卷耳：「我僕痡矣。」傳：「痡，病也。」說文：「痡，病也。」鋪爲痡之借字。

以上是毛傳以本字之義釋借字之例，也就是馬氏所說的，毛傳不以正字釋之，而知其爲某字之假借，而卽以所釋正字之義釋之者。

在翻譯互訓的方法之中，還有以「某聲」、「某貌」、「某辭」等語爲訓的例子，這些，因爲它們也都是一些習見的訓詁用語，所以，等到在以後訓詁術語的介紹中，我們再作詳細的說明。

第五節　附論所謂「反訓」

一、「反訓」觀念的提出

由前幾節中，我們已經知道，字義的訓詁，訓解字和被訓字之間，在意義上，雖然不是彼此完全相等，但也有着相當密切的關係，這樣才能達到訓詁的目的。但是，在閱讀古籍時，我們却會遇到一些特殊的現象，如尙書泰誓篇所說的「予有亂臣十人，同心同德」，論語泰伯篇所說的，「武王曰，予有亂臣十人。」尙書顧命篇所說的「其能而亂四方」，在一般的情形下，「亂」字都解爲「混亂」的意思，但是，在以上的這些例句中，如果我們用正常的訓詁方法去解釋，把「亂」字解釋爲混亂，那麼，這些例句中的文義，就無法解釋得通順了，只有用似乎是與「混亂」相反的意義去解釋，把「亂」字解釋爲「治理」，例句中的文義才能夠明白妥當，把「亂」字解作「治理」，在字書上，也是有其根據的，說文：「亂，治也。」廣雅釋詁：「亂，理也。」就是證明，但是，「亂」字在一般最常用的意義上，却都是作「混亂」義來解釋的，「混亂」和「治理」，恰巧又正是相反的觀念。那麼，「亂」這個字，既可以解釋爲「混亂」，又可以解釋爲「治理」，不是同時已具備了正反兩種意義了嗎？這種解釋的方法，同一個字，遇到不能按其常義去解釋時，便從它反面的意義去解釋，這樣，不但違反了訓詁的原則，而且，當我們在訓釋古籍時，在正反的詞義之間，又將採取那種解釋，何去何從呢？這就牽涉到所謂的「反訓」了。

「反訓」這個觀念，雖然在說文和毛傳之中，似乎已經出現（詳後）但是，最先把「反訓」明白地提出來的，却是東晉的郭璞。

方言卷二：「逞、苦、了、快也。自山而東，或曰逞，楚曰苦，秦曰了。」

郭注：「以苦爲快者，猶以臭爲香，亂爲治，徂爲存，此訓義之反覆用之是也。」

爾雅釋詁：「徂、在、存也。」

郭注：「以徂爲存，猶以亂爲治，以曩爲曏，以故爲今，此皆詁訓義有反覆旁通，美惡不嫌同名。」

一個字的意義，可以反覆用之，這是很明顯的說明了，所謂「反訓」的意義，在方言注和爾雅注中，郭璞一共提出了「以臭爲香」等六種相反爲訓的例子。郭氏所說的「義有反覆旁通」，旁通二字，意義不甚明顯，大約是指意義正反可以通用而言，至於郭璞所說的「美惡不嫌同名」，這句話出自於公羊傳中，而郭氏的「反訓」之說，似乎也多少是受了公羊傳這句話的啓示。

春秋隱公七年：「滕侯卒。」

公羊傳：「何以不名？微國也，微國則其稱侯何？不嫌也。春秋貴賤不嫌同號，美惡不嫌同辭。」

公羊傳中，由於滕侯之卒，春秋經上，並不書滕侯之名，而提出了「貴賤不嫌同號」，「美惡不嫌同辭」這兩件事，以下，我們先討論「貴賤不嫌同號」之說。

何休注：「滕侯卒，不名，下常稱子，不嫌稱侯爲大國。」又：「貴賤不嫌者，通同號稱也，若齊亦稱侯，滕亦稱侯，微者亦稱人，貶亦稱人，皆有起文，貴賤不嫌同號是也。」

徐彥疏：「滕侯卒，不名，下恒稱子，起其微也。齊侯恒在宋公之上，起其大也。」

陳立義疏：「下常稱子，桓二年滕子來朝是也，後此常稱子，知實子爵，故不嫌爲侯，此稱侯者，自有別義。」

又：「通義云，貴賤易辨，不相嫌者，則可以同號，若大國稱侯，褒亦稱侯，微者稱人，貶者稱人，各有起文，號同實異。」

春秋時期，公侯伯子男，五等爵位，大國稱公侯，小國只可稱伯子男，然而，春秋是富有褒貶精神的書，所以，滕雖是小國，但是，滕君之卒，春秋褒其功績而稱之爲「侯」，至於滕國原是小國的事實，却在春秋經此後都稱之爲「子」的記載上加以分別，補充說明，這便是「起文」了。所以，春秋經上，對於爵位貴賤的區分，需要「屬辭比事」，會合許多記載來比觀，而不能只據一辭一名便去確定事實的眞象，因此，我們也不能只據「侯」的名號，就斷定爵位的貴賤，不過，在不相嫌，不相妨碍的情況下，貴賤雖然可以不嫌同號，但是，並不是說，「侯」這名號，是可貴可賤的，是義有相反的，因爲，「侯」畢竟只是表示尊貴的稱號。以下，我們再討論公羊傳「美惡不嫌同辭」之說。

何休注：「若繼體君亦稱卽位，繼弒君亦稱卽位，皆有起文，美惡不嫌同辭是也。」

徐彥疏：「前君之薨，書地者，起其後卽位者，是繼體之君也，若前君薨，不地者，起其後卽位者，非是繼體之君也。」

「卽位」是指舊君薨，新君繼立而就君位，但是，春秋時代，「二百四十二年之中」，「弒君三十六，亡國五十二」（史記太史公自序），舊君薨後，新君卽位，有的是子承父位的繼體君，有的却是以下弒上的繼弒君了，「繼體」和「繼弒」確乎是美惡不同的兩件事情，但是，春秋上分別美惡，並不是利用「卽位」這一個詞語，而是利用了舊君（前君）之薨的書地和不書地來分別的，更不是春秋上不別美惡的。因此，雖然在「不相嫌」不相妨碍的情況下，「繼體」和「繼弒」的新君繼立，都可以稱之爲「卽位」，但是，並不是說，「卽位」這個詞語，是又美又惡的，是義有相反的，因爲，「卽位」的本身，原只表示新君的繼立而已。

以上，我們用了許多篇幅，來解釋公羊傳中「貴賤不嫌同號，美惡不嫌同辭」這兩句話的意義，目的只是希望說明，它們的意義，和郭璞所說的「訓義之反覆用之」，「詁訓義有反覆旁通」，是絕不相同的。郭氏所說的「美惡不嫌同名」很明顯的是出之於公羊傳上，因此，他的「反訓」之說，也多半是受了公羊傳那兩句話的啓發。但是，郭璞確實是誤解了公羊傳中那兩句話的意義，不然，郭氏也許就是隨便借用了公羊傳中的成語，應用在字義的訓釋上，而並無牽連附會的意思存在了。

不管郭璞怎樣誤解或應用了公羊傳上的觀念，不過，自從郭璞明確地提出了「反訓」之說後，這一觀念，更深深地根植在後代的學者們的心中了。凡遇一字不能依其常義來解釋的，便用反面的意義去說明，甚至推波逐浪，由歸納而演繹，於是所謂「反訓」幾幾乎成了訓詁的常則，以至於通儒碩彥，亦往往如此，視爲理所當然了。

詩小雅四牡：「四牡騑騑，周道倭遲，豈不懷歸，王事靡盬，我心傷悲。」毛傳：「盬，不堅固也。」陳奐傳疏：「盬固皆古聲，故以不堅固詁盬，固亦堅也。」

朱子的解釋，全依毛傳，陳奐的意思則是說，固是堅固，盬固聲同，義可相通，盬字因而也有堅義，這本是很自然的解釋，但是，他接着說「故以不堅固詁盬」，這等於說，堅固就是不堅固，意義就完全相反了，詩中「靡盬」雖有不堅固之義，但僅只「盬」這一字，却不能解作「不堅固」的，這在毛傳，或許也心知其義，而却錯用了訓解，但在陳奐，一方面，「疏不駁注」的觀念影響了他，一方面，「反訓」觀念的應用，想來也使他覺得是順理成章而居之不疑了。

說文：「祀，祭無已也，从示巳聲。」段玉裁注：「祀从巳而釋爲無巳，此如治曰亂，徂曰存，終則有始之義也。」桂馥義證：「祭無巳者，祀巳聲相近。」王筠句讀：「巳部說曰巳也，與無巳義合。」「巳」和「巳」在甲骨文中實爲一字，並不分別。爾雅釋詁說：「祀，祭也。」孫炎注說：「取四時祭祀一訖也。」四時祭祀一訖，和許氏的「祭無巳也」之義，到很相近，這且不去管它，所該重視的，到是段氏等三人，也顯然都是發揮了「反訓」的觀念。

段、桂、王、陳四人，無疑是通儒碩彥了，他們對於「反訓」的應用，可見「反訓」觀念是多麼泛濫在人們心中了。直到近代，學者們對於這個問題，才有了不少精闢的解析，像董璠的反訓纂例，齊佩瑢的相反爲訓辨，龍宇純先生的論反訓，陳大齊先生的無寧寧也質疑都是很有價值的作品，就中以龍氏之作，最爲簡明扼要，本節所敘述的，也多半是根據他那篇「論反訓」而著筆的。

二、「反訓」現象的解析

「反訓」之說，最先由郭璞提出，以下，我們將先就郭氏所提出的六種所謂「反訓」的例子，作一考察，先看看郭氏所舉的例子，是否能夠成立，然後再討論些其他的例子。

(一)以苦爲快

以苦爲快，除了見於前引方言卷二的那條之外，方言卷三也有一條：「逞、曉、恔、苦、快也。」苦字通常的意義，都作痛苦解，快字，通常可以解釋爲愉快和快速。方言這兩條中的快字，如果解作爲愉快之義，那麼，和痛苦之義的苦字，恰好便是意義相反了。自然，從另一方面看，如果要說明「苦，快也」不是反訓，只有把苦字也解作爲迅急之義，那麼，它和快速之義，便可以不是「反訓」了。其實，苦作急速義解，在古書上，是有著這種例子的。

莊子天道：「斲輪，徐則甘而不固，疾則苦而不入。」釋文引司馬彪云：「甘者緩也，苦者急也。」淮南子道應訓：「臣試以臣之斲輪語之，大疾則苦而不入，大徐則甘而不固。」高誘注：「苦，急意也，甘，緩意也。」

「苦」解作迅急之義，與「快」解作快速之義，意義自然是不相反的。但是，問題在於方言裡那兩條的

「快」字，能否肯定它只是「快速」之義，而不作「愉快」義解。

就方言的體例來說，方言是搜集了各地的方言，而以雅言來解釋的，所以，如「逞、曉、恔、苦、快也」這一條中，最後一字的解釋「快也」，一般上都是雅言，而如「逞、曉、恔、苦」等，往往是各地的方俗語，因此，在同一條中，所有方俗語言的意義，自然也都與雅言的意義相同了。那麼，再來考察一下方言這兩條的意義，逞爲稱意適志之快，曉、恔、了爲明白暢達之快，因此，快字便應當作爲愉快的意思，而苦字既然和這些字同條共貫，自然亦當爲愉快之義了。因此，前面所擧的，苦字作迅急之義的解釋，在方言的這兩條中，自然就不適用了。只是苦字用爲愉快之義，在古籍上却似乎未嘗見到過。

朱駿聲的說文通訓定聲對於以苦爲快，却有另一種看法，他說：「苦快一聲之轉，取聲不取義。」意思是說，楚人說快爲苦，楚人語言中所要傳達的愉快之意，是以「苦」這個聲音來表示的，語言仍是一個，不過方域不同，語音略有變易而已。

這一說法，雖然並無其他堅强的證據，但却很合於理論的，因爲，第一，方言中本來有許多只是記音的字，大概揚雄在聽到其他方言中某一有音無字的語言，其聲音與自己語言中的某字相似，便借用某字標音，這相當於「本無其字，依聲託事」的假借，並不需要意義上有任何關聯，總之，揚雄是借漢字來

標音而已，假使當初他是使用音標符號，自然就不會有這種誤會了，第二，從語音上講，苦快二字，韻母雖不同，却都是溪紐合口的字，說他們是一聲之轉，也並非無此可能。

如果朱駿聲這一說法可以成立，那麼，以苦爲快，自然也就不是什麼「反訓」了。

(二)以臭爲香

臭字原來只是氣味的總稱，並不限定只指腐惡之氣，說文上臭从犬自，會意，段注說是「犬能行路蹤迹前犬之所至，於其气知之也，故其字从犬自，自者鼻也，引申假借爲凡气息芳臭之偁。」段氏的話，除了「引申假借」，其中假借有點問題之外，其他都很中肯，臭字的意義相當於我們現在所寫的嗅字（嗅其實是臭字的分別文）讀音也不讀作香臭之臭。這在許多古代典籍上都可以找到證據的。

詩大雅文王：「上天之載，無聲無臭。」

論語鄉黨：「色惡不食，臭惡不食。」

禮記郊特牲：「至敬不饗味，而貴氣臭也。」又：「殷人尚聲。」又：「周人尚臭。」

禮記月令：「其臭羶……其臭焦……其臭香……其臭腥。」

這些例句中的臭字，往往和聲、色、味等對舉，自然是臭覺的意思，而不可能是與香義相反的臭氣了。至於後來由臭覺之義變爲惡腐之氣，顯然是由於語義的變遷，趨向了變壞的形式。臭覺之字，意義變壞爲惡腐之氣以後，人們才又造嗅字，（由臭字加形符爲分別文）還它本來臭覺之義。這並非由於臭本惡腐之氣，「反覆用之」而遂爲芳香的，所以，這並不是什麼「反訓」。就如同色字一樣，色就本來就是顏色，並無好壞美惡之分，其後，由於語義的演變，色字漸漸演變爲「賢賢易色」之美色，又漸漸演變到今日色字多數具有極壞的意思，這都和「反訓」無關。

㈢以徂爲存

說文云：「徂，往也。」爾雅釋詁云：「徂，存也」往是前往，存是存在，存在可以說是不往，所以郭氏以爲是反訓。古書中徂作存解的未曾見到，爾雅邢疏以爲卽詩經出其東門「匪我思且」的且字。

詩鄭風出其東門：「出其東門，有女如雲，雖則如雲，匪我思存，……。」又：「出其闉闍，有女如荼，雖則如荼，匪我思且，………。」鄭玄箋：「此如雲者，皆非我所思存也。」又：「匪我思且猶匪我思存。」

除了上述邢疏以爲爾雅的「徂，存也，」徂卽出其東門的「且」字之外，經典釋文對於詩經這個且字也說：「且音徂，爾雅云，存也。」爾雅是一本客觀的訓詁書，它只是從古籍中搜集了許多詁訓，歸納而成書，但它却不曾自行創造訓詁，如劉熙的釋名那樣，因此，很顯然地，爾雅的徂字，就是詩經中的且字了（徂是且字的分別文）。至於爾雅中的「徂，存也」，可能是本之於三家詩的解釋，別無其他來源。

鄭康成在箋詩時，雖然說了句「匪我思且猶匪我思存」，但是，一則，他這句話是承蒙上句「此如雲者，皆非我所思存也」而言的，上一句話，解釋了「匪我思存」，下一句話，承上而言，接著說明，「匪我思且」就如同上句「匪我思存」的意思一般，既簡單，又明瞭，不必再行重複。二則，漢人作注言「猶」的，往往是「義隔而通之」，鄭箋在兩句之間加上「猶」字，分明並不以爲這兩句詩的字義完全相等，也並非以爲徂（且）就是存，只是說明「匪我思存」和「匪我思且」這兩句詩，在此有相當共同的意指而已。

康成箋詩，雖宗主毛傳，也時常折衷於三家之注，毛傳於「且」字沒有解說，鄭箋的「匪我思且猶匪我思存」，相信也是本之三家遺說，只因爾雅全書沒有用「猶」字的體例，當它從詩經的三家注中搜取詁訓時，只好刪去了「徂猶存也」的猶字，才變成了今本爾雅的「徂、存也」之訓。

其實，詩經上的「且」字，並不一定非解爲「存也」不可，我們如果把「匪我思存」解釋爲非我思念之所在，把「匪我思且」解釋爲非我思念之所往（嚮往），依據說文的意思來解釋，不是更恰當嗎？這與「反訓」，是沒有關係的。

㊃以曩爲曏

爾雅釋詁上說：「曩，久也。」釋言上說：「曩，曏也。」說文上說：「曏，不久也。」因此，曩字又是久，又是不久了，所以郭璞以爲又是「反訓」。其實，時間的久暫，只是相對的，久與不久，在各人心目中的觀念，也都不同。郝懿行爾雅義疏：「對遠曰言，則曩爲不久，對今日言，則曩又爲久。」這是最通達的說法了，曩字的意義，等於今人說以前或過去一樣，以前或過去，可以說是久，也可以說是不久，却並不是什麼「反訓」。所以，邢昺的爾雅疏要說：「在今而言既往，或曰曩，或曰曏」了。

㊄以故爲今

爾雅釋詁有相連的兩條，一云「治、肆、古、故也。」一云「肆、故、今也。」郭氏在後一條下注云：「肆既爲故，又爲今，今亦爲故，故亦爲今，此義相反而兼通者，事例在下，而皆見詩。」以故爲今，這也是郭氏提出的「反訓」例子之一。郭氏所謂的事例在下，指爾雅中這兩條後面的「徂、在、存也」一條的注解，這已引見本節之始了，至於「肆」字的訓爲故，又訓爲今，郭氏說見於詩經，也就是說，爾雅「肆」字的解釋，是取自於詩經的。

詩大雅緜：「肆不殄厥慍。」傳：「肆，故今也。」

詩大雅思齊：「肆戎疾不殄。」傳：「肆，故今也。」

詩大雅大明：「肆伐大商。」箋：「肆，故今也。」

詩大雅抑：「肆皇天弗尚。」箋：「肆，故今也。」

毛傳和鄭箋的釋詩，都是用「故今」二字連讀來解說「肆」字，和郭氏的字別爲義，完全不同，依爾雅的體例來說，在釋詁釋言中，皆用一字爲訓，直到釋訓篇中，才出現了複字爲訓的例子，如果用「故今」二字訓釋「肆」字，是不合乎爾雅的體例的。

爾雅是一部客觀搜集而成的書，它的詁訓，多有來源，以爾雅成書的原因來說，毛傳的「肆，故今也。」理應先成，後人才取「肆、故今也。」以增入爾雅之中，又取「肆」字入於「故也」一條，到郭璞，又點斷故今二字爲「肆，故，今也」一條，方始以爲是「義相反而兼通者。」

其實，肆訓故今，是承上起下之詞，爾雅邢昺疏說：「以肆之一字爲故今，因上起下之語」，這才是正確的解釋，尚書召誥上說：「其丕能諴於小民，今休。」經傳釋詞說：「今猶卽也。」所以，毛傳中的「故今」，相當於「故卽」的意思，所以，肆字並沒有什麼正反之義。

㈥以亂爲治

亂字通常都解作混亂無條理之義，但是，說文爾雅上都訓爲「治也」，廣雅上又訓爲「理也」，同時，在古籍上，許多亂字，也確實只能解釋爲治理之義，才講得通，像尚書皐陶謨中的「亂而敬」，盤庚中的「茲予有亂政同位」，微子中的「殷其弗或亂正四方」，以及本節開始所舉出的一些例句，亂字的解釋，都是治理的意思。因此，亂字具有正反之義，是不容否認的。

前人對於以亂爲治的解釋，除了郭氏以爲是義訓的反覆爲用之外，大約有兩種說法，一種以爲，說文：「𢿍，煩也。」又：「亂，治也。」𢿍亂二字，音同形近，亂作治理解的是本義，作混亂無條理解的，是𢿍的假借，或是𢿍字的形譌。另一種以爲，說文：「辭，訟也。（段注訟作說）。」或體作𤔲，引中有紛擾之義。而金文𤔲字作𤔱，與亂字形近，因而推想，亂作治理解的是本義，作混亂紛擾解的，是𤔱的形譌。

關於第一說，亂字和𢿍字，字形雖然勉强分開了，但從語音上看，Luan 這個語音畢竟有著正反二義，根本問題並未解決，至於第二說，以爲亂是𤔱的形譌，也很難令人信服。要得到正確的解答，請先看下列諸字的意義。

①皮　作名詞皮膚解，是此字的常用義，而史記刺客列傳所說的「皮面抉眼」，說文所說的「剝獸取革者謂之皮」，以及廣雅釋詁訓皮爲離，釋言訓皮爲剝，是此字的第二義，作動詞用，意爲剝皮。

②髕　說文云：「髕，厀耑也」。史記秦本紀云：「舉鼎絕髕。」是此字的第一義。而除髕之刑也叫作髕，漢書刑法志：「髕罰之屬五百。」周禮司刑注：「周改臏作刖，書刑德放臏者，脫去人之臏也。」臏與髕乃同類詞，都是這種例子。

③耳與刵　說文云：「刵，斷耳也。」尚書康誥：「劓刵人。」傳云：「刵，截耳也。」刵與耳聲韻

相同，只是調値稍異，意義却是截耳，刵與耳實際就是一個語言。

④犮與拔　說文云：「犮，艸根也。」又云：「拔，除草也。」犮拔兩字，顯然也是一個語言的轉變。

⑤釁　左氏桓公八年傳：「讐有釁」。注：「釁，瑕隙也。」宣公十二年傳：「觀釁而動，」服虔注：「釁，閒也。」裂隙是此字的第一義。而古時殺牲以血塗坼隙也叫做釁，周禮小祝云：「大師掌釁祈號祝。」左氏僖公三十三年傳云：「不以纍臣釁鼓。」孟子梁惠王篇云：「將以釁鐘。」都是彌補而去其裂隙之義。和這相同的有，破謂之綻，謂之縫，彌釁補隙也謂之綻，謂之縫。

⑥勞　勞字通常爲勞苦之意，如尚書無逸的「舊勞於外」，詩經桃夭的「母氏劬勞」，都是勞苦的意思。但是，勞字又有慰勞而去其勞苦之意，如詩經碩鼠的「莫我肯勞。」，孟子滕文公篇的「勞之來之」，周禮小行人的「凡諸侯入，王則逆勞於畿」，都是慰勞而去其勞苦的意思了。

⑦糞　汙穢之稱爲此字的第一義，論語的「糞土之牆，不可杇也。」吳越春秋的「今者臣竊嘗大王之糞。」都是這種例子。而禮記曲禮云：「凡爲長者糞之禮，必加帚箕上。」荀子彊國篇云：「堂上不糞，郊草不瞻曠芸。」則又是除去汙穢的意思了。

從以上所舉的例子來看，勞字可以說有勞和逸的對立二義，糞字也可以說有汙穢和去汙的對立二義，似乎又都是所謂「反訓」了。然而，勞糞二字和上述的皮、髕、耳(刵)、犮(拔)、釁等字的用法相同，但是，皮髕等字的兩種意義上，皮與剝皮，髕與去髕等，皆無所謂正反，而只是部分語言的使用演變，是有途徑可以追究的。在語言裡，往往是，除去某事某物的語言，即緣某事某物之名而產生，也就是說，某事某物謂之某，除去某事某物亦謂之某，只是，當它本本身是形容詞的時候，(如勞和糞)，兩者的意義便顯得相反，於是便容易被誤認爲是「反訓」了。因此，如果了解亂與治的對立，只是亂與去亂的轉變，便不致有所誤解了。

以上，先就郭璞所舉出來的六種「反訓」的例子，一一說明它們並不是真正的「反訓」，其中，第一個例子，以苦爲快，是由於聲音的轉移所造成，第二至第五個例子，以臭爲香等，則是由於語義的引申所造成，至於第六個例子，以亂爲治，則是由於同一事物，詞性的轉變活用而造成，郭氏不明白這些原因，所以便誤認是所謂「反訓」了。

所謂「反訓」現象的造成，以上雖說明了三種，但是，其中以語義的引申，例子最多，下面，我們將繼續舉出一些由於語義引申所造成的所謂「反訓」現象。

㈦以貢爲賜

貢字普通都解作獻上之義，說文云：「貢，獻功也。」廣雅釋詁云：「貢，上也。」又云：「貢，稅也。」釋言云：「貢，獻也。」但是，爾雅釋詁却說：「貢，賜也。」於是，貢爲獻上，又爲賜下，二義似乎相反，但是，貢字和共供龔等字意義相當，說文云：「供，設也。」又云：「龔，給也。」爾雅釋詁云：「共，具也。」周禮羊人云：「共其羊牲。」注：「共猶給也。」都是供給之義，本不別爲上下之分，後世引申分化爲二義，所以，貢訓獻，又訓賜，並不是什麼「反訓」。

㈧以乞爲與

廣雅釋詁云：「乞，求也。」又云：「乞，與也。」乞字通常都解作乞、求之義，而求和與又是相反的意思。和這相似的，又有以斂爲欲之說，廣雅釋詁云：「斂，欲也。」又云：「斂，與也。」斂字通常都解作欲求之義，而欲和與又是相反的意思。對於這兩個例子，王念孫有他的說明。廣雅疏證：「斂為欲而又為與，乞匃為求而又為與，……義有相反而實相因者，皆此類也。」「相反相因」，這四個字，尤其是在語義的演變方面，可以說是，道破了所謂「反訓」的奧秘，相因的，是指原來的本義，相反的，是指後來語義引申的分化現象。

㈨以貿為買

貿字普通都解作為市賣之義，所以爾雅釋言云：「貿，市也。」但是，爾雅釋言又云：「貿，買也。」而賣出與買進，却是相反的意思。和貿字相似的，又有賈字，爾雅釋言云：「賈，市也。」逸周書命訓篇：「極賞則民賈其上。」孔晁注：「賈，賣也。」左氏成公二年傳說：「欲勇者，賈余餘勇。」杜預注：「賈，買也。」是賈字也兼有買賣二義了，其實，這也和乞斂二字情況相同，都只是語義的引申分化以後的現象而已，其實，貿賈二字的原來意義，也許只是交易有無而已。

㈩以豫為厭

豫字普通都解作為逸豫之義，所以爾雅釋詁云：「豫，樂也。」又云：「豫，安也。」但是，釋詁又云：「豫，厭也。」而安樂和厭倦討厭却是相反的意思。其實，說文云：「猒，飽也，足也。」段氏注：「飽足則人意倦矣，故引申為猒倦猒憎。」猒和厭是古今字，猒和饜是正俗字，「豫，厭也」的厭字，其實是饜足饜飫的意思，這樣，和安樂之義，不但不是反訓，而且，意義正相承呢。郝氏義疏云：「倦止與飫足，義亦相成，安樂與倦怠，義又相近，蓋因飫足生安樂，又因安樂生厭倦，始於歡豫，終於倦怠，故厭訓安又訓倦，與豫訓安訓樂又訓厭，其義正同矣。」郝氏的話，正說明了語義引申的現象，却並不是什麼「反訓」。

以上，也是因為語義引申演變所造成的一些所謂「反訓」的現象。以下，我們將再舉出一些由於其他原因而被誤認為「反訓」的例子。

⑪以愉為勞

愉字普通都解作為愉快之義，所以爾雅釋詁云：「愉，樂也。」但是，釋詁又云：「愉，勞也。」而愉快和辛勞却是相反的意思。其實，郝氏義疏云：「愉者（勞也）蓋瘉之假音。」原來爾雅釋詁曾有「瘉，病也」這一條，愉字作辛勞義解的，只是瘉字的同音通假而已，並不是什麼「反訓」了。

⑫以「無寧」為「寧」

在古書的注解裡，有時，我們會發現一些以肯定的詞語來解釋否定的詞語，這樣，也容易造成所謂的「反訓」現象。

論語子罕：「子疾病，子路使門人為臣，病閒，曰：『久矣哉，由之行詐也，無臣而為有臣，吾誰欺？欺天乎？且予與其死於臣之手也，無寧死於二三子之手乎？』」馬融注：「無寧，寧也。」又：「就使我有臣而死其手，我寧死於弟子之手乎？」和這同樣的例子，在其他的古籍中，也有不少，可見這種訓釋方法，應用之廣，現在姑且再舉出兩個例子。

孟子滕文公：「滕定公薨，世子謂然友曰：『昔者孟子嘗與我言於宋，於心終不忘，今也不幸，至於大故，吾欲使子問孟子，然後行事。』然友之鄒，問於孟子，孟子曰：『不亦善乎，親喪固所自盡也……三年之喪，齊疏之服，飦粥之食，自天子達於庶人，三代共之。』」趙岐注：「不亦者亦也。」

法言學行：「天之道不在仲尼乎？」李軌注：「不在，在也，言在仲尼也。」

從以上這幾個例子，我們不免會想到，冠有否定詞如「無」「不」等字的，可以和不冠有否定詞的作出相同的解釋，這樣，否定詞失去了效用，否定可以解為肯定，肯定也可以解為否定，那麼，然與否之義，又何從而判斷呢？

我們先討論論語中的例子，如果論語中的「無寧，寧也」能得到滿意的解答，其他書中類似的例子，也就容易理解了。論語中用到「寧」字作為願辭的，計有五則：

八佾：「禮，與其奢也，寧儉。喪，與其易也，寧戚。」

八佾：「與其媚與奧，寧媚於竈，何謂也？」

述而：「與其不孫也，寧固。」

子罕：「且予與其死於臣之手也，無寧死於二三子手乎。」

這五則例子，方式同是「與其……寧」，同是把事情對比，在二者之中，表示不願取此，寧願取彼的意思，前四則的寧字上沒有無字，句末沒有乎字。形式是肯定的，語氣也是肯定的，通常，無字表示否定，乎字表示疑問，因此，後一則可稱之為否定疑問句，和前四則的肯定敍述句不同。

「無寧」如果是「寧」，那麼，「與其奢也寧儉」，為何不作「與其奢也無寧儉」，「無寧死於二三子之手乎」，為何不作「寧死於二三子之手乎。」為何前四則例子在用「寧」字時，其句末都不加「乎」字，為何却在用「無寧」時，句末才加上「乎」字呢？這樣看來，「寧」和「無寧」也並非是沒有分別的了。

原來，肯定的判斷，在行文和說話時，往往可以不用肯定敘述句，而代之以否定疑問句，這樣，肯定的判斷未變，却加强了它暗示的力量，像論語上的「不亦說乎」，「不亦樂乎」，「不亦君子乎」，孟子上的「吾不惴焉」，都是利用了否定疑問句，來代替肯定敘述句，而加强了肯定判斷的原義。「吾不惴焉」一句，王引之經傳釋詞釋不爲語助詞無義，顧炎武日知錄及閻若璩四書釋地都以爲省略了「豈」字，「吾不惴焉」就是「吾豈不惴焉」，意思雖是，但都不是十分得體的。

因此，學而時習之，「不亦說乎」，就是「亦說」的意思，但肯定的判斷力却加强了不少，同樣地，有朋自遠方來，「不亦樂乎」，就是「亦樂」的意思，人不知而不慍，「不亦君子乎」，就是「亦君子」的意思，自反而不縮，雖褐寬博，「吾不惴焉」，就是「吾惴」的意思。但是，否定疑問句的肯定判斷，却較肯定敘述句來得更有力，給人的暗示也更强烈。同樣的，與其死於臣之手也，「無寧死於二三子之手乎」，就是「寧死於二三子之手」，而它給人的肯定判斷的力量，却强烈得多。由此看來，馬融的「無寧，寧也」之訓，已經是錯誤的了，就是他所說的「就使我有臣而死其手，我寧死於弟子之手乎」，也是語義相反，多了一個句末的「乎」字，而趙岐的「不亦者亦也」及李軌的「不在，在也」之訓，也都和馬融一樣，犯上了相同的錯誤了。

這裡需要再補充一點的是，由於古代沒有標點符號，沒有疑問符號的使用，因此，有一類古籍中的文句，實際上是些疑問的句式，只是由於沒有問號，再加上又沒有使用疑問詞如焉耶乎等，便容易使人誤解了，這只能從上下文義中仔細地推測出來，像尚書西伯戡黎云：「王曰，嗚呼，我生不有命在天。」由上下文義推知，這句話應是反言，天字下可加「乎」字來看，史記商本紀裡引此句，正作「我生不有命在天乎？」可以證明。

(十二)以「不盈」爲盈

在古書的注解裡，也有一種例子，雖然也是以肯定的詞語來解釋否定的詞語，但其原因，却和前述的以否定疑問句表肯定敍述句，並不相同。

詩經小雅車攻：「蕭蕭馬鳴，悠悠旆旌，徒御不驚，大庖不盈。」傳：「不驚，驚也。不盈，盈也。」

和這例子相同，出現在詩經上的，還有幾個。

小雅桑扈：「不戢不難，受福不那。」傳：「不戢，戢也。不難，難也。那，多也，不多，多也。」

大雅文王：「有周不顯，帝命不時。」傳：「不顯，顯也。不時，時也，時，是也。」

大雅生民：「上帝不寧，不康禋祀。」傳：「不寧，寧也。不康，康也。」

大雅卷阿：「矢詩不多，維以遂歌。」傳：「不多，多也。」

我們仍然先來討論前面「不盈」的問題，「車攻」詩中的「警」字，陳奐的詩毛氏傳疏上說，「各本作驚，正義作警，不誤。」實則，不警不盈的不字，乃是丕字，不丕在古時是一體不分的，丕音近溥，故有大義，用來表示極其非常的意思，所以，車攻詩上的兩句，可以解作爲徒御甚爲警惕，大庖甚爲充盈。同樣的，桑扈等詩中的不字，也都是丕字的意思，而在注解之中，自然也不會有什麼相反的訓釋了。此外，還有另一類例子，和不丕的情形是很相似的，也多半出現在詩經上面。

大雅文王：「王之藎臣，無念爾祖。」傳：「無念，念也。」

周頌執競：「執競武王，無競維烈。」傳：「無競，競也。」

除了以上的例子之外，如文王中的「無念爾祖，聿修厥德。」周頌武中的「無競惟人」等，相信也應和毛傳作相同的解釋。其實，無和於音近，說文上「於」是「烏」的古文，都是表示極甚的意思，因此，「無念」「無競」，就如同「於皇」（武），「於穆」（清廟）一樣，而在注解之中，自然也不會有什麼相反的訓釋了。

綜合以上所說，造成似乎是相反爲訓的原因，我們可以得以下幾種，第一，由於字義的引申演變。第二，由於聲音的轉移。第三，由於詞性的變異，第四，由於同音的通假。第五，由於句法的形式變化。第六，由於古字的應用自然，這只是就以上所擧的例證，歸納而得的六種結果，並不是說，造成所謂「反訓」的原因，僅只有此六種。如果我們繼續追尋下去，當然會發現更多的原因的。但是，也就是由於人們不了解這一類的原因，才把古籍上的例子，誤認爲「反訓」了。嚴格地說「反訓」這個名稱，根本是不能成立的，訓詁是解釋古字古言的，基於相反的原則去訓釋，才可以叫做反訓，我們現在旣已明了所謂「反訓」的例子，其實都並不是基於相反的原則去訓釋古字古言的，那麼，就不該再名之爲「反訓」而視之爲訓詁的原則了。

本章主要參考資料

一、齊佩瑢　訓詁學概論（第三章、訓詁的施用方法）
二、胡樸安　中國訓詁學史（第三章、傳注派之訓詁）
三、杜學知　文字的依形見義與緣聲知義
四、王了一　中國語文概論
五、王了一　理想的字典（見中國語文研究參考資料選輯）
六、王了一　古今字（見古代漢語）
七、張舜徽　毛詩故訓傳釋例（見廣校讎略）
八、陳應棠　毛詩訓詁新詮
九、陳奐　詩毛氏傳疏
十、董璠　反訓纂例（見燕京學報二十二期）
十一、陳大齊　「無寧寧也」質疑（見名理論叢）
十二、龍宇純　論反訓（見華國第五期）
十三、謝雲飛　爾雅義訓釋例
十四、賴炎元　毛詩鄭氏箋釋例（見師大國研所集刊第三號）

十五、張建葆　說文聲訓考（見師大國研所集刊第八號）

十六、王　力　新訓詁學（見漢語史論文集）

十七、龍宇純　論聲訓（見清華學報新九卷一二期合刊）

十八、黃　侃　訓詁述略（見黃侃論學雜著）

第六章　古書注解綜述

第一節　古書注解的名稱

訓詁的目的，以通曉古書爲最重要，想要通曉古書，古人已有的注解，是可以善加利用的，尤其是一些文字比較艱澀的古書，缺少了舊注的帮助，研讀起來，確實是非常費力的。在上一章中，我們講到一般的訓詁方法及其原則，在本章中，我們將討論一些古書注解形式方面的問題，古書注解的形式，和古書訓詁的方法，可以說是互爲表裏，關係異常密切，爲了能妥善地利用古書的舊注，我們應該先了解古書舊注的體例和流別。古書的注解，就名稱上來看，比較重要的，大約有以下幾種，它們在形式上，體例上，都各有不同。（此處所謂古書的注解，包括清代以前，一切有關古書的注解，以下，爲了行文便利，有時我們或稱之爲舊注。）

一、傳

「傳」，是傳述的意思，釋名釋典藝說：「傳，傳也，以傳示後人也。」所以，傳是傳述的意思，相傳孔子晚年喜易，曾經作過十篇羽翼易經的文字，後人稱爲十翼，漢代學者，引用易繫辭，常稱易大傳，像司馬談論六家要旨中，便曾這樣稱引過，傳的起源，也以這爲最早。後來繼續這一體例的著作，在內容上也有多少的不同，有些是論述本事，以明經意的，像春秋左氏傳便是，有些是闡明經中大義的，像春秋公羊傳、穀梁傳便是，有些是依循經文，解釋字句的，像毛詩故訓傳便是，有些是並不依附經文，而別自爲說的，像尚書大傳便是。更有些是所論說的，無關本書的原義，而可以作爲事類的旁證的，像韓詩外傳便是。

二、說

「說」，是解釋的意思，漢書河間獻王傳說：「獻王所得，皆經、傳、說、記，七十子之徒所論。」所以，「說」的體裁，起源也是很早的，和經傳相輔而行，它的內容，大約是以稱說大義爲歸，和那些專詳名物制度的著作有所不同，像漢書藝文志上所記載的，詩類的魯說、韓說，禮類的中庸說、明堂陰陽說等，便都是以「說」命名的著作。

三、故

「故」，是以今語釋古語的意思，漢書儒林傳說：「孔氏有古文尚書，孔安國以今文字讀之，因以起其家……而司馬遷亦從安國問故。」古文尚書多古字，孔安國以今文讀之，便可以自成一家，可知太史公所從問的「故」，便是古字古語的意思了。漢書藝文志中，有詩魯故、詩齊后氏故、詩齊孫氏故、詩韓故等，都是以「故」命名的著作。

四、訓

「訓」，也是解書的通稱，今本淮南子二十一卷，除敍目命名爲要略之外，其餘二十篇，都以訓字爲名，要略篇說：「懼爲人之惽惽然弗能知也，故多爲之辭，博爲之說。」高誘的敍目也說：「其義也著，其文也富。」這樣看來，以訓名書的，重點是在解說義理。所以「傳」「說」的體例，大約是在引證事實，「故」「訓」的體例，大約是在疏通文義，這是大略的區分。

五、記

釋名釋典藝說：「記，紀也，紀識之也。」漢書藝文志有禮記百三十一篇，班固自注說：「七十子後學者所記也。」禮記正義曾說：「記者，共撰所聞，編而錄之。」所以，「記」的體例，多數是轉錄師說，闡發其意。「記」的功用，和「傳」是很接近的，漢書藝文志有劉向五行傳記、許商五行傳記，就是以傳記爲名的著作。

六、注

「注」，是灌注的意思，說文云：「注，灌也。」周禮天官冢宰注疏：「注者，於經之下，自注己意，使經義可申，故云注也。」古書文義艱深，需要解釋而後能明，猶如水道阻塞，需要灌注而後能通。漢末的鄭玄，曾經遍注群經，像今天仍然完整的三禮注，便都是直名曰「注」的。注或寫作註，段玉裁說文解字注在注字下說：「按漢唐宋人經注之字，無有作註者，明人始改注爲註，大非古義也。」不過，何晏論語集解敍目說：「漢末，大司農鄭玄，就魯論篇章，考之齊古，爲之註。」宋邢昺疏：「註與注，音義同。」似乎魏晉之時，已用註字，不過，廣雅釋詁說：「註，識也。」註和注的意義，並不相同，證以鄭玄其他的著作都稱爲「注」，那麼他爲論語所作的「註」，恐怕也是何晏所臆改的了，段玉裁稱明人始改注爲註，雖不可信，但是，漢人之稱「注」而不稱「註」，大約也是不錯的。

七、解

「解」，是分析的意思。漢人沿用此名，有兩種不同的稱號，有的叫做「解誼」，如服虔的春秋左氏傳解誼便是。有的叫「解詁」，像鄭衆的周禮解詁，賈逵的左傳解詁，何休的春秋公羊傳解詁等便是。

八、箋

「箋」，是表識的意思。說文云：「箋，表識書也。」鄭玄六藝論說：「注詩宗毛爲主，毛義若隱略，則更表明，如有不同，卽下己意，使可識別也。」所以，鄭玄所注的毛詩，名之曰「箋」。便是由於鄭玄的詩箋，是在毛詩故訓傳已有的基礎上寫成的作品，和別出心裁，成一家言的傳注，體例上是有所不同的。

九、微

「微」，是隱微不顯的意思，漢書藝文志說：「昔仲尼沒而微言絕，七十子喪而大義乖。」孔子的微言大義，寓託在春秋上的，爲數最多，所以漢志之中，也只有春秋類的書籍，才以「微」來命名，像左氏微、鐸氏微、張氏微、虞氏微傳等便是，顏師古在左氏微下注曰：「微，謂釋其微指。」所以，凡是以「微」命名的書，乃是指孔子的微言大義，必待後學闡發而始着明的。

十、章句

古人所說的「章句」，也是注解的一種，漢書藝文志中，尙書有歐陽章句、大小夏侯章句，春秋有公羊章句、穀梁章句。沈欽韓漢書疏證說：「章句者，經師指括其文，敷暢其義，以相敎授。」馬瑞辰的毛詩傳箋通釋裏，有一篇毛詩故訓傳名義考，曾說道：「章句者，離章辨句，委曲支派，而語多附會，繁而不殺。」所以，章句的意思，應該是以每章每句爲其解釋的單位，然後推闡其意義的。

十一、集解

「集解」，是薈萃衆說，加以解釋的意思，像魏何晏的論語集解，晉范寧的春秋穀梁傳集解，都是「集諸家之說，記其姓名，有不安者，頗爲改易。」(何晏論語集解序)的著作，後世「集釋」、「集注」、「集說」一類的作品，體例方面，也都是由此發展起來的。至於晉代杜預所作的春秋經傳集解，名稱雖然也叫「集解」，體例却和上述何范二人的作品不同。杜氏春秋序說：「分經之年，與傳之年相附，比其義類，各隨而解之，名曰經傳集解。」孔穎達正義說：「杜言集解，謂聚集經傳，爲之作解。何晏論語集解，乃聚集諸家義理，以解論語，言同而意異也。」所以，杜氏集解之書，和其他名叫集解的書，體例是不同的。

十二、義疏

「義疏」，是疏解經義的意思。義疏這種體例，盛行於南北朝的時代，隋書經籍志中，所記載的，像蕭子政的周易義疏、費甝的尙書義疏、沈重的毛詩義疏，皇侃的禮記義疏、孝經義疏、論語義疏等等，都是這一類的作品，義疏的體例，是「引取衆說，以示廣聞」(二語出皇侃論語義疏自序)，所以，在形式上，和「集解」很接近，像現今尙存的論語義疏，皇侃除採取了何晏論語集解所搜輯的八家(馬融、鄭玄、包咸、周氏、陳群、王肅、周生烈、孔安國)注解之外，又採用了江熙所搜輯的十三家(衞瓘、繆播、欒肇、郭象、蔡謨、袁宏、江淳、蔡系、李充、孫綽、周壞、范寗、王珉)注解，而後更自行申釋。不過，就內容方面說，南北朝時代的學說，祖尙虛玄，已不能像漢人古注那樣地篤實謹嚴了，所以，皮錫瑞的經學歷史，就批評說：「皇侃之論語義疏，名物制度，略而弗講，多以老莊之旨，發爲駢儷之文，與漢人說經，相去懸絕。」所以，義疏之體，只是南北朝那個時代，學風的代表而已。

十三、正義

「正義」，是解釋經籍，得義之正的意思，經學的演變，到了唐初的時代，唐太宗以爲儒學多門，章句繁雜，於是下詔修定五經正義，而於高宗永徽四年，頒行天下，每年明經，依此考試。所定的五經，易用王弼，書用孔安國，詩用毛鄭，左傳用杜預，禮記用鄭玄。其他的古注，如鄭玄的易書注，服虔賈逵的左傳注，都所不取。然後根據上述古注，一一疏釋它們的內容，而不敢有所出入，所撰成的疏釋，稱爲正義，所以，正義只是在古注的基礎上引申闡發而已，却沒有其他反駁或不同的意見，自然不免有着狹隘膠固的缺點。

十四、疏

「疏」，是疏通義理的意思，在唐代，官修的五經疏釋，稱爲「正義」，私人寫的，便直稱「疏」，「疏」是對「注」而言的，也取義於治水，既灌注了，還不明暢，再加以疏通。像賈公彥的周禮疏、儀禮疏，邢昺的論語疏、爾雅疏，便是這一「疏」體的代表作品。同時，後人稱引五經正義，也有簡稱爲「疏」的，於是，「注疏」之名，在學術史上，便因而流行起來。

古書注解的名稱，自然不止以上所述的這些種，這裏所擧出的，不過是一些較重要而較有代表性的名稱而已。這裏還要說明的是，在古代，有許多學者，他們對於某些古書，雖然沒有作出全面性的注解工作，但是，對於古書上某些重要的片斷，却提出了精闢的見解，他們的這種見解，自然也可以看作古書注解的一種，不過，他們的見解，在外表上，却往往是以文集、語錄、或讀書筆記的方式寫成的，像宋代朱子的語類之中，就有許多關於古書解釋的意見。像清代阮元的揅經室文集、錢大昕的潛研堂文集、戴震的東原集、陳壽祺的左海經辨、焦循的雕菰集等之，其中都有許多關於古書解釋的精闢見解，至於說到讀書筆記，像王應麟的困學紀聞、顧炎武的日知錄、閻若璩的潛邱札記、王念孫的讀書雜志、王引之的經義述聞、俞樾的群經平議、諸子平議、孫詒讓的札迻等等，其中關於古書注解的意見，更是美不勝收了，所以，說到古書的注解時，我們不該遺漏這些極有價值的參考資料。

第二節　古書注解的內容

所謂古書，是指中國古代圖書而言，中國古代圖書的類別，自從漢代劉向、劉歆父子撰成了七略，分爲七個大類之後，到了唐代長孫無忌與魏徵等，又撰成了隋書經籍志，分爲經史子集四個大類，此後，直到清代纂修四庫全書，在大的類別上，都是沿襲着隋志經史子集四部的分類方法。

古代書籍的類別，既有經史子集的不同，因此，在爲古書所撰寫的注解方面，自然也就產生了一些差異，例如經書的注解，比較着重在詞義、名物、制度方面，史書的注解，比較着重在史實、地理方面，子書的注解，比較着重在義理方面，集部的注解，比較着重在出典方面，當然，這只是一個最粗疏的分別而已。以上所提到的詞義、名物、制度、史實、地理、義理、出典，還可以加上音切、串解、通釋等，合爲十項，都是古書注解中較爲着重的內容，現在先將這些內容，大略說明於下。

一、解釋詞義

和論語學而：「子曰，學而時習之，不亦說乎，有朋自遠方來，不亦樂乎，人不知而不慍，不亦君子乎。」何晏集解：「馬曰、子者，男子之通稱，謂孔子也。」又：「包曰，同門曰朋。」又：「慍，怒也。」集解便解釋了「子」、「朋」、「慍」等三個詞彙的意義。

二、注明出典

如文選潘岳秋興賦：「余春秋三十有二，始見二毛。」李善注：「左氏傳宋襄公曰：『不禽二毛。』杜預曰：『二毛，頭白有二色也。』」又如郭璞江賦：「極泓量而海運，狀滔天以淼茫。」李善注：「莊子曰：『大鵬，海運則將徙於南溟。』司馬彪曰：『運，轉也。』尚書曰：『浩浩滔天。』」李善的注解，便注明了「二毛」、「海運」、「滔天」等詞的出處。

三、分析名物

如詩關雎：「關關雎鳩。」毛傳：「雎鳩，王雎也。」詩兔罝：「肅肅兔罝。」毛傳：「兎罝，兎罟也。」詩卷耳：「我姑酌彼兕觥。」毛傳：「兕觥，角爵也。」毛傳解釋了「雎鳩」、「兎雎」、「兕觥」等三種名物的意義。

四、說明制度

如論語顏淵：「有若對曰，盍徹乎。」集解：「鄭曰，盍，何不也，周法什一而稅，謂之徹，徹，通也，爲天下之通法。」孟子滕文公：「夏后氏五十而貢，殷人七十而助，周人百畝而徹，其實皆什一也。」趙岐注：「民耕五十畝，貢上五畝，耕七十畝者，以七畝助公家，耕百畝者，徹取十畝以爲賦，雖異名而多少同，故曰皆什一也。」何晏與趙岐的注解，說明了「徹」這種賦稅的制度。

五、闡發義理

如周易家人：「初九，閑有家，悔亡。」王弼注：「凡教在初而法在始，家瀆而後嚴之，志變而後治之。則悔矣，處家人之初，爲家人之始，故宜必以閑有家，然後悔亡也。」王弼的注，只是發揮閑有家的含義，並不牽涉其他詞彙的解釋。

六、參證史實

如史記管晏列傳：「管仲貧困，常欺鮑叔。」司馬貞索隱：「呂氏春秋：『管仲與鮑叔同賈南陽，及分財利，而管仲嘗欺鮑叔，多自取，鮑叔知其有母而貧，不以爲貪也。』」又商君列傳：「商君相秦十年，宗室貴戚多怨望者。」索隱：「戰國策云：『孝公行商君法十八年而死。』與此文不同者，案此直云相秦十年，而戰國策乃云行商君法十八年，蓋連其未作相之年耳。」司馬貞的索隱，引述資料，作史實的參證。

七、確定地理

如史記老子韓非列傳：「申不害者，京人也。」張守節正義：「括地志云：『京縣故城在鄭州滎陽縣東南二十里，鄭之京邑也。』」又刺客列傳：「誠得樊將軍首與燕督亢之地圖。」裴駰集解：「徐廣曰：『方城縣有督亢亭。』」張守節正義：「督亢坡在幽州范陽縣東南十里，今固安縣南有督亢陌，幽州南界。」集解是萃集衆人之解，不過，集解雖然引用了徐廣的意見。同樣，便相當是裴氏的意見了。古書注解，常常有轉引他人或他書（釋詞時引用字書尤多）之說以爲訓釋的，都應該視爲同樣的例子。

八、賦予音切

如史記刺客列傳：「夾立侍，皆持長鈹。」集解：「音披。」又蒙恬列傳：「始皇三十七年冬，行出游會稽，並海上。」索隱：「並音白浪反。」直音和反切，都是古書注解中常用的方式。不過，在有些古注中，往往省去了「反切」的字樣，而只注其反切的上下字，如文選鄒陽獄中上梁王書：「昔者司馬喜臏脚於宋，卒相中山。」李善在「臏」字下注「鼻引」二字。諸葛亮出師表：「以咨諏善道，察納雅言。」李善在「諏」字下注「足俱」二字，其實，這只是「鼻引切」「足俱切」的省略吧了，如果以爲是詞義的解釋，便錯誤了。同時，古注中還有一種常見的情形，如禮記大學：「如好好色」。陸德明經典釋文：「好好，上呼報反，下如字。」所謂如字，便是這個字的讀音，是按它平常最通行的聲音去讀，而不需要去改易聲調。

九、貫串講解

如詩經碩鼠：「三歲貫女，莫我肯顧。」鄭箋：「我事女三歲矣，曾無教令恩德，來顧眷我。」這種對古書一句或數句所作的貫串解釋，表面上雖沒有解釋詞義，但是，以「事」釋「貫」，以「顧眷」釋「顧」，便也是同時解釋了詞義。論語爲政：「子曰，多聞闕疑，愼言其餘，則寡尤。」集解：「包曰，尤，過也，疑則闕之，其餘不疑，猶愼言之，則少過。」這是除了串解之外，同時也解釋詞義的例子。

十、通釋大意

如趙岐的孟子章句，每章之後，都有「章指」，這章指便是通釋全章的大意的。例如孟子公孫丑「人皆有不忍人之心」章後面，趙氏注有章指：「言人之行，當內求諸己，以演大四端，充廣其道，上以匡君，下以榮身也。」又告子篇「性猶湍水也」章後面，趙氏注有章指：「言人之欲善，猶水好下，迫勢激躍，失身素眞，是以守正性者爲君子，隨曲拂者爲小人也。」這種通釋全章大意的方法，爲的是使正文的意義更爲明顯，對於讀者是有相當帮助的。

第三節　古書注解的形式

在上一節，對於古書注解的內容重點，先作了一些簡略的說明，以下，我們將再就經史子集四部，各舉出一些較長的例子（包括注與疏），以作了解古書注解形式的參考。由於舊注對於經史子集的解釋所着重的內容並不全同，所以，分爲四部舉例，也大致能把這種特徵表現出來。

古書的注解，往往都是以雙行小字，排列在正文之下，並且不加標點。但是，爲了排字的方便，本節所引的注解，都隨在正文之後，另行低兩格排列，並略加標點，以便觀覽

一、經部的例子——詩經鄭風風雨（注疏）

風雨淒淒，鷄鳴喈喈；

　　興也，風且雨，淒淒然，鷄猶守時而鳴喈喈然。箋云，興者，喻君子雖居亂世，不變改其節度。○淒，七西反，喈音皆。

既見君子，云胡不夷。

　　胡、何，夷、說也。箋云，思而見之，云何心不悅。○說音悅，下同。

　　「疏」風雨至不夷。○正義曰，言風而且雨，寒涼淒淒然，鷄以守時而鳴，音聲喈喈然，此鷄雖逢風雨，不變其鳴，喻君子雖居亂世，不改其節，今日時世，無復有此人，若得見此不改其度之君子，云何而得不悅，言其必大悅也。○傳風至喈喈然○正義曰，四月云，秋日淒淒，寒涼

之意，言雨氣寒也，二章瀟瀟，謂雨下急疾瀟瀟然，其淒淒意異，故下傳云，瀟瀟，暴疾，喈喈膠膠，則俱是鳴辭，故云猶喈喈也。○傳胡何夷說○正義曰，胡之爲何，書傳通訓，夷悅，釋言文，定本無胡何二字。

風雨瀟瀟，鷄鳴膠膠；

瀟瀟，暴疾也，膠膠猶喈喈也。○瀟音蕭，膠音交。

既見君子，云胡不瘳。

瘳，愈也。○瘳，勑留反。

風雨如晦，鷄鳴不已；

晦，昏也，箋云，已，止也，鷄不爲如晦而止不鳴。○不爲，于僞反。

既見君子，云胡不喜。

正文之後，前面沒有「箋云」的注是漢代的毛傳，「箋云」之後是鄭玄的箋，圓圈之後，是唐代陸德明經典釋文對正文和注文所作的注音。（疏）字以下是唐代孔穎達等的正義。宋代以前，注和疏是各自單行的，宋以後，爲了便於閱讀，才把注和疏合印在一起。一般而言，疏是先疏正文，再疏注文，先略引被疏的文字，（多是起訖各引兩三字）然後再疏，中間用圓圈隔開。像前面的詩中，疏是先將正文四句，作一串解，然後疏注文毛傳，疏解時，有些是與其他的詩句（四月）比較其辭句，有些是解釋詞義，有些是說明毛傳的來源（如夷悅釋言文），有些是校正文字（如定本無胡何二字），可見疏的內容是很豐富的。疏一般是放在一段正文之後，如果一段正文有幾個注，疏就放在幾個注之後，上面這首詩，因爲後兩章意義比較淺易，所以便用不着再加疏解的工作了。

二、史部的例子——三國志蜀書先主傳（裴松之注）

曹公既破紹，自南擊先主，先主遣麋竺，孫乾、與劉表相聞，表自郊迎，以上賓禮待之，益其兵，使屯新野，荆州豪傑歸先主者日益多，表疑其心，陰禦之。

九州春秋曰：備住荆州數年，嘗於表坐起至廁，見髀裏肉生，慨然流涕，還坐，表怪問備，備曰：「吾常身不離鞍，髀肉皆消，今不復騎，髀裏肉生，日月若馳，老將至矣，而功業不建，是以悲耳。」

世語曰：備屯樊城，劉表禮焉，憚其爲人，不甚信用。曾請備宴會，蒯越蔡瑁欲因會取備，備覺之，僞如廁，潛遁出，所乘馬名的盧，騎的盧走，墮襄陽城西檀溪水中，溺不得出，備急曰：「的盧，今日厄矣，可努力。」的盧乃一踊三丈，遂得過，乘桴渡河，中流而追者至，以表意謝之曰，「何去之速乎。」

孫盛：此不然之言，備時羈旅，客主時殊，若有此變，豈敢晏然終表之世而無釁故乎？此皆世俗妄說，非事實也。

在先主傳「表疑其心，陰禦之」之下，裴松之引述了九州春秋、世語二書及孫盛之說，來補充史傳記事的闕漏，（由這一段注文，我們可以看出三國演義中同一故事演化的來源），有時，在正文或引述史料之後，裴氏也往往加上了自己的判斷，這是專爲提供史料爲職志的注書方式。由於陳壽三國志的記事過於簡略，裴松之的注解便博釆群書，以補其缺，他在注中使用的資料，都標出書名，引過的書，多至一百四十餘種，而這些書，又絕大部分已經散佚，所以，裴氏的注，不僅在補史方面有貢獻，在輯佚方面，也是很有價值的。

三、子部的例子——莊子逍遙遊（郭象注、成玄英疏）

蜩與學鳩笑之曰，我決起而飛，搶榆枋，時則不至，而控於地而已矣，奚以之九萬里而南爲。

〔注〕苟足於其性，則雖大鵬無以自貴於小鳥，小鳥無羨於天池，而榮願有餘矣，故小大雖殊，逍遙一也。

〔疏〕蜩，蟬也，生七八月，紫青色，一名蛁蟟。鷽鳩，鶻鳩也，即今之班鳩是也。決，卒疾之貌。搶，集也，亦突也。枋，檀木也。控，投也，引也，窮也。奚，何也。之，適也。蜩鳩聞鵬鳥之弘大，資風水以高飛，故嗤彼形大而劬勞，欣我質小而逸豫。且騰躍不過數仞，突榆檀而栖集，時困不到前林，投地息而更起，逍遙適性，樂在其中。何須時經六月，途遙九萬，跋涉辛苦，南適胡爲，以小笑大，夸企自息而不逍遙者，未之有也。

適莽蒼者，三飡而反，腹猶果然，適百里者，宿舂糧，適千里者，三月聚糧。

〔注〕所適彌遠，則聚糧彌多，故其翼彌大，則積氣彌厚也。

〔疏〕適，往也。莽蒼，郊野之色，遙望之不甚分明也。果然，飽貌也。往於郊野，來去三食，路既非遙，腹猶充飽。百里之行，路程稍遠，舂擣糧食，爲一宿之借。適千里之途，路既遙遠，聚積三月之糧，方充往來之食。故郭注云，所適彌遠，則聚糧彌多，故其翼彌大，則積氣彌厚者也。

之二蟲又何知。

（注）二蟲，謂鵬蜩也。對大於小，所以均異趣也。夫趣之所以異，豈知異而異哉？皆不知所以然而自然耳。自然耳，不爲也。此逍遙之大意。

（疏）郭注云，二蟲，鵬蜩也，對大於小，所以均異趣也。且大鵬摶風九萬，小鳥決起楡枋，雖復遠近不同，適性均也。咸不知道里之遠近，各取足而自勝，天機自張，不知所以。既無意於高卑，豈有情於優劣。逍遙之致，其在茲乎。……………

郭注全是闡發義理，成疏雖有解釋詞義之處，而重點仍在於哲理之說明。

四、集部的例子——文選王粲登樓賦（李善注）

昔尼父之在陳兮，有歸歟之歎音。

左氏傳曰，孔丘卒，公誄之曰，尼父，無自律。論語，子在陳曰，歸歟歸歟。

鍾儀幽而楚奏兮，莊舄顯而越吟，

左氏傳曰，晉侯觀于軍府，見鍾儀，問曰，南冠而縶者誰也，有司對曰，鄭人所獻楚囚也，使稅之，問其族，對曰，伶人也，使與之琴，操南音，公曰，樂操土風，不忘舊也。史記曰，陳軫適楚，秦惠王曰，子去寡人之楚，亦思寡人不，陳軫對曰，昔越人莊舄仕楚，執珪，有頃而病，楚王曰，舄，故越之鄙細人也，今仕楚，執珪富貴矣，亦思越不，對曰，凡人之思，故在其病也，彼思越則越聲，不思越則且楚聲，人往聽之，猶尚越聲也，今臣雖弃逐之楚，豈能無秦聲者哉。

人情同於懷土兮，豈窮達而異心。

窮謂鍾儀，達謂莊舄，論語，子曰，小人懷土，孔安國曰，懷，思也。呂氏春秋曰，道德於此，窮達一也。

古人在文學作品中，喜歡使用典故，一方面是爲了使文章簡潔，一方面也是爲了使文章含蓄，使讀者自行去玩味探索，而不是一覽無遺地索然意盡。（自然，也有些作者用典，是爲了眩耀才學。）因此，注解文學作品時，注明出典，便成了注釋者的首要任務了，唐代李善的文選注，便是全力集中在注明出典這件工作上，因此，有人批評李善的注解是「釋事而忘義」，不過，李善的文選注中，注明出典（釋事）雖是首要工作，但也並沒有完全遺棄解釋詞義的工作，像前節所引孔安國曰「懷，思也。」便是釋義的例子，只是這種工作做得較少而已，而且，注明了某些詞語的出典，也同樣有助於讀者充分地領會作品的意義，因此，說他「釋事忘義」，是不盡公平的。

第四節　古書注解中常見的術語

從漢儒開始，在注解古書時，便已使用了許多訓解的術語，直到後代，這些術語，也一直被人們相沿成習地使用著，雖然，這些術語，並非是由某人「明令規定」的，在意義上，也並不能夠十分地精確，但是，根據漢儒們留下來的傳注，我們仍然能夠歸納出每個術語所包含的大略意義。因此，先行了解一些舊注的術語，對於掌握舊注的意義，相信是有所助益的。舊注中的術語很多，此處只能擇其最常見的一些，簡介如下。

一、讀若、讀如

這兩個術語，一般是用來注音的，段玉裁說：「凡言讀若者，皆擬其音也。」又說：「讀若亦言讀如。」（見說文𥜽字注）又說：「凡言讀若，例不用本字。」段氏以爲，凡是言讀若而用本字的，應該是此字有數音數義，就像訓詁方法中的本字爲訓之例，方才有此可能，所以，讀若一例，基本上只是對於古書中難讀的字作出注音的工作，而且，在正常的情形下，爲了使人易於讀音，是不使用本字來注音的，像說文：「噲，咽也，从口會聲，或讀若快。」便是這種例子。

不過，有些時候，讀若讀如也可以用來指示通假字，因爲，通假的基本條件是音同音近，而讀若讀如既然是用來注音，那麼，正好符合了這個條件，所以，有些時候，讀若讀如也可以用來指示通假字與本字之關係，錢大昕說：「漢人言讀若者，皆文字假借之例，不特寓其音，兼可通其字。」（見潛研堂集）像禮記儒行：「起居竟信其志。」鄭玄注：「信，讀如屈伸之伸，假借字也。」便是這種例子。

二、讀爲、讀曰

這兩個術語，一般是用來說明通假字的，段玉裁說：「凡傳注言讀爲者，皆易其字也。」又說：「讀爲亦言讀曰。」（見說文𥜽字注）所以，讀爲讀曰，是用來指明通假字與本字的關係的，像詩經氓：「淇則有岸，隰則有泮。」鄭箋：「泮讀爲畔。」禮記曲禮：「國君則平衡，大夫則綏之，士則提之。」鄭玄注：「綏讀曰妥。」便是這種例子。

至於讀爲讀曰與讀若讀如的區別，那是在於讀爲讀曰必然是用來指明本字和通假字的關係，而讀若讀如一般是用來注音，不過有時也可以用來指示本字與通假字而已。段玉裁說：「讀如讀若者，擬其音也，古無反語，故爲比方之詞，讀爲讀曰者，易其字也，易之以音相近之字，故爲變化之詞。比方主乎同，音同而義可推也，變化主乎異，字異而義憭然也。比方主乎音，變化主乎義。」（周禮漢讀考）這在後面講到通假字的問題時，我們還會再作討論。

三、當作、當爲

這兩個術語，是用來指明古書中字形或字音的錯誤，而加以改正的，段玉裁說：「當爲者，定爲字之誤，聲之誤，而改其字也，爲救正之詞。形近而譌，謂之字之誤，聲近而譌，謂之聲之誤，字誤聲誤而正之，皆謂之當爲。」（周禮漢讀考）像荀子富國：「俗儉而百姓不一。」楊倞注：「儉當爲險。」周禮天官典婦功：「兄授嬪婦功。」鄭玄注：「授當爲受，聲之誤也。」不過，有時字誤和聲誤常常相混而不易加以區別，像上述的儉與險，授與受，便是這種例子，說它們是聲誤，自然可以，說它們是字誤，也未嘗不可。

通常，聲誤的例子，我們視之爲訓詁上的問題，也可以包含在廣義的通假字的問題中，字誤的例子，屬於校勘學上的問題，所以，當爲當作這兩個術語，在校勘學上，也時常使用到。

至於當作當爲與讀爲讀曰的區別，段玉裁說得好：「凡言讀爲者，不以爲誤，凡言當爲者，直斥其誤。」（周禮漢讀考）所以，讀爲當爲，在指明錯誤時，只是程度上的差異而已。

四、之言、之爲言

這兩個術語，一般是「聲訓」的關係，段玉裁說：「凡云之言者，皆通其音義以爲詁訓，非如讀爲之易其字，讀如之定其音。」（說文裸字注）又說：「凡云之言者，皆就其雙聲疊韻以得其轉注假借之用。」（說文磺字注）又說：「凡云之言者，皆假其音而得其義。」（說文淰字注）所以，之言和之爲言，主要是從語音上找出意義的關係，像論語爲政：「爲政以德，譬如北辰，居其所，而衆星共之。」朱熹注：「政之爲言正也，所以正人之不正也，德之爲言得也，得於心而不失也。」正之與政，得之與德，不僅在意義上有關，而且在聲韻上也有密切的關係。

不過，由於之言與之爲言，主要是從聲韻上去探求訓解字與被訓字之間的意義關係，因此，訓解字與被訓字之間，在聲韻上自然就具有了密切的關係，這也同樣符合了造成通假字必需音同音近的基本條件，因此，在古書注解中，凡用到這兩個術語，有時，也有指示通假字與本字的可能。

五、猶

這個術語，主要是說明，訓釋字與被訓字之間，本來的意義是不相同的，但在某種特殊的情況下，其意義却也展轉可以相通。段玉裁說：「凡漢人作注云猶者，皆義隔而通之。」（說文讎字注）又說：「凡漢人訓詁本異義而通之曰猶。」（說文寏字注）所以，猶這個術語，基本上是指明義隔而通的兩個詞義，像詩經伐檀：「坎坎伐輻兮，寘之河之側兮。」毛傳：「側猶厓也。」旁側與山厓的意義並不相同，不過，在伐檀這首詩中，河之側，却正巧是山厓。因此，毛傳的「側猶厓也」，在這首詩中是講得通的，但這只是義隔而通之罷了，換了別的處所，側與厓便不一定可以在一起訓解了。

除了義隔而通之外，「猶」這個術語，還可以用作以今喻古來用，當然，這還是從「義隔而通」這一含義引伸而來的，像詩經葛屨：「摻摻女手，可以縫掌。」毛傳：「摻摻猶纖纖也。」漢人說手好叫纖纖，周人叫摻摻，這是古今語的不同，毛公的傳，是以今喻古，所以用「猶」這個術語來說明。

與「猶」這個術語意義極相近的，還有「若今」一語，「若」是比喻之辭，漢儒在注經之時，不但以今語釋古語，而且以漢制比況古制，所以時常用到「若今」之辭，像周禮：「書其能者與其良者而以告於上。」鄭衆注：「若今時舉孝廉方正茂材異等。」便是這種例子。

六、一曰、或曰

這兩個術語，主要是說明同一詞彙而有不同的訓釋。段玉裁說：「凡義有兩歧者，出一曰之例。」（說文禋字注）又說：「說文言一曰者，有二例，一是兼採別說，一是同物二名。」（說文藋字注）公羊傳二十五年解詁：「或曰者，或人辭，其義各異也。」所以，在注解中，對同一個詞彙，如果有了不同的解釋，而想並存其說，則用一曰或曰這兩個術語，將它們都保留下來。像說文：「督，察視也，从目叔聲，一曰，目痛也。」又：「驃，黃馬發白色，一曰，白髦尾也。」都是這種例子。

七、曰、爲、謂之

這三個術語，在使用時，往往放在被訓字的前面，它們在訓釋時，主要是說明詞彙間的義同與義近，像穀梁傳襄公二十四年：「二穀不升謂之饑，三穀不升謂之饉」。爾雅釋天：「穀不熟爲饑，蔬不熟爲饉。」論語先進：「加之以師旅，因之以饑饉。」朱熹注：「穀不熟曰饑，菜不熟曰饉。」又如詩經淇奧：「如切如磋，如琢如磨。」毛傳：「治骨曰切，象曰磋，玉曰琢，石曰磨。」爾雅釋器：「骨謂之切，象謂之磋，玉謂之琢，石謂之磨。」從這些例子中，不僅可以看出利用「曰、爲、謂之」來解釋義近義同的詞彙，同時也可以看出這三個術語的作用是完全相同的。

八、謂

這個術語，在使用時，往往是放在被訓詞的後面，它的主要目的，是在以比較具體的概念解釋比較抽象的概念，或是以一般狀況解釋特殊狀況。像論語爲政：「道之以政，齊之以刑，民免而無恥。」孔安國注：「政謂法教。」論語子罕：「後生可畏。」何晏注：「後生謂少年。」「政」是比較抽象的概念，故以比較具體的概念「法教」來解釋，「後生」是比較特殊的詞彙，故以比較一般性的詞彙「少年」來解釋，便都是這種例子。

九、貌

這個術語，在使用時，一般都放在動詞或形容詞的後面，像詩經氓：「桑之未落，其葉沃若。」朱熹注：「沃若，潤澤貌。」論語陽貨：「夫子莞爾而笑。」何晏注：「莞爾，小笑貌。」便都是這種例子。

有時，「貌」這個術語，可以加以省略，像詩經皇皇者華：「駪駪征夫。」毛傳：「駪駪，衆多之貌。」詩經螽斯：「螽斯羽，詵詵兮。」毛傳：「詵詵，衆多也。」又如詩經凱風：「棘心夭夭。」毛傳：「夭夭，盛貌。」詩桃夭：「桃之夭夭。」毛傳：「夭夭，其少壯也。」便是這種例子。

十、聲

這個術語，在使用時，一般都是放在形容詞或副詞的後面，像詩經關雎：「關關雎鳩。」毛傳：「關關，和聲。」詩經草蟲：「喓喓草蟲。」毛傳：「喓喓，聲也。」詩經伐檀：「坎坎伐檀兮。」毛傳：「坎坎，伐檀聲。」便都是這種例子。

十一、辭

舊注中凡遇到虛詞助語的時候，往往以「辭也」來解釋，表示其只有聲音而不爲意義。像詩經漢廣

：「不可求思。」毛傳：「思，辭也。」詩經草蟲：「亦既見止。」毛傳：「止，辭也。」詩經載馳：「載馳載驅。」毛傳：「載，辭也。」便都是這種例子。

有時，舊注中也有使用「某辭」來表示某種意義的聲音的，像尚書堯典：「吁，嚚訟，可乎。」孔傳：「吁，疑怪之辭。」詩經猗嗟：「猗嗟昌兮。」毛傳：「猗嗟，歎辭。」便都是這種例子。此外，還有一些舊注中常用的術語，像「古今字」、「古曰某、今曰某」、「屬、別」、「衍字」、「脫字」、「互文」、「長言、短言」等等，因爲篇幅的關係，這裏就不詳細介紹了。

第五節　古書注解的缺點

替古書作注解，並不是一件容易的事情，有時，甚至比自著一書還要困難，因爲，自著一書，可以自由發抒己見，替古書作注解，却沒有這樣方便了，杭世駿說：「作者不易，箋疏家尤難，何也？作者以才爲主，而輔之以學，興到筆隨，第抽其平日之腹笥，而縱橫曼衍以極其所至，不必沾沾獺祭也。爲之箋與疏者，必語語核其指歸，而意象乃明，必字字還其根據，而證佐乃確。才不必言，夫必有什倍於作者之卷軸，而後可以從事焉。」（李太白集輯注序）又說：「詮釋之學，較古昔作者爲尤難，語必溯源，一也，事必數典，二也，學必貫三才而窮七略，三也。」（李義山詩注序）黃本驥也說：「世間書無盡，而古書之流傳至今者有盡，注古人書，無一字無來處，目中不盡見古人讀本，必欲祭及淵魚，辨窮河豕，曰，某事出某書，某事出某書，條擧件繫，如數家珍，難矣。」（李氏蒙求詳注序）這些話雖然是指注解詩文而言，但其他古書，也大致如此，尤其是在古代，工具書缺乏的情況下，要將古人書中的每一句話，都找出出典來，非偏觀群書，學識淵博，是不爲功的。

也就由於注解古書並非一件容易的事，因此，傳流到現在的一些舊注，儘管多數是出於名家之手，也不免存在着一些缺點。漢人古注，可議者不多，主要是漢儒古注以外的疏釋，缺點便很多了，大略言之，可以歸納爲以下幾點。

一、過分注重出典

這種情形比較常見於文學作品的注解中，往往是注明了許多詞語的出處，但對於正文的意義，却缺乏一種貫串的解釋，使讀者在看了注解之後，仍然不易掌握到正文的主旨，像文選中江淹的恨賦：「試望平原，蔓草縈骨，拱木斂魂，人生到此，天道寧論，於是僕本恨人，心驚不已。」李善注：「爾雅曰，試，用也。毛詩曰，野有蔓草。左氏傳，秦伯謂蹇叔曰，中壽，爾墓之木拱矣，注，兩手曰拱。古蒿里歌曰，蒿里誰家地，聚斂魂魄無賢愚。」又：「列女傳，趙津吏女歌曰，誅將加兮妾心驚。」李善的注解，將恨賦這幾句中的一些詞語，多數注明了它們的出處，但是，爲什麼「人生到此」，便會「天道寧論」呢？「天道」又是什麼呢？爲什麼「僕本恨人」呢？也許，這才是恨賦的主旨吧，而李善的注，於此却無片言的解釋，這不免使人覺得「當注的却未注」了。舊注中像這種現象，確實很多，其他過分偏重名物的解釋，情形也與此相同。

二、注解比正文更爲艱深

注解的意義，本來是要將艱深的古書，說明清楚，使人易於領會，但是，在閱讀古籍時，我們往往會有這種經驗，只看正文，還多少懂得，越看注文，却越發覺得迷糊，甚至連原先懂得一點的正文，都不敢確認於心了，這種情形，在一般經書與子書的注解中，比較容易見到，像莊子養生主：「吾生也有涯，而知也無涯」。郭象注：「所稟之分，各有極也。」又：「夫舉重攜輕而神氣自若，此力之所限也。而尚名好勝者，雖復絕膂，猶未足以慊其願，此知之無涯也。故知之爲名，生於失當而滅於冥極，冥極者，任其至分而無毫銖之加，是故雖負萬鈞，苟當其所能，則忽然不知重之在身，雖應萬機，泯然不覺事之在己，此養生之主也。」郭象雖然是在闡述此篇的哲理，但是，在本篇一開始的這兩句並不太過艱深的文句下，郭氏便急不及待地注釋了一大篇較之正文更爲難懂的注文，真可能會將讀者嚇得望之却步呢！這種注解比正文更爲艱深的情形，其他舊注之中，也常常能見得到。

三、以己意解釋古書

注解古書，本來應該是以闡釋古書原意，使人易於領會爲主，它的立場，應該是站在求眞的地步，去探求古書含義的真相。但是，有些注者，在注解古書時，往往參雜了許多自己主觀的意見。其實，任何注解，都不能夠完全地避免注者主觀意見的影響，但是，如果注釋者是以自己的主觀意見去解釋古人之書，甚至强古人以就己見，把「我注六經」變爲「六經注我」，那麼，在求眞的立場上，便有點說不過去了。舊注之中，像這類情形，也並非沒有，像王弼的注老子，郭象的注莊子，程頤的注周易，便不免有此嫌疑了，朱子曾批評他們說：「漢初諸儒，專治訓詁，如教人，亦只言某字訓某字，自尋義理而已。」（語類卷一百三十七）又說：「自晉以來，解經者，却變得不同，王弼郭象輩是也。漢儒解經，依經演繹，晉人則不然，捨經而自作文。」（語類卷六十七）又說：「伊川見得個大道理，却將經來合他這道理，不是解易。」（語類卷六十七）自然王弼的老子注，郭象的莊子注，程頤的易傳，都有他們一定的價値，但是，如果就求眞的立場而言，他們對於古書注解，便不免會有點缺憾了。

四、墨守先儒舊說

隋唐以後的學者，在解釋古書時，往往是選擇了此書的一家或幾家漢人的古注，加以疏釋。由於漢人去古未遠，他們的解釋，也往往較爲可信，因此，疏釋漢人古注，便是間接的疏釋了古書，這本來是無可厚非的。但是，有些從事疏釋工作的學者，却常常墨守住漢人的古注，只有引伸發揮，而不敢反駁詰難，以爲曲徇注文，疏不駁注，是疏釋古書的家法，這種態度，在求眞的立場上，是並不適合的。

唐人所修的五經正義，便不免時常犯上這種毛病，像詩經卷耳：「采采卷耳，不盈頃筐，嗟我懷人，寘彼周行。」毛傳：「憂者之興也。采采，事采之也。卷耳，苓耳也。頃筐，畚屬，易盈之器也。」又：「懷、思，寘、置，行、列也。思君子官賢人，置周之列位。」鄭箋：「器之易盈而不盈者，志在輔佐君子，憂思深也。」又：「周之列位，謂朝廷臣也。」正義：「言有人事采此卷耳之菜，不能滿此頃筐，頃筐易盈之器，而不能滿者，由此人志有所念，憂思不在於此故也。此采菜之人，憂念之深矣，以興后妃志在輔佐君子，欲其官賢賞勞，朝夕憂念，至於憂勤，其憂思深遠，亦如采菜之人也。此后妃之憂爲何事，言后妃嗟吁而歎，我念君子官賢人，欲令君子置此賢人於彼周之列位，以爲朝廷臣也。我者，后妃自我也。下箋云，我，我使臣，我，我君，此不解者，以詩主美后妃，故不特言也，言彼者，后妃主求賢人，爲此，故以周行爲彼也。」正義雖然是立足在「美后妃之德」的大前提下來解釋詩篇的，但是，如果沒有毛鄭之說的導之於前，想來孔疏也不致於疏不破注地曲徇在後了，後來，朱子解「周行」為「大道」，便是完全不受毛鄭的影響了。這種情形，在舊注之中，也是屢見不鮮的。像孫奭的孟子疏，完全只是重複趙岐的言語，那更是等而下之了，難怪四庫提要要說它是「鄉塾講章」了。

五、過分繁瑣

黃以周在儆季雜著文鈔新卷四示諸生書中說：「漢儒注書，循經立訓，意達而止，於去取異同之故，不自深剖，令讀者自領之，此引而不發之道也。至宋儒反覆推究，語不嫌詳，已有異於漢注。今人著書，必臚列舊說，力為駁難，心中所有之意，盡寫紙上，並有異於宋人。而好學深思之士，閱宋後書而惟恐臥，日夜讀漢注而不知倦者，何也？譬如花盛放而姿色竭，一覽無餘，萼半函而生氣饒，耐人靜玩而有味也。」清代的學者，整理古書，許多重要的古書，他們都曾為之做了新的注釋，他們綜合了漢唐學者的成果，根據具體的材料以判斷前人的是非，解決了古書中的許多疑難問題。但是，清人有些注解，只求無一字無來歷，過於強調出典，因此，也不免過於繁瑣細碎，像劉寶楠的論語正義，注解學而首章「子曰學而時習之不亦悅乎」一句，就注了將近一千個字，他將論語這一句並不難懂的話，每個字都作了詳細的考證，其中一個「曰」字，就注了一百多個字，這未免太過繁瑣了。舊注中像這種情形，也還有不少。

以上，只是對於古書注解中常見的缺點，略舉其例而已。也許，有人會以為，古書及舊注，往往是沒有標點的，這也該是一個缺點呀！其實，這要看從怎樣的角度來觀察問題了，禮記學記說：「一年視離經辨志。」鄭注：「離經，斷句絕也。」這是古人在讀書時重視自行點斷句讀的明證，自行動手點斷句讀，有助於讀者集中精神，細心思考，增加記憶，同時，還可以養成讀者有恒的習慣。這樣說來，缺乏標點，不但不是舊注的缺點，相反的，反而是其優點了。

我們在閱讀古籍時，參考舊注，要了解其缺點，才能妥善地利用其優點，這也是本節指出舊注一些缺點的目的。

本章主要參考資料

一、齊佩瑢　訓詁學概論（第十二節、術語）
二、何仲英　訓詁學引論（第一章第三節、訓詁的術語）
三、王了一　古書的注解（見古代漢語）
四、張舜徽　中國古代史籍校讀法
五、孔穎達　毛詩正義
六、趙　岐　孟子章句
七、李　善　昭明文選注
八、裴松之　三國志注
九、張守節　史記正義
十、裴　駰　史記集解
十一、司馬貞　史記索隱
十二、陳　澧　東塾讀書記
十三、皮錫瑞　經學歷史
十四、郭　象　莊子注
十五、胡楚生　朱子對於古籍訓釋之見解（見大陸雜誌五十五卷二期）

第七章　通假字的問題

第一節　何謂通假字

當我們閱讀古書時，往往會有着這樣的經驗，一句古書，其中的某一個字，如果按照它的字形所表示的意義去解釋，這句古書，往往是解釋不通的，但是，如果把這個字，換成另一個與它音同或音近的字來解釋，這句古書的文義就通順了，這種情形，便是所謂的通假字的關係。

一、假借的意義

有些學者，把通假字稱為假借字，誠然，在本源上，通假字確實也是一種「假借」，只是，這種出現在古籍中的假借，和文字學上六書中的「假借」，却又有所不同而已；同時，過去的一些文字學家們，也時常把古籍中的通假字和六書中的假借字混為一談，不甚區別，因此，為了明確地了解通假字的性質，首先，我們應該了解通假和假借的差異。這裡先談假借的意義。許慎說文解字敘說：

「假借者，本無其字，依聲託事，令長是也。」

段玉裁在說文解字注裡說：

「託者寄也，謂依傍同聲而寄於此，則凡事物之無字者，皆得有所寄而有字，如漢人謂縣令曰令長，縣萬戶以上為令，減萬戶為長，令之本義，發號也，長之本義，久遠也，縣令縣長本無字，而由發號久遠之義，引申展轉而爲之，是謂假借。」

許氏所說的「本無其字，依聲託事」，本來是很明白的，段氏所說的「依傍同聲而寄於此」，「凡事物之無字者，皆得有所寄而有字」，解釋許氏的意義，也十分中肯，但是，段注在末尾所說的一句「引申展轉而爲之」，却使假借的定義，平添了許多的糾葛，而把假借牽引到「引申」的範圍中去了。

引申是字義發展的原動力却不是造字的方法，和假借是沒有關係的，鄭之同說文淺說曰：

「假借言本無其字，臨文時，或取同聲之字，或取聲近之字，權當此字用之，於此本字全不相涉，說文所謂依聲託事是也，若由本字之義，展轉引申而有別解，同用一字，則止得謂之引申，而與假借有別。」

鄭氏這一段話，明白地說出了假借和引申是絕不能混爲一談的，然而，段氏在注解說文時，爲什麼又會有這種錯誤發生呢？這又得追究到許愼的本身了。

原來，許氏在解釋六書的定義時，說到象形、指事、形聲和會意時，所舉的字例，都與它們所隸屬的那一「書」相符合，像「日月」之於象形，「上下」之於指事，「江河」之於形聲，「武信」之於會意，都是相符合的。而在轉注和假借這兩「書」裏，許氏所舉的字例，却並不屬於轉注和假借，轉注暫不討論，像假借的「令長」兩字，便一個是會意字，一個是形聲字。

說文卪部：「令，發號也，从亼卪。」

說文長部：「長，久遠也，从兀从匕，亾聲。」

由於許氏在假借的說明中，所舉的字例，本身便有問題，而段氏爲了尊重許氏，曲從許氏之說，便也說出了「縣令縣長本無字，而由發號久遠之義，引申展轉而爲之」的那一番解釋來，以致使得假借的意義，牽涉「引申」，而含混不清了。唐蘭在中國文字學上說：

「假借，照理說是很容易講明的，許叔重所謂本無其字，依聲託事，解釋得很好，可惜他例舉錯了，他所舉令長二字，只是意義的引申，決不是聲音的假借。像『隹』字爲鳥形的借爲發語辭，『其』字爲箕形的借爲代名詞，這才是眞正的假借。」

張亨在荀子假借字譜的敍論中也說：

「凡是一個語詞，無法用象形、指事、形聲或會意的方法來造成文字的時候，就去借用一個與這個語詞讀音相同或者是相近的字來代表它，在意義上，它和這個代用字的形體並不相關（不管這個代用字原是屬於象形、指事、形聲、或是會意），這就叫做假借，像『其』字本來是『箕箕』的意思，（象形）借爲代名詞來用，作爲代名詞用的這一新義，和原來『箕箕』一義毫無關係。」

所以，假借字的形成，只是由於音的關係，和意義是無關的，班固以爲六書都是造字之本，戴東原又以爲假借只是用字之法，其實，假借只是就舊有的字另附新義而已，如果一定要說「假借」也是一種造字之法的話，那它也不過是一種「以不造字爲造字」的變通辦法罷了，就說它是用字之法，也未嘗不可的。

假借字以虛詞爲數較多，而且，假借字在古書中往往已經被應用得非常普遍而習慣了，有的甚至超過了那字的本來用法，在古籍中，像「之」字假借作介詞或代名詞用的地方，超過了作動詞（往義）用的造字本義許多，「隹」字假借作發語詞用的地方，超過了作名詞（短尾禽）用的造字本義許多，有的甚至幾乎完全取代了那字的本來用法，像「而」字假借作轉語詞用，幾乎完全取代了「頰毛」的造字本義，「焉」字假借作語詞用，幾乎完全取代了「黃鳥」的造

字本義。所以，除了在文字學上研究造字的本義之外，在古籍訓釋中，已經很少再去追究它們的本義了

二、通假的意義

假借字的產生，是由於「本無其字」，所以，才不得已借已有的字而另附以新義，至於通假字的產生，却並不一樣。古人讀書，多由口授，弟子筆錄的時候，不免寫些音同近的「白」字，或者是古人行文之時，雖然明知有一個本字，（或稱正字），但忽促之間，未能記憶，於是便以一個音同或音近的字來代替它，有時，後人又再加沿用，便造成了通假字逐漸增多的現象了。陸德明在經典釋文序裡引鄭玄的話說：

「其始書之也，倉卒無其字，或以音類比方，假借爲之，趨於近之而已。」

「倉卒無其字」，確是通假字所以產生的最好說明，這種現象，古書中時常見到，如果我們不明了通假字的成因，就難免望文生訓，誤解古書的原意了。例如伸展的伸，本來應寫作「伸」但是，周易繫辭傳，「尺蠖之屈，以求信也」，却寫成了「信」。早晨之早，本應作「早」，但是，孟子離婁篇，「蚤起，施從良人之所之」，却寫成了「蚤」。信的本義是信用，蚤的本義是跳蚤，在周易中，伸展的伸所以寫成「信」，在孟子中，早晨的早所以寫成「蚤」，只是因爲它們各自聲音相同或相近，被借通用而已。（我們可以說，信是伸的通假字，伸是信的通假義，蚤是早的通假字，早是蚤的通假義）。這種情形，和「假借」並不一樣，並不是因爲古人無法造出一個和「信」字聲音相同或相近而意義是「伸展」的字，於是用了「信」字來代替它，也不是因爲古人無法造出一個和「蚤」字聲音相同或相近而意義却是「早晨」的字，於是用了「蚤」來代替它。事實上，「伸」字和「早」字都是本已有的，只是在這裡偶

爾沒有用它罷了，因此，在這裡，「信」和「伸」，「蚤」和「早」，只是有着音同音近的關係，却並沒有任何意義上的關聯，在周易和孟子的那兩句文句中，「信」和信用的意義，「蚤」和跳蚤的意義，也毫不相干。

董同龢先生說：

「什麼語詞用什麼字來代表，古人不如近代人嚴格，當某字比較異乎尋常的只以音的關係代表某語詞時，他就是假借字」。（假借字的問題）

對於「通假字」，這是比較簡要的說明。在古籍之中，「通假字」的出現，是屢見不鮮的，它們往往使人們在閱讀古書時產生了許多阻礙，因此，通假字確實是一個應該討論的問題。

三、假借和通假的區別

六書中的假借字和古籍中的通假字，在本源上是相同的，它們都是用一個不相干的音同或音近的字去代替某一個語詞來使用，但是，在許多地方，它們却又是有所不同的。

章太炎先生轉注假借說曰：

「同聲通用者，後人雖通號假借，非六書之假借也。」

黃季剛先生說文研究條例曰：

「六書中最難解者，莫如假借，許氏謂本無其字，依聲託事，此假借之正例也。亦有本有其字，而互相通假者，要皆不離聲韵之關係。」

吾師林景伊先生曰：

「假借皆借其音之義，本無其字，依聲託事，爲狹義之假借，本有其字，依聲託事，爲廣義之假借。」

又曰：

「假借之義，凡分二端，其一曰本有其字，依聲託事，蓋假借爲文字之用，故籍之假借，多至十之四五，皆本有其字之假借也。今人或謂本有其字之借爲同音通假者，實乃假借之一道，而另爲之異名耳，是謂廣義之假借。」

從以上的一些引文中，我們已可以大致地了解到，假借和通假的區別，以下，再綜合的試加敍述。

①假借和通假，在本源上，都是依聲託事的，不過，假借是本無其字的，通假是本有其字的，或者說，假借是無本字的相借，通假是有本字的相借。

②假借是造字的相借，目的是在補救造字之不足，（雖然，它是以不造字爲造字）。通假是用字的相借，目的只是爲了書寫時偶然的方便。

③假借是原來沒有本字，（雖然有此義此音，却無此字形。）於是，經過從容的深思熟慮之後，選擇了一個音同或音近的字來代替使用。通假是在臨文書寫時，明知其有本字，倉猝之間，却忘記其本字，於是乃自覺地，有意地以另一個音同或音近的字來代替使用；或是在臨文書寫時，倉猝之間，不自覺地，無意地書寫了另一個音同或音近的字，而以爲就是所要書寫的本字，這也就是一般所謂的寫白字、別字，以上兩種情形，都可以稱之爲通假。

④假借字的本字，在時間上，必先於假借字，也就是說，在造字時，先造了假借字的本字，而後才被

借用爲另一個意義的假借字，像隹鳥的「隹」及簸箕的「箕」，一定先行製造，然後才借作爲夫唯的「唯」和代名詞的「其」。但是，通假却不同，通假字與其本字之間，根本不必論及何者先造這一問題，像前述的「信」字和「伸」字，「蚤」字和「早」字，我們是很難判斷它們在造字時是誰先誰後的，而且，在古籍的訓釋中，我們也並不需要辨認它們在造字時是誰先誰後的。

⑤假借字與其被借字（本字）之間，乃是絕對的關係，像代名詞「其」與簸箕之「其」，我們能夠絕對的肯代名詞的「其」是假借字，簸箕的「其」是被借字，這種關係，在任何情況下，是不會改變的。但是，通假字和本字之間，却並非如此，像「信」字和「伸」字，我們只能說，在「尺蠖之屈，以求信也」這個語句之中，「信」字是通假字，「伸」字是本字，然而，如果在「主忠伸（信），無友不如己者」（假設論語學而篇中的此句「信」字寫作了「伸」），那麼，我們便又將說，「伸」字是通假字而「信」字才是本字了。所以，誰是通假字，誰是本字，我們只能從句子上下文的關係中追究出來，而不是從某一個字的本身去探索，因此，當人們任意舉出一個孤立的字時，我們實在無法去說明它到底是或不是通假字，是或不是本字，因此，通假字和本字的關係，並非是絕對的。

⑥在某些程度上，我們也可以說，假借是狹意的假借，是假借的正例，通假是廣義的假借，是假借的變例。

假借和通假的區別，也許並不止以上所述的這幾項，這裡所說的，只是一些比較明顯的差異罷了。

第二節　辨認通假字與尋求本字

辨認通假字和尋求本字，雖然是並不相同的兩件事情，但是，它們之間，却有着極爲密切的關係，我們可以說，辨認通假字和尋求本字，實在是一件工作的兩個步驟，「辨認出通假字，而能讀以本字」，才算完成了訓釋古籍的某一階段的工作，所以，在這種工作的過程中，辨認通假字和尋求本字，實際上，往往是很難加以嚴格的區分的。以下，我們也是將這兩個步驟，合併討論。

辨認通假字和尋求本字，雖然不是一件非常容易的事情，所幸的，前人在這一方面研究的成果，常常爲我們提供了不少的線索，才使我們可以遵循探討，而不致茫然地毫無頭緒。

王引之在經義述聞敍上說：

「大人曰，詁訓之指，存乎聲音，字之聲同聲近者，經傳往往假借，學者以聲求義，破其假借之字，而讀以本字，則渙然冰釋，如其假借之字而强爲之解，則詰鞫爲病矣。故毛公詩傳多易假借之字而訓以本字，已開改讀之先，至康成箋詩注禮，屢云某讀爲某，而假借之例大明，後人或病康成破字者，不知古字之多假借也。」

王氏又在經義述聞卷三十二論經文假借上說：

「許氏說文論六書假借曰，本無其字，依聲託事，令長是也，蓋本無其字而後假借也，此謂造作文字之始也。至於經典古字，聲近而通，則有不限於無字之假借者，往往本字見存，而古本則不用本字而用同聲之字，學者改本字讀之，則怡然理順，依借字解之，則以文害辭，是以漢世經師作注，有讀爲之例，有當作之例，皆由聲同聲近者，以意逆之，而得其本字，所謂好學深思，心知其意也。然亦有改之不盡者，迄今考之文義，參之古音，猶得更而正之，以求一心之安，而補前人之闕。」王氏所說的「依借字解之，則以文害辭」，「改本字讀之，則怡然理順」，「以聲求義」，「考之文義，參之古音」，「由聲同聲近者，以意逆之，而得其本字」，確是辨認通假字和尋求本字的最精當的說明。以下，我們將再詳細地說明一些前人慣用的方法。

一、從古籍的注解中去探尋

古籍的注解，尤其是漢代經師的古注裡，往往使用了許多訓詁的專門術語，這些術語中，有許多是和音讀有關的，漢代的經師們，有些並沒有自覺地注意到通假字的問題，也並沒有去爲那些古籍中的通假字，有意地尋找出本字來，在他們，往往只是爲了注解古籍中的音讀而已，但是，通假字的成因，本來就是「依聲託事」的，所以，經師們所注的聲同聲近的音讀，正好爲後人提供了一些辨認通假字和尋求本字的良好線索。

①某讀若某，某讀如某

禮記儒行：「起居竟信其志。」鄭玄注：「信，讀如屈伸之伸，假借字也。」

墨子非攻：「則吳有離罷之心。」蘇時學注：「罷讀如疲。」

②某讀爲某、某讀曰某

詩衛風氓：「淇則有岸，隰則有泮。」鄭玄箋：「泮讀爲畔。」

禮記曲禮：「國君則平衡，大夫則綏之，士則提之。」鄭玄注：「綏讀曰妥。」

③某音某

荀子儒效：「鄉也混然涂之人，俄而並乎堯舜。」楊倞注：「鄉音向。」

荀子非相：「知士不能明，然而仁人不能推。」楊倞注：「知音智。」

④某與某同，某某字通

荀子勸學：「君子如嚮矣。」楊倞注：「嚮與響同。」

荀子不苟：「君子寬而不僈。」楊倞注：「僈與慢同。」

荀子榮辱：「人之生固小人。」王先謙集解：「生性字通。」

墨子非攻：「而葆之會稽。」孫詒讓閒詁：「葆保字通。」

⑤某或爲某

荀子彊國：「必將愼禮義務忠信然後可。」楊倞注：「愼或爲順。」

荀子非相：「起於上所以道於下，正令是也。」楊倞注：「正或爲政。」

二、從古籍的異文比對中去探尋

①與本書中類似的語句比對

人們在書寫撰文時，其造語遣辭和結構方面，往往會有着一種慣性，因此，同一古籍之中，常常會出現相同的語法和句法，有時，同一個觀點或敍述，也會在同一古籍中不止一次地出現。因此，在異文的比對之下，往往能夠幫助我們去辨認出通假字和尋求出本字來。

荀子非相：「居錯遷徙，應變不窮。」王念孫曰：「居讀爲擧，言或擧或錯，或遷徙，皆隨變應之而不窮也。王制篇曰，擧錯應變而不窮，君道篇曰，與之擧錯遷移，而觀其能應變也，禮論篇曰，將擧錯之，遷徙之，皆其證也，擧與居古字通。」（讀書雜志）

②與有關書籍的語句比對

有關的書籍，有些是二書共明一理，像荀子和禮記，有些是二書共記一事，像韓詩外傳和說苑，有些是後者轉引前者的資料，像史記之於左傳國策。凡是有關的書籍，如果事理有類似的，都是比對異文的上好根據。我們也可以因之而辨認出一些通假字，尋求出一些本字來。

荀子君道：「倜然乃擧太公於州人而用之。」郝懿行曰：「按倜、超遠也，韓詩外傳四，倜作超，州作舟，此作州者，或形譌，或假借字耳。」俞樾曰：「按州人當從韓詩外傳作舟人，太公身爲漁父，而釣於渭濱，故言舟人也，舟州古字通。」

荀子臣道：「以德復君而化之，大忠也。」楊倞注：「復、報也，以德行之事，報白於君，使自化於善。」俞樾曰：「韓詩外傳，復作覆，當從之，以德覆君，謂其德甚大，君德在其覆冒之中，故足以化天下，下文曰，若周公之於成王，可謂大忠矣，是大忠之名，非周公不足當之也，楊氏不知復與覆通，而訓復爲報，謂以德行之事，報白於君，然則如次忠之以德調君而補之者，豈不以德行報白乎，且但報白而已，又何足以化之乎。」王先謙曰：「羣書治要正作覆。」

③與其他書籍的語句比對

其他書籍，指一些和本書無關的書籍，不過，雖然在事理上，與本書並無關係，但是，一個通假字，既然在另外的一些書上常被通用，而代替某一本字，那麼，也許是這個通假字在音的關係上比較接近那一本字，也許是此一通假字代替那一本字，已被不少人習慣性地使用了，因此，在本書中，自然，此一通假字也極有可能便是代替那一本字在使用。這也可能給我們在辨認通假字和尋求本字時，提供一些幫助。

荀子解蔽：「故口可刼而使墨云。」郝懿行曰：「墨與默同，云者言也，或默或語，皆可力刼而威使之。」陳奐曰：「墨與默同，楚辭九章，孔靜幽默，史記屈原列傳作墨，商君傳，殷紂墨墨以亡。」

莊子逍遙遊：「鵬之徙於南冥也，水擊三千里。」成玄英疏：「擊，打也⋯⋯大鵬卽將適南溟，不可決然而起，所以舉擊兩翅，動蕩三千，踉蹌而行，方能離水。」朱桂曜曰：「擊蓋通激，列子湯問篇，以激夾鍾，殷敬順釋文，激音擊。淮南齊俗訓，水擊則波興，群書治要作水激。水擊三千里，猶言水激起三千里也。」（莊子內篇證補）

以上所述三種異文比對的情形，第一種和第二種是比較直接的證據，第三種則是間接的證據，在辨認通假字和尋求本字時，自然是以前兩種證據比較可靠，不過，仍然還要配合一些其他的條件，這在稍後，我們還將詳細說明。

三、從古籍音義的關係中去探尋

清儒在古音學上，有很高的成就，因此，他們往往能藉着古音學的知識，從聲音上去尋求通假字的本字，進而解釋古籍的意義，糾正以前許多注家的錯誤。

黃季剛先生有求本字捷術一文，他說：

「大氏見一字，而不了本義，須先就切韻同音之字求之。不得，則就古韻同音求之。不得者，蓋已尠。如更不能得，更就異韻同聲之字求之。更不能得，更就同韻同類或異韻同類之字求之。終不能得，乃計校此字母音所衍之字，衍爲幾聲，如有轉入他類之音，可就同韻異類之字求之。若乃異韻異類，非有至切至明之證據，不可率爾妄說。此言雖簡，實爲據借字以求本字之不易定法，王懷祖、郝恂九諸君，罔不如此，勿以其簡徑而忽之。」

根據借字的聲音去尋求本字，自然，也應考察此字在文句中意義的安妥，這是清儒常用的方法，下面是一些這類的例子：

書堯典：「湯湯洪水方割。」孔傳：「言大水方方爲害。」書微子：「小民方興，相爲敵讎。」孔傳：「小人各起一方，共爲敵讎。」書微子：「方興沈酗于酒。」孔傳：「四方化紂沈湎。」書立政：「方行天下，至於海表，罔有不服。」孔傳：「方，四方也。」書呂刑：「方告無辜于上。」孔傳：「衆被戮者，方方各告無罪于天。」

王念孫曰：「方，皆讀爲旁，旁之言溥也偏也，說文曰，旁，溥也，旁與方古字通，（堯典，共工方鳩僝功，史記五帝紀，作旁，皐陶謨，方施象刑惟明，新序節士篇作旁，士喪禮，牢中旁寸，鄭注，今文旁爲方）商頌玄鳥篇，方命厥后，鄭箋曰，謂偏告諸侯，是方爲偏也。湯湯洪水方割，言洪水偏害下民也。小民方興，相爲敵讎，言小民偏起，相爲敵讎也，史記宋世家方作竝，竝亦偏也。方興沈酗于酒，言殷民偏起，沈酗於酒也。方行天下，至於海表，罔有不服，言偏行天下，至于海表也，齊語曰，君有此士也三萬人，以方行於天下，漢書地理志曰，昔在黃帝，作舟車以濟不通

，旁行天下，其義一也。方告無辜于上，言徧告無辜于天也，論衡變動篇引此作旁，旁亦徧也，傳說皆失之。」（經義述聞）

詩鵲巢：「維鵲有巢，維鳩方之。」

毛傳：「方，有之也。」

王引之曰：「戴氏東原詩考正，讀方爲房，云，房之猶居之也。引之謹案，鳥巢不得言房，方，當讀爲放（分罔切），天官食醫，凡君子之食恆放焉。論語里仁篇，放於利而行，鄭孔注並云，放、依也。墨子法儀篇，放依以從事，放亦依也。放依之放通作方，猶放命之放通作方也（堯典，方命圮族，今文尚書方作放，說見段氏古文尚書撰異。）字或作旁（蒲浪切），莊子齊物論篇，旁日月，挾宇宙，釋文引司馬彪注曰，旁，依也。維鵲有巢，維鳩方之者，維鵲有巢，維鳩依之也，古字多假借，後人失其讀耳。」（經義述聞）

老子（五十三章）：「使我介然有知，行於大道，唯施是畏。」

王弼注：「唯施爲之是畏也。」

河上公注：「獨畏有所施爲，失道意。」

王念孫曰：「二家以施爲釋施字，非也，施讀爲迆，迆，邪也，言行於大道之中，唯懼其入於邪道也，下文云大道甚夷，而民好徑，河上公注，徑，邪不正也，是其證也。說文，迆，邪行也，引禹貢、東迆北會於滙。孟子離婁篇，施從良人之所之，趙注曰，施者，邪施而行，丁公著音迆：是施與迆通。」（讀書雜志）

荀子勸學：「强自取柱，柔自取束。」

楊倞注：「凡物强則以爲柱而任勞，柔則見束而約急，皆其自取也。」

王引之曰：「楊說强自取柱之義甚迂，柱與束相對爲文，則柱非屋柱之柱也。柱當讀爲祝，哀十四年公羊傳，天祝予，十三年穀梁傳，祝髮文身，何范注並云，祝，斷也。此言物强則自取斷也，所謂太剛則折也。大戴記作强自取折，是其明證矣。南山經，招搖之山有草焉，其名曰祝餘，祝餘或作柱茶，是祝與柱通也。」（集解引）

鍾泰曰：「柱卽拄也，强者可取以拄物，如竹木是也，柔者可取以束物，如皮韋是也，而自竹木與皮韋言之，則皆所自取也。楊注不誤，特言之未分明耳。古訓柱與祝通謂之斷，斷與束義豈相稱乎，斥楊爲迂而不知其迂尤甚矣。」（荀注訂補）

清代以來，許多著名的學者，他們能夠擺脫字形的束縛，從聲音上去尋求古義，他們能夠把古籍中的文句當作是有聲的語言來處理，而不是僅僅當作文字來處理，所以，才能解決書中的一些問題，或者是推翻陳說，另創新解。王引之經義述聞敍說：

「大人又曰，說經者期於得經意而已，前人傳注不皆合於經，則擇其合經者從之，其皆不合，則以己意逆經意，而參之他經，證以成訓，雖別爲之說，亦無不可。」

這種研究學問的態度和方法，確實是值得稱許的，所以，訓詁學到了高郵王氏父子手裡，實在已邁向了一個新的階段。

在以上所學的幾個例子之中，我們可以見到一種現象，像方之與旁，方之與放，施之與弛，柱之與拄，在字形上，都有些相關的地方，那就是形聲字同聲母（音符）的關係了，黃季剛先生說：「形聲字有聲母，有聲子，聲子必從其聲母之音。」（說文條例之七）通假字和本字之間，基本的條件是二者必需音同或音近，因此，任舉兩字，如果它們彼此有着形聲字同聲母的關係，那麼，在基本上，它們應該是已經具備了可以通用的條件，而有了通用的可能。因此，形聲字同聲母的字，往往相通用，這是很自然的現象。

通假字是古書中常見的現象，它和六書中的假借不同，它不能作為一個獨立的字來單獨研究，我們也不能任舉一字，便說它到底是不是通假字，它只能依附在整個文句中去了解、去辨認。當我們閱讀古書的時候，發現句中的某一個字，無論就它的本義或引申義，都無法在上下文的關係上解釋通順，於是，我們才能懷疑它可能是一個通假字，所以，只有從文句意義的了解推敲中，我們才能慢慢地辨認出古籍中的通假字來，進一步，才能替它找出一個比較適當的本字。

在尋求本字時，我們很自然地會遭遇到一個問題，那就是，怎樣才算是本字呢？本字到底是根據什麼作為標準呢？傳統的說法，便是根據說文，以說文的訓釋為本義，但是，完全根據說文，容易產生一些流弊，因為，文字是約定俗成的，隨着時代的改易，後世對於以某字表某義，已經多少有了變遷，甚至，說文有些本字，其意義已不再通行，而已另以他字代替它了，像荀子勸學篇：「冰，水為之。」說文：「冰，水堅也，从水仌，凝，俗冰从疑。」所以，冰字應該是凝結的意思，說文：「仌，凍也，象水冰之形」。仌才是今天我們所說的冰字，但是，古籍中都已通用「冰」了，我們今天，自然也就不必再去拘執「仌」字才是本字的說法了。又如說文中有「左」「右」二字，許慎的說解是「𠂇手相左也」

，「助也」，自然就是輔佐佑助的意思，但是，今天，人們約定俗成，已經習用「佐」「佑」二字來表示輔佐佑助之意了，佐佑二字不見於說文，但是，在今天，在某種情形下，我們似乎也可以說，「佐」「佑」二字，才是輔佐佑助之義的本字了。（所以，我們覺得，與其稱爲本字，不如稱之爲正字，還更適合些呢。）在通常的情形下，如果說文的「本義」，直到今天，還是一成不變的地被人們所習用着的話，那麼，依據說文，作爲通假字的本字，也並無不可，但是，字義既已有了變遷，如果我們還是完全的依據說文，那麼，對於閱讀古書，就會增加許多糾葛了。所以，通假字的本字，應該可以依據約定俗成的通行習用爲標準，而不必完全一成不變地墨守住說文的。同時，在證明某個字是本字時，我們應該注意的是：

第一、通假字和本字之間的聲音關係，尤其是古音通轉的關係，因爲，古人在古籍中，倉猝無其字時，是以古人之音，假借譬況，取一音同音近的字去「託事」的，但是，古音不同於今音，我們如果只是根據借字的今音，自然就無法去找出它的本字，而使它「還原」了，所以，古音學的應用，在根據通假字以求本字上，實在佔了很重要的地位。

第二、除了音同音近的關係之外，還應注意的是，此一通假字和它的本字，在其他地方，（包括本書和他書）是否曾有通用或相互通用的的例子，在其他地方相互通用的例子愈多，自然就愈能增加在此處通用的可能性和可靠性。

第三、除了音同音近，其他通假的例證之外，更重要的，是根據通假字所求得的本字，在此處文句中（甚至全書中）意義的安妥。常常，我們辨認出某一個字是通假字了，但是，和此一通假字音同音近的字卻不止一個，如果我們不根據上下文句的意義去推求的話，是無法決定那一個字才是它的本字的。甚至，有時有好幾個和通假字音同音近的字，在上下文句的意義中，都可以解釋得通，都可以言之成理，（但是，不同的「本字」，所說之理，可能相去極遠）這時，我們只能從此書作者的思想全面去推尋，而以符合全書意旨的某一意義的字，爲它的本字了。趙岐在孟子題辭上說：「深求其意，以解其文。」在尋求通假字的本字時，無疑地，趙氏的話，是值得我們去深思的。總之，在根據通假字以尋求本字時，音的關係，義的安雅，其他通用的例證，都是不應忽略的條件，只有這樣，才能眞正地解決古籍中的疑難，甚至另創新解。但是，有些學者，並沒有嚴格地遵守這些原則，甚至主觀地先肯定某一意義的本字，然後再去找些聲韻的牽涉，便認爲那是眞正的本字了，這自然是缺乏證據，難以使人信服的。

第三節　古籍中常見的通假字

通假字的的形成，是由於古時用字的人，倉猝之間無其字，於是便以音同音近的字來替代，因此，通假字主要是由於聲音的關係而形成的，在字形方面，它往往比較自由，並沒有一定的限制。但是，在同一時期，同一地域，或同一書籍之中，某字通假爲某字，在字形上，往往還是有着相當的習慣性的。下面，我們舉出一些常見的通假字來，作爲例子，想來對於了解通假字和閱讀古籍，或許不無幫助。

反，本義是反覆，說文：「反，覆也。」通假爲返，左傳宣公二年：「反不討賊。」楚辭哀郢：「何須臾而忘反。」

矢，本義是箭，說文：「矢，弓弩矢也。」通假爲誓，詩鄘風柏舟：「之死矢靡它。」論語雍也：「夫子矢之曰，予所否者，天厭之，天厭之。」

由，本義是從，說文：「由，隨從也」。通假爲猶，孟子梁惠王下：「今之樂由古之樂也。」孟子公孫丑上：「以齊王由反手也。」

共，說文：「共，同也。」（其實本義是拱手的拱）通假爲供，左傳僖公四年：「爾貢包茅不入，王祭不共。」左傳僖公三十年：「行李之往來，共其乏困。」

竟，本義是樂曲終了，說文：「樂曲盡爲竟。」通假爲境，左傳宣公二年：「亡不越竟。」

時，本義是一年四季的季，說文，「時，四時也。」通假爲是，書湯誓：「時日曷喪。」詩周頌噫嘻：「率時農夫，播厥百穀。」

輮，本義是車的外匡，說文：「輮，車罔也。」通假作煣，荀子勸學：「輮以爲輪。」

錫，本義是錫礦，說文：「錫，銀鉛之間也。」通假爲賜，詩大雅既醉：「孝子不匱，永錫爾類。」離騷：「皇覽揆余初度兮，肇錫余以嘉名。」

歸，本義是女子出嫁，說文：「歸，女嫁也。」通假爲饋（餽），論語陽貨：「歸孔子豚。」論語微子：「齊人歸女樂。」

辯，本義是巧言（依說文，則本義是治），通假爲辨，莊子秋水：「兩涘渚崖之間，不辯牛馬。」孟子告子上：「萬鍾則不辯禮義而受之。」

以上十個通假字的用法，我們舉出了一些古籍中的例子來作證明，爲了節省篇幅，以下，我們只舉出古籍中習見的一些通假字和它們的本字，至於例證，就都從略了。（以下所舉的例子，有些是曾經互相通用的，有些則否。）

工—功　亡—無　也—邪　士—事　士—仕
方—旁　反—返　女—汝　不—丕　中—得
午—忤　午—迕　內—納　井—阱　正—政
正—征　甲—狎　由—猶　北—背　生—性
台—怡　田—陳　左—佐　矢—誓　巨—距
功—攻　而—如　而—能　有—又　共—供
共—拱　共—恭　光—廣　后—後　囘—廻
州—舟　朴—璞　刑—形　列—裂　希—稀
兌—銳　見—現　材—裁　弟—悌　弟—梯
告—誥　良—諒　伯—霸　邑—悒　狄—逖
或—惑　卒—猝　其—期　忽—笏　佻—挑
尚—上　尙—常　知—智　易—場　拂—弼
受—授　具—俱　直—特　舍—捨　罔—惘
枝—肢　免—勉　要—邀　信—伸　爲—謂
很—狠　指—旨　屏—摒　兪—愈　畏—威

施—池　矜—鰥　郤—隙　畜—蓄　倍—背
時—是　蚤—早　蚤—爪　原—愿　害—曷
財—材　匪—非　桀—傑　振—震　容—裕
疾—嫉　從—縱　庸—用　竟—境　戚—慼
莫—謨　莫—幕　惟—唯　圉—禦　剝—攴
被—披　常—當　常—尚　敝—蔽　崇—終
僞—爲　視—示　馴—順　馴—訓　復—複
鄉—向　鄉—饗　順—愼　隊—墜　隊—隧
虛—墟　極—亟　傳—附　距—拒　孰—熟
鈞—均　曾—增　曾—層　費—拂　萌—氓
隋—隳　禽—擒　尊—遵　詳—佯　聞—問
辟—避　辟—僻　辟—嬖　辟—闢　道—導
僇—戮　葆—保　經—徑　飾—飭　厭—饜
厭—壓　蜚—飛　需—懦　說—悅　蓋—盍
幕—漠　漸—潛　疑—擬　厲—癩　慝—忒
罷—疲　趣—促　適—嫡　適—敵　數—促
論—倫　與—舉　與—譽　與—歟　墨—默

質—贄　調—朝　監—鑑　敷—普　衡—橫
輮—煣　錫—賜　錯—措　遺—餽　縣—懸
雖—惟　歸—饋　爵—雀　闕—缺　鼂—朝
繆—穆　戲—義　翼—翌　離—罹　嚮—響
覺—較　驩—歡

以上，只是泛泛地舉出一些古籍中習見的通假字，作爲參考。前面我們已經說過，在同一時期，同一地域，或同一書籍之中，某字通假爲某字，在字形上，往往還是有着相當的習慣性的。因此，如果能夠在一些重要的古籍後面，附上一個其書習用的通假字簡表，那麼，對於閱讀古書的人，相信是有所幫助的。

本章主要參考資料

一、王引之　經義述聞（卷三十二、通說）
二、黃　侃　求本字捷術（見黃侃論學雜著）
三、王了一　雙聲疊韻與古音通假（見古代漢語）
四、張　亨　荀子假借字譜
五、周富美　墨子假借字集證
六、龍良棟　國語假借字考。（見淡江學報四期）

第八章　形聲字的系統

第一節　右文說的沿革

漢字之中，形聲字約佔十之八九，因此，如果我們能夠了解到形聲字在字義上的變化方向，那麼，我們便能掌握住相當多數的漢字的意義，同時，在辨認通假字和尋求本字上，形聲字所佔的地位，也是相當重要的，因此，對於形聲字作一系統的了解，在漢字字義的研究上，相信是有此必要的。

其實，探討形聲字的系統，早在晉朝，便已經開始了，此後，歷代都有不少學者對此問題加以研究，直到近代，沈兼士先生有「右文說在訓詁上之沿革及其推闡」之作，黃永武先生有「形聲多兼會意考」之作，這兩篇文章，可以說是對此問題的集大成的作品了，本節的敍述，也多半是根據他們的說法，而擇要寫成的。

一、晉代

藝文類聚人部引晉楊泉物理論：「在金曰堅，在草木曰緊，在人曰賢。」

劉師培字義起於字音說：「字義起於字音，楊泉物理論述臤字，已着其端。」沈兼士也說：「世謂是說爲開右文之端緒。」黃永武氏也說：「考今本說文臤部，緊堅二字，均屬會意，獨貝部賢字从貝臤聲，略存端倪而已。又考說文臤篆下曰，堅也，从又臣聲；讀若鏗鏘，古文以爲賢字。是臤字得有臤意鏗意，又得用為賢意，與楊氏之說隱合」。

二、宋代

王觀國學林卷五：「盧者字母也，加金則為鑪，加火則為爐，加瓦則為甗，加目則為矑，加黑則為黸，凡省文者，省其所加之偏旁，但用字母則眾義該矣。亦如田者字母也，或為畋獵之畋，或為佃田之佃，若用省文，惟以田字該之，他皆類此。」

沈括夢溪筆談卷十四：「王聖美治字學，演其義為右文；古之字書，皆從左文，凡字，其類在左，其義在右，如木類，其左皆從木。所謂右文者。如戔，小也，水之小者曰淺，金之小者曰錢，歹而小者曰殘，貝之小者曰賤，如此之類，皆以戔為義也。」

形聲字半為形符，半為聲符，形符和聲符的配合，雖然可以有左形右聲（如江河）、右形左聲（如鳩鴿）、上形下聲（如芝零）、下形上聲(如忘、羹)、內形外聲（如問聞）、外形內聲（如園固）等六種不同的方式，但是，最常見的，却是左形右聲的配合。歷來的學者，多數注重形聲字左旁的形符，而王聖美却提出了右旁聲符兼義的理論，因此，對於形聲字聲符兼義的說法，後人便往往以「右文說」來稱呼了。

張世南游宦紀聞卷九：「自說文以字畫左旁為類，而玉篇從之，不知右旁亦多以類相從，如戔有淺小之義，故水之可涉者為淺，疾而有所不足者為殘，貨而不足貴重者為賤，木而輕薄者為棧。青字有精明之義，故日之無障蔽者為晴，水之無溷濁者為清，目之能見者為睛，米之去麤皮者為精，凡此皆可類求，聊述兩端，以見其凡。」

三、明代

焦循易餘籥錄：「余家有六書總要五卷，諧聲指南一卷，爲吳元滿撰……閱其諧聲指南，本楊桓六書統，以聲爲綱，如以公聲爲綱，而系以髮、蚣、翁、伀、松、訟、頌、瓮，以戶聲爲綱，而系以扈、昈、扈、妒、所，雖未能精，而在明人中可謂錚錚。」

黃生字詁：「物分則乱，故諸字從分者皆有乱義，紛、絲乱也，雰、雨雪之乱也，衯、衣乱也，鳻、鳥聚而乱也，棼棼、乱貌也。」

四、清代

程瑤田九穀考：「稗䅽並宜卑濕地，又視禾黍爲卑賤，故字皆从卑。」

錢大昕潛研堂文集卷四：「史記鯫生說我，服虔以爲小人貌，鯫與菆皆从取聲，亦得有小義，春秋傳，蕞爾國，杜云，蕞，小貌，說文無蕞，疑即此菆字。」（問菆小葉之菆有兩音）

錢塘與王無言書：「夫文字惟宜以聲爲主，聲同則其性情旨趣，殆無不同，若夫形，特加于其旁，以識其爲某事某物而已，固不當以之爲主也。」又：「文者，所以飾聲也，聲者，所以達意也，聲在文之先，意在聲之先，至制爲文，則聲具而意顯，以形加之爲字，字百而意一也、意一則聲一，聲不變者，以意之不可變也。」

宋保諧聲補遺序：「古人以聲載義，隨感而變，變動不居，如犙、三歲牛也，驂、叄馬也，即从叄聲。牭、四歲牛也，駟、四馬也，即从四聲……凡聲同則雖形不同，而其義不甚相遠。」

段玉裁倡「形聲多兼會意」之說，其說散見於說文解字注中，今就其說解形式不同者，略舉其例如后：

①聲與義同源

禛篆下注曰：「聲與義同源，故諧聲之偏旁，多與字義相近，此會意形聲兩兼之字致多也。說文或稱其會意，略其形聲，或稱其形聲，略其會意，雖則省文，實欲互見，不知此則聲與義隔。」

②凡字之義，必得之於字之聲。

鏓篆下注曰：「囱者多孔，蔥者空中，聰者耳順，義皆相類，凡字之義，必得諸字之聲者如此。」

③凡从某聲者，皆有某意

鰕篆下注曰：「凡叚聲，如瑕鰕騢等，皆有赤色，古亦用鰕爲雲赮字。」

④凡同聲多同意

眞篆下注曰：「凡稹、鎭、瞋、謓、䐜、塡、寘、闐、嗔、滇、鬒、瑱、⿰眞耳、愼字，皆以眞爲聲，多取充實之意，其顚槇字以頂爲義者，亦充實上升之意也。」

⑤凡同从某聲者，多有某意

阞篆下注曰：「按力者筋也，筋有脈絡可尋，故凡有理之字皆从力，阞者地理也，朸者木理也，泐者水理也，手部有扐，亦同意。」

⑥凡形聲之字，多兼會意

犨篆下注曰：「凡形聲多兼會意，讎从言，故牛息聲之字從之。」

焦循易餘籥錄卷四：「丁丑冬，偶以完糧米入城，飲於友家，一座間有舉肴饌中有以讓爲名者，皆以他物實之於此物之中，如以肉入海參中，則名讓海參，凡讓鷄、讓鴨、讓藕，無非以物實其中，或笑曰，讓當與瓤通，謂以物入其中，如瓜之有瓤也。說者固以爲戲言，而不知古者聲音假借之義，正如此也。瓜之內何以稱瓤？瓤從襄者也，瓤从襄猶釀从襄，說文、『釀，醞也。』醞與縕通，穀梁傳：『地縕于晉。』謂地入於晉也，論語：『衣敝縕袍。』謂絮入於袍也。醞爲包裹於內之義，而釀同之，此所以名瓤名讓也。說文：『鑲，作型中腸也。』釋名云：『中央曰鑲。』皆以在中者爲義，囊，裹物者也，从襄省聲，即亦與讓同聲，然則讓取包裹縕入之義明矣，夫讓猶容也，容即包也，爭則分，讓則合矣，……不爭則退遜，退遜則却，故讓有却義，禳攘與讓通，皆訓却。能讓則附合者衆，故穰之訓衆，瀼之訓盛，衆則盛也。」

王念孫廣雅疏證：「掄者，說文，掄，擇也。周官山虞云，凡邦工入山林而掄材。少牢饋食禮，雍人倫膚九，鄭注云，倫，擇也。齊語，論比協材，韋昭注云，論，擇也。掄倫論並通。」

阮元揅經室集釋且：「且，始也，且既與祖同字同音，則其誼亦同，爾雅釋詁，祖、始也。凡言祖皆有始誼，言且亦即有始誼……說文咀、袓、柤、胆、珇、殂、組、苴、祖、虘、爼、伹、岨、詛、租、怚、鉏、狙、沮、姐、粗、坥、狙、罝、罝、雎、駔、疽、阻、抯、退、徂、疽、助、耶三十五字，皆从且得聲，皆有誼可尋。」

郝懿行爾雅義疏卷一：「甫者，男子之美稱，美大義近，故又爲大，詩之甫田甫草及魴鱮甫甫，毛傳並云大也，說文云，誧，大也，讀若逋。詩東有甫草，文選東都賦注引韓詩作東有圃草，薛君曰，圃，博也，有博大茂草也。後漢書班彪傳注引薛傳，甫，博也。博與圃誧俱从甫聲、故義皆爲大，而其字亦通矣。」

黃承吉夢陔堂文集卷二字義起於右旁之聲說：「諧聲之字，其右旁之聲，必兼有義，而義皆起於聲，凡字之以某爲聲者，皆原起於右旁之聲義以制字，是爲諸字所起之綱，其在左之偏旁部分（或偏旁在右在上之類皆同），則卽由綱之聲義，而分爲某事某物之目，綱同而目異．目異而綱實同，如右旁爲某聲義之綱，而其事物若屬於水，則其左加以水旁而爲目，若屬於木火土金，則加以木火土金之旁而爲目，若屬於天時人事，則加以天時人事之旁而爲目，若屬於草木禽魚，則加以草木禽魚之旁而爲目，其大較也。蓋古人之制偏旁，原以爲一聲義中分屬之目，而非此字聲義從出之綱，綱爲母而目爲子，凡制字所以然之原義，未有不起於綱者。」

高學瀛說文解字略例：「六書之例，以聲載義者爲多，故許書於同聲之字，皆得通訓以見義，如木部朸下云，木之理也，阜部阞下云，地理也，水部泐下云，水石之理也，三字皆从力聲得義也。人部侸下云，立也，臤部豎下云，堅立也，豈部尌下云，立也，侸豎二字从豆聲得義，尌从壴，壴亦从豆得義也。」

王國瑞釋箸：「凡从者諧聲之字，皆有分別之意，如箸本訓飯攲，蓋用箸以分撥飯黍，又古人借箸爲籌，亦取分別指畫之意，假借爲箸書，謂文辭有條理，判然不紊也，又假借爲箸明，謂事理之別白昭灼也。」

五、民國以來

劉師培字義起於字音說：「造字之初，重義略形，故數字同從一聲者，即該於所從得聲之字，不必物各一字也，及增益偏旁，物各一義，其義仍寄於字聲，故所從之聲同，則所取之義亦同。」又小學發微補：「侖字本係靜詞，隱含分析條理之義，上古之時，只有侖字，就言語而言，則加言而作論，就人事而言，則加人而作倫，就絲而言，則加絲而作綸，就車而言，則加車而作輪，就水而言，則加水而作淪，皆含文理成章之義，是論倫等字皆係名詞，實由侖字之義引伸也。堯字亦係靜詞，隱含崇高延長之義，上古之時，只有堯字，就舉足而言，則加走而作趬，就頭而言，則加頁而作顤，就山而言，則加山而作嶢，就石而言，則加石而作磽，就馬而言，則加馬而作驍（高馬也），就犬而言，則加犬而作獟（高犬也），就鳥羽而言，則加羽而作翹（長尾也），是嶢磽等字皆係名詞，實由堯字之義引伸也。」

黃季剛先生研究說文條例（由林師景伊所釐定）之四：「凡形聲字之正例，必兼會意。」林師嘗於「對於字原研究的說明」講稿中，舉出「句」字爲例，而加證明其說：

「句，曲也，从口ㄐ聲，古候切。（說文部首）

句既有曲意，依段氏『凡从某聲皆有某意』及黃氏『形聲字之正例必兼會意』之例，就形義上說，則凡从句而來之字，必有曲意，不言可喻。故从句而來之字，如：

鉤，說文：曲鉤也。

笱，說文：曲竹捕魚笱也。

跔，說文：天寒足跔也。（段注：『跔者，句曲不伸之意。』）

拘，說文：止也。（漢書司馬遷傳：『使人拘而多畏。』顏師古注：『拘，曲礙也。』）

朐，說文：脯脡也。（儀禮士虞禮：『朐在南』鄭注：『朐脯及乾肉之曲也。』）

翎，說文：羽曲也。

痀，說文：曲脊也。

耇，說文：老人曲凍黎若垢。（朱駿聲說文通訓定聲曰：『老人背傴僂也。』）

約，說文：纑繩約也。

軥，說文：軶下曲者。

枸，說文：枸木也。（荀子性惡篇：『故枸木必待隱括烝矯然後直。』注：『枸、讀爲鉤，曲也。』）

𠛎，說文：鎌也。按鎌刀，鉤刀也。

苟，說文：苟艸也。按苟草乃曲生草也，故引申而爲苟且之苟。

梁啓超從發音上研究中國文字起源：「凡形聲之字，不唯其形有義，即其聲亦有義，質言之，則凡形聲字什九皆兼會意也。」又：「戔，小也，此以聲函義者也，絲縷之小者爲綫，竹簡之小者爲箋，木簡之小者爲牋，竹木散材之小者爲棧，車之小者亦爲棧，鐘之小者亦爲棧，酒器之小者爲盞爲琖爲醆，水之小者爲淺，水所揚之細沫爲濺，小巧之言爲諓，物不堅密者爲俴，小飲爲餞，輕踏爲踐，薄削爲剗，傷毀所餘之小部爲殘，右凡戔聲之字十有七，而皆含有小意。」

胡樸安六書淺說：「凡字之從侖得聲者，皆有條理分析之義；凡字之從堯得聲者，皆有崇高長大之義；凡字之從小得聲者，皆有微妙眇小之義；凡字之從音得聲者，皆有深闇幽邃之義；凡字之從冘得聲者，皆有深沈陰鷙之義；凡字之從齊得聲者，皆有平等整齊之義；凡字之從肅得聲者，皆有斂肅蕭索之義；凡字之從包得聲者，皆有包括滿實之義；凡字之從句得聲者，皆有屈曲句折之義；蓋後人用字尙義，古人用字尙聲，唯其尙聲也，所以聲同卽義同。」

朱宗萊文字學形義篇：「形聲字以純形聲爲正也，此外復有表音之體，不獨取其聲，兼取其義者，謂之形聲兼會意，如侖，理也，而從侖聲之論、淪、綸、輪、諸字皆有條理成文之義。分，別也，而從分聲之芬、盼、粉、份、坋諸字皆有細末分別之義是也，蓋上古語言簡易，通名多而專名少，義苟相近，音亦相同。

楊樹達曾撰形聲字聲中有義略證一文（收入所著積微居小學金石論叢），謂𢍺聲藋聲字多含曲義，燕聲晏聲字多含白義，曾聲字多含重義加義高義，赤聲者聲朱聲叚聲字多含赤義，呂聲旅聲盧聲字多含連立之義，幵聲字多含幷列之義，邕聲容聲庸聲字多含蔽塞之義，重聲竹聲農聲字多含厚義，取聲奏聲悤聲多含會聚之義等等。

就以上所引述的資料看來，諸家的說法，雖然有詳略的不同，但是，從楊泉到楊樹達，幾乎都是承認了多數的形聲字，都是兼有會意的，也就是說，多數的形聲字，它們的聲符中所含的意義，都是與整個形聲字的意義是應合的。錢塘說：「聲在文之先，意在聲之先，至制爲文，則聲具而意顯，以形加之爲字，字百而意一也。」劉師培說：「造字之初，重義略形，故數字同從一聲者，卽該於所從得聲之字，不必物各一守也，及增益偏旁，物各一義，其義仍寄於字聲，故所從之聲同，則所取之義亦同。」這可以說是右文說者的理論基礎了。本來，從文字的發展來看，先有簡單的聲符，（如侖）代表廣泛的含義，及至後來，人事日繁，人們的思想越趨複雜，腦中的概念也越趨細密，於是，乃就此原有的簡單聲符，另加各種形符，而造成不同的文字，表示更爲細密的概念（如淪、論、倫等），這是很自然的現象，這種文字的發展情形，古人叫做「分別文」或「累增字」。聲與義的關係本來是約定俗成的，當人們以簡單的符號「侖」表示某種聲音和意義之後，行之久遠，約定俗成，後人再根據此「初文」爲舊詞（聲符）來增加形符，製造新詞時，那麼，新詞與舊詞在意義的關係上，自然也就不無相當的聯繫了。這很自然地便形成了意義的規律化的傾向，這是不難理解的。但是，如果說漢字中所有的形聲字都可以用這種方式來確定它們全都兼義，那就未免以偏概全了，容待後面再詳細討論。

沈兼士曾撰「右文說在訓詁學上之沿革及其推闡」一文，（刊載於中央研究院歷史語言研究所集刊外編第一種）以史學之眼光，薈萃各家理論，考其長短，以爲推闡右文說時取捨從違之依據，見解精闢，唐蘭曾譽之爲最卓越的訓詁學家。他批評自宋以來諸家右文之說，提出了八點中肯的意見：

「①自來諸家所論，多不知從此種學說之歷史上着眼觀察其作者何代，述者何人，徒憑一己一時之見到，騰諸口說，詡爲發明，實即古人陳說，第有詳略之不同，絕少實質之差別，此爲學說不易進步之最主要原因。

②諸家所論，或偏重理論，或僅述現象，或執偏以該全，或舍本而逐末，若夫具歷史的眼光，用科學的方法，以爲綜合歸納之研究者，殊不多覯。

③夫古文之字，變衍多途，有同聲之字而所衍之義頗歧別者，如「非」聲字多有分背義，而非翡痱等字又有赤義，「吾」聲字多有明義，而齬語（論難）牾圄敔等字又有逆止義，其故蓋由於單音之語，一音素孕含之義不一而足，諸家于此輒謂「凡從某聲，皆有某義」，不加分析，率爾牽合。執其

一而忽其餘矣。

④上文所擧聲母「非」訓「違」，其形爲「從飛下翄，取其相背」，故其右文爲分背義，此聲母與形聲字意義相應者。至「非」之右文又得赤義，則僅借「非」以表音，非本字也。又「吾」之右文爲「逆止」義，或借爲「午」字。至又有明義，則其本字復不可得而碻知矣。諸家於此，又多胡嚨言之，莫爲別白。

⑤又有義有同源，衍爲別派，如皮之右文有：A、分析義，如詖簸破諸字。B、加被義，如彼鞁貱帔被諸字。C、傾邪義，如頗⿰米皮跛波披陂坡諸字。求其引申之迹，則「加被」「分析」應先由皮得義，再由「分析」而得「傾邪」義矣。又如「支」之右文先由支得「歧別」義，如芰跂敼翅枝歧諸字，再由歧別義引申而得「傾邪」義，如跂頍頗諸字，諸家於此多未能求其原委。

⑥復有同一義象之語，而所用之聲母頗歧別者。蓋文字孳乳，多由音衍，形體異同，未可執著。故音素同而音符雖異，亦得相通，如「與」「余」「予」之右文均有寬緩義，「今」「禁」之右文均有含蘊義。豈徒同音，聲轉亦然，「尼」聲字有止義，「刄」聲字亦有止義（刄字古亦在泥母），如仞訒忍紉軔是也。「釁」聲字有赤義（釁古音如門），「滿」聲字亦有赤義，如璊⿰禾㒼⿰毛㒼是也。如此之類，爲右文中最繁複困難之點，儻忽諸不顧，非離其宗，卽絕其脈，而語勢流衍之經界慢矣。諸家多取同聲母字以爲之說，未爲澈底之論也。

⑦訓詁家利用右文以求語言之分化，訓詁之系統，固爲必要，然形聲字不盡屬右文，其理至明，其事至顯，而自來傾信右文之說者，每喜抹殺聲母無義之形聲字，一切以右文說之，過猶不及，此章氏

所以發「六書殘而爲五」之嘆也。

⑧說文本爲一家之言，其字形字義，未必盡與古契（漢魏六朝着雅字學爲派不一），自宋以來，小學漸定一尊于說文，及清而還，訓詁學更尊其說解，以爲皆是本義，殊爲偏見。今研右文，固不能不本諸說文，然亦宜旁參古訓，鈎通音理，以求其縱橫旁達之勢。諸家多囿於說文，其所得似未爲圓滿。」

沈氏的這八點意見，不但批評了歷來許多學者言右文的缺點，同時，也爲後人研究形聲兼意方面，提供了一些相當精闢的見解和原則。

第二節　形聲多兼會意說舉例

在上一節，我們介紹了沈兼士先生對於右文的批評，在沈氏的那篇文章中，他還提出了澈底闡明右文之說的意見，他說：

「段注說文，關於右文諸條，僅發其凡，不遑舉證，王疏廣雅，較詳於段，然亦拘於當書體裁，未能徧徵諸例，貫串證發，今當彙選清儒經解小學諸書材料，爲之排比系聯，充類至盡，泐成專書，用以示右文學說之實例，此一事也。」

關於沈氏這一方面的意見，黃永武先生在他所著的「形聲多兼會意考」第二章「前人所創形聲多兼會意說彙例」中，已經加以實踐，他彙集了楊泉以下的諸家學說，略按年次，以聲爲綱，諸說爲目，釐成條例，比觀其例，凡得例一千零十五條，確是集歷代右文說的大成了。

沈兼士先生在他的那篇文章中又說：

「清錢塘欲『取說文離析合併，重以部首，系之以聲，而采經傳訓詁及九流百氏之語以證焉』，惜其書未成，它家如說文聲系等書，其目的祇在分別古韵部居，即朱氏之通訓定聲，亦與右文無直接之關係，今當略師錢氏之意，自說文以降，玉篇、廣韵、類篇、集韵之字，概依右文之定律，據聲系字，逐字標義，諸義引申，又須考訂時代，次列先後，以爲右文史料之長編，此又一事也。」

沈氏在這一方面的意見，黃永武先生在他所著的「形聲多兼會意考」第三章「形聲多兼會意說示例」中，也同樣地加以實踐了。他所作的示例，是以聲爲部首，而以形聲之字屬之，屬字的次第，是以意之相近爲先後，部首則是以四十一聲紐爲次，以觀其聲近義肖的迹象，並采集了許多經傳訓詁，以爲之疏通證明，雖然，作者曾謙虛地說：「開創誠難爲力，繼起則易爲功。」但是，示例中所證發的諸端，都是前人所未嘗言及的，這在形聲兼意的研究上，「示例」之作，確乎是後出轉精，遠邁前修了。以下，我們將摘錄數則，以作參考。

一、凡从典得聲之字，多有厚大之義

①典，說文：「五帝之書也，从册在丌上，尊閣之也，莊都說，典，大册也，古文典从竹。」魯師實先曰：「大册是典之本義。」厚大義通。

②敟，說文：「主也。」魯師曰：「主之从，猶父之从、父者家主也，故主人或稱主父（見史記蘇秦傳），父者巨也，有大義，主亦有大義也。」段注謂敟字經典多作典，敟字之主義，或自尊閣之大册引申也。

③腆，說文：「設膳腆腆多也。」多厚義通，桂馥說文義證：「小爾雅廣言，腆，厚也。方言，腆，厚也。鄭注易豐卦，豐之言腆，充滿義也。書酒誥，惟荒腆于酒，傳云，紂大厚于酒。」

④㥏，說文：「青徐謂慚曰㥏。」方言：「㥏、忝、慚也。」今按忝與㥏皆他典切，義亦同，段氏謂忝爲㥏之或體，是也，忝从天聲，天聲之字多有厚大義，是忝㥏亦有厚義也，俗語謂作慚事爲厚顏。

⑤錪，說文：「朝鮮謂釜曰錪。」方言：「鍑，北燕朝鮮洌水之間，或謂之錪。」今按鍑，釜大口者，鍑有大義，錪亦當有大義也。又按方言六：「錪，重也，東齊之間曰錪。」是錪又有厚重義。

二、凡從如得聲之字，多有柔之義

①如，說文：「從隨也，从女从口。」按從隨有柔順義。

②茹，說文：「飤馬也。」廣雅釋詁四：「茹，柔也。」詩烝民：「柔則茹之。」

③帤，說文：「巾帤也，一曰幣巾。」玉篇作大巾也，大巾有柔義，一曰幣巾者（段氏謂幣當爲敝字之誤），疑假借奴聲爲義，猶袽之爲敝衣，䋚爲敝絮也。說文本有帑字，假借爲囊字，遂又假帤字爲敝巾。

④恕，說文：「仁也。」按己所不欲，勿施於人，有順施之義，朱駿聲曰：「按字亦作侞，詩民勞，柔遠能邇，箋，能猶侞也，按順施之意。」今按柔遠能邇皆仁恕之道。

⑤絮，說文：「敝緜也。」段注：「敝緜，孰緜也，是之謂絮，凡絮必絲爲之。」廣韻：「絮，絲結乱也。」今按以絮裝褚有柔軟義，敝緜爲絮，柳花名絮，並取散絲柔弱義。

⑥挐，說文：「牽引也。」牽引與柔順義相因，段注：「招魂，稻粢穱麥挐黃粱些，王注，挐，糅也。王逸九思，殽乱兮紛挐，注，君任佞巧，競疾忠信，交乱紛挐也。」按以糅訓挐，糅从柔聲得義也，紛挐連語，亦柔義之引申。

⑦溛，說文：「漸濕也，从水挐聲。」今按說文：「漚，久漬也。」考工記：「㡃氏从涚水漚其絲。」注云：「漚，漸也。」可證漚溛二字義同，詩陳風：「東門之池，可以漚麻。」傳：「漚，柔也。」是溛亦有柔義。

三、凡從因得聲之字，多有親近之義

①因，說文：「就也，从囗从大。」詩皇矣：「因心則友。」傳云：「因，親也。」魯師實先曰：「因於甲骨文有二義，除方名外，卽以說文就也爲本義，就卽近也，引申作親解，作依解。」如前編四・二四・一片：「辛丑卜𡧊貞霝姒不因」，貞問霝姒二方不親近王朝乎？甲骨又有「…其因」「…毌因」「女弗因」「玆迺因」，皆作親近解。（說詳魯師殷契新銓釋因）

②捆，說文：「就也。」段注：「捆與因音義同。」王筠說文句讀曰：「捆者因之累增字。」

③茵，說文：「車重席也，司馬相如說茵从革。」今按說文：「席，藉也。」疊韻爲訓，車重席有依藉義，依藉與親近義通。

④恩，說文：「惠也。」詩鴟鴞：「恩斯勤斯。」傳：「愛也。」今按說文恩訓爲惠，惠訓爲仁，仁訓爲親，是恩可有親義也。

⑤姻，說文：「壻家也，女之所因，故曰姻，从女因，因亦聲，籀文姻从㛰。」左隱元年傳：「多

姻至。」注：「猶親也。」說文繫傳通論於姻下引左傳曰：「姻者女之所因也，女因媒而親，父母因女而親也。」又婣爲姻之重文，周禮六行，「孝友睦婣任恤。」注云：「婣者親於外親。」具可證。

(6)欭，爲狀聲之字，歐，氣逆之聲也。

欭，說文：「嚘也。」王筠說文句讀曰：「筠按集韻，欭，氣逆。玉篇，⿰憂欠，氣逆也。說文不收⿰憂欠，以嚘攝之。」今按玉篇，「嚘、氣逆也。」氣逆於因聲無所取義，當是狀聲之詞。

⑦駰字所从之聲當爲侌之假借，侌，影紐，因，影紐，雙聲。

駰，說文：「馬陰白襍毛也。」錢坫說文解字斠詮曰：「爾雅詩傳同，孫炎曰，淺黑曰陰。」許愼用爾雅釋畜文，云「陰白」而不言「黑白」者，知駰自侌得聲義也。凡形聲字之聲母爲假借者，每可自其音訓中得之。

以上，是黃著「形聲多兼會意說示例」中的一些例子。

在前述沈兼士先生的文章中，他還曾提出澈底澈明了右文說的第三項意見，他說：

「古代聲訓，條件太簡，故其流弊，易涉傅會，矯正之方，端在右文，其例本編中略爲舉證，蓋比較字形之學，自王筠吳大澂以來，巳導夫先路，而比較訓詁之學，竊謂亦宜急起爲之，顧比較之先，必先豫立標準，今當廣采訓詁之異說歧出者，以右文律之，衡其優劣長短，庶幾衆議紛紜，有所折斷，此又一事也。」

這是更進一步，利用右文之說，來考訂經傳子史，小學字書中訓詁之義有歧異者，以作爲詁義的比較研究，這種方法，對於中國語言的發展，文字的孳乳，訓詁的流變，相信都是有著極大的貢獻的。

第三節　論形聲字造字通借

一、形聲字造字通借說的提出

右文之說，從楊泉、王聖美、王觀國，一直到近代的劉師培、楊樹達，諸家所敍述的，大體已能說明，形聲字確實有着兼義的現象存在。不過，人們也不禁會發生懷疑，是否所有的形聲字都是兼義的呢？在理論方面，段玉裁只說了「形聲字多兼會意」，黃季剛先生也只是說「凡形聲字之正例，必兼會意」，都沒有否認其餘一小部分變例的形聲字可能是不兼意的。

沈兼士先生在他的文章中，已經說明，「形聲字不盡屬右文，其理至明，其事至顯。」不過，有許多學者，對於那些不兼意的形聲字，却設法爲它們解釋，找出它們所以在表面上不兼意的原因。一般說來，形聲字所以不兼意，除了「以聲命名」，「狀聲之辭」，以及「譯音之用」，這三種原因之外，學者們還有兩種意見，值得我們加以注意，那就是「造字通借」和「聲符多音多義」之說了。

黃季剛先生曾說：「凡形聲字無義可說者，除以聲命名之字外，有可以假借說之。」（說文條例之五）又說：「班固謂假借亦爲造字之本，此蓋形聲字聲與義定相應，而形聲字有無義可說者，即假借之故也。」（說文條例之十七）

黃季剛先生所指出的「以聲命名」，也是對於不兼意的形聲字的一種解釋，他以爲，像駕鵝以其鳴如加我（本之章太炎說），鶻鵃以其鳴如骨舟（本之段玉裁說），舊雅的鳴如臼牙，所以取其鳴聲相似的字以標音而命名，這類的字，只是比況其聲，並無意義可說。

至於「以假借說之」，像說文：「祿，福也。」但彔無福義，說文：「彔，刻木彔彔也。」黃季剛先生以爲，此卽造字之時，已有通假了，因古人狩獵得鹿爲有福，故知此字本應作𥛅，造字之時，聲母已假彔爲鹿。（說文，睩，讀若鹿，麓字重文作菉，漉字重文作渌，都可以作爲彔鹿同音通假的證明），所以，今天我們看到的祿字，雖然是一個不兼意的形聲字（形聲字聲母兼具其整個形聲字的意義），但是，如果我們對於此形聲字的聲母，作一番「破其通假字而讀以本字」的工夫，便能找出它的聲母的「本字」「正字」，而使它「還原」爲兼意的形聲字了。

在前節右文說的沿革中，我們曾提到，楊樹達先生曾寫了一篇「形聲字聲中有義略證」一文，來說明形聲字兼義的現象，此外，在復旦學報的第一期中（民國三十三年出版），他又發表了一篇「造字時有通借證」，來解釋不兼意的形聲字，他說：

「六書有假借，許君舉令長二字爲例，此治小學者盡人所知也，然此類實是義訓之引申，非眞正之通假，且以號令年長之義爲縣令縣長，乃欲避造字之勞，以假借爲造字條例之一，又名實相舛矣。余研尋文字，加之剖析，知文字造作之始，實有假借之條，模略區分，當爲音與義通借，形與義通借兩端，名曰通借者，欲以別於六書之假借及經傳用字之通假，使無相混爾。」

楊氏所述及的例子，分爲「音與義通借」及「形與義通借」兩類，前者又區分爲「音同或音近借其義」及「義同借其音」，後者也區分爲「形近借其義」及「義近借其形」，一共是兩大類四小項，不過，楊氏此文的重點，却是放在第一大類第一小項中的「形聲字聲旁通借」的例子中，這一方面的例子，楊氏所擧出的，也佔了他全文的一大部分，這一則是因爲說文之字，形聲爲多，另方面，也是因爲楊氏的目的在於希望證明他那形聲字必兼會意的理論所致。

楊氏他那推尋形聲字聲旁通借的方法，共有三點：

㈠由說文重文推知者

楊氏說：「說文所記重文，有形同而聲類異者，故一字有二體，或以甲爲聲類，或以乙爲聲類。甲乙二字皆無義可求則已，苟二字之中，有一字有義可求，甲字有義，則乙爲借字也，反此而乙字有義，則甲爲借字也。」楊氏在這一項中，共擧了七個例子，現錄出四例如下：

四篇下肉部云：「胑，體四胑也，从肉只聲。」或作肢。按肢从支者，人之手足如樹木之有枝，故以从枝表其義，从支猶从枝也。若胑之从只，第以只與枝音同，借其字書之耳。

六篇上木部云：「柄，柯也，从木丙聲。」或作棅。按棅字从秉者，三篇下又部云：「秉，禾束也，从又持禾。」秉有把持之義，柯柄可把持，故字从秉，受秉字之義。柄之从丙，則以與秉同音借，其音耳，丙與秉同在古音唐部，聲亦同也。

十篇上鹿部云：「麠，大鹿也，牛尾，一角，从鹿畺聲。」或作麖。按麖字从京，京訓人所爲絕高丘，高大義近，故京有大義。麖爲大鹿，實受義於京，若麠之从畺，畺爲田界，不含大義，第以與京同音借書耳，畺與京同爲見母唐部字也。

十一篇下魚部云：「䲔，海大魚也，从魚畺聲。」或作鯨。按鯨爲大魚，亦受義於京，畺但爲京之音借耳，與麖麠同。

(二)許不云重文而實當爲重文者

在這一項中，楊先生共舉了兩個例子，現轉錄如下：

一篇下艸部云：「葷，臭菜也，从艸軍聲。」（許云切）又云：「薰，香艸也，从艸熏聲。」（許云切）按臭菜謂有氣味之菜，非謂惡臭也。香艸之薰，亦謂有臭味之艸，二字蓋本一文。儀禮士相見禮云：「夜侍坐，問夜膳葷，請退可也。」注云：「古文葷作薰。」是二字本爲一字之證也。薰从熏聲，即受義於熏。一篇下屮部云：「熏，火煙上出也。」香艸臭氣上升，與火煙之上出者，事類相同，故薰字从熏若葷从軍聲，則第以軍熏音近，假軍爲熏耳。

二篇下辵部云：「遁，遷也，一曰，逃也，从辵盾聲。」（徒困切）又云：「遯，逃也，从辵豚。」（徒困切）按遁遯同訓爲逃而音同，實一字也。遯从豚者，豚性喜放逸，孟子云：「如追放豚」，通言「狼奔豕突」是也。有逃亡乃有追逐，故逐字从辵从豕。此知遯字受義於豚，遁字从盾，乃豚字之借字也。四篇下肉部云：「腯，牛羊曰肥，豕曰腯。」腯从盾者，亦豚之借，豚字借盾爲豚而義屬於豕者，豕豚細言有別，統言不分也。

(三)從字義推尋得之者

在這一項中，楊先生一共舉出了三十九個例子，現錄出五個例子如下：

三篇上口部：「哨，不容也，从口肖聲。」按禮記投壺云：「枉矢哨壺。」此謙言矢不直，壺不大也，不大，故許訓不容，字从肖聲者，肖字从小聲，借肖爲小也。

三篇下革部云：「靬，乾革也，从革干聲。」按義爲乾革而字从干，明借干爲乾也，干與乾古音同隸寒部見母，二字同音，故得相借也。
六篇下貝部云：「賜，予也，从貝易聲。」按凡贈賞義之字，皆以增加爲義，贈之言增，賀之言加，賞之言尙，尙亦加也。獨賜从易，易無加義，易以同音借爲益也。參閱上文三篇上言部謚，下文九篇上髟部鬄。
十篇下心部云：「慈，愛也，从心玆聲。」按禮記禮運篇云：「父慈子孝。」又大學篇云：「爲人父，止於慈。」許君訓愛，泛言不切，切言之當云愛子，慈从玆聲者，玆與子古音同，假玆爲子也。
十一篇下魚部云：「鮞，魚子也，从魚而聲。」按而字無子義，乃假爲兒也，弓部弭或作㺬，耳兒可通作，而與耳古音同，故亦可與兒通作也。

楊先生又在他那篇文章的「餘論」中說：「今字之聲旁無義者，得其借字而義明，……他日文治大進，不使一字無源，或終當持此術爲推論之方，而余今日則姑欲先求其剴切不可易者，猶未暇及之，然終不得據此而疑聲中有義之說也。」所以，楊先生此文的目的，便是以造字通借之說，來推出形聲字必兼會意的結論。

二、對形聲字造字通借說的駁難

楊先生造字通借的說法，和黃季剛先生的「形聲字有無義可說者，即假借之故也」的說法，在內容上是大致相同的(沈兼士先生在前述對右文說的批評中，其第四點意見，也已提到造字通借)，只是，黃先生的態度是謹愼的，他雖然談到造字通借，但他也只肯定「形聲字之正例必兼會意」，楊先生則是希望利用他的造字通借說，來推闡出形聲字必兼會意的結論，所以，這種說法，未免引起了一些學者的懷疑。

龍宇純先生寫了一篇「造字時有通借證辨惑」，對於楊先生之說，提出懷疑，他認爲楊先生在基本，有三點，是值得商榷的：

㊀「迷信小篆即原始之形，而許君之說爲卽本初之義。」

㊁「不達語言與文字爲二事，又固執其形聲必兼義之謬見。」

㊂「不解文字有原始造字之義，有語言實際應用之義。」

所以，龍先生以爲：

㊀「許君之世，其去古雖視今爲近，然許君實未見幾許古文字也，其所憑以說解文字者，除部分古之遺說外，卽爲小篆，則許君之說，不盡爲本初之義，自在意料之中。楊氏欲言造字之始有通借，不取信於甲金文字與夫今人之說，乃唯小篆許說是信是從，宜其不免於謬誤矣。」

㊁「所謂形聲字者，形以明其義之類，聲以曉其事之名，如此而已，固無待於聲中兼義而後乃爲形聲字也。其有形聲兼會意者，蓋或以數語同出一源，遂同取一字以爲聲符，若莢頰陜之並從夾聲也，或本以一字言事之類似者數事，後世加形以別爲專字，若本以止言『阯』，後加阜而有阯，本以支言『肢』，後加肉而有肢，宋人所謂右文，正以此也。說文中形聲字聲中無義者殆十有六七，其不可以强解甚明。」「文字之制作也，其語之所以形成，固非文字之所當明示者，而制字時，其語之所以形成，是否猶爲人所知，亦是問題。」

㊂「文字有原始造字之義，有語言中實際應用之義，原始造字之義，本義也，實際應用之義，假借也⋯

：說文曰：『若，擇菜也，从艸右，右，手也。』楊氏曰：『按右爲手口相助，而許云右手者，借右爲又也。』右固非又手本字，然經傳又手字悉作右，無作又者，是實際語言皆以右言又也。制字者何即不能從其習慣以右言又手乎？明乎此，則所謂右字借又云云，何與於制字之實際哉？」

對於第一點，楊先生未用甲金文來解說本義，確是使人感到怪異的，楊先生精研甲金文（有積微居甲文說金文說之作），在他寫作此篇的時候，甲文的研究，也已進入普遍的時候，但他在那篇文章中，所據以解說本義的，却盡是許氏說文的說法，所以，龍先生以爲，在本義的根據上，那樣，是不全然可信的。

至於第二點，龍先生以爲，「造字通借」，似謂造字之時，造字者有意或無意地去「通借」了，所以，某字當作某而未作某。事實上，先有語言而有文字，造字時以此形代此音義而已，造字之時，語言之所以形成，是否猶爲人所知，亦是未能確知的，因此，也不能肯定古人造字時已經通借。

至於第三點，龍先生的說明，已經頗爲清楚了。

龍先生除了在立論的基礎上反駁楊先生之說法，同時，也逐條的反駁楊先生所舉出的例子。對於楊先生由說文重文中推知的例子，龍先生以爲，「甲字有義，固不妨乙字之但爲形聲，反之亦然，況說文中有重文之形聲字，其甲乙二字之皆無義可見者，固比比皆是楊氏何據而可推之如此乎？」此下三類，龍先生也以同樣的理由，「甲字有義，不妨乙字之但字形聲」，來反駁楊先生所舉的例子。以下，對照前述楊先生所舉出的一些例子，我們再錄出一些龍先生反駁的意見，作爲參考。

對於「胑」字，龍先生以爲：

「按古以枝言肢（見孟子周書），或以支言肢（見易坤文言續說苑），而肢猶枝支之說，自釋名以下諸家言之，蓋肢者，支枝字之孳乳，胑則從肉只聲之形聲字耳。」

對於「柄」字，龍先生以爲：

「案古以秉言棅（見左傳、周禮、史記、管子），謂秉受義於棅，其事或然，然不妨柄之但爲形聲字也。」

對於「麠」「鱷」二字，龍先生以爲：

「案羽猎賦『騎京魚』，京或爲鯨，楊氏云鯨取義爲京，其事或然，推之麖之從京亦或如此，然不妨麠鱷之聲不兼義也。」

對於「葷」字龍先生以爲：

「案葷爲臭菜，葱薤薑蒜之類爲葷，薰爲香草，爲蘭茝之屬，前者可食，後者不可以食，前者之氣辛辣刺鼻，後者芬芳可人，其不爲一字，固至顯然，故許君不以爲重文也，儀禮古文葷作薰者，正同音假借之例，楊氏遂執以爲一字之證，豈不謬哉！」

對於「遁」字，龍先生以爲：

「案說文曰：『遁，遷也，一曰逃也。』段氏於『一曰逃也』下曰，『此別一義，以遁同遯，蓋淺人所增。』遁之訓逃，倘不必如段氏之疑，則當謂許君於此字之本疑不能定，朱氏豐芑以訓遷爲本義，訓逃爲借遯之義，蓋以訓遷爲借義，則無本字可求，以訓逃爲借義，則遁遯同音，吾人不言本義假借則已，言本義假借，則宜從其說，楊氏言本義假借，而刺取『一曰逃也』之訓，謂遁遯一字，豈其所當爲者哉。」

對於「哨」字，龍先生以爲：

「案方言十二：『肖，小也。』是肖字實際應用爲小義，倘哨之從肖取小義，此即制字者之所取，必不謂此借肖爲小也。」

對於「軒」字，龍先生以爲：

「案楊氏云：『義爲乾革而字從干，明借干爲乾。』倘人云『義爲乾革而字從干，正明語言與文字之爲二事。』楊氏其何以非之？」

對於「賜」字，龍先生以爲：

「案楊氏云凡贈賞義之字皆以增加爲義，然所舉止三事，而說文云：『齎，持遺也。』『賂，遺也。』『贛，賜也。』『賚，賜也。』『賸，物相增加也。』……此皆何所云乎？且所謂贈之言增（案以增訓贈，見崧高詩毛傳）者，楊氏當云贈字借曾爲增也，然增亦從曾聲，說文，曾，詞之舒也，孟子云：『曾益其所不能』，曾正增之假借，則增之從曾，不可云其爲假借也。增之從曾聲，無所謂假借，而云贈之從曾聲必爲假字可乎？增之字其可以破楊氏形聲字聲必兼義之謬見矣。」

對於「慈」字龍先生以爲：

「案如楊氏言：慈爲父愛子之心，則字當作『父心』，從父心乎？抑當作『孞』，從子心乎？余意子心乃是孝義，楊氏蓋謂『愛子之心』，然愛字何自出乎？且古人制字，何若是迂緩，而不徑從父心會意邪？此皆無謂之爭，何如以慈之爲形聲之爲明快哉！」

對於「鮞」字，龍先生以爲：

「案耳字古韵屬之部，兒屬佳部，二部實不近，弭之又作猊者，或是方音之異，楊氏視此特殊之例爲古音推定之標準，其可乎？且藉令兒而古同音，而之借爲兒，又豈其必然者哉？」

楊樹達先生推尋形聲字造字通借的方法，是以某形聲字，由於其聲符之字義與此形聲字之字義不合，便找出與此聲符聲音相近，而意義與形聲字字義相當之另一字，證明其聲音與此形聲字之聲符相近，字義又與形聲字之字義相當，於是便下判斷，謂此形聲字之聲符，在造字之時，乃通借了另一字。例如證明而兒聲近，兒字字義又與鮞之魚子義相當，於是便肯定而乃兒之通借。龍先生以爲，這至多僅能證明兒而聲音相同，並不能證明而字必爲兒字之通借。

同時，龍先生也認爲：①形聲字有兩類，一類聲符兼意，一類聲符是不兼義的。②因此，楊先生所謂的某借爲某，其間並沒有必然的關係，其中一字可爲形聲兼意者，而另一字可但爲純形聲。③因此，楊先生由字義以推尋形聲字造字通借的方法，或可以推求出兩字的語源，找出某形聲字的語根，但卻不能證明形聲字造字時必然有通借之說。④因此，龍先生以爲，楊先生是以「形聲字聲中必兼義」之鐵律爲推論「造字時有通借」之依據，見形聲字多非聲中兼義，則曰「他日文治大進，不使一字無源，或終當持此術爲推論之方」，是又以「造字時有通借」，保證此鐵律之確立，「此所謂循環論證也。」

其實，從形聲字的構成來看，形聲字至少可以分爲兩種，第一種是兼意的形聲字，此種形聲字往往是先用一聲符去表示某一概念，因爲上古字少，專名少而通名多，其後，人們的思想逐漸發達，分析的能力也越來越强，對於一些事物的分析也越來越細密，於是乃就此聲符另外加上不同的形符，以爲分別之文，即以此不同的形符爲不同類別的代表，以區分其聲符所表示的那一籠統的概念，以便於在不同場所的應用，這種分別文，因其所從的聲同，其義亦相近而可通，像侖有條理之義，則從此侖而衍生的分別文，如倫淪論綸等，也自然都含有條理之意了。

第二種是不兼意的形聲字，此種形聲字，往往是先有其形符，以表示一個類別之共名，其後，人們的思想逐漸發達，分析的能力也越來越强，對於一些事物的分析也越來越細密，於是，在此一類名之中，人們也發現了許多分別的私名，因此，便就此形符再加以不同的聲符，以爲分別之文，卽以此不同的聲符爲標音的符號，以區分此一類名中不同性質的私名，像以金气鳥玉爲類名，再加不同的聲符以標音，而造成鉀鈉氫氧、鵝鴨玲瓏等形聲字，此類形聲字，自然是並不兼意的了。

以古籍中通假的情形來推想，古人在製造形聲字而爲它選擇聲旁時，措意於彼，心中設想着一個字，而却寫出了另外一個形體的聲旁來代替，這種情形，並不可能沒有，像楊先生所舉由說文重文中推求出來的例子，可信的程度就非常高。（如果他能再證以金文甲文，就更理想了）但是，如果說，凡是今天所見一切不兼意的形聲字，就都是古人在造字時有了通借，就都可以利用通借的方法去一一地解決，爲它取一聲音相近而意義相當的字去代替那原有的聲旁，而就以爲是它的本字，而使它們都變成爲兼意的形聲字，如果這樣推求起來，那麼，以漢字音同義異的文字之多，再加上字義的引申甚至附會，任何不兼意的形聲字，似乎都不愁找不到一個勉强解說可通的本字呢！甚至像氫氧鉀鈉等科學譯名，似乎都不難替它們找出音近義通的本字來，這似乎太欠謹嚴了些。

如果說，爲了使形聲字音義的關係系統化，以便於辨認和學習，因而，在後人新造形聲字時，最好能依照着兼意的原則去製造，那也自無不可，但是，如果說幾千年前的古人，就已經知道要遵守着兼意的規律，同時，却又在「製造」形聲字時，（並非用字之時）竟然有那麼多的字，都是在「倉卒之間無其字」的情形下「通借」聲旁而造成的，那就未免有點不可思議了。

從楊先生所舉說文中重文的例子來看，形聲字造字時聲旁通借的可能性確是非常高的，不過，即使能肯定形聲字聲旁確有「造字通借」的現象存在，這也並不意謂着就能保證形聲字定必兼意的說法。楊先生在他那篇文章的「餘論」中說：「他日文治大進，不使一字無源，或終當持此術為推論之方。」又說：「然終不得據此而疑聲中有義之說也。」因此，他對於「形聲字定必兼意」，確實是深信無疑的，同時，他也認為即使有不兼意的形聲字，也可以用「造字通借」來一一還其兼意的本來面目了。但是，證以前面所講到的另外幾種形聲字不兼意的情形，那麼，即使肯定有「形聲字造字通借」的現象，至少，「造字通借」也並不是唯一解釋形聲字不兼意的方法。必如黃季剛先生所說的，「凡形聲字無義可說者，除以聲命名之字外，有可以假借說之。」「凡形聲字之正例，必兼會意。」方才是謹嚴而無弊的。

第四節　論形聲字聲旁多音

一、形聲字聲旁多音說的提出

對於某些形聲字之所以有不兼意的現象存在，另外一種比較重要的說法，便是形聲字聲旁多音（多義）之說了。這種理論，是由黃季剛先生所首先提出來的，他說：

「說文內有無聲之字，有有聲之字，無聲字者，指事象形會意是也，有聲字者，形聲是也，無聲字可依其說解而尋其語根，有聲字可因其聲音而辨其類別。」（說文研究條例之六）

「形聲字有聲母，有聲子，聲子必从其聲母之音，聲母如尚有其母，則必至於無聲字而後已，故研究形體，必須由上而下，以簡馭繁，追究聲韵，必須由下而上，由繁溯簡。」（說文研究條例之七）

「形聲字之聲子，有與所从之聲母聲音畢異者，非形聲字之自失其例，乃無聲字多音之故。」（說文研究條例之八）

由於形聲字（聲子）必然與它所從的聲旁（聲母）同音，因此，凡是形聲字，它的音讀，在理論上說，應該是和它的聲旁完全一樣，但是，今天我們所見到的形聲字，有許多，它們的「聲子」和「聲母」的讀音却是不相同的，在這不同的音讀中，除了兩者之間，有着音變的關係外（像功江同從工聲，而聲音有洪細之別，非裴同从非聲，而聲音有輕脣重脣之分），另外的情形，便可能是聲旁多音的現象了，這也就是黃先生所謂的「無聲字多音」的情形了（不過，既然是無聲之字，而却又多音，在詞面上，似乎有點矛盾，因爲，這裡側重形聲字而言，所以，才略爲改易名稱）。所謂無聲字多音的情形，像說文中，丨，下上通也，引而上行讀若囟，引而下行讀若退，古本切。以聲論之，古本切在見紐，囟在心紐，退在透紐，以韻論之，古本切屬痕魂部，囟屬先部，退屬沒部（韻部本黃季剛先生二十八部之說），因此，同一丨字，便有了三種不同的音讀，如果人們取丨作爲聲旁，而造成了許多不同形符的形聲字，那麼，在這些形聲字中，它們的音讀，由於「形聲字之聲子必从其聲母之音」的關係，便可能有着三種不同系統的音讀了。同樣地，在說文中，屮，草木初生也，象丨出形，有枝莖也，古文或以爲艸字，而屮本讀若徹，因此，屮便有了徹艸二音了。又如，疋，足也，上象腓腸，下从止，古文以爲詩大雅字，亦以爲足字，或曰胥字，一曰疋記也，因此，疋便有了三種不同的音讀了。這些都是「無聲字多音」的例子。

黃季剛先生說：

「因無聲字多音，故形聲字聲子與聲母之關係，凡有二例，一則聲子與聲母，同讀一音，一則各聲子所从之聲母，有讀如聲子之舊音者（卽聲子之本音）。」（說文研究條例之九）

「說文中有一字讀若數字之音，此卽無聲字多音之故。」（說文研究條例之十三）

這種說法，林師景伊在他的說文二徐異訓辨序中，有更詳細的闡明，他說：

「形聲字之音，或有與其偏旁之聲韵迥異者，此蓋無聲字多音之故也，以文字非一時一地一人所造成，因造字者意識之不同，與方言之有異，故同一形體，每有不同之意識與不同之音讀，此無聲字之所以多音而且多異訓也，後人不明，見形聲字與其諧聲之偏旁，聲韵迥異，而以爲非聲，或輒改爲會意（如李陽冰謂毒非取毒聲，段玉裁改妃从女己會意，及大小徐於形聲不可解者，亦均改會意之類），殊不知說文，皀，彼及切，又讀若香，是皀爲無聲字，有二音也，故鴡从皀聲，則爲彼及切，鄉从皀聲，則爲許良切，若無又讀之明文，則人於鴡鄉二字同从皀者，必疑有非聲者矣。」

像「皀」字的例子，說文中一共出現了十個直接或間接用「皀」作聲旁（聲母）的形聲字（聲子），除了鴡字讀音爲彼及切之外，鄉、卿、⿵鬥鄉、響、蠁、曏、饗、量、糧九字旁其讀音便都是屬於「讀若香」的系統了。又如「己」字，說文中一共出現了十五個用「己」作聲旁的形聲字，但是，這十個字，却分成了兩種音讀的系統，如記、紀、改、邔、杞、⿰口己、芑、忌、誋、跽、十字，便是屬於居擬切的系統，配、妃、⿱艹配、圮、⿸屵配、五字，便是屬於「讀若費」（說文、⿸屵配、讀若費）的另一系統了。

二、探索形聲字聲旁多音的方法

像「皀」這個「無聲字」，我們從說文中的「又讀若某」，還可以推尋出來，它在古代，確是擁有兩種不同的音讀的。然而，像「己」這個「無聲字」，我們便只能從它所衍生的形聲字中，去推尋出它音讀的系統了，因此，黃季剛先生爲我們提供了一個方法，他說：

「言形體先由母至子，言聲韻則由子至母，史有吏聲，故吏乃从史，方有旁聲，故旁乃从方，子有李聲，故李乃从子，此之謂聲母多音，而即無聲字多音，此在文字學上，爲形聲與訓詁關鍵之處。」（說文條例之十）

他所說的「子」和「母」，便是指的形聲字的「聲子」和「聲母」，因此，他主張「由子至母」，「由繁溯簡」，由歸納同一聲母的形聲字的音讀，以推溯出「無聲字」音讀系統的現象。

像「皀」字，它本身的音讀，到今天，還保留了兩種聲音，但是，像「己」字，它本身的音讀，便僅只保留了居擬切這一聲音了。（我們只能在從「己」得音的形聲字中，才找得到它另外一種音讀），這是由於時間的變遷，無聲字逐漸地失去了它多音的現象，它本身的一個音讀，已經慢慢地消失掉了，因此，我們今天，便往往會發現到，有些形聲字，它們的聲母和聲子之間，有着音讀歧異的現象產生。

由於「無聲字多音」的情形，同一形體有時便有着異音的現象，加以音與義之約定俗成關係，因此，便可能導致了同從一個聲旁（聲母）而不同形旁的形聲字（聲子），在音義上（聲旁兼意方面），却有着很大的歧異。在後人看來，便造成了同從一個聲旁的形聲字，有些兼意，有些却不兼意的現象了。

雖然，這種說法，我們還未能擧出更多的例子，來加以證實，（戴君仁先生有「同形異字」一文，舉出了六十四個同一形體而音義歧異的文字，其中，許多都可作爲「無聲字多音」的佐證。）但是，在基本上，這是相當可能的現象，只要我們能從說文中，找出更多的例證，「無聲字多音」的現象，應該是可以成立的，同時，它對於某些形聲字之所以有着不兼會意的現象，也自能貢獻出相當可信的解釋了

第五節　形聲字的缺點與改進

一、形聲字現存的缺點

根據朱駿聲的統計，在說文的九千三百五十三個字之中，形聲字佔了七千六百九十七個，已經超過了百分之八十，在今天使用的楷書中，形聲字所佔的比率，恐怕會更高了，如果我們能掌握到形聲字字義變化的方向，那麼，對於了解漢字的字義，自然會有相當的助益，不過，漢字經過長時期的演進，有些字不免發生了訛變，產生了不少的缺點，使得人們在掌握它們的意義時，增加了不少的麻煩，形聲字自然也不例外，下面，我們將引述一些王了一先生在中國語文概論中對於形聲字的批評，他以爲，形聲字有以下幾種缺點：

㈠音符也往往由意符變成。

形聲字雖說是一邊意符（或稱形符），一邊音符（或稱聲符），但音符也往往由意符變成，例如「沐」字，篆書作，左邊是水形，右邊是木形，但右邊只是一個音符，完全失去了木的意義了。

㈡音符與其所組成的字不一定同音。

例如以「咸」爲音符的字，可以有下列數種聲音：「鹹」、「緘（平聲）、減（上聲）」、「喊」、

「箴、鍼」。又如以「甬」爲音符的字，可以有下列數種聲音：「勇」、「通（平聲）、桶（上聲）、痛（去聲）」、「誦」。這是原始就故意造成不同音呢，還是後世的音變呢？關於這一點，現在還沒有定論，不過，單就這些現存事實看來，形聲字已經不是很便利的東西，因爲我們並不能憑藉音符，正確地讀出那字的音來。

㈢字式變易，以致音符難認。

例如「谷」，谷聲，谷，其虐切，今與「谷」混。「郭」，𩫏聲，𩫏，古博切，今與「亨」混。「稽」，𥝌聲，𥝌，古奚切，今與「禾」混。「哉」，才聲，今「才」形不可識。「書」，者聲，今「者」形不可識。「定」，正聲，今「正」形不可識。「適」，啻聲，今「啻」形不可識。

㈣字音變易，以致音符不像音符。

例如「等」，寺聲，「寺」「等」古音相近，今音則甚遠。「義」，我聲，「我」「義」古音相近，今音則甚遠。「醋」，昔聲，「昔」「醋」古音相近，今音則甚遠。「蕭」，肅聲，「肅」「蕭」古音相近，今音則甚遠。「迪」，由聲，「由」「迪」古音相近，今音則甚遠。「賄」，有聲，「有」「賄」古音相近，今音則甚遠。

㈤字義變易，以致意符不像意符。

例如「檢」字，說文云：「書署也。」大約就是書架上的小木簽，以便檢查書籍的。後來引申爲「檢查」的意義，大家就忘了它原是木製的書簽，於是「木」旁再也不像一個意符，我們也就不能明白爲什麼「檢」字從「木」了。依普通常識推測，檢查的「檢」字，如果從「手」作「撿」，不是更合理嗎？

㈥同音的音符太多，以致誤用甲音符替代乙音符。

在上古時代，凡是純粹的形聲字，它的音符都是隨便採用的，例如「桐」字，從「同」固然可以，從「童」作「橦」也未嘗不可。假使我們的遠祖把「桐」字寫作「橦」，自然也一樣地合理。但是，自從「桐」字創始之後，約定俗成，就不許另寫作「橦」了，這是武斷的，不講理的，正因如此，所以形聲字容易誤寫。

㈦對於一個觀念，可用的意符不止一個。

有些字，從這個意符固然很對，從那個意符也說得通，我們有什麼理由去說明「啞」字不該寫作「⿰言亞」？但是，古人已經武斷地用了甲意符，我們就不許再用乙意符了。除了很少數的例外，（如脣唇通用、誤悞通用），我們只好硬記着古人的習慣。於是「躲避」不許寫作「趓避」，「鞭子」不許寫作「鞕子」。爲什麼？簡單的回答，就是因爲你不是古人，甚至很不合理的形聲字，也只好保留着。例如「騙」字本是「躍而乘馬」的意義，毫無誆騙的意思。後來有人借用爲誆騙的騙，相沿成爲習慣，大家也只好寫個「馬」旁，如果有人寫作「諞」，我們就說他是寫別字，其實，平心而論，「言」旁不是比「馬」旁好些嗎？

㈧形聲字的原則深入民衆腦筋，以致誤加意符。

其本有意符而贅加者，如「嘗」誤作「嚐」，「感激」誤作「憾激」。其本無意符而誤加者，如「灰心」誤作「恢心」，「夾袍」誤作「裌袍」，「安電灯」誤作「按電灯」，「包子」誤作「飽子」。

這一類的別字，是尙爲一般學者所指斥的，然而古人也未嘗不犯同樣的毛病，例如「原」本从「水」（今變爲从小），再加水旁作源，「然」本从「火」，再加火旁作「燃」，這不是有意符而贅加嗎？「紋」本作「文」，「避」本作「辟」，這不是本無意符而誤加嗎？不過習非成是，經過社會的公認，就不再受指斥罷了。

對於形聲字具有的缺點來說，王了一先生的這幾項批評，確實是相當中肯的，文字是隨着時代、隨着需要而逐漸增加的，對於新造的形聲字，我們可以參考上述意見，避免上述的缺點，這樣，將使得新造的形聲字，在使用時，更加便利，更加理想。不過，像「檢」「騙」等字，如果照王了一先生的意見，完全改變爲「撿」「諞」，雖然易於辨認使用，但是，對於這些字的產生及發展，便很難使後人推溯出它們的淵源了，這是須要加以留意的。

二、對於改革形聲字的意見

唐蘭先生在他的古文字學導論中，對於創造新的形聲字，曾擬具了一個大綱，他提出：

㈠凡文字分字母及形聲字。

㈡字母以形母爲主（卽義母），至多約五百字左右。（說文五百四十部首，大半不夠形母的資格，當加考證，選擇歸併，一方則增加新部首），形體方面，當力求簡單。（或利用左本字，如申可代表電，或利用簡俗體）。

㈢形聲字一律改爲左形右聲，且只許兩合。

㈣形聲字的聲母，用注音符號拚出，此注音符號約四十個（根據現行注音符號），須被包括在字母內。

㈤凡字的聲調，在聲母四側，注以符號。

㈥凡複合字（例如周易、飛機、中華民國）於最後一字下注以數目字。

㈦凡古書中非形聲字而不適於作字母的字，除改爲新形聲字外（加注形母），仍保留其原字於字典中別爲古字，使讀舊版書或翻譯古書爲新字時，仍得應用。

㈧凡舊形聲字一律改爲新形聲字，其注音一律用現代標準語，或略加考訂。（其他讀音，保存於字典中。）

㈨凡舊形聲字的形母不足爲字母，因而改從別的字母，和原來是假借字，今另造新標準字而改從別的字母，在字典中及翻譯古書時，仍保存原形。

㈩凡翻譯名詞須用音譯時，宜以原文的每一音節當一單字，其複音節的字，則組爲複合字，其國語所無的音素，得參取國際音標以補充之。

王了一先生的意見，是消極地指出了形聲字的缺點，而唐蘭先生的意見，則是積極地去建設新的形聲字，雖然，其中有些意見，像聲母用注音符號拚出，字的聲調，在聲母四側，注以符號等，實行起來，一定非常困難，（像松、柏、杞、梓改爲木（ㄙㄨㄥ）木（ㄅㄛ）木（ㄑㄧˇ）木（ㄗˇ），不但字形失去美觀，而且，因爲漢字同音字之多，辨認起來，也極困難。）但是，其中仍有許多意見，是足供我們參考的。

唐先生以爲，新形聲文字的特殊優點，共有六項：

㈠這種文字簡單而易學，只要學會約五百個的字母，便可統制數十萬新字，既易識音，又可以知道義的大概。（失學的人，只學聲母，也可以能看能寫，那就只要學四十個符號和拚音法則。）

㈡這種文字是合理的，意符（卽形母）方面可以儘量把重要的科學容納進去，因此，可以減少冗繁雜乱的術語，使科學名詞變爲淺顯。

㈢這種文字，對於固有文化，完全保存。

㈣可以儘量吸收別國的文化。

㈤因複合字的規定，可以把字和詞分開。

㈥在印刷方面，每形聲字可分左右兩單體拚合，形聲字連非形聲字，大約不到二千個單體，較舊字的數目爲簡。

總之，形聲字在漢字之中，既然佔了絕大的比率，因此，無論是想去掌握漢字的意義，或是改進漢字的缺點，或是創造更理想的漢字，我們都需要深刻地了解到形聲字的系統和得失，這是不應被忽略的。

本章主要參考資料

一、沈兼士　右文說在訓詁上之沿革及其推闡（見中央研究院歷史語言研究所集刊外編第一種）
二、黃永武　形聲多兼會意考（見師範大學國研所集刊第九號）
三、楊樹達　造字時有通借證（見積微居小學述林）
四、龍宇純　造字時有通借證辨惑（見幼獅學報一期）
五、鍾良森　形聲字造字通借說讀後（見南洋大學中國語文學報二期）
六、王了一　中國語文概論（第五章第二節、形聲字的評價）
七、唐蘭　古文字學導論（下編第六章、乙、研究古文字和創造新文字）
八、戴君仁　同形異字（見文史哲學報第十二期）

第九章　同源詞的研究

第一節　語言和語義的關係

一、音義之間的約定俗成

聲音語言，是傳達人類相互之間感情思想的一種工具，一種媒介，和一種符號，雖然，要傳達人類相互之間的感情思想，除了聲音語言之外，還可利用其他的一些方法，諸如面部表情、手勢、動作等等，但是，聲音語言，畢竟是最便利最清晰的表意方法。

聲音語言，既然是一種符號，那麼，它便只是一種事物的代替，誰代表誰，其間却並無必然的因果關係。符號和表徵不同，表徵是有着因果關係的，例如人們因害羞而臉紅，因悲傷而面露戚容，這種因心理作用而產生生理現象的結果，其關係是必然的，不自主的動作。然而，語言和意義之間的關係，却是偶然的，自主的行爲。人們以某種聲音來表示某種意義，以某種名稱來代表某種事物，都只是約定俗成的偶然連繫。

荀子正名篇說：「名無固宜，約之以命，約定俗成謂之宜，異於約則謂之不宜。名無固實，約之以命實，約定俗成，謂之實名。」如果當初人們在名約未定之時，命犬爲羊，命牛爲馬，指黑爲白，指高爲下，那麼，今天人們也自然會加以沿用而不以爲怪了，推之於其他許多事物，也同此理，因此，以某種聲音代表某種意義，一物之名，或命之爲甲，或命之爲乙，在最原始時，其實都是由於個人主觀地命名決定的，名與實之間，相互並沒有必然的關係，趙元任先生說：「語言跟語言所表達的事物的關係，完全是任意的，完全是約定俗成的關係，這是已然的事實，而沒有天然、必然的關係。」（語言學跟跟語言學有關係的些問題）所以，音與義之間，在原始時，是沒有必然的因果關係的，聲近義通的現象，也只是語言發展後期的結果而已。

二、論象聲詞

音與義之間，在原始時，雖然並無必然的因果關係，但是，語言中確實有一小部份的語音，是摹倣自然界事物的聲音而來，這一類的語彙，有人稱之爲象聲詞，也有人稱之爲擬聲詞、狀聲詞、摹聲詞的，都是意義相同的異名。清儒便曾討論到象聲詞的問題。

張行孚說文發疑字音每象物聲：「古人造字之始，既以字形象物之形，卽以字音象物之聲，如牛字象牛之形，而牛字音卽與牛鳴相似。羊字象羊之形，而羊字音卽與羊鳴相似。豕字象豕之形，而豕字音卽與豕鳴相似。鳥字象鳥之形，而鳥字音卽與鳥鳴相似。木字象木之形，而木字音卽與擊木相似。石字象石之形，而石字音卽與擊石相似。竹字象竹之形，而竹字音卽與擊竹相似。……若夫形聲會意之字，雖字形不象物形，而字音亦有象物之聲者，如鷄字从佳奚聲，而鷄字音則與鷄鳴相似。鵲字从鳥昔聲，而鵲字音則與鵲鳴相似。雀字从小佳會意，而雀字音則與雀鳴相似。大抵其字之音，卽象其鳥之聲。此等字音，眞天地之元音，無論何時何地，皆一成不易。」

胡樸安氏曾稱讚「張氏此論，可謂空前之發見，而為自來文字家所未言。」（從文字學上考見中國古代之聲韻與言語）張氏此說，近代學者，也常常加以推衍。

劉師培氏中國文學教科書、論字音之起源：「聲音之起原，厥有數端。一曰自然之音，……二曰效物所製之音，……其故有三，一曰聲起於形……二曰聲起於義……三曰以字音象物音，此由古代造字，以字形象物形，復以字音象物音，例如水音澌澌，（南人讀水若矢）故水字之音卽象水流之聲。風火相盪，其音相火（在火字或字之間），故火字之音，卽象火熾之聲。」

章太炎先生語言緣起說：「何以言雀？謂其音卽足也，何以言鵲？謂其音錯錯也，何以言雅？謂其音亞亞也，何以言雁？言其音岸岸也……此皆以音為表者也。」

胡樸安氏更在他那篇「從文字學上考見中國古代之聲韻與言語」上，推衍出許多的例證，來說明象聲詞的道理。

其實，在語言中，有不少語詞具有象聲的作用，這是不可否認的事實，（參見前第四章聯緜字簡說）但是，因為事物的本身，有種種的不同，而人們的音感，也有一些差異，加上漢字本身的聲音變動不居，在基本上，也並不適合用來標示確切的音素，因此，在語言中的一些象聲詞，也只能是得其大略，而不能逼眞酷似了。

所以，象聲詞的存在，雖然是被肯定的，但我們也不應該過份地跨張它們在音義關係上的地位，甚至於像張氏所說的「此等字音，眞天地之元音，無論何時何地，皆一成不易。」就未免太跨張了些，不要說在不同民族的語言裡，這樣的說法不一定可靠，（王了一氏中國語文概論，曾列舉了鴨鳴在英、法、意、德、丹麥等語言中各有不同的語音。）即使在漢語之中，古今方域之音多殊，我們也不能一概地說它們是「一成不易」的。

齊佩瑢氏說：「象聲詞只是語言海中的一粟，佔着個極小的位置，我們不能因爲它們的存在，就誤認一切的音義關係都是必然的。」（訓詁學概論）因此，在討論到語音和語義的關係時，除了一小部分的象聲詞之外，在絕大多數的情形下，我們都不能承認，音義之間，在原始時，是有著必然的因果關係的。

第二節　同源詞義近的原因

一、同源詞義近的產生

語音和語義之間，在原始時，雖然並沒有必然的因果關係，但是，在語言發展的過程中，却可能有連帶的關係，因爲，當某音和某義之間的關係，某名和某實之間的關係，既經偶然地强定之後，又經過人們長期地互約，雅俗的共許之後，習之既久，人們就不覺得那是偶然，反而會認爲是必然的現象了。所以，在詞彙已經形成，音與義的關係已經約定之後，這時，如果還有人想要用別種音義關係去定立新名，自然就會被人視爲標奇立異，震世駭俗了。所以，語音和語義，在原始時，雖然並沒有必然的因果關係，但是，在人們使用語言的過程中，却很自然地具有了慣性的作用。

也就因爲，人們的行爲，往往是有着習慣性的，因此，在某一種聲與義、名與實的相互關係既被約定而共許之後，行之既久，當人們想要表達另一種和舊義相近的意義，稱呼另一種和舊事物相似的事物時，很自然地，便傾向了約定共許的那已有的名實音義的標準，而採取音同音近的語彙來表達，以某種舊義相近的聲音，某種舊事物相似的名稱，來代表來稱呼此新意義與新事物。因此，在語言的發展演進的過程中，新詞彙與舊詞彙之間，便很自然地產生了密切的關係，王了一先生說：「辭彙與語音，在原始時雖沒有必然的關係，但在辭彙進化的過程中，却可以有連帶的關係。」（中國語文概論）又說：「在人類創造語言的原始時代，詞義和語音是沒有必然的聯繫的，但是，等到語言的詞彙初步形成以後，舊詞與新詞之間，決不是沒有聯繫的。」（漢語史稿）齊佩瑢也說：「語音與語義在起初配合時，雖沒有必然的因果關係，但後來在語言的演進過程中，因為詞彙從同一語根孳生分化的緣故，音讀相同相近者，其意也往往相近相同，形成一個語族。」因此，當人們根據舊詞彙而更造新詞彙時，新詞彙和舊詞彙之間，在音義的關係上，便自然會存在着不少的聯繫，因此，在許多新舊詞彙之間，經過長時期的醞釀發展，便逐漸地形成了一組一組的語族，也逐漸地形成了詞彙之間聲近義通的現象。因此，同一語族的詞彙之間，意義相近的可能性，是應該被肯定的。

二、同源詞的名稱

所謂語族，是指由同一個語源中孳乳演化而產生的許多不同形體的親屬詞彙，由於學者們的稱呼不同，或者在稱謂時，所指的內容各有偏重，因而，語族一名，歷來也有不少異稱，像詞類（高本漢有Ward Families in Chinese一書，張世祿譯為漢語詞類），詞群（周法高先生在中國訓詁學發凡一文中，曾有「詞群的研究」一章），語根（章太炎先生文始中嘗標出語根之名），同源詞（王了一氏漢語史稿有「同類詞和同源詞」一章），語族（齊佩瑢氏訓詁學概論中言及）詞族等，便都是指意義大致

相當的同一事件不同部分的異名，以下，爲了使讀者易於了然起見，我們逕採取同源詞這一稱謂來代表

第三節　同源詞研究的回顧（上）

一、清代

同源詞的研究，早在清代中葉，便有學者從事此種工作，一直到近代，還有許多學者們對這一方面進行探討，在這一節中，我們將對同源詞研究的工作，作一簡略的回顧，一方面可以了解過去的一些學者們對於同源詞研究所得的成果，一方面，也可以了解他們的優點與缺點，作爲我們研究時的參考。

清代對於同源詞的研究，應該是肇端於王念孫，王氏有釋大一篇，搜集了許多聲同義近而不同形體的字，相互貫穿，加以證發。

王念孫釋大：「岡，山脊也。（爾雅釋山，山脊、岡。）亢，人頸也。（說文，亢，人頸也，從大省，象頸脈形。）二者皆有大義，故山脊謂之岡，亦謂之嶺，人頸謂之領，亦謂之亢。彊謂之剛，大繩謂之綱，特牛謂之犅，（音岡，說文，犅，特牛也，公羊傳文十三年，周公用白牡，魯公用騂犅，通作剛，詩閟宮四章，白牡騂剛。）大貝謂之魧，（音岡，爾雅釋魚，貝大者魧，說文，讀若岡。）大瓮謂之瓬，（音岡，方言甖，靈桂之郊謂之瓬，郭注，今江東通名大瓮爲瓬。）其義一也，岡勁聲之轉，故彊謂之剛，亦謂之勁，領謂之頸，亦謂之亢。」

從這一條中，我們可以看出，王氏是以大義爲經，見紐爲緯，然後滙通不同形體的許多文字，相互貫穿，而終於使聲義遞轉之跡，澈然明白，王氏其他所舉的例子尚多。其次，我們要介紹的，便是阮元了。

阮元釋門：「凡事物有間可進，進而靡己者，其音皆讀若門，或讀若免，若每，若敏，若孟，而其義皆同。其字則展轉相假，或假之於同部之叠韻，或假之於同紐之雙聲。試論之，凡物中有間隙可進者，莫省於門矣，古人特造二戶象形之字，而未顯其聲音，其聲音爲何，則與虋同也。虋从釁得音，釁門同部也。因而釁隸變爲亹，爲亹，璺，皆非說文所有之字，而實皆漢以前隸古字。周禮太卜注：璺，玉之坼也。方言亦云：器破而離謂之璺，釋文注釁本作璺，是璺與虋同音義也。玉中破未有不赤者，故釁爲以血塗物之間隙，音轉爲盟，盟誓者，亦塗血也，其音亦同也。由是推之，爾雅虋爲赤苗，說文璊爲赤玉，𧭈爲赤毳，莊子樠爲門液，皆此音此義也。若夫進而靡己之義之音，則爲勉，勉轉音爲每 亹亹 文王，當讀若每每文王。亹字或作亹，再轉轉爲敏，爲黽，僶其聲則黽勉，收其聲則爲蠠沒，又爲密勿，沒乃文之入聲，密乃敏之入聲。……。」

阮氏此文，着眼在語源的探尋，故能不受字形的拘束。此外，清代學者研究同源詞，要以黃承吉氏較有創意。

黃承吉字義起於右旁之聲說：「且凡同一韻之字，其義皆不甚相遠，不必一讀而後爲同聲，是故古人聞聲卽已知義，所以然者，人之生也，凡一聲皆爲一情，則卽是一義，是以凡同聲之字，皆爲一義，試取每韻之字精而繹之，無不然者。」

黃氏以爲凡屬同一韻部之字，其義皆不甚相遠，這確是一種創見，這對於後來的許多學者，都曾產生很大的影響，劉師培氏便是受此影響極深的一人。

劉師培古韻同部之字義多相近說：「……然字形雖殊，聲類同者，義必近。試以古韻同部之字言之，如之耕二部之字，其義恆取於挺生。支脂二部之字，其義恆取於平陳。歌魚二部之字，其義多近於侈張。侯幽霄三部之字，其義多符於斂曲。推之蒸部之字，象取凌踰。談類之字，義鄰隱狹。眞元之字，象合聯引。其有屬於侵陽東三部者，又以美大高明爲義。則同部之字，義恆相符。」

劉師培正名偶論：「眞類元類之字，義亦相近，均有抽引之義，如申聲、辛聲、凡聲、普聲、寅聲、胤聲、聲聲、民聲、玄聲、千聲、文聲、薰聲、雲聲、允聲、巾聲、屯聲、辰聲…………之字，均含有抽引上穿之義者也。談類之字，義亦相近，均含有隱暗狹小之義，如罙聲、音聲、金聲、入聲、咠聲、羅聲、澀聲、兼聲、僉聲、咸聲、占聲、夾聲、弇聲、奄聲、炎聲…………之字，其音義大抵相同，則同部之字義必相近，豈不彰明較著哉。」

這種說法，雖然不免過於廣泛，但是，對於同源詞的研究，確實是擴大了其視野，開拓了它的新境地。

二、民國以來

民國以來，對於同源詞作出比較精確研究的學者，首先有羅振玉和王國維二人。

王國維引述羅振玉之言云：「文字有字原，有音原。字原之學，由許氏說文以上溯諸殷周古文止矣，自是以上，我輩不獲見也。音原之學，自漢魏以溯諸群經爾雅止矣，自是以上，我輩尤不能知也。明乎此，則知文字之孰爲本義，孰爲引申假借之義，蓋難言之。卽以爾雅權輿二字言，釋詁之權輿始也，釋草之其萌虇蕍，釋蟲之蠸輿父守瓜，三實一名。又釋草之權黃華，釋木之權黃英，亦與此相關。故謂權輿爲虇蕍之引申可也，謂虇蕍蠸輿用權輿以名之可也，謂此五者同出於一不可知之音原而皆非其本義，亦無不可也，要之，欲得其本義，非綜合後起諸義不可。」（引見齊著訓詁學概論）所謂「不可知的音原」，便是一般所稱的語根，沈兼士在右文說在訓詁上之沿革及其推闡一文中曾說：「語言必有根，語根者，最初表示概念之音，爲語言形式之基礎，換言之，語根係構成語詞之要素，語詞係由語根漸次分化而成者。」魏建功在古音系研究中說：「所謂語根，是音義源派同一的意思。」所謂權黃華等「此五者」，便是同出於一個語源而孳乳產生的不同形體的親屬詞彙，也就是「同源詞」了。所謂「欲得其本義，非綜合後起諸義不可」，便是探討同源詞意義的基本方法了。齊佩瑢說：「語根既以音爲基礎，自不得不於其分化語之字音中歸納綜合而求之。」又說：「語根的探取，本爲一種歸納的公式，係構擬的，而非確知的，換言之，探求語根是以語言（音義）爲主，而不以字形爲主。」（訓詁學概論）他也只是引伸了前述羅氏的意見。所以，羅氏此言，雖然簡短，但是，對於同源詞的研究，却是具有很多的啓示。王氏繼承羅氏此說，便有爾雅草木蟲魚鳥獸名釋例之作。

王國維氏作爾雅草木蟲魚鳥獸名釋例一篇，以爲「雅俗古今之名，凡同類之異名，與異類之同名，往往於其音義相關」，玆舉其異類同名者一條以見其端：「釋草，其萌虇蕍，釋蟲，蠸輿父、守瓜，釋詁，權輿、始也。案權及權輿，皆本黃色之名，釋草，權、黃華，釋木，權、黃英，其證也。蟲之蠸輿父，注以爲瓜中黃甲小蟲，是凡色黃者謂之權，長言之則爲權輿矣，余疑權即黊之初字，說文，黊，黃黑色也，廣雅，黊、黃也。今驗草木之萌芽，無不黃黑者，故蒹葭之萌，謂之虇蕍。引申之則爲凡草木之始，逸周書文酌解『一幹勝權輿』，大戴禮誥志篇『百草權輿』是也。又引申爲凡物之始，詩秦風『不承權輿』，逸周書日月解『日月權輿』是也。始之義行而黃之義廢矣。」

汪氏所述同源詞音義的孳乳演化之迹，確能使人豁然解悟。此外，梁啓超氏，也曾論及這一方面。

梁啓超從發音上研究中國文字之源：「凡音同者，雖形不同而義往往同。如『地』字並不从『氐』而含低底等義，『弟』字亦因其身材視兄低小而得名，『帝』字有上接下之義，故下視亦稱諦視，『摘』字『謫』字『滴』字，皆以表由上而下之動作，從可知凡用『DEE』之一音符所表示者，總有在下之意，或含有由上而下之意，無論其寫法爲氐爲低爲底……爲地爲弟爲帝爲滴……而其爲同一語源，卽含有相同之意味，則歷歷可睹也。」

梁氏又說：「同一發音之語，其展轉引申而成之字，可以無窮，爾雅釋天云：『天氣下地不應曰雺，地氣發天不應曰霧，霧謂之晦。』王國維云：『雺霧晦一聲之轉也，晦本明母字，後世轉入曉母，與徽黌諸字同。』蓋霧音當讀如慕（吾粵話正然）晦音當讀如每，皆用『M』母發音，而含模糊不明的意味，由是而晚色微茫不明者謂之暮，有物爲之障而不能透視者謂之幕，不可得見而徒寄思焉謂之慕，此一引申也。晦亦謂之冥，閉目而無所見則謂之瞑，瞑久而知覺全休止者謂之眠，此又一引申也。冥亦謂之昧，眠亦謂之寐，此又一引申也。視而不明謂之蒙，雨之細而不見者謂之濛，視官本身不明者謂之矇，矇之甚者謂之盲，此又一引申也………以上所舉八十三語，皆以『M』字發音者，其所含意味，可以兩原則概括之，其一，客觀方面，凡物體或體態之微細闇昧難察見者，或竟不可察見者。其二，主觀方面，生理上或心理上有觀察不明之狀態者。諸字中孰爲本爲本義孰爲引申義，今不能確指，要之，用同一語原，卽含有相同或相受之意味而已。」

梁氏雖然不是語文學的專家，但是，却能利用發音的原理，作爲語源的探尋，他的優點，也是不容抹刹的。此外，王了一先生對於同源詞的研究，應該是值得重視的。

王了一同類詞和同源詞：「自從王念孫父子以來，漢語語義學（訓詁學）有了一個新方向，就是脫離字形的束縛，從語音上去追究詞與詞之間的意義聯繫。朱駿聲、章炳麟、劉師培等人在這方面都有了不少的貢獻。」又：「有些詞的聲音相似（双聲叠韻），因而意義相似。這種現象並非處處都是偶然的，相反地，聲音相近而意義又相似的詞往往是同源詞。」又：「我們研究詞族的時候，應該擺脫字形的束縛，從聲音和意義兩方面找它們的親屬關係。」

王氏所舉的例子如下：「在楊樹達先生的高等國文法裏，列舉了十六個否定詞，如果按上古語音來說，它們都是脣音字，其中十一個是明母字，五個是幫母字，屬明母的莫、末、蔑、靡、曼、罔、無、毋、亡、勿、未。屬幫母的，不、弗、否、非、匪、這絕對不會是偶合的。我們還可以仔細分析，用於禁止語的，一般只用明母字，如勿、毋、無。用於否定敘述和否定判斷的，一般只用幫母字，如不、弗、非、匪。」

又：「仍以明母字爲例，有一系列的明母字表示黑暗或有關黑暗的概念，例如暮、墓、幕、霾、昧、霧、滅、幔、晚、茂、密、茫、冥、蒙、夢、盲、眇。」

又：「再以影母字爲例，有一系列的影母字是表示黑暗和憂鬱的概念，以及與此有關的概念的，例如陰、暗、蔭、影、曀、翳、幽、奧、杳、黝、隱、屋、幄、煙、哀、憂、怨、宛、於邑、抑鬱。」

又：「再以日母爲例，有一系列的日母字是表示柔弱、軟弱的概念，以及與此有關的概念的，例如柔、弱、荏、軟、兒、蕤、孺、茸、韌、蠕、壤、忍、辱、懦。」

又：「再以陽部爲例，有一系列陽部字表示光明、昌盛、廣大、長遠、剛强等等的概念，例如陽、光、明、朗、亮、炳、旺、王、皇、章、昌、張、揚、剛、强、壯、猛、長、永、京、廣、曠、洋、泱。」

王氏並以爲，一般的語音和語法的系統，比較容易爲人們體會得到，而詞彙的系統，却往往爲人們所忽略，一般人也都以爲詞彙和詞彙之間，好像是一盤散沙，其實，詞彙與詞彙之間，仍然是有着密切的聯繫的，同源詞便是詞彙之間聯繫的系統現象之一。

以上，我們介紹了一些學者們對於同源詞研究的成果，不過，這些研究，都只是較爲零星和片斷的，（至於比較全面性的研究成果，我們將在下一節裡再行介紹。）同時，由於篇幅的關係，許多有價值的作品，像郝懿行的爾雅義疏、程瑤田的果臝轉語記、王茂才的爾雅草木蟲魚鳥獸同名考、朱桂曜的中國古代文化的象徵、楊樹達的字義同緣於語源同例證、字義同緣於語源同續證、劉賾的古聲同紐字義多相近說、齊佩瑢的釋卯等等，便都不能詳細的介紹了。

第四節　同源詞研究的回顧（下）

在上一節，我們所介紹的，是一些先進學者們對於同源詞研究的片斷成果，在本節中，我們將再介紹近代兩位學者對於同源詞所作的比較全面性研究的成果，這兩位學者是章太炎先生和高本漢先生，他們研究的成果是文始和漢語詞類。

一、文始

章太炎先生撰著文始的目的和方法，在文始的敍例中，有清晰的說明。

文始敍：「獨欲浚抒流別，相其陰陽，於是刺取說文獨體，命以初文，其諸省變，及合體象形指事，與聲具而形殘，若同體複重者，謂之準初文，都五百十字，集爲五百四十七條。討其類物，比其聲韻，音義相讎，謂之變易，義自音衍，謂之孳乳，比而次之，得五六千名。」

從文始的敍，以及敍末的十條略例中，我們可以大略地了解，章先生的文始，一、是以說文獨體的文，作爲意義孳乳的依準。二、以成均圖二十三部古韻爲音轉音變的軌跡。三、標擧語根，爲同源詞研究之重心。這三點，無疑是文始一書撰著的重點。

文始一書，共有九卷，是以五百十字，五百四十七條，分隸於古韻二十三部，又以二十三部，歸併以爲九類，合爲九卷。以下，我們將自文始九卷之中，每卷各爲節錄一個較短的例子，作爲參考。不過，每卷各擧一例，缺點是每卷中各條與各條之間的連繫，便無法看得出來了。

文始卷一：「說文，戈，平頭戟也，从弋，一橫之，象形，此合體象形也，旁轉魚，孳乳爲戟，有枝兵也，戈者柯也，猶戟之從榦訓有枝，孳乳爲柯，斧柄也，詩言伐柯，疑本爲枝柯戟，孳乳爲挌，枝挌也，玉篇曰，挌，枝柯也，柯挌相轉，猶寄與客，駕與輅矣，柯對轉寒，則孳乳爲榦，蠡柄也。」

卷二：「說文，門，聞也，从二戶，象形，孳乳爲聞，知聲也，門與聞猶囪與聰也，聞又孳乳爲問，訊也，問又孳乳爲閔，弔者在門也，變易爲愍，痛也，入眞部，閔又孳乳爲旻，秋天也，仁覆閔下則稱旻天，其捫，撫持也，揗，撫也，蓋亦矜憐之意，亦由閔愍孳乳。」

卷三：「說文，宀，交覆深屋也，象形，對轉至，孳乳爲窒，山如堂者也，然宀有深義，察審皆從宀，復有諦愼寧靜之義，寔安寧皆從宀，孳乳爲毖，愼也，爲謐，靜語也，爲宓，安也，爲祕，神也，皆對轉至。」

卷四：「說文，賏，頸飾也，从二貝，聲義受諸陰聲之系，變易爲嬰，頸飾也，孳乳爲纓，冠系也，此偏繞頸前者也，對轉支，孳乳爲縊，經也，此繞全頸者也，旁轉陽，孳乳爲鞅，頸靼也，鞅又變易爲，馬紲也，縊次對轉寒，于蟲爲蜆，縊女也，郭璞釋蟲注曰，喜自經死。」

卷五：「說文，网，庖犧氏所結繩以漁也，从冂，下象网交文，此合體象形也，孳乳爲紡，网絲也，春秋國語曰，執而紡于庭之槐，韋解曰，紡，縣也，對轉魚，孳乳爲縛，束也，縛又孳乳爲轉，車下索也，网又對轉魚，孳乳爲𦌾舞，牖中网也，又孳乳爲膜，肉間胲膜也，釋名曰，膜，幕也，幕絡一體也，膜又孳乳爲臚，皮也，籀文作膚，膜還陽，又孳乳爲肓，心下鬲上也，此亦心下之膜也，又孳乳爲肪，肥也，卽肓下之膏也。」

卷六：「說文，丰，草盛丰丰也，從生，上下達也，此合體指事也，詩傳曰，丰，豐滿也，丰變易則爲蓁，草盛也，蓁旁轉侵爲芃，草盛也，芃對轉幽，爲葆，草盛皃，爲苞，詩傳曰，苞，本也，謂苯蓴也，其樸字，說文但訓樸棗而釋木言樸抱者，方言曰，樸，聚也，皆與苞本同義，亦丰之對轉也，其孳乳，則爲豐，豆之豐滿也，爲饛，盛器滿皃，蓋卽豐之變易字，爲厖，石大也，方言，朦，厖，豐也，爲龐，高屋也，詩傳曰，龐龐，充實也，龐又變易爲寷，大屋也。」

卷七：「說文，州，水中可居者曰州，周繞其旁，從重川，古文作𡿧，古音在舌，孳乳于魚，爲渚，小州曰渚，于之，爲沚，小渚曰沚，于脂，爲坻，小沚曰坻，于古皆爲双聲，雖渚訓爲都，沚訓爲止，坻訓爲氐，各有他義相因，然悉孳乳于州，州旁轉宵，孳乳爲島，海中往往有山可依止曰島，在本部孳乳爲壔，保也，一曰高土也，島壔又孳乳爲陶，再成丘也，渚又孳乳爲陼，如渚者陼丘，水中高者也。」

卷八：「說文，仌，凍也，象水凝之形也，孳乳爲冰，水堅也，俗冰作凝，仌亦冰也，仌次對轉幽，則爲雹，雨仌也，其他物凝者，語亦由仌孳乳故對轉之，則得衃，凝血也，冰旁轉談，亦得衉，羊凝血也，其函訓寒者，亦猶凜滄冷凓之從仌而聲自冰轉。」

卷九：「說文，炎，火光上也，從重火，有二音，一在喉，如焱，一在舌，如談，變易爲焱，火花也，爲燄，火行微燄燄也，爲爓，火爓也，爲煔，火行也，爲⿰炎舌，炎光也，對轉宵，爲爚，火飛也，近轉盇，孳乳爲曅，光皃，爲爗，盛也，對轉宵，爲燿，照也，旁轉緝，爲昱，日明也，爲煜，燿也，爲熠，盛光也。」

文始一書，在有些方面，似乎是有商榷的必要，第一，文始根據許氏說文以確立的初文準初文，以及其他字義的訓解，自甲骨文出土以後，在基本上，是不大妥當的。第二、文始根據成均圖二十三部古韻爲音轉音變的軌跡，有時未免太過寬廣，像次旁轉次對轉等，便是這種例子，至於古紐方面，像旁紐双聲等，也未免通轉過寬。第三、文始既標擧語根，以爲研究的重心，而語根所着重的是音，所以，只能利用文字的音來歸納，構擬出一個比較近古的音式，而文始既立初文，又着重某字至某字之間孳乳的先後關係，則所論的，仍偏在字根而非語根了。第四，至於所論及的意義的孳乳，字形的演生，文始往往未能提出堅强的證據，因此，便比較難以使人們相信其某字至某字間孳生的過程必然是如此演進的。雖然，文始也存在着一些值得商榷的問題，但是，在同源詞的研究上，它首先開創了比較全面性的研究工作，同時，也提供了相當精確與進步的方法，與相當豐碩的成果，在同源詞的研究上，確是一部劃時代的鉅著，其貢獻是應該大書特書的。

二、漢語詞類

高本漢先生（Bernhard Karlgren）是瑞典著名的漢學家，生於一八八九年，關於漢學方面的著作，極爲豐富，最主要的，有中國音韻學研究、中文解析字典、中國語與中國文、中國語言學研究、左傳眞僞考、詩經注釋、尙書注釋、老子韻語、諧聲字體的原則及漢語詞類等等。

漢語詞類一書，一九三三年發表在遠東古物陳列館集刊第五卷，此書有張世祿先生的漢譯本，民國二十六年一月，由上海商務印書館出版。

高本漢先生把中國語言學的主要問題確定爲以下三個，一是考證中國語言的祖先和來源，二是考明中國語言的歷史，三是考明現代中國語言的各方面。高氏又以爲，要考明中國語言的祖先和來源，也就是要研究中國的語源學，勢必進入漢藏比較語言學研究的範圍。而要把中國的語詞去和漢藏語族其他的各種語言相比較，第一步工作是考定中國的上古音，上古音擬定後，進一步便是依着中國上古的音讀去分列中國語詞的族類，這才能奠定漢藏比較語言學研究的基礎。

漢語詞類一書，大致分爲前後兩個部分，前一部分，是討論幾個有關上古音擬構上的問題，羅常培先生以爲這是高氏「對於中國上古音最近的總結論」。後一部分，是依着擬定的上古音，把中國語中兩千多個語詞，加以分列爲十個表，每個表之內，又歸爲不同的類，以表明是同屬於一類的語詞，在語源學上可認爲是有親族關係的。羅常培先生以爲高氏「已經能夠充分利用淸朝古韻學家考證的結果，漸漸從古韻學轉向古語言學了。」這後一部分的成果，可以說是中國語源學的研究，至少是語源學研究的初步工作了。

傳統的學者們，在討論到一個字的音韻時，只是分爲聲和韻兩部分，因此，總離不開双聲叠韻的圈子，高氏此書，在討論到字音時，却分爲起首輔音，中介元音，主要元音，收尾輔音等幾部，尤其是特別注意到收尾的輔音，因此，有許多明明是同源的語詞，像「迎」之與「逆」，「彤」之與「赤」，都是以舌根音作收尾的，「圓」之與「圍」，「分」之與「別」，都是以舌尖音收尾的，但在以前，大家便只能說是什麼「一聲之轉」，「陰陽入的對轉、旁轉」了。

漢語詞類的後一部分，是依着上古的收尾輔音，先列成收舌根音的（－ng，－K，－g），收舌尖音的（－n，－t，－d，－r）和收双脣音的（－m，－p，－b）三大組，其次再依起首輔音的性質分做四組，於是把兩千多個語詞，依着它們的起首輔音和收尾輔音的性質，列成十個表，這十個表中的語詞，又依意義上相同或相通，各自類集起來，以表明它們的親族關係。至於撰寫漢語詞類一書的動機，高氏自己也有說明。

漢語詞類漢譯本一頁：「中國語裏也正和其他一切語言裏一樣，語詞組成許多族類，各類的親屬語詞由同一本原的語根所構成的。」又二頁：「中國語裏的語詞必須依照原初的親族關係把它們一類一類的分列起來。」又：「我的分析字典裏也曾在許多事例上，指出語詞間這種親族的關係，不僅是那些同一語詞而用兩個各異的字體來代表的例子——例如『集』『輯』，因之似乎是兩個語詞了——而且又如『夾』古音kap（夾緊），『狹』古音yap（狹窄）那樣的事例——牠們顯然是親屬的語詞。實在，中國文字上并且常有表示兩個親屬的形式，而用同一個字體來代表牠們的，例如『長』（長遠、長久）。但是中國語詞的族類這個問題，還要拿來作一種更有系統的研究，這是很要緊的。」

至於漢語詞類一書取材的標準和撰寫的方法，高氏也有詳細的說明。

漢語詞類漢譯本一〇六頁：「我們現在最後一步要來排列一串的表，凡是可以認爲親屬的語詞，就是組成語詞的族類的，都把他們列出來。」又一〇八頁：「列出的各表，其用意所在，千萬不要誤會。要肯定各類裡的語詞，都『是』親屬的，我現在還相差很遠，我的意思只是說他們是『可以測定』爲親屬的。在幾個事例當中，親族關係是絕對顯著明確的。在更多事例當中，也有極强的可信程度。其餘的不過是一種可能，至少也值得討論罷了。所以，各個小小的『親族詞類』，只須認爲是一種『框子』，包含着的材料將來是要從中使行選擇的。」又一〇九頁：「這種的類集，充其量，也只有一部分可以說是眞正的語詞族類，其他許多的符合，依理只是由於偶然的。可是我毫不遲疑的來構成這些框子，因爲是要做一種初步的工作，我又認定沒有別種方法可以來對付這個問題的。現在這種具有可能性的語詞的結集，並非說是已經盡在乎此，還有許多是可以引進的，但是，現在我只願意擧出幾個例子罷了。」

高氏自已承認他的研究只是一種初步的工作，所以，在取材時，便遵守着某種比較狹窄的範圍，採取比較謹愼的態度。

漢語詞類漢譯本一〇九頁：「像現在這樣的一種研究，關於所引的語詞必需要仔細的甄別，他們必須是大家認爲眞正，實在的語詞。如果我們引據廣韻和集韻，應用他們幾萬的『字典的語詞』，或且把最早的字典，爾雅蒼頡篇、方言、說文解字、廣雅上所舉出的一切語詞，也許來放入其中，我們便很容易得到諸極大類的『親屬語詞』。但是這種材料是不同接受的。我所引進的語詞，只是語言中或者屬於最普通流行的語詞—這些在我的表上佔了大多數——或者，卽使不很普通的，也是很前『書本』上有確實的證明的。」

高氏在漢語詞類一書之末，也加以說明，一切的語詞，都是從蘇爾梯氏小小的「袖珍字典」（Soothill's Pocket Dictionary）裏所見到的。

以下，我們將自高氏書中，摘取一些例子，作爲參考，不過，爲了適應本書的格式，我們將高氏的例子，在排列時稍爲作了一點變更，並注出張世祿氏漢譯本的頁碼，以便讀者查考，至於音標，因排版不易，便加以省略了。

例一、漢譯本一〇九頁，K－NG一類的語詞中，景（光明、光線、景緻等義）、鏡（光線反照器、鏡子）、光（光線、光輝）、晃（光明）、煌（光明、放光）、旺（光明）瑩（燦爛、如寶石）、耿（明亮）、熲、炯（光線、光明）、熒（光明、光線）、螢（火螢蟲）、杲（光明）赫（燃燒、顯赫）、旭（光輝）、熙（光明）、熹（光明）、曉（放曉、曙光）、映（明亮）等十九字皆有明亮之義。

例二：漢譯本一一〇頁，岡（山崗）、擎（舉起）、陘（懸崖、險岨）、嶸（高聳）、扛（抬舉）、企（翹足而起）、起（舉起、起身）、高（高聳）、蹻（蹻足而起）、喬、翹（舉起）、丘（山丘）、卬、昂（高昂、昂舉）仰（仰視、仰面、仰望）、崿（懸崖、山邊、山瘠）、頟（頭頂、前額）、嶽（山嶽、峯崿）、崖（懸崖、山邊、山瘠）危（高危、險岨危險）、傲（高傲）、堯（崇高、高聳）、嶢（高聳、險岨）、興（舉起、興起）等二十四字，皆有高舉之義。

例三：漢譯本一三三頁，T－NG 一類的語詞中，悵（惆悵、失意）、惝（憂愁）、忡（哀傷）、啼（啼哭）、忉（哀傷）、悼（憂愁）、怊（悲傷）、愮（悲傷）、惆（惆悵）、怞（傷心）、愴（愴痛）、惻（悲傷、惻隱）、慅（憂愁）、悄（悲苦、傷心）、憔（憔悴）、愁（悲愁）、喪（悼喪）、惜（痛惜、悲苦、憐惜）等二十八字，皆有悲傷之義。

例四：漢譯本一五一頁，P－NG 一類的語詞中，棚（布篷、庇蔭所、草棚）、絣（布蓬、草棚）、篷（草棚、布篷、船篷）、覆（遮蓋）、幞（頭布、頭、纏頭布、帽子）、盲（盲目）、氓（愚惷之人，愚民、普通百姓）、冥（太陽隱沒、冥暗，暗黑）、瞑（瞑目、視覺不明）、懜（懵懵、愚惷、無知）、蒙（蒙蔽、無知）、矇（瞳睛上之蒙翳、盲目、無知）、夢（閉眼、入睡、睡夢）、幪（遮蔽物、頭巾）、冪（蓋以頭巾）、幎（遮蓋、面羅）、塓（以灰泥覆之）、幕（遮蓋物、面羅、帳幕）、膜（遮蓋肌肉之薄膜）、眊（視覺矇矓）、冒（覆蓋、面羅、帽子）、帽（帽子）、霧（雲霧、迷煙）等二十三字，皆有遮蔽之義。

例五：漢譯本一五八頁，K－N 一類的語詞中，斡（彎曲之柄、斡旋、纏繞）、丸（圓滾之物、球丸）、還（旋轉、回轉）、圜（旋轉、圜周）、寰（圜周之牆）、鬟（纏繞毛髮成結）、環（環圈、環繞）、卷（卷曲）、圈（圓圈、圓周）、棬（圓形之木椀）、拳（手做成圓形、拳頭）、圜圓員（圓形）、瑗（玉環）、園（圍圈、花園、公園）、繯（圍繯、繯繞、圍束）、鉉（鼎扛之兩環圈）、困（圍困、困閉、困逼）、袞（飾以盤龍之禮服）、輥（車輪平直之旋轉）、囷（圓形之穀倉）、軍（隊伍、軍隊、護衞之步兵環繞着戰車、此字卽因此義構成者）、運（運轉）、暈（日或月周圍之光）、衞（環繞、護衞、保衞）、回（旋轉、環圈、轉身、回轉、一回）、洄（渦流）、歸（回轉）、圍（圍繞）、冠（削成圓形、削去其邊隅使成爲圓形）、盌（圓形之椀）、斡（彎曲之柄、斡旋、纏繞）等三十一字，皆有圓環回轉之義。

例六：漢譯本一八四頁，Z－Z一類的語詞中，赧（面熱、赧顏、怕羞）、然、燃（燃燒、烤炙）、煖、煗（溫熱、煖和）、渜（熱水）、熱（溫熱、火熱）、爇（焚燒、加熱）、日（太陽、日熱）、怩（面熱、怩顏、怕羞）、爛（熱透、爛熟等）、鍊、煉（鎔鍊、精鍊）、烈（焚燒、炎盛、光明）等十四字，皆有溫熱之義。

漢語詞類一書，不但說明了許多古代中國語族之間的親屬關係，而且，也替更全面的同源詞研究，奠定了一個良好的基礎，它的方法，是比較精確而可信的，張世祿氏在漢譯本的序言中說：「中國語源的研究，可以說到此方成爲一種眞正的科學。」也並非是溢美之詞，不過，漢語詞類一書，也並非是沒有缺點的，第一、取材的範圍較爲狹窄，以致一些可能有親族關係的語詞都被摒棄了。雖然高氏曾說，他所做的，只是一種「初步工作」。第二、對於一些字義的解釋，也難免有錯誤的地方，周法高先生便曾指出高氏以輛、輬、輚、轢、輅爲一組，而「輬」只見於「轀輬車」一詞，「轀輬」實「溫涼」之變形，本以言天時，與車無涉，像這一類的錯誤，如果仔細檢查起來，一定不在少數。

總之，我們回顧一下前人研究的成績，便會發現到，同源詞的研究，到目前爲止，確實還只是一個初步的開始階段，王了一先生說：「從語音的聯繫去看詞義的聯繫，這是研究漢語詞彙的一條非常寬廣的道路，如果用謹愼的科學態度，在這一個方向上進行鑽研，將來的收穫一定是大的。」周法高先生說：「今後對於詞群的研究，一方面要採用純語言學的觀點，不受文字形體的拘束，一方面要把近代中西學者努力的成績加以融會貫通，而採取較審愼的態度，這樣才可以得到較正確的結果。」所以，如果我們繼續努力下去，前途相信是大有可爲的。

本章主要參考資料

一、齊佩瑢　訓詁學概論（第五節、語義和語音）
二、周法高　中國訓詁學發凡（見中國語文研究）
三、胡樸安　從文字學上考見中國古代之聲韻與言語
四、劉師培　中國文學教科書、左盦集
五、章太炎　國故論衡、文始（見章氏叢書）
六、王了一　中國語文概論、漢語史稿
七、高本漢　漢語詞類、中國語與中國文
八、王念孫　釋大（見高郵王氏遺書）
九、阮　元　釋門（見揅經室集）
十、黃承吉　字義起於右旁之聲說（見夢陔堂文集）
十一、王國維　爾雅草木蟲魚鳥獸名釋例（見觀堂集林）
十二、趙元任　語言學跟跟語言學有關係的些問題（見語言問題）
十三、黃永武　形聲多兼會意考（見師大國研所集刊第九號）
十四、龍宇純　荀子正名篇重要語言理論闡述（見文史哲學報十八期）

第十章　爾雅及其有關書籍

第一節　爾雅簡說

一、爾雅的名稱

對於爾雅此一名稱的意義，一般都採取「近正」的解釋。釋名釋典藝：「爾雅，爾，昵也，昵，近也。雅，義也，義，正也。五方之言不同，皆以近正爲主也。」

經典釋文：「爾，近也。雅，正也。言可近而敎正也。」

「近正」的意思，就是接近於正確的標準，那麼，我們要問，「五方之言不同」，究竟要以那裡的語言作爲正確的標準呢？阮元與郝蘭臯戶部論爾雅書：

「爾雅者近正也，正者，虞夏商周建都之地之正言也，近正者，各國近於王都之正言也。……然則爾雅一書，皆引古今天下之異言以近於正言，夫曰近者，明乎其有異也，正言者猶今官話也，近正者，各省土音近於官話者也。」

正言既是官話，是流行較廣的普通話，近正便是各地的方音而希望各地方音能接近官話，逐漸使各地語言能互相交流溝通，彼此了然，於是將各地方音搜集起來，以意義爲單位，加以歸類，而以正言加以總結的解釋，這便是「爾雅」一書，所以產生的原因了。劉台拱在論語騈枝中，有更詳細的說明：

「子所雅言，詩書執禮，皆雅言也，謹案雅言正言也，鄭注謂正言其音者得之……夫子生長於魯，不能不魯語，惟誦詩讀書執禮三者，必正言其音，所以重先王之訓典，謹末學之流失。……其後事為踵起，象數滋生，積漸增加，隨時變遷，王者就一世之所宜而斟酌損益之，以為憲法，所謂雅也，然而五方之俗不能强同，或意同而言異，或言同而聲異，綜集謠俗，釋以雅言，比物連類，使相附近，故曰爾雅。揚雄方言繼爾雅而作，應劭風俗通義自謂演述方言，故其名書之意相表裡。詩之有風雅也亦然，王都之音最正，故以雅名，列國之音不盡正，故以風名。」

同時，對於「雅」字，劉氏也有更進一步的解釋，他說：

「雅之為言夏也，荀卿榮辱篇云：『越人安越，楚人安楚，君子安雅，是非知能材性然也，是注錯習俗之節異也。』又儒效篇：『居楚而楚，居越而越，居夏而夏，是非天性也，積靡使然也。』然則則雅夏古字通。」

黃季剛先生也以為「雅之訓正，誼屬後起，其實卽夏之借字。」（爾雅略說）同時，黃先生也確定，爾雅一書，不僅是「諸夏之公言」，而且也是「經典之常語」和「訓詁之正義」，這是極為精闢的見解。

二、爾雅的作者

爾雅作者的問題，關涉到爾雅成書的時代，這兩者是分不開的。

關於爾雅一書，究竟是何人所作，傳統的說法，約可分為三類：

㈠以為周公所作者

張揖上廣雅表：「昔在周公踐阼，理政六年，制禮以導天下，著爾雅一篇，以釋其義，今俗所傳三篇，或言仲尼所增，或言子夏所益，或言叔孫通所補，或言沛郡梁文所考，皆解家所說，先師口傳，疑莫能明也。」

西京雜記：「郭偉字文偉，茂陵人也，好讀書，以爲爾雅周公所制。」

㈡以爲孔子門人所作者

鄭玄駁五經異義：「玄之聞也，爾雅者，孔子門人所作，以釋六藝之旨，蓋不誤也。」（詩黍離正義引）

郭璞爾雅序：「爾雅者，蓋興於中古，隆於漢世。」

賈公彥周禮疏：「爾雅者，孔子門人所作，以注六藝之文。」

㈢以爲漢儒所作者

歐陽修詩本義：「爾雅非聖人之書，不能無失，考其文理，乃是秦漢間之學詩者，纂集說詩博士解詁。」

從以上三種說法看來。以第三種說法比較接近眞象，只是，說爾雅專爲解詩而作，便失之太窄了，四庫提要說爾雅是：

「大抵小學家綴輯舊文，遞相增益，周公孔子，皆依託之詞，觀釋地有鶼鶼，釋鳥又有鶼鶼，同文複出，知非纂自一手也。其書歐陽修詩本義以爲學詩者纂集博士解詁，高承事物紀原亦以爲大抵解詁詩人之旨，然釋詩者不及十之一，非專爲詩作，揚雄方言以爲孔子門徒解釋六藝，王充論衡亦以為五經之訓故，然釋五經者不及十之三四，更非專為五經作，今觀其文，大抵採諸書訓詁名物之同異以廣見聞，實自為一書，不附經義。」

提要並列舉出一些例子，說明爾雅搜羅了六經之外的許多訓詁，如楚辭、莊子、列子、穆天子傳、管子、呂氏春秋、山海經、尸子、國語等等，都在爾雅中找出了引用的例證，因此，說明以為爾雅只是釋詩和訓解六經的專書，那是不正確的。但是，提要以為爾雅是「小學家綴輯舊文，遞相增益」而成的，卻與歐陽修的意見接近，羅常培先生以為爾雅「只是漢代經師解釋六經訓詁的彙集」（方言校箋及通檢序），周祖謨先生也以為「爾雅為漢人所纂集，其成書蓋當在漢武以後，哀平以前。」（爾雅之作者及其成書之年代）這都是較為可信的意見了。

三、爾雅的內容

今本爾雅共有十九篇，每篇都是以所釋之詞的性質來分類的，如果我們再加以歸類的話，那麼，釋詁、釋言、釋訓這三篇，是解古今語言及普通字義的。釋親、釋宮、釋器、釋樂這四篇，是解釋古代人事典制的。釋天是解釋天文名稱的。釋地、釋丘、釋山、釋水這四篇，是解釋地理名稱的。釋草、釋木這兩篇是解釋植物名稱的。釋蟲、釋魚、釋鳥、釋獸、釋畜這五篇，是解釋動物名稱的。在古代，這書的內容，相當於一部百科詞典了。

漢書藝文志著錄爾雅有三卷二十篇，與今本的十九篇在篇目上，相差一篇。因此，有許多學者對於此一現象，加以解釋。

㈠十九篇加序篇為二十篇之說

王鳴盛蛾術編說錄：「二十篇者，自釋詁至釋畜凡十九篇，別有序篇一篇。」

陸堯春爾雅序篇說：「爾雅之有序篇，猶周易之序卦，尚書之百篇序，詩之大小序也。……漢志爾雅三卷二十篇，今所傳止十九篇，漢志或即合序篇而言耳。」

㈡十九篇加釋禮篇爲二十篇之說

翟灝爾雅補郭：「祭名與講武、旌旗三章，俱非天類，而繫于釋天，邢氏强爲之說，義殊不了，愚謂古爾雅當更有釋禮一篇，與釋樂篇相隨，此三章乃釋禮文之殘缺失次者耳，漢志爾雅二十篇，今唯十九，所少或即此篇。」

㈢釋詁分上下篇爲二十篇之說

孫志祖讀書脞錄續編：「蓋釋詁分上下兩篇，故漢志稱二十篇爾。」

宋翔鳳爾雅義疏序：「爾雅二十篇，今十九篇，愚意以爲釋詁文多，舊分二篇。」

綜上三種說法，似乎第三種說法，較爲合理。

四、爾雅的條例

關於爾雅訓釋詞義的方式，許多學者都曾對此歸納出一些條例，來加以說明，這些條例，對於我們了解爾雅的釋詞方法，有著相當的帮助，這些條例，就所知的，陳玉澍有爾雅釋例五卷（南京高等師範排印本）羅長銈有爾雅釋詁例證、（見尊經書院二集卷四下）、王國維有爾雅草木蟲魚鳥獸釋例（見觀堂集林卷五）、劉師培有訓詁書釋例（包括爾雅，見中國文學教科書）、楊樹達有爾雅略例（見積微居小學述林）、謝雲飛先生有爾雅義訓釋例（華岡叢書）。因爲爾雅一書，內容包含甚廣，性質龐雜，所以，在以上的這些作品中，有些是通釋全書的，有些是以全書爲對象而舉例解釋的，有些是專以爾雅部分篇目爲解釋對象的。在這些作品中，以王國維氏所撰的爾雅草木蟲魚鳥獸釋例最爲精密，以謝雲飛先生所撰的爾雅義訓釋例分析最爲詳細。陳玉澍氏的爾雅釋例共有四十五例，胡樸安氏撰中國訓詁學史，約之爲八例，十分精簡。此外，楊樹達氏所撰爾雅略例，取材雖僅釋詁釋言兩篇，而著重在闡發爾雅一書的假借之說，「本假錯見之例」見解頗爲精闢。因爲篇幅的關係下面，我們將節錄出胡楊二氏的例子，以作參考。

甲、胡樸安氏之條例

㈠文同訓異

言同一文字，所用之訓雖異，而義仍同也，如「憮」「庬」大也。「憮」「庬」有也。「憮庬」之文同，一訓爲大，一訓爲有，其訓異也。

㈡文異訓同

文雖相異，而訓則相同，此文異訓同之說也。如「皇」「王」訓君，皇卽王字，洪範五行傳，建用王極，或作皇極。「京」「景」訓大，京卽景字，史記高功臣表，高京侯周成，漢書作高景侯。

㈢訓同義異

訓同義異者，卽高郵王氏所謂二義合爲一條，歸安嚴氏所謂一訓兼兩義也。如「治」「肆」「古」故也，「治」「古」爲久故之故，「肆」爲語詞之故。「載」「謨」「食」「詐」僞也，「載」「謨」訓僞，僞者爲也，「食」「詐」訓僞，僞者欺也。

㈣訓異義同

如釋詁，「烝」君也，「烝」衆也，一釋君，一釋衆，不同，君亦釋衆，白虎通及廣雅並曰，「君」，群也，羣卽衆也，義仍同也。「豫」「康」樂也，「豫」「康」安也，一釋樂，一釋安，不同，安亦釋樂，淮南子氾論訓，而百姓安之，注，「安」樂也，義仍同也。

㈤相反爲訓

如「落」始也，「落」死也，生死相反爲義。「愉」樂也，「愉」勞也，勞苦與快樂相反爲義。

㈥同字爲訓

如釋詁，「于」於也，段玉裁云，凡詩書用于字，論語作於字，「于」「於」古今字。釋詁以今字釋古字也。以此推之，「迺」乃也，列子釋文，迺、古乃字。

㈦同聲爲訓

如釋詁，「錫」賜也，卽讀錫爲賜，易師卦，王三錫命，釋文，錫，徐音賜。「盡」進也，卽讀盡爲進，列子天瑞篇，終進乎不知也，注，進者爲盡。

㈧展轉相訓

「法」「則」「刑」「範」「矩」「律」訓常，「刑」「範」「律」「矩」「則」「常」又訓法。「克」「肩」「戡」訓勝，「肩」「戡」「勝」又訓克。

乙、楊樹達氏爾雅略例

㈠爾雅爲書，采擷諸經傳注而成，同一義也，經文或用本字，或用假字，故爾雅於一義中往往兼列本字假字。試舉例言之，釋詁嘏假同訓大，以說文勘之，嘏訓大遠，假訓非眞，知嘏爲本字，而假爲嘏之假字也。京景同訓大，說文京訓人所為絕高丘，高大義近，景訓日光，知京為本字，而景則京之假字也。竺篤同訓厚，說文竺訓厚，篤訓馬行頓遲，知竺為本字，而篤為竺之假字也。

釋言篇本字假字並列者，試式同訓用，按說文試訓用，式訓法，知試為本字，而式為試之假字也。蓋割同訓裂，說文割訓剝，與裂義近，而蓋訓苫，知割為本字，而蓋為割之假字也。

(二)又有不關本義，而一為常見之訓，一為此常見之訓之假字者。如穀彀同訓善，穀善常訓，彀則穀之假字也。申神同訓重，申重常訓，神則申之假字也。夷弟同訓易，夷易常訓，弟則夷之假字也。

(三)又有二字一為本字，一為假字，而以本字訓假字者。釋詁云錫，賜也，說文錫訓銀鉛之間，無賜義，錫即賜之假字也。昌，當也，說文昌訓美言，無當義，昌即當之假字也。神，慎也，說文神訓天神，無慎義，神即慎之假字也。又有與此相反以假字訓本字者。于，於也，於乃于之假字也。登，陞也，陞即登之假字也。接，捷也，捷即接之假字也。

釋言篇以本字訓假字者，傲，傲也，說文敖訓出游，無傲義，敖即傲之假字也。矢，誓也，說文矢訓弓弩矢，無誓義，矢即誓之假字也。務，侮也，務，說文訓趣，無侮義，務即侮之假字也。

五、爾雅的評價

郭璞爾雅序說：「夫爾雅者，所以通訓詁之指歸，敘詩人之興詠，總絕代之離詞，辨同實而殊號者也，誠九流之津涉，六藝之鈐鍵，學覽者之潭奧，摛翰者之華苑也，若乃可以博物不惑，多識於鳥獸草木之名者，莫近於爾雅。」陸德明經典釋文序錄：「爾雅所以訓釋五經，辨章同異，多識鳥獸草木之名，博覽而不惑者也。」這些話，可以代表古人對於爾雅的看法，但是，在今天，我們對於爾雅的優劣得失，却應該有著不同的看法了，以下，我們分別從得失兩方面來看，優點方面：

㈠有助於了解古代詞彙的意義

爾雅之中，不僅是釋詁、釋言、釋訓三篇之中，專釋詞彙，就是其他各篇之中，也多數都可以把它們看作是古代人們經常使用的詞彙，因此，爾雅一書，無疑的，就是一本濃縮的古代詞彙的字典，由這本字典，我們可以了解古代（秦漢以前）人們詞彙使用的狀況，思想概念的精粗。同時，當我們閱讀古籍而遇到困難時，爾雅的解釋，也往往能夠爲我們解決疑難，像「權輿」的訓「始」，「復辟」一詞的「辟」字訓「君」，尚書盤庚篇中「重我民，無盡劉」的「劉」字訓「殺」，康誥篇中「唯三月哉生魄」的「哉」字訓「始」，在爾雅中便都可以找到根據，像這一類的例子，在爾雅中，眞是俯拾卽是，因此，對於人們的閱讀古籍，自然會有著很大的帮助。其次，像鳥獸蟲魚等，在古代有許多特殊的「專名」，這些專名，現在已經不再通行使用，只有爾雅上還曾有系統地記錄著，這對於人們了解古代的名物詞彙，無疑是有著相當的帮助。

㈡有助於了解古代社會的面貌

爾雅之中，像釋親的解釋古代人們的親屬關係，釋宮的解釋古代之宮室建築，釋器的解釋古代的器皿用具，釋樂的解釋古代的樂器制度，以至於釋天釋地等等，善加利用，都是研究古代社會的絕佳史料，對於人們了解古代社會的面貌，是極有助益的。

㈢有助於了解古代自然界的現象

像釋天的解釋古代的歲名星名，釋地釋丘釋山釋水的解釋古代山川丘陵，釋草以下幾篇的解釋古代動植物的種類狀況，都有助於人們了解古代的自然界的種種現象。

除了以上三種優點之外，爾雅一書，也有一些缺點存在著。

㈠解釋過於簡單

在語言方面，爾雅集結了一條一條的古今語方俗語，然後在每條之末，用雅正之標準語來加以解釋，像「初、哉、首、基、肇、祖、元、胎、俶、落、權輿、始也。」「林、烝、天、帝、皇、王、后、辟、公、侯、君也。」用一個「始」字「君」字，來解釋一連串的語言，這些語言之間，它們的異同關係，到底是怎樣的呢？這種解釋，未免是太過於簡單了。在名物方面，也是如此，像釋蟲中的「蟫，白魚。」「蜆，縊女。」如果不看注解，那麼，既然是蟲類，何以又叫做「白魚」「縊女」，那眞是難於索解的。這主要的都是由於爾雅的解釋，太過簡單，沒能說明解釋的所以然之故。

㈡內容有時雜乱

因爲爾雅的成書，不出於一人之手，所以，內容不免有所雜乱，像「祭名」「講武」「旌旗」之入於釋天，像「比目魚」「比翼鳥」之入於釋地，在內容上來說，都是不甚恰當的，其他，像胡樸安氏所說的「釋畜無豕屬，牛屬有犢，羊屬無羔，密几繫英二見，鶅鶅二見，倉庚三見」，都是爾雅內容雜乱的說明。

㈢前後體例不一

楊樹達在爾雅略例中說：「爾雅之輯，出自周秦閒儒士，其人不必聖者，故爲例不純，罅漏閒出。」因爲爾雅的編成，不是出於一人之手，所以，先後體例的不盡統一，是很自然的現象。如釋訓一篇，所收錄的，多數是駢字，像「畇畇，田也。」「栗栗，衆也。」「鍠鍠，樂也。」「穰穰，福也。」

等，而釋詁之中，却先已收錄了「暀暀」、「皇皇」、「藐藐」、「穆穆」、「關關」、「噰噰」、「亹亹」、等騈字，在體例上，便顯得不甚統一了。

除了「解釋過於簡單」，是爾雅的一項比較嚴重的缺點之外，其他兩項缺點，都只是部分性的。總之，爾雅是中國第一部有系統的詞典，也是第一部訓詁的專書，後來的許多詞典性質的書，無論在編撰的體例上，或是訓釋的方法上，多少都不免會受到此書的影響，因此，不僅在古籍的解釋方面，爾雅一書，有著相當的價值，卽使是在史料的意義上，它也應該受到相當的重視。

第二節　爾雅的注解

一、郭璞以前的古注

今天我們所能見到最完整的爾雅古注，是晉代郭璞的注解，但是，在郭璞以前，還有不少的學者，曾對爾雅一書，加以注解，郭璞爾雅序說：「雖註者十餘，然猶未詳備，並多紛謬，有所漏略。」但是，這十餘家的爾雅古注，到唐代時，在隋書經籍志和經典釋文序錄中所能見到的，却只剩下犍爲文學、劉歆、樊光、李巡、孫炎這五家了。現分別說明如下。

㈠犍爲文學注三卷

經典釋文：「犍爲文學注三卷。一云，犍爲郡文學卒史臣舍人，漢武帝時待詔，闕中卷。」犍爲乃郡名，文學爲官名，自來無異說，而舍人之名，歷來學者們研究，却有許多不同的意見，歸納起來約有四種不同的說法

①主張舍人卽郭舍人，而舍人爲官名者

清代學者，如孫志祖（讀書脞錄續編）、周春（十三經音略）、邵晉涵（爾雅正義）、宋翔鳳（過庭

錄）、郝懿行（爾雅義疏）、謝啓昆（小學考）等，都主張這一說法，他們主要的根據，是文選羽獵賦注嘗引爾雅犍爲舍人注，又引郭舍人注，遂斷定舍人卽郭舍人，且爲與東方朔同時之郭舍人，孫志祖說：「蓋本犍爲郡文學卒史而入爲舍人也，名則不可考矣。」足以代表此說之一斑。

②主張舍人爲姓及名者

錢大昕十駕齋養新錄：「廣韻有舍姓，蓋其人姓舍名人。」

③主張舍人爲以官所命之名者

胡元玉雅學考：「以官命名，古多有之，如漢武帝時有丁夫人，（見史記孝武本紀，集解引華詔曰，丁、姓，夫人、名。）亦是以內官命名也。漢人稱臣，例不自記其姓，故往往名存而姓不可考，隋志本于七錄，釋文作于陳隋之際，均不題爲郭舍人，則其姓久已無考可知，唯不知其姓，故改題其官，而以犍爲文學著于錄也。」

④主張以舍人爲名者

劉師培（注爾雅舍人考）、楊樹達（注爾雅臣舍人說）、周祖謨（爾雅之作者及其成書之年代）諸氏，都主張這一說法，劉氏說：「竊疑舍人乃漢臣之名，考之漢志，其所列各書，有郎中臣嬰齊賦十篇，有待詔臣安，臣未央術一篇，又有臣昌市臣壽臣說之書，蓋漢代進御之書，均不書姓氏，唯稱臣繫名，上標所歷之官，今世所存宋元槧本，以及道藏各書，凡周秦古籍，恆列向歆進書之表，其所標題均曰某官臣某，此蓋漢人標題舊式，故劉氏校書，凡著書之人無可徵，亦沿書中所標之題稱爲某官臣某，若其無官，則稱臣某，漢志所列是也，釋文敍錄於臣舍人三字上繫以犍爲文學卒史之官，蓋舍人姓氏無徵，故沿舊册標題之語，著之敍錄，漢書顏注所引臣瓚說，亦同斯例，唯彼遺官名，此列官名耳。」楊氏說：「漢書霍光傳、載光與群臣連名奏事，自丞相臣敞，大司馬大將軍臣光，車騎將軍臣安世以下凡三十六人，皆首擧官名，次稱臣，次具名而不具姓，中唯臣夏侯勝兼具姓名，蓋諸吏文學光祿大夫已有臣勝，夏侯勝與臣勝同官同名，故特擧姓以示別也。犍爲郡文學卒史臣舍文之稱，與丞相臣敞，大司馬大將軍臣光，車騎將軍臣安世等正同，蓋注爾雅者之有臣舍人，猶注漢書者有臣瓚，既無嫌於淆混，不容兼擧姓名，故知竹汀以舍爲姓之說非也。至孫氏以舍人爲官名，尤爲失實，蓋犍爲文學卒史，官名已具，不容於臣字之下復出官稱也。或疑舍人之爲官稱，史漢恆見，不當以爲人名，不悟史記刺客傳載燕太子丹求得趙人徐夫子之匕首，彼以夫人爲名，不得以爲女子之夫人也，又何疑於舍人之爲人名乎。」劉氏和楊氏所擧的例證雖然不同，但同樣認爲舍人是人名，周氏也說：「舍人者自是其名，漢人稱臣例不自記其姓，故往往名存而姓不可考，其雖爲犍爲郡文學，而其時代則當在漢武以後。」

對於舍人的問題，以第四說最爲合理，今舍人之書久佚，清代如馬國翰等，嘗有輯佚之本。

㈡劉歆注三卷

隋志：「梁有漢劉歆爾雅三卷，亡。」經典釋文：「劉歆注三卷，與李巡注正同，疑非歆注。」陸德明懷疑所見劉歆注本，乃是李巡之本，邵晉涵爾雅正義爲劉氏辨白說：「今散見諸書者，不盡同于李巡，馬竹吾玉函山房輯佚書云，考說文引劉歆說，蝝，復陶也，蚍蜉子，與春秋正義引李巡說蝝蝗子不同。則李氏本劉爲注，大指不殊，其間亦不無少異。」胡元玉雅學考也說：「據元朗云，與李巡注正同，則二注必全書盡同可知，若偶爾襲用舊說，乃古人撰述之常，元朗博識古書，斷不致據在後之李注，斥在前之劉注爲非也。竊疑劉注蓋成於黃門郎時，因以題其書，迨陳隋之際，劉注已亡，而李注猶有偶存之本，傳寫淺人，但知劉注有黃門郎之題，見李注亦題中黃門，因有誤將李書妄改劉名者，二本並行，元朗皆及見之，知題劉名者爲誤，故于劉書下注此二語，專指當時目見之本而言，非謂七錄所著錄者，本非歆注也，一書兩題，猝難剖辨，故云疑非，此元朗之愼也。」因此，胡氏以爲，陸德明所見之本，雖不一定卽是劉歆之書，但劉歆之有爾雅注，却是不可懷疑的事。劉氏之書久佚，馬國翰等有輯本。

(三)樊光注三卷

隋志：「爾雅三卷，漢中散大夫樊光注。」經典釋文：「樊光注六卷，京兆人，後漢中散大夫。」黃季剛先生說：「樊氏之學，兼通古今，故常引周禮、左氏傳爲說……反語之起，舊云自孫炎，今觀樊注中反切，確爲注文，非依義作切者，如，尸、宷也，宷，七在反，明明斤斤，察也，斤、居親反二條，可知反語在後漢時，已多用之，特自孫氏始大備耳。」（爾雅略說）樊氏之書久佚，馬國翰等有輯本。

(四)李巡注三卷

隋志：「梁有中黃門李巡爾雅三卷，亡。」經典釋文：「李巡注三卷，汝南人，後漢中黃門。」黃季剛先生說：「李巡見後漢書宦者傳，稱汝陽李巡。又熹平石經，巡實發其端，亦見傳。漢世宦人往往通書，不足爲異，巡書又多同劉歆，蓋有師授。」（爾雅略說）李氏之書久佚，馬國翰等有輯本。

㊄孫炎注七卷

隋志：「爾雅七卷，孫炎注。」又：「梁有爾雅音二卷，孫炎撰。」經典釋文：「孫炎注三卷，音一卷。」三國志王肅傳：「時樂安孫叔然授學鄭玄之門人，稱東州大儒，徵爲祕書監。」黃季剛先生說：「叔然師承有自，訓義優洽，爾雅諸家中，斷居第一。」（爾雅略說）孫氏之書久佚，馬國翰等有輯本。

黃先生又說：「唐代別有孫炎，邢疏序云：『爲義疏者，俗間有孫炎、高璉。』宋志稱孫炎疏十卷，今輯佚家往往誤以爲孫叔然。」

爾雅古注，除了上述的五家之外，邵晉涵孫志祖等以爲尚有鄭玄一家，其根據是周禮大宗伯疏所引緯書文耀鉤天皇大帝之號，又引爾雅北極謂之北辰，其下引鄭玄注云：「天皇北辰耀魄寶。」孫志祖又懷疑這是鄭玄對於文耀鉤的注，而非爾雅之注，黃季剛先生却說：「鄭君於爾雅至深，而不作注，唯周禮疏引爾雅鄭康成注，然本傳不言注爾雅，周禮疏所言，蓋鄭志中釋爾雅之辭。」說法雖然不同，總之，鄭玄沒有對爾雅一書，作出注解的專書，是可以斷言的。

二、郭注的淵源

郭璞在爾雅序中說：「璞不揆檮昧，少而習焉，沈研鑽極，二九載矣，雖註者十餘，然猶未詳備，並多紛謬，有所漏略，是以復綴集異聞，會粹舊說，考方國之語，采謠俗之志，錯綜樊孫，博關群言，剟其瑕礫，搴其蕭稂，事有隱滯，援據徵之，其所易了，闕而不論，別爲音圖，用祛未寤。」在這段序文中，不但說明了郭氏撰寫爾雅注的動機，目的和體例，也說明了在郭氏之前，確有十餘家古注通行，郭氏撰注，曾參考採集了前人的一些注解，但是，自從郭注通行之後，而前此的諸家之注，逐漸廢棄，到今天，除了一些輯本之外，竟然見不到任何一本完整的古注了。所以，自陸氏音義專據郭氏注本，邢昺撰疏，也就郭注疏通證明，於是爾雅之學，郭氏之注，便巍然獨存，定於一尊了。

清代學者從事於輯錄爾雅古注的，有余蕭客的爾雅古注，臧鏞堂的爾雅漢注，劉玉麐的爾雅古注，嚴可均的爾雅一切注音，陳鱣的爾雅集解，葉蕙心的爾雅古注斠，朱孔璋的爾雅漢注，黃奭的爾雅古義，馬國翰的玉函山房輯佚書所輯爾雅古注十三卷，張澍的爾雅犍爲文學注，王謨的爾雅犍爲文學注等，其中以馬氏之書，蒐羅較備，臧氏爾雅漢注，最具條理。陳雪妮女士曾撰有「爾雅郭氏注探源」一文，以臧氏所輯古注，與今本郭注作一比較，才知道郭氏之注，泰半是源出於孫炎等五家古注，而郭氏在注中却並未曾加以指明，僅只在序文中淡淡地說了一句「錯綜樊孫，博關群言」而已，這種「襲舊而不明舉」的態度，確實是不大好的，以下，我們將就陳雪妮女士所舉出來的例子，摘錄一些如下，一方面算是表揚古注的清芬，一方面也可以探尋出郭注的淵源。

㈠郭注承用孫炎者

黃季剛先生說：「郭序言錯綜樊孫，實則郭多襲孫之舊，而不言所自。」又說：「郭注多同叔然，而今本稱引叔然者，不過數處，又或加以駁詰，一似叔然注皆無足取者。」今以爾雅漢注中所輯孫炎之注，與郭氏注作一對照，已約略可知，郭氏承用孫注者，當有三分之一以上，如孫注不佚，數目當更不止此，這裡只能舉出幾個例子，以見一斑而已。

釋詁：「卽，尼也。」

孫注：「即猶今也，尼者近也。」
郭注：「卽猶今也，尼者近也。」
釋言：「班，賦也。」
孫注：「謂布與也。」
郭注：「謂布與。」
釋訓：「戚施，面柔也。」
孫注：「戚施之疾，不能仰。面柔之人常俯，似之，因以名之。」
郭注：「戚施之疾，不能仰。面柔之人常俯，似之，因以名云。」
釋親：「妻之姊妹同出，爲姨。」
孫注：「同出，俱已嫁也。」
郭注：「同出，謂俱已嫁。」
釋天：「十月爲陽。」
孫注：「純陰用事，嫌於無陽，故名之爲陽。」
郭注：「純陰用事，嫌於無陽，故以名云。」
釋丘：「絕高爲之京。」
孫注：「爲人之力所作也。」
郭注：「人力所作。」

釋水：「正絕流曰乱。」

孫注：「直橫渡也。」

郭注：「直橫渡也。」

至於郭氏注中明言引自孫炎者，不過三四處，而且，都是先將孫炎注中失當之處引出，然後卽加以駁斥的，如：

釋詁：「覭、髳、茀、離也。」

郭注：「謂草木之叢茸翳薈也，卽彌離，彌離猶蒙蘢耳。孫叔然字別爲義，失矣。」

釋蟲：「莫貈、蟷蜋、蛑。」

郭注：「蟷蜋，有斧蟲，江東呼爲石蜋。孫叔然以方言說此義，亦不了。」

釋蟲：「螺蛅蟴。」

郭注：「蛓屬也，今青州人呼蛓爲蛅蟴。孫叔然云，八角螫蟲，失之。」

孫注說解有可取的，郭氏便沒其名而據爲己有，孫注偶然有誤釋的，郭氏便直舉其名而指斥其錯失，這樣，會使後人有著一種印象，以爲孫氏之注，一無可取。尤其是在孫注已佚，郭注獨尊之後，這種印象，會更深刻，這對於前人來說，委實是有欠公允的。

(二)郭注承用李巡者

黃季剛先生說：「郭序但云，錯綜樊孫，其實襲取李注，亦不少也。」今就臧氏所輯李注，與郭注比照，舉例如下：

釋詁：「殂落，死也。」
李注：「殂落，堯死之稱。」
郭注：「故尚書堯曰殂落。」
釋言：「閱，恨也。」
李注：「相怨恨。」
郭注：「相怨恨。」
釋宮：「有木謂之榭。」
李注：「臺上有屋謂之榭。」
郭注：「臺上起屋。」
釋天：「仍飢爲荐。」
李注：「連歲不熟曰荐。」
郭注：「連歲不熟。」
釋地：「西北之美者，有崑崙虛之璆琳琅玕焉。」
李注：「璆琳，美玉名。琅玕，石而似珠者。」
郭注：「璆琳，美玉名。琅玕，狀如珠也。」
釋魚：「鯤、魚子。」
李注：「凡魚之子總名鯤也。」

郭注：「凡魚之子總名鯤。」

㊂郭注承用樊光者

釋言：「蠲，明也。」

樊注：「蠲，除垢穢使令清明。」

郭注：「蠲，清明貌。」

釋草：「椴、木槿。櫬，木槿。」

樊注：「別二名也，其樹如李，其華朝生暮落，與草同氣，故在草中。」

郭注：「別二名也，似李樹，華朝生夕隕，可食。」

除了暗用之外，郭氏注中，也有明引樊光注的，如：

釋畜：「回毛在膺，宜乘。」

郭注：「樊光云，俗之官府馬，伯樂相馬法，旋毛在腹下如乳者，千里馬。」

㊃郭注承用舍人者

釋詁：「崇，充也。」

舍人注：「威大充盛。」

郭注：「亦爲充盛。」

釋草：「戎叔，謂之荏菽。」

舍人注：「今以爲胡豆。」

郭注：「卽胡豆也。」

釋畜：「彤白雜毛、騢。」

舍人注：「赤白雜毛，今赭白馬，名騢。」

郭注：「卽今之赭白馬，彤赤。」

郭氏的爾雅注，除了承用漢人的爾雅古注之外，對於漢代以來的諸經傳注，（尤其是詩經的毛傳）小學之書，子史諸書，都曾大量的承用，不過，對於這些資料，郭氏多數都曾說明來源，明舉引用，不像對於孫樊古注，暗用其實而不明舉其名。此外，在注解爾雅時，郭氏也有他自行創發的地方，這是不容抹殺的，郭氏自爲創發的，主要在於「以晉語釋古語」，「以晉名釋古物」，「以晉地說古地」這三方面。今略舉數例於下。

釋詁：「恙，憂也。」

郭注：「今人云無恙，謂無憂也。」

釋詁：「契，絕也。」

郭注：「今江東呼刻斷物爲契斷。」

釋器：「金鏃翦羽，謂之鍭。」

郭注：「今之錍箭是也。」

釋草：「權，黃華。」

郭注：「今謂牛芸草爲黃華，華黃。葉似荍蓿。」

釋地：「西方之美者，有霍山之多珠玉焉。」

郭注：「霍山，今在平陽永安縣東北，珠如今雜珠而精好。」

釋丘：「晉有潛丘。」

郭注：「今在太原晉陽縣。」

以上，「以晉語釋古語」、「以晉名釋古物」、「以晉地說古地」，皆各舉兩個例子，以見郭氏獨得之處。

三、郭注的得失

經典釋文云：「先儒於爾雅多億必之說，乖蓋闕之義，唯郭景純洽聞強識，詳悉古今，作爾雅注，爲世所重。」四庫提要也說：「後人雖迭爲補正，然宏綱大旨，終不能出其範圍。」都對於郭璞的爾雅之注，給予了極高的評價，今天，我們也以爲，除了徵引前人之說而不加明舉這一缺點之外，郭氏在總集前人的成果方面，在奠定爾雅研究的基礎方面，他的貢獻，是不可磨滅的。黃季剛先生在爾雅略說中，曾對郭注提出了五得二失的意見，這是很中肯的批評，今錄之如下，以供參考。

甲、其得者

㈠取證之豐

「陽如之何」，稱引魯詩，「釗我周王」，援據逸書，「考妣延年」，則文遵倉頡，「豹文鼫鼠」，則遠本終童。

㈡說義之慎

歲陽以下，說者紛然，郭氏以義有難明，多從區蓋。山經穆傳，郭並有注本，而釋爾雅西王母，不言彼書片言。

㈢旁證方言

方言之作，與雅相通，咨惟子雲，能知古始。郭氏兼綜二學，心照其然，註雅引揚，二途俱暢。

㈣多引今語

釋草一篇，言今言俗言，今江東者，溢五十條。故知其學實能以今通古，非徒墨守舊說，實乃物來能名。

㈤闕疑不妄

爾雅注中稱未詳未聞者，百四十二科，（實不止此，侃計之有百八十條事，此據翟灝所云。）邢氏疏補言其十，近代多爲補苴。然訓詁所闕，近儒誠有補正精當者，名物所闕，則補者多非。是疑闕之多，反足爲賅洽之證。

乙、其失者

㈠襲舊而不明舉

郭注多同叔然，而今本稱引叔然者，不過數處，又或加以駁詰，一似叔然注皆無足取者。其視鄭氏注周禮，韋昭注國語，凡有發正，皆明白言之者，有間矣。

㈡不得其義，而望文作訓

如「載、謨、僞也。」注云：「載者言而不信，謨者謀而不忠。」鄭樵輩指爲臆說，今亦不能爲諱也在郭氏之後，清代以前，注解爾雅者，有梁朝沈旋的爾雅集注，唐代裴瑜的爾雅注，宋代孫炎的爾雅義疏，王雱的爾雅注，陸佃的爾雅新義，鄭樵的爾雅注，羅願的爾雅翼等等，這些書，有些已經亡佚，有些則釋義尚佳，可資參考。至於宋人有關爾雅之作，最爲精要的，不得不推邢叔明的爾雅疏了，這，我們將在下一節裡討論。

第三節　爾雅的疏釋

一、邢昺的爾雅疏

爾雅疏序：「今既奉勅校定，考案其事，必以經籍爲宗，理義所詮，則以景純爲主。」這是爾雅疏一書撰著的主旨，當時，與邢昺共同撰修的，尚有杜鎬、舒雅、李維、孫奭、李慕清、王煥、崔偓佺、劉士元等八人。自從此書以郭璞之注爲疏釋對象，列於學官之後，研習郭注的人們便不得不依於此疏了，不過，後代的學者們，對於邢昺之疏，往往有所不滿，錢大昭爾雅釋文補自序說：「北宋邢叔明專疏郭景純注，墨守東晉人一家之言，識已拘而鮮通，其爲書也，又不過鈔撮孔氏經疏，陸氏釋文，是學亦未能過人矣。」邵晉涵爾雅正義序說：「邢氏疏成於宋初，多掇毛詩正義，掩爲己說，間采尚書禮記正義，復多闕略，南宋人已不滿其書，後取列諸經之疏，聊取備數而已。」

但是，有人以爲邢疏也具有優點的，阮元爾雅注疏校勘記序說：「邢昺作疏，在唐以後，不得不綷唐人語爲之。」四庫提要也說：「昺疏亦多能引證，如尸子廣澤篇仁意篇，皆非今所及睹，其犍爲文學、樊光、李巡之注，見於陸氏釋文者，雖多所遺漏，然疏家之體，唯明本注，注所未及，不復旁搜，此亦唐宋以來之通弊，不能獨責之於昺。」

黃季剛先生在爾雅略說中，曾批評邢昺之書，有三個優點，今錄出如下。

㈠補郭注之闕

注所未詳，邢氏雖不能全補，而莿、肇、逐、求、廩、宧、徒駭、太史、胡蘇十事，則皆依據經文，確能爲郭氏拾遺。

㈡知聲義之通

近儒知以聲訓爾雅，而其耑實啓于邢氏。卽以首卷爲例，凡說哉、怡、漠、諶、亮、詢、蘦、迥、嵩、茂諸文，皆能由聲得其通借，特不能全備耳。

㈢達詞言之例

近人多言爾雅有例，（言此者，以嚴元照爲最通。）然邢疏隨事指陳，如云釋詁不妨盡出周公，題次初無定例，造字與用字不必盡同諸條，隨便卽言，爾雅與經文，異人之作，所以不同諸說，皆閎通之極，雖清儒有時遜之矣。

二、邵晉涵的爾雅正義

元明兩代研究爾雅的學者，寥寥無幾，到了清代，樸學大昌，研究爾雅的著作，便如雨後春筍一般，紛紛出現，周祖謨氏在重印雅學考跋中說：

「元明兩代，經訓榛蕪，雅學之傳，不絕如縷，清世漢學復盛，通經者必詁訓，於是爾雅一書見重學人。顧其書傳本不一，文字踳駁，古義祕奧，舊注凋殘，郭注雖傳刋不絕，亦多脫落。於是有盧文弨、彭元瑞、阮元、張宗泰、劉光蕡等之校勘經文，注疏釋文，余蕭客、臧庸、嚴可均、黃奭、馬國翰、葉蕙心等之輯佚注舊音，翟灝、戴鎣、潘衍桐等之補正郭注，錢坫、嚴元照等之正文字，邵晉涵、郝懿行等之義疏，程瑤田、宋翔鳳等之考釋。一時作者輩出，六百年之絕學，復興於世。言訓詁者，能本於聲音，考名物者，能證之目驗，故爾雅至此大明。」

在這些學者的著作中，最重要的，無疑是邵晉涵的爾雅正義和郝懿行的爾雅義疏了，這兩本書，都是由於不滿邢疏而作，也都是全面性的疏釋爾雅，但是，後來的學者們，往往給予它們不同的評價，在這裡，我們先介紹邵氏的書。

邵晉涵在爾雅正義序中說：「邢氏疏，成於宋初，多掇拾毛詩正義，掩爲己說，間採尚書、禮記正義，復多闕略，南宋人已不滿其書，後取列諸經之疏，聊取備數而已。」邵氏又在與程魚門書中說：「邢疏爲官修之書，剿襲孔氏正義，割裂缺漏，視明人修大全不甚相違。」對於邢氏舊疏的不滿，是邵氏撰著爾雅正義的主要原因。

邵氏又在與朱笥河學士書中說：「晉涵見聞淺陋，又立說必本前人，不敢臆決。」又在上錢竹汀先生書中說：「近思撰爾雅正義，先取陸氏釋文，是正文字。繼取九經注疏，爲邢氏刪其剿襲，補其缺漏，次及於佚書、古義，周秦諸子，暨許、顧、陸、丁、小學書。」由這裡，可以看出邵氏撰寫正義時的謹嚴態度。

邵氏在爾雅正義序中，曾自言其書之例有六：

㈠校文

正義序：「世所傳本，文字異同，不免舛訛，郭注亦多脫落，俗說流行，古義寖晦。爰據唐石經暨宋槧本，及諸書所徵引者，審定經文，增校郭注。」所以，校補經注譌脫，是邵氏從事的第一件工作，例如：

釋草：「華，荂也。」

郭注：「今江東呼華爲荂，音敷。」

正義：「監本郭注脫『音敷』二字，今從宋本。」

㈡博義

正義序：「漢人治爾雅，若舍人、劉歆、樊光、李巡、孫炎之註，遺文佚句，散見群籍。梁有沈旋集注，陳有顧野王音義，唐有裴瑜注，徵引所及，僅存數語，或與郭訓符合，或與郭義乖違，同者宜得其會通，異者可博其旨趣，今以郭注爲主，無妨兼采諸家，分疏於下，用俟辨章。」所以，兼采諸家古注，是邵氏從事的第二件工作，例如：

釋天：「有鈴曰旂。」

郭注：「縣鈴於竿頭，畫蛟龍於旒。」

正義：「公羊疏引李巡云：『有鈴，以鈴著旐端。』孫炎云：『鈴在旂上，旂者畫龍。』是郭注所本也。」

㈢補郭

正義序：「郭注體崇矜愼，義有幽隱，或云未詳，今考齊魯韓詩，馬融、鄭康成之易注書注，以及諸經舊說，會稡群書，尙存梗槩，取證雅訓，辭意瞭然，其跡涉疑似，仍闕而不論，確有據者，補所未備。」所以，考補郭注未詳，是邵氏從事的第三件工作，例如：

釋蟲：「蛶，螪何。」

郭注：「未詳。」

正義：「蛶，一名螪何，說文作『商何』，玉篇作『蛶，螪蚵也。』又云『蚵蠪，蝪蜥』，集韻引爾雅『蛶，螪何。』以爲蝪蜥之類也。」

㈣證經

正義序：「郭氏多引詩文爲證，陋儒不察，遂謂爾雅專用釋詩，今據易、書、周禮、儀禮、春秋三傳、大小戴記，與夫周秦諸子，漢人撰著之書，遐稽約取，用與郭注相證明。」所以，博引證明郭注，是邵氏從事的第四件工作，例如：

釋草：「白華，野菅。」

郭注：「菅，茅屬，詩曰，白華菅兮。」

正義：「說文云：『菅，茅也。』此別其名也。詩疏引舍人云：『白華，一名野菅。』既夕禮云：『菅筲三，其實皆瀹。』是菅可爲筲，故喪禮、黍、稷、麥、皆淹以盛漬之也。菅草雜生田野，而根可入藥，故左氏成九年傳云：『無棄菅蒯，又可漚以爲索。』故陳風東門之池云：『可以漚菅。』疏引陸機疏云：『菅，似茅而滑澤，無毛根，下五寸中有白粉者，柔韌宜爲索漚。』乃尤善矣。」

㈤明聲

正義序：「聲音遞轉，文字日孳，聲近之字，義存乎聲，自隸體變更，韻書割裂，古音漸失，因致古義漸湮。今取聲近之字，旁推交通，申明其說。」所以，發明古音古義，是邵氏從事的第五件工作，例如：

釋言：「悈、褊、急也。」

郭注：「皆急狹。」

正義：「說文云：『㤂，褊也。』悈、急以聲相近爲義也。古音悈、戒、棘、革、極、急通用，檜風云：『棘人欒欒兮。』讀詩記引崔靈恩集注作『悈人』。小雅六月：『我是用急。』鹽鐵論引作『我是用戒』。大雅文王有聲云：『匪棘其欲。』禮器引作『匪革其猶』。檀弓云：『夫子之疾革矣。』文選注引倉頡篇云：『革，戒也。』淮南覽冥訓：『安之不㥛。』高誘注：『㥛，急也。』」

㈥辨物

正義序：「草木蟲魚鳥獸之名，古今異稱，後人輯爲專書，語多皮傅。今就灼知副實者，詳其形狀之殊，辨其沿襲之誤，未得實驗者，擇從舊說，以近古爲徵，不敢爲億必之說。」所以，辨別生物名實，是邵氏從事的第六件工作，例如：

釋魚：「嬴，小者蜬。」

郭注：「螺大者如斗，出日南漲海中，可以爲酒杯。」

正義：「此海嬴也，吳語云：『其民必移就蒲嬴于東海之濱。』韋昭注：『嬴，蚌蛤之屬，韓非外儲說：『澤之魚、塩、龜、鼈、蠃、蚌，是澤國所資也。』淮南脩務訓云：『古者民茹草飲水。』

三、郝懿行的爾雅義疏

郝氏之學，出於阮元，阮元在與宋定之論爾雅書中，曾談到治爾雅的方法，他說：「要當以精義古音貫串證發，多其辭說爲第一義，引經傳以證釋爲第二義也。」郝氏受了阮元此說的啓示，研治爾雅，也每能確守此兩種要義，所以，郝氏在再奉阮雲台先生論爾雅書中，曾說：「懿行比來修整爾雅，竊謂詁訓以聲爲主，以義爲輔……以此證發，觸類而通，不似舊人疏義，但鈔撮古書，以爲通經，守定死本子，不能轉動。」又在與王伯申學使書中說：「某近爲爾雅義疏釋詁一篇，尚未了畢。竊謂詁訓之學，以聲音文字爲本，轉注假借，各有部居，疏通證明，存乎了悟。前人疏義，但取博引經典，以爲籍徵，不知已落第二義矣。鄙意欲就古音古義中博其指趣，要其會歸，太抵不外同、近、通、轉、四科，以相統系。先從許叔重書得其本字，而後知其孰爲假借，觸類旁通，不避繁碎，仍自條理分明，不相雜厠。其中亦多佳處，爲前人所未發。」郝氏精於聲韻之學，故能以古音發明古義，所以，阮元在與郝氏論爾雅書中，也稱許他說：「今子爲爾雅之學，以聲音爲主。而通其訓詁，余亟許之，以爲得其簡矣，以簡通繁，而天下之言，皆有部居而不越乎喉舌之地。」

郝氏之書，並無自序，宋翔鳳爲爾雅義疏所寫的序文中，也沒有談到該書的體例問題，但邵氏正義成書在前，大體上，正義的成果與體例，義疏都已承受，只是郝氏的工作，在某些方面，較邵氏更爲充實而已，郝氏曾說：「邵晉涵爾雅正義，蒐輯較廣，然聲音訓詁之原，尚多壅閡，故鮮發明，今余作義疏，於字借聲轉處，詞繁不殺，殆欲明其所以然。」（見清史列傳本傳）又說：「余田居多載，遇草木蟲魚有弗知者，必詢其名，詳察其形，考之古書，以徵其然否。今茲疏中，其異於舊說者，皆經目驗，非憑胸臆，此余書所以別乎邵氏也。」（見清儒學案、郝蘭皋學案）因此，郝氏之書，有兩點是他所特別强調的，這就是郝氏所說的「於字借聲轉處詞繁不殺」與「釋草木蟲魚異舊說者皆經目驗」，但是，這兩方面，已包含在邵氏正義的「明聲」與「辨物」之中了，所以，在體例上，郝氏並沒有獨創開發的地方，大體上還是繼續著邵氏所說的六種工作，只是，郝氏在邵氏已有的基礎上，解釋得更加精密周到而已，尤其是上述的兩個重點，更是郝氏所特別致力，成績斐然的地方。下面，我們就根據郝氏所述的兩個重點，舉出兩個義疏中的例子，並對照正義，以作參考。

釋詁：「哉，始也。」

郭注：「尚書曰，三月哉生魄。」

正義：「古文哉，俱作才，如書云：『往哉汝諧。』張平子碑作『往才汝諧』是。詩大雅文王云：『陳錫哉周。』鄭箋：『哉，始也。』左氏七年傳引作『陳錫載周』，周頌云：『載見群王。』毛傳：『載，始也。』是哉通作載也。」

義疏：「哉者，才之假音，說文云：『才，草木之初也。』經典通作哉，尚書大傳云：『儀伯之樂舞饕哉。』詩云：『陳錫哉周。』鄭俱以哉爲始也。郭注下文『茂、勉』引大傳『茂哉茂哉。』釋文或作『茂才』。書云：『往哉汝諧。』張平子碑作『往才汝諧』，『哉生魄』，晉書夏侯湛傳作『才生魄』，是才、哉古字通。又通作載，『陳錫哉周』，左氏宣十五年傳作『陳錫載周』，書：『載采采』，史記夏紀作『始事事』，詩：『載見群王。』傳亦云：『載，始也。』是載、哉通。

爾雅釋文哉亦作栽，中庸：『栽者培之。』鄭注：『栽，讀如文王初載之載。』栽或爲玆。玆、栽、哉，古皆音同字通也。」

正義指出哉、才、載三字可以通用，但義疏指出哉、才、載、栽、玆五字都可以通用，這都是聲同義近，聲近義通的道理。邵氏書成於乾隆年間，郝氏書成於嘉慶道光之間，成書年代，相距約有三、四十年，在這段時間內，正是古音學大昌的時間，郝氏躬與其盛，精於聲韻，所以能有如此的成就。

釋草：「艾，冰臺。」

郭注：「今艾蒿。」

正義：「艾，一名冰臺，王風采葛云：『彼采艾兮。』，毛傳：『所以療疾。』孟子云：『求三年之艾也。』趙岐注：『艾可以爲灸人病，乾久益善。』急就篇注云：『艾，一名醫草。』」

義疏：「詩采葛傳：『艾，所以療疾。』蓋醫家灼艾灸病，故師曠謂之病草，別錄謂之醫草，離騷注：『艾，白蒿也。』今驗：艾亦蒿屬，而莖短，苗葉白色，棲霞有艾山，產艾莖紫色，小於常艾。或蒸以代茗飲，蓋異種也，埤雅引博物志言：『削冰令圓，舉以向日，以艾承其影，則得火。』此因艾名冰臺，妄生異說，不知冰古凝字，艾從聲，臺古讀如題，是冰臺卽艾之合聲。」

郝氏是山東棲霞人，所以能就家鄉所見之名物，加以說明其形狀聲色，以及其古今之異名，並利用古音學之知識，加以疏釋，所以易於使人明瞭，要之，辨別生物名實之多經目驗，是郝疏的特色之一。

四、邵郝二疏的比較

由於爾雅正義與爾雅義疏在體例上非常接近，而且，同是清代雅學中的名著，因此，人們在討論到這兩部書時，不免也產生了不同的見解。雲惟利君曾撰有「爾雅正義與爾雅義疏之比較研究」一文，就二書內容，加以比較，大略言之，在校補經注譌脫方面，兼採古注方面，考補郭注未詳方面，發明聲訓方面，辨別生物名實方面，以及指正郭注錯誤方面，郝氏之書，都來得比較周詳和精當。（詳細的比較說明，請參看雲君之作。）這固然由於，郝氏在疏釋方面，能夠「於字借聲轉處詞繁不殺」，能夠「釋草木蟲魚異舊說者皆經目驗」，但是，最主要的，還是由於邵書先成，郝氏在許多方面，可以很方便地利用邵書的成果，「前修未密，後出轉精」，正是這種情形的最好說明，因此，如果要判斷這兩部書的優劣得失，那就要看是立於怎樣的一種立場來批評了。

宋翔鳳、胡樸安、齊佩瑢三人，是主張義疏優於正義的，宋氏在爾雅義疏序中說：「嘉慶間，棲霞郝戶部蘭皋先生之爾雅義疏，最後成書，其時南北學者，知求於古字古言，於是，通貫融會，諧聲轉注假借，引端竟委，觸類旁通，豁然盡見，且薈萃古今，一字之異，一義之偏，罔不搜羅，分別是非，必及根原，鮮逞胸肊，蓋此書之大成，陵唐躒宋，追秦漢而明周孔者也。」胡氏在中國訓詁學史中也說：「邵氏本精於史學，其書又成於乾嘉中葉，當時聲韻訓詁之學，尙未極盛，憑藉未宏，斯成業寡色……⋯⋯爾雅義疏成書較後，當時南北學者，皆能以聲韻訓詁，明文字之源，以得古人言語緩急之異。郝氏具此基礎，於古今一字一義之異同，罔不搜羅，分別是非，又能融通轉注假借之例，引端竟委，觸類旁通，其書視邵氏之正義爲善，足與王氏之廣雅疏證，同其精博，爲治爾雅者，必須研究之書也。」齊氏在訓詁學概論中也說：「郝邵二疏，都是爲改補邢疏而成之作，邵晉涵的爾雅正義先出，故稍遜於郝……

……惜仍墨守疏不破注之例，堅遵郭義，未能脫去舊日枷鎖，旁推交通聲近之字於郭注之外，故終不及郝氏也。」

梁任公先生是主張正義優於義疏的，他在中國近三百年學術史中說：「近人多謂郝優於邵，然郝自述所以異於邵者，不過兩點，一則『於字借聲轉處詞繁不殺』，二則『釋草木蟲魚異舊說者皆由目驗』（胡培翬撰郝墓表引），然則所異也很微細了，何況這種異點之得失還很要商量呢，因前人成書增益補苴，較爲精密，此中才以下盡人而可能，郝氏於發例絕無新發明，其內容亦襲邵氏之舊者十六七，實不應別撰一書，（其有不以邵爲然者，著一校補或匡正誤等書，善矣。）義疏之作，剿說掠美，百辭莫辨，我主張公道，不能不取邵棄郝。」

黃季剛先生在爾雅略說中說：「邵郝二疏，皆爲改補邢疏而作，邵書先成，郝書後出，先創者難爲功，紹述之易爲力，世或謂郝勝於邵，蓋非也。……清世說爾雅者如林，而規模法度，大抵不出邵氏之外，雖篤守疏不破注之例，未能解去拘攣，然今所存雅注完書，推郭氏最著，堅守郭義，不較勝于信陸佃、鄭樵乎？唯書係創作，較後人百倍爲難。……郝疏晚出，遂有駕邢軼邵之勢，今之治爾雅者，殆無不以爲啓闢戶門之書。」黃先生之意，是以爲邵郝二氏之書，皆各有其價值者。

總之，宋翔鳳等純粹以書的內容優劣完備來作比較，梁任公是純從體例的是否有所創新來作比較，黃季剛先生則是以爲，邵書在先，有開創的價值，郝書居後，有推廓的價值，「清世說爾雅者如林，而規模法度，大抵不出邵氏之外。」「郝疏晚出，遂有駕邢軼邵之勢，今之治爾雅者，殆無不以爲啓闢戶門之書。」這是對於邵郝二疏，最恰當的批評了。

清儒有關爾雅的著作，像龍啓瑞的爾雅經注集證，王樹枏的爾雅郭注佚存訂補，翟灝的爾雅補郭，潘衍桐的爾雅正郭，戴震的爾雅文字考，錢坫的爾雅古義，嚴元照的爾雅匡名等等，都是甚有價值的作品，這裡就不仔細討論了。

第四節　小爾雅與廣雅

一、小爾雅的作者問題

漢書藝文志有小雅一篇，隋書經籍志也著錄小爾雅一卷，李軌略解，但都沒有說明作者的名字，到宋代，一些學者，才以爲是孔鮒所撰，晁公武郡齋讀書志說：「小爾雅，孔子古文也，見於孔鮒書。」陳振孫直齋書錄解題也說：「隋志有此書，不著名氏，今館閣書目云孔鮒撰，蓋即孔叢子第十一篇也。」只是，孔叢子一書，一般學者都以爲是後人僞造，並非漢代孔鮒所作，按之史記孔子世家，孔鮒爲孔子後，嘗爲陳王博士，並無著小爾雅之言。而今本孔叢子三卷，舊題孔鮒所撰，（小爾雅即在今本孔叢子之中）朱熹以爲孔叢子不似西漢之文，陳振孫也以爲其書之末，記載了孔鮒之沒的事，明非孔鮒所撰。

有些學者以爲，今本孔叢子雖是後人搜集編纂而成假託孔鮒之名的僞書，但是，小爾雅一篇，却並非僞造的，而是西漢時的作品，錢大昕三史拾遺說：「李善文選注引小爾雅皆作小雅，此書依附爾雅而作，本名小雅，後人僞造孔叢，以此篇纂入，因有小爾雅之名，失其舊矣。」宋翔鳳小爾雅訓纂序也說：「蓋是書出西京之初，儒者相傳，以求佔畢之正名，輔奇觚之絕誼，則其來已古矣，迭更五季，玆書遂佚，晚晉之人，僞造孔叢，嘗剌取以入其書，宋人寫館閣書者，又就孔叢以錄出之，當代書目，遂題爲孔鮒所撰，而李軌之解不傳，則唐以前之元本，不可復見。」所以，他們以爲，孔叢子雖是僞書，小爾雅一篇却並非僞書，後人以爲小爾雅也是僞書的，那是受了孔叢子的牽連，胡承拱小爾雅義證序說：「唐以後人取爲孔叢子第十一篇，世遂以孔叢之僞而並僞之。」

又有些學者，以爲今本小爾雅一書，並非漢志所稱的舊本，而是漢末至晉時，人們所依託的，戴震在東原集中說：「小爾雅一卷，大致後人皮傅掇拾而成，非古小學遺書也……或曰，小爾雅者，後人采王肅杜預之說爲之也。」（書小爾雅後）四庫提要也說：「漢儒說經皆不援及，迨杜預注左傳，始稍見稱引，明是書漢末晚出，至晉始行，非漢志所稱之舊本。」

對於小爾雅一書的作者及其成書的時代，胡樸安氏在中國訓詁學史中，有一段很好的意見，他說：「小爾雅一書，必謂是孔鮒所著，固無的鑿之證據，卽謂今之小爾雅，確係漢志所稱之舊本，亦嫌證據不充分。若謂如戴氏震所云，後人采王肅杜預之說爲之，則確乎其非。小爾雅之訓詁，與毛鄭賈馬相同者頗多，卽曰掇拾群書而成，必不是采取王肅杜預之說，至遲亦在許叔重之前，以說文所引之⿰貝京字知之，小爾雅所作之人，雖不能確定，其時則在爾雅之後，許叔重之前也。」這種說法，是比較可取的。

二、小爾雅的內容

小爾雅仿爾雅而作，也是廣爾雅所未備的，所以，小爾雅的十三篇，篇名都以「廣」字標目，其中廣詁、廣言、廣訓三篇釋古今雅俗之語言，廣義廣名兩篇，釋人稱人事，廣服、廣器、廣物三篇，釋衣履器皿，廣鳥、廣獸兩篇，釋鳥獸家畜之名，以上這十篇，也都是補充爾雅所未備的。另外，廣度、廣

量、廣衡三篇，是解釋長度容積和重量之名的，却是爾雅所無的。至於說解的形式，也與爾雅完全相同

小爾雅在內容上，既然是廣爾雅所未備，那麼，在訓釋古籍方面，自然也有著相當的價值了。下面，我們舉出一些例子，以見小爾雅對一些古籍中常見的詞語，都有精當的解釋。

廣訓：「諸、之、乎也。」又：「惡、乎、於、何也。」又：「不肖，不似也。」

廣義：「凡無妻無夫通謂之寡，寡夫曰煢，寡婦曰嫠。」又：「非分而得謂之幸。」又：「詰責以辭謂之讓。」

廣名：「諱死謂之大行。」又：「無主之鬼謂之殤。」

廣器：「射有張布謂之侯。」又：「侯中者謂之鵠。」又：「鵠中者謂之正，正方二尺。」又：「正中者謂之槷，槷方六寸。」

廣鳥：「純黑而反哺者謂之慈烏。」又：「小而腹下白，不反哺者謂之鴉。」

廣度：「四尺謂之仞。」又：「倍仞謂之尋，尋，舒兩肱也。」又：「倍尋謂之常。」又：「五尺謂之墨。」又：「倍墨謂之丈。」

廣量：「一手之盛謂之溢。」又：「兩手謂之掬。」又：「掬四謂之豆。」又：「豆四謂之區。」又：「區四謂之釜。」

廣衡：「二十四銖曰兩。」

三、小爾雅的疏釋

疏解小爾雅的著作，最早的是東晉的李軌，其書早已亡佚，清代學者有關此書的著作，有胡承拱的

小爾雅義證、宋翔鳳的小爾雅訓纂、葛其仁的小爾雅疏證、朱駿聲的小爾雅約注、王煦的小爾雅疏等，其中，以胡氏義證，較爲完備，今略擧其例，以見一班。

廣訓：「旃，焉也。」

義證：「顏氏家訓音辭篇引字書云：『焉者鳥名，或云語辭。』葛洪字苑曰：『焉字訓何訓安，音於愆反，於焉逍遙，於焉嘉客，焉用佞，焉得仁之類是也。若送句及語詞，音矣愆反，故稱龍焉，故稱血焉，有民人焉，有社稷焉，託始焉爾，晉鄭焉依之類是也。』據此，焉雖同爲語辭，音義微別。旃者，秦風（案，當作唐風）采苓：『舍旃舍旃。』箋云：『旃之言焉也。』魏風『尙愼旃哉。』傳云：『旃，之也。』準此，則旃之爲焉，是送句及語詞之類也。」

廣義：「詰責以辭謂之讓。」

義證：「廣雅釋詁云：『詰，讓也。』說文云：『責，求也。』又云：『讓，相責讓也。』周禮司救：『凡民之有邪惡者，三讓而罰。』疏云：『凡欲治罰人者，皆先以言語責讓之。』」

廣物：「拔心曰揠，拔根曰擢。」

義證：「方言云：『揠，擢拔也，東齊海岱之間曰揠，自關而西，或曰拔，或曰擢。』郭璞注云：『今呼拔草心爲揠。』孟子：『宋人有閔其苗之不長而揠之者。』趙岐注：『揠，挺拔之，欲急長也。』爾雅釋木釋文引小爾雅云：『拔根曰擢。』邢疏引同。」

四、廣雅的作者與內容

廣雅是魏初張揖所著，但魏書不爲揖立傳，僅於江式傳中附帶及之，魏書江式傳：「式上表曰，魏初博士清河張揖，著埤倉、廣雅、古今字詁。」顏師古漢書敍例：「張揖字稚讓，淸河人，一云河間人，太和中爲博士。」太和是魏明帝的年號，張揖的生平，在可見的資料中，只有如此簡單的記載，除此之外，在後人輯補的藝文志中，發現張揖還著有集古文、三倉訓詁、雜字、錯誤字、漢書注、老子注等，（今多已亡佚）應該是當時一位很重要的學者。

至於撰著廣雅的動機以及廣雅的內容，張揖在現存的一篇上廣雅表中，有很詳細的說明，他說：「夫爾雅之爲書也，文約而義固，其陳道也，精研而無誤，眞七經之檢度，學問之階路，儒林之楷素也，若其包羅天地，綱紀人事，權揆制度，發百家之訓詁，未能悉備也，臣揖體質蒙蔽，學淺詞頑，言無足取，竊以所識，擇撢羣藝，文同義異，音轉失讀，八方殊語，庶物易名，不在爾雅者，詳錄品覈，以著于篇，凡萬八千一百五十文。」陳振孫直齋書錄解題也說：「凡不在爾雅者著於篇，仍用爾雅舊目。」小爾雅雖然也是廣爾雅所未備的作品，在篇名上，却並未全用爾雅舊目，廣雅則完全襲用了爾雅十九篇的名目，分別部居，先後次第，也一依爾雅，不過，張揖之書，雖說是「凡不在爾雅者著於篇」，但以廣雅和爾雅比較看來，却並不一定如此，臧琳經義雜記論爾雅廣雅異同說：「余參讀二書，有爾雅有而廣雅重見者，有爾雅有而廣雅申明者，有廣雅以爾雅展轉相訓者。」所以，大體說來，廣雅是推廣爾雅之作，在內容上超出爾雅，是很自然的現象，但却並不一定完全避免爾雅所已載的資料。

至於廣雅的功用，以及其在訓詁學史上的地位，王念孫在廣雅疏證序中，有簡要的說明，他說：「魏太和中博士張君稚讓，繼兩漢諸儒後，參考往籍，徧記所聞，分別部居，依乎爾雅，凡所不載，悉著於篇，其自易、書、詩、三禮、三傳經師之訓，論語、孟子、鴻烈、法言之注，楚辭、漢賦之解，讖緯之記，倉頡、訓纂、滂喜、方言、說文之說，靡不兼載，蓋周秦兩漢古義之存者，可據以證其得失，其散逸不傳者，可藉以闚其端緒，則其書之爲功於詁訓也大矣。」因此，廣雅一書，可以說是集先秦漢魏以來訓詁之大成，在訓詁學史上，自然是極其重要的一本書籍。

隋代的祕書學士曹憲，曾爲廣雅一書，撰有音釋，當時，爲了避煬帝的諱，改名博雅，到後代，則二名並稱了。

五、廣雅疏證

張揖的廣雅，並不像爾雅一樣，歷代都有許多研究的學者，廣雅一書，除了隋代的曹憲，曾爲之撰有音釋之外，一直到清代，才算遇到了一位眞正的知音，那就是撰著廣雅疏證的王念孫了，雖然，清代研究廣雅的學者，還有錢大昭的廣雅義疏、王樹枏的爾雅補疏等，但是，只有王念孫的疏證，才眞正把張揖之書，闡發到完美的地步，廣雅疏證在清代，與爾雅義疏、方言箋疏、說文解字注合稱爲語文研究中的四大名著，梁任公在中國近三百年學術史中說：「廣雅原書雖尙佳，還不算第一流作品，自疏證出，張稚讓倒可以附王石臞的驥尾而不朽了。」這並非過甚其詞的批評。

對於廣雅疏證一書開始撰寫以及全書完成的時間，則向來有著兩種不同的說法，梁任公中國近三百年學術史說：「石臞七十六歲才著手著此書，每日限定注若干字，一日都不曠課，到臨終前四年才成（石臞年八十九），所以，這部書可算他晚年精心結撰之作。」周祖謨氏讀王氏廣雅疏證手稿後記說：「石臞先生四十四歲始注釋此書，日無間斷，十年方成。」念孫七十六歲，當嘉慶二十四年，西元一八一九年，四十四歲，當乾隆五十二年，西元一七八七年。

顏聰白君，曾撰有「廣雅疏證始撰及撰成之年代」一文，徵引史料，證明疏證一書，實始撰於王氏四十四歲，而完成於王氏五十三歲。

段玉裁在爲廣雅疏證所作的序文中說：「小學有形有音有義，三者互相求，舉一可得其二，有古形、有今形、有古音、有今音、有古義、有今義，六者互相求，舉一可得其五，古今者，不定之名也，三代爲古則漢爲今，漢魏晉爲古則唐宋以下爲今，聖人之制字，有義而後有音，有音而後有形，學者之考字，因形以得其音，因音以得其義，治經莫重於得義，得義莫切於得音……懷祖氏能以三者互求，以六者互求，尤能以古音得經義，蓋天下一人而已矣。」王念孫廣雅疏證自序也說：「竊以詁訓之旨，本於聲音，故有聲同字異，聲近義同，雖或類聚群分，實亦同條共貫，……今則就古音以求古義，引伸觸類，不限形體，苟可以發明前訓，斯淩雜之譏，亦所不辭。其或張君誤采，博考以證其失，先儒誤說，參酌而寤其非。」王氏以其精博的古音學的知識，而貫串群籍，以求古義，此外，他還旁考諸書，校正了廣雅的許多譌字脫字衍字，以及其他的錯失，使得廣雅一書，更趨完善，所以，周祖謨讚揚他說：「其書校訂精確，疏證明通，絕無嚮壁虛造，鹵莽滅裂之嫌。」又說：「至其持論，是非曲直，無所依違，實事求是，成就自高，絕非同時人之好臆斷妄改，詆訶自封者所可跂及也。」出自一位語文學專家如此的推崇，這是極爲難得的了。

齊佩瑢氏訓詁學概論，曾說廣雅疏證的特色，共有六點：

㈠考究古音，以求古義。

疏中言某與某古音義相同者甚多，如降有大義，洪降古聲相同也，臨有大義，臨與隆古聲相同也。

㈡引申觸類，不限形體。

訓詁之旨，本於聲音，故原聲以求義，有聲同義同者，如夸訏芋並從于聲而義同，顝䫏魁古並同聲同義。有聲近義同者，如祜與胡聲近義同，並有大義，隱與殷聲近而義同，並訓爲大。

㈢只求語根，不言本字。

王氏雖用說文，然並不爲本字本義所拘，如「臨，大也。」疏證：「臨之言隆也，說文：『隆，豐大也。』」不言臨爲隆之假音。

㈣申明轉語，比類旁通。

清儒好言一聲之轉，王氏更能申明其音轉之理。

㈤張君誤采，博考證失。

如釋詁：「比、樂也。」疏證：「比者，雜卦傳：『比樂師憂。』言親比則樂，動衆則憂，非訓比爲樂，師爲憂也，此云比樂也，下云師憂也，皆失其義耳。」

㈥先儒誤說，參酌明非。

王氏疏證，不僅使廣雅義明，且欲使群經之義，皆因之而明，故於群書訛誤之處，多據廣雅更正。

以上六端，實際是根據王氏疏證自序之語，加以說明，王氏說：「就古音以求古義。」「引伸觸類，不限形體。」「其或張君誤采，博考以正其失。」「先儒誤說，參酌而悟其非。」齊氏所舉的六個特色，不出王氏此四點之外，只是分析較爲詳細而已。今更就王氏疏證，略舉其例，以爲參考。

釋詁：「聆、聽、自、言、仍、從也。」

疏證：「聆，古通作令，呂氏春秋為欲篇：『古之聖王，審順其天而以行欲，則民無不令矣，功無不立矣。』令，謂聽從也。仍者，楚辭九章：『觀炎氣之相仍兮。』王逸注云：『相仍者，相從也。』」

釋詁：「商、甬、經、長、常也。」

疏證：「商者，說苑修文篇云：『商者，常也，夏者，大也。』常商聲相近，故淮南子繆稱訓：『老子學商容，見舌而知守柔矣。』說苑敬愼篇載其事，商容作常摐。韓策：『西有宜陽常阪之塞。』史記蘇秦傳，常作商。甬之言庸也，爾雅：『庸，常也。』長者，大雅文王箋云：『長，猶常也。』常長聲相近，故漢京兆尹長安，王莽曰，常安矣。」

釋詁：「壅、障、⿰鬲巠、否、拘、隔也。」

疏證：「⿰鬲巠者，褚少孫續滑稽傳：『十二渠經絕馳道。』經，與⿰鬲巠通。爾雅：『山絕、⿰鬲巠。』郭璞注云：『連山中斷絕。』陘與⿰鬲巠義亦相近。拘之言拘礙也，莊子秋水篇云：『井鼃不可以語於海者，拘於墟也。』」

釋詁：「畏、諄、訧、櫱、蹷、戮、辠也。」

疏證：「諄者，方言：『諄，罪也。』郭璞注云：『謂罪惡也。』罪與辠同，康誥云：『元惡大憝。』憝與諄古聲亦相近。訧者，說文：『訧，辠也。』引呂刑『報以庶訧』，今本作尤，王制云：『郵罰麗於事。』訧尤郵並通。櫱，通作孽，緇衣引太甲曰：『天作櫱。』孟子公孫丑篇作孽，今俗語猶云辠孽矣。」

本章主要參考資料

一、黃季剛 爾雅略說（見黃侃論學雜著）
二、王國維 爾雅草木蟲魚鳥獸釋例（見觀堂集林）
三、王國維 書爾雅郭注後（見觀堂集林）
四、劉師培 中國文學教科書（見劉申叔先生遺書）
五、劉師培 注爾雅臣舍人考（見左盦文集卷三）
六、楊樹達 爾雅略例（見積微居小學述林）
七、楊樹達 注爾雅臣舍人說（見積微居小學述林）
八、周祖謨 爾雅之作者及其成書之年代（見問學集）
九、周祖謨 重印雅學考跋（見問學集）
十、周祖謨 郭璞爾雅注與爾雅音義（見問學集）
十一、夏清貽 與唐立庵論爾雅郭注佚存訂補書（國立北平圖書舘舘刊八卷一期）
十二、胡元玉 雅學考
十三、林明波 清代雅學考（見慶祝高郵高仲華先生六秩誕辰論文集）
十四、劉叶秋 中國古代的字典

十五、梁啓超　中國近三百年學術史
十六、胡樸安　中國訓詁學史（第一章、爾雅派之訓詁）
十七、齊佩瑢　訓詁學概論（第十三節、實用的訓詁學）
十八、謝雲飛　爾雅義訓釋例
十九、周法高　中國語言與文化（見中國語文研究）
二十、雲惟利　爾雅正義與爾雅義疏之比較研究（見南洋大學中國語文學報第二期）
二十一、陳雪妮　爾雅郭氏注探源（見南洋大學中國語文學報第三期）
二十二、顏聰白　廣雅疏證始撰及撰成之年代（見南洋大學中國語文學報第二期）
二十三、林明波　古小學書考（見台灣省立師範大學國文研究所集刊第二號）
二十四、周祖謨　讀王氏廣雅疏證手稿後記（見問學集）

第十一章　方言與釋名的訓詁理論

第一節　方言簡說

一、方言的作者

方言的全名是「輶軒使者絕代語釋別國方言」，相傳是漢代揚雄所撰著的，但是，漢書揚雄傳與藝文志却都沒有提到揚雄作方言的事，到漢末的應劭，在風俗通義序中，才正式提到揚雄作方言之事，他說：「周秦常以歲八月，遣輶軒之使，求異代方言，還奏籍之，藏於秘室，及嬴氏之亡，遺棄脫漏，無見之者，蜀人嚴君平有千餘言，林閭翁孺，才有梗概之法，揚雄好之，天下孝廉衞卒交會，周章質問，以次注續，二十七年，爾乃治正，凡九千字。」常璩華陽國志也說：「林閭字公孺，臨邛人也，善古學，古者天子有輶車之使，自漢興以來，劉向之徒，但聞其官，不詳其職，惟閭與嚴君平知之，曰，此使考八方之風雅，通九州之異同，主海內之音韻，使人主居高堂，知天下風俗也。揚雄聞而師之，因此作方言。」這兩段記載，都說明了揚雄確是方言一書的作者。

揚雄撰著方言之事，我們還可以從劉歆與揚雄二人往返的兩封書信中，得到一些證據。劉歆與揚雄書說：「屬聞子雲獨采集先代絕言，異國殊語，以為十五卷，其所解略多矣，而不知其目，……今謹使密人奉手書，願頗與其最目，得使入錄。」

是時，劉歆正繼其父劉向校書之業，總集別錄群書，以爲七略而奏上，因此，當他知道揚雄已大致已寫成了方言一書時，便寫信給揚雄，願得其書，以著於別錄之中，奏上給國君觀覽。但是，揚雄却加以拒絕，揚雄在答劉歆書中說：「嘗聞先代輶軒之使，奏籍之書，皆藏於周秦之室，及其破也，遺棄無見之者，獨蜀人有嚴君平，臨邛林閭翁孺者，深好訓詁，猶見輶軒之使所奏言………君平財有千言耳，翁孺梗概之法略有……故天下上計孝廉，及內郡衞卒會者，雄常把三寸弱翰，齎油素四尺，以問其異語，歸即以鉛摘次之於槧，二十七歲於今矣。………郎君必欲脅之以威，陵之以武，欲令入之於此，此又未定，未可以見令，君又終之，則縊死以從命也。」揚雄以方言未成未定爲辭，甚且以「縊死以從命」來堅拒，可見他確是很珍視這本書的。同時，從這一段書信中，我們也可以看出，揚雄自敘他寫作方言時的經過及方法，他雖然並沒有乘輶車，到四方去調查方言殊語，可是，他利用各地民衆集中都市的便利，記錄了各種不同身份的人們的語言，從知識分子的孝廉，到赳赳武夫的衞卒，這些人們的語言，都是他記錄的對象。而他所應用的調查方言的方法，「常把三寸弱翰，齎油素四尺，以問其異語，歸卽以鉛摘次之於槧。」這與現代語言研究的記音工作，確是不謀而合哩！

至於漢書藝文志中，何以未有著錄方言之名。這個問題，四庫提要說：「疑雄本有此未成之書，歆借觀而未得，故七略不載，漢志亦不著錄。」這是很合理的解釋。因此，雖然有許多學者不相信方言是揚雄所作的，但就現存的資料看來，揚雄之撰者方言，應該是沒有問題的。

二、方言的內容

⑴方言的體例

揚雄是一位善於模仿的學者，漢書本傳說他：「以為經莫大於易，故作太玄，傳莫大於論語，作法言，史篇莫善於倉頡，作訓纂。」常璩華陽國志又接著說：「典莫正於爾雅，作方言。」因此方言之作，在大體上，是模仿自爾雅的，在編次方面，如卷八全收動物之詞，卷九全收器物之名，在訓釋方面，先擧一詞，後加解釋，這些，無疑都是與爾雅相似的。齊佩瑢訓詁學概論說：「爾雅是純客觀的輯集些訓詁的材料，只是明其當然而不能明其所以然，換言之，只是臚列許多古今轉語、同義詞、正假字。却不能說明他們的所以然，示人以訓詁之途徑。方言雖是有意模仿爾雅，但是它的態度已由客觀而進入主觀，它的取材已由紙面而進入口頭，它的目的不僅為了實用，而且重在研究，示人以訓詁之途徑，爾雅如果是訓詁的材料，方言則是訓詁的學術了，這在訓詁學史上，不能不說是一個新紀元。」我們下面擧出一條爾雅與方言相當的例子，以比較其異同之處，也可以看出方言體例之一斑。

爾雅釋詁：「如、適、之、嫁、徂、逝、往也。」

方言卷一：「嫁、逝、徂、適、往也。自家而出謂之嫁，由女而出為嫁也。逝，秦晉語也。徂，齊語也。適，宋魯語也。往，凡語也。」

魏建功氏在他的方言研究講義（引見周祖謨氏方言校箋序）中，曾為方言的這種訓釋方式，取了一個「標題羅語法」的名字，先依照爾雅或當時通行的經詁去標立題目，然後依此標題去向那些孝廉衞卒探問其方言殊語，而羅列於此標題之上，就前引的那條例子而言，「嫁、逝、徂、適、往也。自家而出謂之嫁，由女而出為嫁也。」這是標題，以下是羅語。羅語與標題有時並不完全應合，甚至有些是只有標題，並無羅語的，如卷三：「氓、民也。」就是一例。不過，標題的依照爾雅或當時通行的經詁而先行標立，這從方言與爾雅的比較上，很容易便看得出來。

二 方言中語言的性質

方言中所收的語言，從性質上說，可以根據方言本身的用語，分爲五類（沈兼士先生的分類）。

①通語、凡語、凡通語、通名。

這是沒有地域性的普通話。

②某地某地之間通語，四方之通語，四方異語而通者。

這是通行區域較廣的方言。

③古今語、古雅之別語。

這是縱方面言語生滅之際所殘留的古今異語。

④某地語、某地某地之間語。

這是橫方面言語因地域關係而發生變遷的各地方言。

⑤轉語（或云語之轉），代語。

這是兼包縱橫兩方面因聲音轉變而發生的語言。

三 方言中語言的空間性

周祖謨氏方言校箋序曾說：「這部書記載的都是古代不同方域的語彙，地域包括得很廣，稱名雖然很雜，但都是漢代習用的名稱，有的是秦以前的國名和地名，有的是漢代實際的地名，東起東齊、海岱，西至秦、隴、涼州，北起燕、趙，南至沅、湘、九嶷。東北至北燕，西北至秦、晉北鄙，東南至吳、越、東甌，西南至梁、益、蜀漢。作者能夠搜集這麼多的方言，必然是在漢代武功極盛，版圖開拓已廣的時候寫成的，否則不能如此。(例如書中所稱涼益二州，就是漢武帝元封以後才有的名稱，涼州舊稱雍州，益州舊稱梁州，見漢書卷二十八地理志上。」但是，要記載這樣廣大地域的語言，採用地理上小的地名是很困難的，所以不得不採用古代的國名和較大的地名。」因此，先大致地了解方言中所含語言的空間範圍，以及方言中地理名稱的位置，我們才能對方言書中的語言，有著比較清晰而全面的了解。

林語堂先生曾有前漢方音區域考一文，根據揚雄方言，統計其語言的區域，他統計的標準是

①甲地在「方言」所見次數多半與乙地并舉，則可知甲乙地方音可合一類。(如秦晉)

②甲地與某鄰近地名并舉之次數多於與他方面鄰近地名次數，則可知甲方音關係之傾向。(如齊之與魯)

③某地獨舉次數特多者，可知其獨為一類。(如楚及齊)

④凡特舉一地之某部，其次數多者，則可知某部有特別方音，別成一類，由該地分出。(如齊分出東齊，73次，楚分出南楚，85次，燕分出北燕，43次。)

根據這四條通則，林先生統計方言一書，分書中的地名為二十六類，，前漢方言為十四個系統，這十四個系統的名稱如下：

①秦晉為一系。

②梁及楚之西部為一系。

(3)趙魏自河以北爲一系。(燕代之南幷入此系。)

(4)宋衞及魏之一部爲一系。(與第十系最近。)

(5)鄭韓周自爲一系。

(6)齊魯爲一系,而魯亦近第四系。

(7)燕代爲一系。

(8)燕代北鄙,朝鮮冽水爲一系。

(9)東齊海岱之間,淮泗(亦名青徐)爲一系。(雜入夷語)

(10)陳汝潁江淮(楚)爲一系。(荆楚亦可另分爲一系)

(11)南楚自爲一系。(雜入蠻語)

(12)吳揚越爲一系,而揚尤近淮楚。

(13)西秦爲一系。(雜入羌語)

(14)秦晉北鄙爲一系。(雜入狄語)

三、方言的評價

(一)價值

(1)有助於了解漢代的社會狀況

例如由卷四所記衣履一類的語彙,可以知道漢人衣着的形式,由卷五所記蠶薄用具在不同方言中的名稱,可以知道當時養蠶風氣的盛行。

(2)有助於了解漢代語言的主流

不同的方言交融，或是政治文化上有力的語言，都可以成爲當時語言的主流，形成當時最爲通行的普通話（官話）。春秋時的普通話，由於晉是一時的霸主，因此是以晉語爲代表的。等到秦人興起以後，統一中夏，秦語和晉語相互交融，及至西漢，最爲普通的便是秦晉之間的語言了，這從方言中所記秦晉之語最多，甚至用秦晉之語來解釋四方的殊語，可以看出一些端倪。

(3)有助於了解漢代語言的轉變

方言中所記的語言是以地域分布表示差別的，有的通行地域較廣，有的通行地域較狹，在語言上，有的是聲音相近的轉語，有的是聲音不同的同義詞。從聲音不同的同義詞，可以看出不同的人造詞的心理過程，從聲音相近的轉語，可以看出方言中語音轉變的通例。

(4)有助於了解漢代的方俗語彙

方言中所記錄的方俗語彙，在一千九百多年後的今天，似乎還有不少保留在人們的口語中，可以相互印證的。例如「慧謂之鬼」，「人肥盛曰臁」，「子曰崽」，「凡相推搏曰攩，」這些人們口中現在還使用的方俗語彙，早在漢代，便已經出現了，這從方言書中，可以得到證明。

(5)有助於了解漢代的方言奇字

前人說方言多奇字，這是就文字的書寫而言，如果就語言而論，這些奇字只是語音的代表，儘管與古書中應用的文字形體不同，實際仍是一個詞語。如「唏」同「欷」，「惄」同「愵」，「略」同「格」，「賀」向「荷」等都是。也有不少古今相同的語詞，方言寫的字與現代的寫法不同，如「遽曰茫」，現代寫作「忙」，「臿謂之喿」，現在寫作「鍬」，「火乾曰𦦒」，現在寫作「炒」，「裁木曰鋠」，現在寫作「劈」。由於方言是一本記錄語言的書，所以，在研究它時，應該以語音爲主，而不能墨守文字的形體。

⑥有助於了解爾雅詞義的演變

前面我們提到，方言的語詞標題，往往是以爾雅爲其依據，因此，我們也可以用方言來旁證爾雅，以發現爾雅每條的同義詞中，某些方言詞彙的演變現象，可以看出，爾雅中的某些方言詞彙，到了漢代，有些還在某些地區保存著，有些已經演變成普通的語言了。

⑦有助於了解古籍傳注的意義

方言一書，在漢代是別國殊語，在今天，則往往多數變成了古今之言。古籍傳注中有許多語言，可以利用方言的意義，作爲訓釋的，如孟子告子：「逢君之惡，其罪大。」趙注：「逢，迎也。」」方言卷一：「逢、逆、迎也。」可以作爲釋義的參證。荀子非相：「鄉曲之儇子。」方言卷一：「虔、儇、慧也。」楊倞注即常引方言爲釋。

以上所敘述的，多數根據周祖謨先生在方言校箋序中所說的意見而列擧的。

㈡缺點

羅常培先生在方言校箋及通檢序中說：「方言裡所用的文字，有好些只有標音的作用。有時沿用古人已造的字，例如『儇，慧也。』說文：『慧，儇也』荀子非相篇：『鄉曲之儇子』有時還就音近假借的字，例如『黨、知也。』黨就是現在的『懂』字。又『寇、劍、弩，大也。』這三個字都沒有『大』的意思。另外，還有揚雄自己造的字，例如『俺』訓愛，『倰』訓哀，『姅』訓好之類。這三類中，除了第一類還跟意義有關係外，實際上都是標字符號。至於像『無寫』『人兮』一類語詞的記載，更是純粹以文字當作音符來用的。假如當時揚雄有現代的記音工具，那麼，後代更容易了解他重視活語言的深意了。」就是因爲揚雄在當時沒有現代的記音工具，而是直接以漢字來標音的，所以，由於每個漢字都有其四聲等呼的差異，同時，每個漢字不但在各地的方音中有不同的音讀，在不同的時代中也有著相當歧異的變遷，因此，對於以漢字標音的方言一書，在語言的研究上，憑添了人們許多的麻煩。雖然，方言書中的漢字，不僅表音，同時表義的也不在少數，但是，這到底不能說不是方言的重要缺點。

第二節　方言有關的書籍

一、郭璞的方言注

方言的注解，以郭璞之注爲最早，晉書郭璞傳說：「璞好古文奇字，注釋爾雅，別爲音義圖譜，又著三倉方言，皆傳於世。」郭氏在方言注的自序中說：「余少玩雅訓，旁味方言，復爲之解，觸事廣之，演其未及，摘其謬漏。庶以燕石之瑜，補琬琰之瑕，俾後之瞻涉者，可以廣寤多聞爾。」因此，郭氏的目的，是希望讓方言一書，流傳後世，並以己之所知，來彌補方言的缺失，所以才注解了此書。

郭氏的注解方言，其他的注解爾雅，在工作的態度上有一個很大的區別，因爲，爾雅的古注，在郭氏以前，已經有了樊光孫炎等十餘家了，只是這些古注「猶未詳備」而已，因此，郭氏注解爾雅，主要是在前人注解的基礎上，作更進一步的補充與糾正的工夫，但在注解方言時，由於沒有古注可以依循，他只得自起爐灶，尤其是在語言方面，頗多創發，因此，我們可以說，郭氏的注解爾雅，是因襲性的工作，注解方言，却是創造性的工作，在基本的態度上，是有所不同的。（吳雅美女士有「郭璞爾雅註與方言註之比較」一文，可資參考。）

郭璞的方言注，在語音的創發方面，貢獻最多，他以晉時的語言，來注解漢時的語言，所以，從楊雄的方言到郭璞的方言注，兩相比較，我們可以看出漢晉語言變遷的大略情形。楊雄之後，只有郭璞可算是他的知己，郭璞之後，王國維先生可算是郭氏的知己了，王國維先生曾撰有「書郭注方言後」一文，闡發郭注在語音方面的貢獻，所以，羅常培先生說：「從景純的注，可以看出漢晉方言的異同，和有音無字的各詞的讀法，可是假若沒有靜安的闡發，郭注的優點恐怕也不能像現在這樣顯著。」王氏發明郭注的條例有六，兹本胡樸安氏中國訓詁學史之整理。略舉其例如後。

㈠漢時之語音與晉同。

如卷一：「好，自關而東，河濟之間謂之媌。」

注：「今關西人呼好為媌，莫交反。」此莫交反之音，實晉時關西之語，而漢時關東之語，亦從可知矣。

㈡漢時之語音與晉微異。

如卷三：「軫，戾也。」

注：「謂了戾，江東音善。」此漢時之語音已與晉音微異矣。

㈢漢時一方之言至晉為通語。

如卷一：「好，趙魏燕代之間曰姝。」

注：「昌朱反，今四方通語。」此漢時一方之語，景純時見爲通語者也。

㈣漢時此方之言晉時見於彼方。

如卷三：「凡草木刺人，北燕朝鮮之間，或謂之壯。」

注：「今淮南人亦呼壯。」此漢時一方之語，景純時見于彼方者也。

㈤古今語同而義之廣狹迥異。

如卷七：「吳越之間，凡貪飲食者謂之茹。」

注：「今俗呼能麤食者爲茹，音勝如。」

㈥義之廣狹同而古今語異。

如卷二：「逞、苦、了、快也。」

注：「今江東人呼快爲愃，相緣反。」此今語之異於古者也。

此外，周祖謨先生以爲郭璞在解釋方言時，還有一些條例，是我們應當知道的，他一共擧出了五點，對於郭璞來說，周先生同樣也是他的知己了。今摘要列擧於下：

㈠原來「釋詞」不明晰的，給一個明確的解釋。

例如：「虔、儇、慧也。」注：「謂慧了。」又如：「烈，枿、餘也。」注：「謂殘餘也。」凡注中說「謂某某」的，大都屬於這一類。說「謂某某」，猶如說「這是指什麼意思來說的」，這是一種限制的說明。

㈡說明方言中一個語詞所以這樣說的意義。

例如：「慧、秦謂之謾。」注：「言謾詑也。」又如：「眉，老也，東齊曰眉。」注：「言秀眉也。」凡注中說「言某某」的，大都屬於這一類。說「言某某」，猶如說「意思是說什麼，所以有這樣的說法。」

㊂用普通語詞來解釋特殊語詞或特殊的文字。

例如：「台，養也。」注：「台猶頤也。」又如：「鬱悠，思也，晉、宋、衞、魯之間謂之鬱悠。」注：「鬱悠猶鬱陶也。」又如：「麋，老也。」注：「麋猶眉也。」凡注中說「猶某某」的大都屬於這一類。

㊃用語言裏的複音詞來解釋原書的單音詞。

例如：「渾，盛也。」注：「們渾肥滿也。」又如：「踞，力也，東齊曰踞。」注：「律踞多力貌。」

㊄說明「轉語」。

例如：「蔿、譌、譁、化也。」注：「皆化聲之轉也。」又如：「蘇，草也。」注：「蘇，猶蔖，語轉也。」這是因聲音的改變而生的「轉語」。

二、戴震的方言疏證

這是清儒研治方言最早的著作，戴氏對於方言的校勘與疏證，爲後來研究方言的學者，奠下了一個良好的基礎。這種貢獻是應該加以强調的。戴氏方言疏證序說：「宋元以來，六書訓詁不講，故鮮能知其精覈，加以訛舛相承，幾不可通，今從永樂大典內得善本，因廣搜群籍之引用方言及注者，交互參訂，改正訛字二百八十一，補脫字二十七，刪衍字十七，逐條詳證之，庶幾漢人訓詁之學，猶存於是，俾治經讀史，博涉古文辭者，得以考焉。」四庫提要也說：「凡改正二百八十一字，刪衍文十七字，補脫文二十七字，神明煥然，頗還舊觀，並逐條援引諸書，一一疏通證明，具列案語，庶小學訓詁之傳，尚可以具見崖略。」

戴氏的書，原題方言註，後來才改名疏證，丁介民先生方言考批評此書說：「是書以羣籍之引方言者，校其訛文，取諸經史後。然臚列爲多，考證蓋少，且所引多晉、隋、六朝人語，不知子雲所輯，多先秦古言故訓，自應於經傳內尋其本源，戴氏精於小學，何以未及見於此。間有一二精意，然又不能詳其始末，大抵校多於證，疏證又以學群書稱引爲尚，雖轉錄之迹可尋，而於上通雅訓，展轉旁通之道，殊無闡發。蓋東原治此書，意欲兼顧，終難兩全，草剏之功難沒，疏陋之譏未免，且校優於證也。」以下，我們選錄了兩條戴氏的疏證，以供參考。

卷一：「嫁、逝、徂、適、往也，自家而出謂之嫁，由女而出爲嫁也，逝，秦晉語也。徂，齊語也，適，宋魯語也，往，凡語也。」

疏證：「列子天瑞篇：『子列子居鄭圃，將嫁於衞。』張湛注云：『自家而出謂之嫁。』爾雅釋詁：『如、適、之、嫁、徂、逝、往也。』郭注引方言：『自家而出謂之嫁，猶女出爲嫁。』猶由古通用，疏全引方言此條，由亦作猶，徂亦作退，說文云：『退，往也，退、齊語。』『適，之也，適、宋魯語。』蓋本此。」

卷三：「蘇、芥、草也。（郭注，漢書曰，樵蘇而爨，蘇猶蘆，語轉也。）江淮南楚之間曰蘇，自關而西或曰草，或曰芥。（郭注，或言菜也。）南楚江湘之間謂之莽。（郭注，嫫母反）」疏證：「莊子天運篇：『蘇者取而爨之。』釋文李云：『蘇，草也，方言，江淮南楚之閒謂之蘇。』春秋哀公元年左傳：『以民爲土芥。』杜預注云：『芥，草也。』謂之莽，各本訛作謂之芥。注內嫫母反，脫反字。張衡西京賦：『赴長莽。』薛綜注引方言曰：『草，南楚之間謂之莽。』後卷十內，莽嫫母反，可證此條訛脫，今訂正。廣雅：『蘇、芥、莽、草也。』義本此。」

三、盧文弨的重校方言

此書草創於丁杰，而完成於盧氏，盧氏重校方言序說：「乾隆庚子，余至京師得交歸安丁孝廉小雅氏，始受其本讀之。小雅於此書采獲裨益之功最多……以余爲尚能讀此書也，悉舉以畀余，余因以考戴氏之書，覺其當增正者尚有也。」盧氏在清代，以校書最精聞名，故盧氏校本，勝於戴氏之書。丁介民先生方言考批評此書說：「盧氏校書最精，然方言一書，文字古奧，訓義深隱，加以譌舛相承，校讐者猝不易詳，故盧校雖優於戴，然亦有頗可訾議之處。」又說：「盧校此書，始乾隆庚子迄乾隆壬寅，前後二載，以之治他書可，治此書則嫌日短也。」所以，盧氏的校本，也不是沒有缺點的。

方言考又說：「抱經治此書，捨校勘而外，又多以今方言疏證之，且多言吳越語，杭人語等……抱經以今方言證古語，頗發郭璞以江東語注雄書之旨，蓋盧氏亦精小學者也。」今就丁介民先生所舉之例，摘錄兩條，以供參考。

卷一：「虔、儇慧也。……自關而東，趙魏之間，謂之黠，或謂之鬼。」

盧云：「謂黠爲鬼。今吳越語尚然。」

卷一：「撏攓、摭、挻、取也。……自關而西，秦晉之間，凡取物而逆，謂之篡。」

盧云：「今杭人猶有此語，音近撮，蓋卽篡聲之轉。」

四、錢繹的方言箋疏

此書原名方言義證，是錢侗的未成之作，後由其兄錢繹增改完成，而題今名。錢繹方言箋疏序說：「方言箋疏之作也，余弟同人實首創之，未及成而卽世，其本藏之篋笥者十有餘年，及賦梅姪弱冠後，始出以示余，余閱其本，簡眉牘尾，如黑蟻攢集，相雜於白蟫趁趁之中，幾不可復辨，余憫其用力之勤而懼其久而散佚也，乃取而件繫之，條錄之，凡未及者補之，復出者刪之，未盡者詳之，未安者辨之，或因此而及彼者，則觸類引伸之……竭數年心力，始得脫稿。」

丁介民先生方言考批評此書說：「是書翔實有法，遠過東原，抱經兩家，雖意在疏通，然於原書之校訂折衷，亦多勝處。」又說：「疏證之體，則取循聲釋字之法，於展轉互異處，尋其音變之原，清世樸學諸師以聲釋文之道，於斯大備。其疏通證明，堪稱文綿指約，可與王氏廣雅，段氏說文之學相軒輊。」

今就錢氏書中，略舉其例，以爲參考。

卷六：「悛、懌、改也，自山而東，或曰悛、或曰懌。」注：「論語曰，悅而不懌。」

箋疏：「廣雅：『悛、改、更也。』成十三年左氏傳：『康猶不悛。』杜注：『悛，改也。』廣雅：『懌，更也。』更改義同，小雅頍弁篇：『既見君子，庶幾說懌也。』箋云：『言我若得見幽王諫正之，則庶幾其變改意解懌也。』按經文說懌，與論語悅懌同，箋云『庶幾其變改意解懌』者，倒文耳，猶言王庶幾其喜悅而變改也。注『悅而不懌』，子罕篇文，今本作說繹，古今字異也。」

卷十：「煤，火也，楚轉語也，猶齊言焜火也。」

箋疏：「玉篇：『楚人呼火爲煤。』廣韻作賄云：『南人呼火也。』」

說文：『焜，火也。燬，火也。』詩周南毛傳同，釋言同，李巡注：『燬，一名火。』孫炎云：『方言有輕重，故謂火爲燬也。』郭氏曰：『燬，齊人語。』是燬卽焜之異文，故方言齊作焜，爾雅注又作燬也。」

五、吳予天的方言注商

吳氏在方言注商的自序中說：「子雲方言，周秦先漢之語彙也，厥中關乎語音之轉徙者，十之八九。均言逢也，而關西曰逆，關東曰迎，則爲雙聲相轉，並隸疑紐也。胥謂餘也，而陳鄭稱枿，秦晉稱肄，斯乃疊韻相迻，咸屬脂類也……諸如此類，不勝縷述，歷來注家，罕矚及此，私衷所在，輒肊斷之，筆札所得，不覺成帙，擘而次之，命曰注商，是耶非歟？殊難自必，世多鴻博幸垂教焉。」只是，這種語音相轉的說法，如果不能以現代方音加以證明，仍然是難以取於人的。

丁介民先生方言考批評此書說：「是書亦以音韻通轉之道求方言……先列方言語彙，間引戴（震）、盧（文弨）、錢（繹）、劉（台拱）諸家之說而加斷語其下，又多據孫詒讓札迻，洪頤煊讀書叢錄朱駿聲通訓定聲以折衷之。然是編體例冗雜，釐訂正訛文，歸源雅訓，疏通古語三事於一篇而治之，故多見力不從心之處。」今擧吳氏書中兩例如下，以爲參考。

卷一：「釗、薄、勉也，秦晉曰釗，或曰薄。故其鄙語曰薄努，猶勉努也。南楚之外，曰薄努。自關而東，周鄭之間，曰勔釗。齊魯勖茲。」

注商：「薄、勔、勖、均為『勉』之語轉，勉實从兎得聲，本音讀與『兎』同。先為舌音，後轉為脣音，故倉頡篇音『赴』（見玉燭寶典引），薄、勔、勖，則又屬脣音自相轉也。」

卷三：「翿、幢、翳也。楚曰翿，關西關東皆曰幢。」郭注：「儛者所以自蔽翳也。」

注商：「翿、幢聲相轉，其語根實為『冃』，說文云：『冃，覆也。』又云：『冢，覆也。』冃卽冢之初文，冃幢疊韻，冃翿雙聲。」

六、周祖謨的方言校箋

周氏在方言校箋的凡例中，曾說到方言版刻的流傳，以及校箋的底本，他說：「現在所能看到的最早的方言本子，是南宋寧宗慶元六年李孟傳的刻本，明代許多方言刻本都是傳到李孟傳本的，如吳琯刻的古今逸史，胡文煥刻的格致叢書，程榮刻的漢魏叢書等，其中的方言都是如此。這一個宋本流傳的不多，清初，李振宜收藏過一部，到民國間歸傅增湘所有，涵芬樓四部叢刊影印的就是這個本子，現在已經是很容易得到的書了。另外還有福山王氏天壤閣的覆刻本，流行的也很廣。本書就用四部叢刊本作底本，參照明本和清人的校本寫成的。不過，四部叢刊本錯誤的地方，現在都照天壤閣本改正了，本書的方言原文和郭注是用大小字來區別的。大字是正文，括號內的小字是注文。正文和注文依照原本抄錄，以不改動為原則。」校箋書末，附有吳曉鈴氏所編的通檢，對於使用校箋一書的人們，提供了很方便的服務。不過，為了遷就通檢，為了使到同一個詞在通檢中可以在一處同時出現，校箋的正文和注文，在有些地方。便不免加以校改了。周氏在校箋的凡例中，一共列出了十種改字的條例，其中，值得商榷的是前面兩點，現錄出如下。

①古今字體不同的，改從今體。如皃作貌，𨑢作退。

②別體一概改作正體。如厺作吝，悋作恪，郄作卻，聓作壻，䙰作襦，𠀋作互。

對於校箋的改古體字爲今體，別體字爲正體，丁介民先生在方言考中，曾批評說：「書中方言字凡古體改從今體，別體改從正體，似有未安，蓋雄書多存有古文奇字，且方言中字，非盡形義相關，亦兼有標聲之字，此類非僅無干正俗，且正宜據以考見古言古字，周氏併改從今體，殊屬不當。」其實，校箋如果在方言正文中保留古體別體之字，而在古體字別體字之後，用括號加注今正體的大字，也許會更理想些，這樣，一方面保留了方言書中字體的原來模樣，一方面通檢儘可以照今體正體字編製，所以也並不妨碍通檢的工作。

雖然，校箋一書不免有些小的缺點，但是，方言考中，仍給予它極高的評價：「子雲方言，自戴東原闡發董理，正譌補脫，至是允爲大成。蓋宋刻方言，爲清儒所未得見，而敦煌唐人寫卷中小學書，又清儒所未及見者也。周氏所據之書，凡三十三種，又嘗見王念孫手校本方言疏證，於王氏之說，頗多採擷，堪稱體大博精者矣。」羅常培先生也譽此書是「後出轉精的定本」，所以，就整個校勘方面的成果而言，校箋一書，確實是集大成的作品了。

以上，我們介紹了幾本有關方言的重要書籍，其他的，像劉台拱的方言補校一卷，王念孫的方言疏證補一卷，郭慶藩的方言校證合刊十三卷，顧震福的方言校補十三卷，丁惟汾的方言譯十三卷，雖然都是頗有價值的書籍，但因篇幅關係，這裡就不詳細介紹了。

第三節　釋名簡說

一、釋名的作者問題

今本的釋名二十七篇題劉熙所著，隋書經籍志首先著錄釋名八卷，也說是劉熙所撰，中興館閣書目說：「釋名，漢徵士北海劉熙字成國撰，推揆事源，釋名號，致意精微。」崇文總目也說：「釋名八卷，原題劉熙，卽物名以釋義，凡二十七目。」

不過，後漢書並沒有劉熙著釋名的記載，相反的，却有劉珍著釋名的記載，文苑傳說：「劉珍字秋孫，一名寶，南陽蔡陽人也，少好學，永初中爲謁者僕射，鄧太后詔使與校書劉騊駼、馬融及五經博士，校定東觀五經，諸子傳記，百家藝術，……著誄訟連珠凡七篇，又撰釋名三十篇，以辨萬物之稱號云。」因此，釋名的作者，到底是劉熙？還是劉珍呢？對於此一問題，後代的學者，有著許多不同的看法。

有些學者以爲，劉熙和劉珍卽是一人，趙懷玉廣釋名序說：「每怪范史無劉熙名，唯劉珍傳云，珍纂釋名三十篇，辨萬物之稱號，今釋名僅二十七篇，而有亡篇，若併之，宜合三十篇之數，珍與熙豈卽一人歟！」不過，劉熙是漢末三國時人，劉珍是東漢安帝時人，不可能卽是一人。

有些學者以爲，釋名一書，可能是創始於劉珍，而底成於劉熙的，且劉珍和劉熙或許是親屬的關係畢沅釋名疏證序說：「疑此書兆于劉珍，踵成于熙。」嚴可均全後漢文也說：「或珍創始而劉熙踵成之也。」姚振宗隋書經籍志考證也說：「序末有云：『其於答難解惑，王父幼孫，朝夕侍問以塞，可謂之士，聊可省諸。』其語不甚明白，豈劉熙為劉珍之孫，幼時嘗質問其義，後踵成其王父之書，如嚴氏所說歟。」不過，這種說法，也是缺乏證據的，加以劉珍是南陽人，劉熙是北海人，似乎不可能有親屬的關係。

又有些學者，以為劉珍本無釋名之作，後漢書上記載劉珍作釋名，不過是范曄的一時錯誤而已，畢沅釋名疏證序說：「後漢書劉珍傳言珍纂釋名三十篇，以辨萬物之稱號，今釋名二十七篇，見有亡篇，安知本非三十篇也，或劉珍別有釋名，而已亡與？或蔚宗聞之不審，而誤以劉熙為劉珍與？」畢氏又在釋名補遺內說：「范蔚宗後漢書文苑列傳稱劉珍撰釋名三十篇，竊意蔚宗誤爾，當是劉熙，熙之釋名，蓋三十篇，後有亡佚，則或據其見存之篇，以改自敘之三十為二十七爾。」

這個問題，雖然在今天已不易考明了，不過，從許多古籍中引用劉熙釋名往往見於釋名這一事實看來，今本的釋名，出於劉熙所撰，大致是不會錯的，胡樸安中國訓詁學史說：「或有兩釋名，劉珍之釋名早佚，劉熙之釋名獨傳，或只有劉熙之釋名，范蔚宗以為劉珍，皆不可確知，今所傳之釋名，為劉熙所撰，決無可疑者也。」這是很可信的說法。

二、釋名的內容

今本的釋名，共有二十七篇。分為釋天、釋地、釋山、釋水、釋丘、釋道，釋州國、釋形体，釋姿容，釋長幼、釋親、釋言語、釋飲食、釋采色、釋首飾、釋衣服、釋宮室、釋牀帳、釋書契、釋典藝、釋器用、釋樂器、釋兵、釋車、釋船、釋疾病、釋喪制。所涉及的範圍，相當廣大，如果我們用釋名和爾雅作一大略的比較，就會發現，有些篇目，是釋名有而爾雅所無的，如形體、姿容、書契、典藝、疾病、喪制等。有些是擴大了爾雅的範圍的，如擴充釋地為州國道，擴充釋器為采帛、首飾、牀帳，用器、兵、車、船等。

釋名每篇之中，對於詞彙次序的安排，也是有其條理的，周祖謨先生在書劉熙釋名後一文中說：「其列詞也，義之相類者比而次之，而義之相反者亦然，如道、德，飲、食，冠、纓，衣、裳，宮、室，寺、觀，屋、宇等詞連類相屬矣。而是、非，巧、拙，貴、賤，禍、福，哀、樂，吉、凶，甘、苦等詞亦比而次焉。足見成國於紛繁詞語之中，雅能探其倫序。」

釋名的訓釋方法，主要是採取音訓，所謂音訓，是指以音同或音近的字去探尋詞義的來源，也就是詞彙所以要如此稱名的緣故。所以，爾雅的訓詁，只是說明其當然而已，釋名的訓詁，却能說明其所以然，雖然，釋名的訓詁，並不全然可信，但是，在訓詁的方法上，較之爾雅，這無疑是進步得多了。

音訓的方法，起源得很早，但到劉熙釋名，才真正是總集了音訓的大成，劉熙以為語音和語義是有著必然的聯係，從音可以追尋語義的來源，劉熙釋名序說：「夫名之與實，各有義類，百姓日稱而不知其所以之意，故撰天地、陰陽、四時、邦國、都鄙、車服、喪紀，下至民庶應用之器，論敘指歸，謂之釋名。」這說明了釋名一書撰著的目的，主要便是在於探討各種名稱最初命名的原因，所以，由「釋名」這書名來看，此書的旨趣，便已表現得很明顯了。我們也可以說，釋名是中國第一部語源學的專書。

齊佩瑢氏於所著訓詁學概論中，嘗論及釋名中事物得名之由來，不外實德業三者，細分之約有八點，今摘錄於下。

㈠形貌

釋山：「大阜曰陵，陵，隆也，體隆高也。」
釋兵：「幢，童也，其貌童童然也。」
㈡顏色
釋水：「海，晦也，主承穢濁，其色黑而晦也。」
釋天：「晦，月盡之名也，晦，灰也，火死為灰，月光盡似之也。」
㈢聲音
釋天：「雷，硍也，如轉物有所硍雷之聲也。」
釋姿容：「嚔，疐也，聲作疐而出也。」
㈣性質
釋山：「石，格也，堅捍格也。」
釋飲食：「餌，而也，相黏而也。」
㈤成分
釋兵：「以犀皮作之曰犀盾，以木作之曰木盾。」
釋車：「金路玉路，以金玉飾車也，象路革路木路，各隨所以為飾名之也。」
㈥作用
釋形體：「腕，宛也，言可宛屈也。」
釋首飾：「冠。貫也，所以貫韜髮也。」

㈦位置

釋形體：「脅，挾也，在兩旁，臂所挾也。」

釋丘：「道出其右曰畫丘，人尚右，凡有指畫，皆用右也。」

㈧比喻

釋山：「山銳而高曰喬，形似橋也。」

釋形體：「足後曰跟，在下方，著地一體任之，象木根也。」

三、釋名的條例

最早替釋名一書撰寫條例的，是清代的顧廣圻（千里），顧氏有釋名略例一篇，分析釋名的訓釋方式，共爲十例，顧氏之後，張金吾氏曾就顧氏之例，增加七例，收入他所著的言舊錄中，胡樸安氏也曾就顧氏之例，增加八例，收入他的中國訓詁學史中。此外，楊樹達先生由於不滿顧氏略例之「全以字形爲說」，而「泥於迹象」，以爲「釋名乃以音爲訓之書，治之者宜於聲音求其條貫」，於是乃另作釋名新略例一篇，完全以聲音爲主，以說釋名的訓解方式。茲錄出顧氏及楊氏之例，以爲參考。

㈠顧廣圻的釋名略例

⑴本字例

如「冬曰上天，其氣上騰，與地絕地。」以上釋上，本字例也。

⑵疊本字例

如「春曰蒼天，陽氣始發，色蒼蒼也。」以蒼蒼釋蒼，疊本字例也。

(3)本字而易字例

如「宿，宿也，星各止宿其處也。」以止宿之宿，釋星宿之宿，此本字而易字例也。

(4)易字例

如「天，顯也，在上高顯也。」以顯釋天，此易字例也。

(5)疊易字例

如「雲，猶云云，衆盛意也。」以云云釋雲，此疊易字例也。

(6)再易字例

如「腹，複也，富也。」以複也富也再釋腹，此再易字例也。

(7)轉易字例

如「兄，荒也，荒，大也。」以荒釋兄，而以大轉釋荒，此轉易字例也。

(8)省易字例

如「綈，似蛶蟲之色也，綠而澤也。」如不省，當云：「綈，蛶也。」以蛶釋綈，而省蛶也二字，此省易字例也。

(9)省疊易字例

如「夏曰昊天，其氣布散顥顥也。」如不省，當云：「昊猶顥顥。」以顥顥釋昊，而省昊猶顥顥四字，此省疊易字例也。

(10)易雙字例

如「摩娑，末殺也。」以末殺雙字，釋摩娑雙字，此易雙字例也。

(二)楊樹達的釋名新略例

楊氏說：「釋名音訓之大例有三，一曰同音，二曰雙聲，三曰疊韻，其凡則有九」

(1)以本字為訓者

如以宿釋宿，以闕釋闕，以蒼蒼釋蒼天，以孚甲釋甲之類是也。

⑵以同音字爲訓者

如以懸釋玄，以顥釋昊，以竟釋景，以規釋晷，以扞釋寒……以更釋庚之類是也。聲韻兼符，是爲同音，今音有四聲之別，古無是也。

⑶以同音符之字爲訓者

如閔釋旻，閔旻皆從文聲，以燿釋曜，燿曜皆從翟聲，以揚釋陽揚陽皆從昜聲，以遇釋偶，遇偶皆從禺聲之類是也。

⑷以音符之字爲訓者

如以止釋趾、趾從止聲，以卻釋脚，脚從卻聲，以殿釋臀，臀從殿聲之類是也。

⑸以本字之孳乳字爲訓者

如以愾釋氣，愾從氣聲，以蔭釋陰，蔭從陰聲……以揆釋癸，揆從癸聲，以廣釋光，廣從黃聲，黃從光聲之類是也。

⑹以雙聲字爲訓者

如以坦釋天，以散釋星，以汜與放釋風，以冒釋木，以化釋火，以散釋巽，以盧釋露，以綏釋雪之類是也。

⑺以近紐雙聲字爲訓者

如以健釋乾，以昆釋鰥，以踝釋寡之類是也，又如以進釋年，今音類若相遠，然年從千聲，千進爲近紐雙聲，亦當屬此。）

⑻以旁紐雙聲字爲訓者

如以假釋夏，以祝釋孰，以承釋滕之類是也。

⑼以疊韻字爲訓者

如以闕訓月，以顯訓天之類是也。

從①至⑤，是屬於同音之例，從⑥至⑧，是屬於雙聲之例，⑨是屬疊韻之例。

四、釋名的評價

胡樸安在中國訓詁學史中說：「劉成國之著釋名，必本古時流傳之說，與當日通行之語，其孤說而無證者，必今日而已泯滅也。」意思是說，釋名中的音訓解釋，是取之於當時已經通行，或是自古以來已經流傳的一些訓釋，因此，釋名中的音訓解釋，是其來有自，有所淵源的，至少，是漢代一般學者共同承認的意見，而不是劉熙一人的私見。不過，這種說法，是不大有根據的。我們可以找出一些例子，像「天」字，釋名訓顯，說文訓顛，「春」字，釋名訓蠢，說文訓推，尙書大傳訓出，「秋」字，釋名訓緧，禮記鄉飲酒義訓愁，「仁」字，釋名訓忍，中庸訓人，「祖」字，釋名訓祚，風俗通義訓徂，「禮」字，釋名訓體，說文訓履，這一類的例子，不勝枚舉，卽使就以以上所舉的例子來看，已足可證明，胡樸安氏以爲劉熙釋名的音訓解釋「其來有自」的說法，是不能成立的。因此，釋名的音訓解釋，大部分是劉熙憑其主觀而加以釐定的，這是毫無問題的，也就由於過份的主觀，在使用音訓的解釋時，便不免有所偏蔽，這確實是釋名一書最主要的缺點，所以，四庫提要批評釋名，說：「以同聲相諧，推論稱名辨物之意，中間頗傷於穿鑿。」這是很中肯的意見。

釋名一書，除了以上的缺點之外，它也有著許多方面的功用，現簡述於下。

㈠有助於探尋語源

從宋代右文之說開始，直到清代，許多學者們都知道緣聲以求義的方法，至於近代，學者們更知道脫離文字形體的拘束，以尋求語源，而劉熙釋名一書，以聲爲義，約在兩千年前，已爲後來研究語源的學者們提供了極爲豐富的資料，這無寧是極可寶貴的。

(二)有助於考索古音

清代學者研究古音之學，多所發明，而釋名一書，已保存了不少關於古今音變的資料，可供參考旁證之用，如釋形體：「膚，布也，布在表也。」膚屬非紐，布屬幫紐，此可旁證錢大昕的古無輕脣音之說。又如釋州國：「五百家爲黨，黨，長也，一聚之所尊長也。」黨屬端紐，長屬知紐，此可旁證錢大昕舌音類隔之說不可信之說。

(三)有助於了解漢代的方音

釋名在解釋詞語時，有時也像方言一樣，在解釋了詞語的意義之後，接著說明各地區的方言音讀，這樣，便也保存了許多漢代的方音，像釋天：「天，豫司兗冀以舌腹言之，天，顯也，在上高顯也，青徐以舌頭言之，天，坦也，坦然高而遠也。」釋水：「今兗州人謂澤曰掌也。」釋親屬：「荆豫人謂長婦曰熟，熟，祝也，祝，始也。」釋兵：「鏑，敵也，言可以禦敵也，齊人謂之鏃。」凡釋名中提到地名，說明某地作某音的，都是這種例子。

(四)有助於了解漢代習用的詞彙

周祖謨氏書劉熙釋名後說：「釋名與爾雅雖同爲訓詁書，而性質有殊，爾雅一書乃雜集經傳訓詁而成，故詞之出於古之經傳者爲多。釋名一書，非爲通曉經傳而作，旨在探尋事物命名之含義，故以當時日常習用之詞爲主，雖俚語俗言，亦所不避。兩者用意不同，是以欲考察漢代之詞彙，釋名與史游急就篇當同爲重要之資料，未可以其訓釋多出於主觀而忽之也。」我們只要將釋名與爾雅對照一下，這種情形，就非常明顯了。

㊄有助於了解漢代的社會狀況

四庫提要批評釋名說：「去古未遠，所釋器物，亦可因以推求古人制度之遺。」周祖謨氏書劉熙釋名後說：「釋名之聲訓可取者誠不多，但釋名物之形狀，亦頗委細，亦可爲考索漢代文化之資助。」在這一方面，釋名可以提供的資料，確實不少，而且，在釋義方面，較之爾雅，也有更精詳的解釋。以下，我們將舉出一些例子，以作參考。

釋道：「三達曰劇旁，古者列樹以表道，道有夾溝，以通水潦，恒見修治，此道旁轉多，用功稍劇也。」此可以考知古代道路之規模。

釋彩帛：「紫，疵也，非正色，五色之疵瑕，以惑人者也。」此可以考知古人對於服色之觀念。

釋首飾：「步搖，上有垂珠，步則搖也。」又：「黛，代也，滅眉毛去之，以此畫代其處也。」又：「瑱，鎭也，懸當耳旁，不欲使人妄聽，白鎭重也，或曰充耳，充，塞也，塞耳亦所以止聽也，故里語曰，不瘖不聾，不成姑公。」

釋牀帳：「屏風，言可以屏障風也。」又：「榻登，施之大牀之前，小榻之上，所以登牀也。」又：「帳，張也，張施於牀上也，小帳曰斗，形如覆斗也。」

釋樂器：「枇杷，本出於胡中，馬上所鼓也，推手前曰枇，引手却曰杷，象其鼓時，因以爲名也。」

從釋名的篇名上，我們就可以發現到，有許多篇目，都是和社會文化制度有關的，只要善加利用，釋名所提供的，都會是極佳的資料。

第四節　釋名有關的書籍

一、畢沅的釋名疏證

自從劉熙完成他的釋名之後，除了三國時的學者韋昭，曾撰有辨釋名一卷，糾正釋名的錯誤之外，（其書已佚，清人有輯本。）千餘年來，幾乎沒有任何人曾對釋名加以研究，比起爾雅來，釋名一書，確是寂寞得多了。直到清代的畢沅，撰著了釋名疏證，釋名之學，才又重新受到人們的重視。

畢氏的釋名疏證，有正書篆書兩種不同的本子，在正書本的釋名疏證序中，畢氏說：「劉熙釋名，其自序云二十七篇……暇日取群經及史漢書注，唐宋類書，道釋二藏校之，表其異同，是正缺失，又益以補遺及續釋名二卷，凡三閱歲而成，復屬吳縣江君聲審正之，江君欲以篆書付刻，余以此二十七篇內，俗字較多，故依前隸寫之，所以仍昔賢之舊觀，示來學以易曉也。」

畢氏又在篆書本釋名疏證敘中說：「顧俗本流傳，魯魚亥豕，學者不察，轉生駁議……余循覽載籍，凡經傳子史，有與此書相表裡者，援引以為左證，又取唐宋人有引是書者，會萃以相參校，表其異同，正其紕繆，且益以補遺及續釋名，題曰釋名疏證，刊印寄歸，屬江君聲審正其字，江君謂必用篆文，字乃亨正，請手錄之，別刊一本，余時依違未許，既而覆視所刻，輒復刪改，適江君又以書請，遂刪改定本，屬之鈔寫。」

梁任公中國近三百年學術史說：「釋名疏證，題畢秋帆著，實則全出江艮庭（聲）之手，舊本譌脫甚多，畢江據各經史注，唐宋類書，及道釋二藏校正之，復雜引爾雅以下諸訓詁書證成其義，雖尚簡略，，然此二書（指疏證及補遺，續釋名），自是可讀。」對於釋名的整理而言，疏證一書，確是奠下了良好的基礎，只是畢氏之書，既屬江聲代撰，而他的正書本釋名疏證序也是洪亮吉所代作，這就不免有著沽名釣譽的嫌疑了。

江聲在清代，也算是一位著名的學者了，但他却以篆文去書寫釋名疏證，對於這，葉德輝批評他說：「近來畢沅經訓堂刻江聲疏證本，改作篆文，未免近于好事。」（郋園讀書志）以篆文書寫，不便於後人的研讀，葉氏的批評，是中肯的。

釋名疏證之後，所附的釋名補遺，是畢氏依照釋名篇目，從廣韻，太平御覽，一切經音義，北堂書鈔，初學記，藝文類聚中，輯出引用釋名而爲今本釋名所未收的一些解釋，依目增補，稱爲補遺。至於所附的續釋名，乃是畢氏就周禮、白虎通、漢書律歷志、太平御覽等書中，輯出一些音訓義例與釋名相同而不明言是釋名的解釋，別爲一卷，稱爲續釋名。

今就釋名疏證，略舉其例如下，以作參考。

釋言語：「禮，體也，得事體也。」

疏證：「廣韻引作得其事體也，太平御覽引作言得事之體也。

禮記禮器曰：『禮也者猶體也，體不備，君子謂之不成人，設之不當，猶不備也。』得事體，乃所謂當，乃所謂備也。」

釋首飾：「冠，貫也，所以貫韜髮也。」

疏證：「說文云：『冠，絭也，所以絭髮弁冕之總名也，从冖元，元亦聲，冠有法制，从寸。』案貫當作毌，說文貫乃泉貝之貫，毌則穿物持之也，从一橫毌，讀若冠，今則通用貫字。」

釋宮室：「稟，矜也，寶物可矜惜者，投之於其中也。」

疏證：「顏師古注急就篇云：『京，方倉也，一曰，京之言矜也，寶貴之物，可矜惜者，藏於其中也。』案師古注書，好竊前人之說，掠為己有，凡所稱引，輒沒其由來，所稱一曰云云，大略與此文同，其正引此書與，意此條之稟，當為京也。」

釋書契：「書，庶也，紀庶物也，亦言著也，著之簡紙，永不滅也。」

疏證：「說文云：『書，箸也，从聿者聲。』說文敘云：『箸于竹帛謂之書，書者如也。』今本脫著也二字，據廣韻引增，尚書正義引作『書者庶也，以紀庶物，又為著，言事得彰著。』太平御覽引與此同，唯簡紙作簡編為異。」

二、王先謙的釋名疏證補

釋名疏證補是以釋名疏證為基礎而增補寫成的作品，這從書名上便可以看得出來，王先謙在此書的序文中說：「舊本缺譌特甚，得鎮洋畢氏校訂，然後是書可讀，長洲吳氏所刊顧千里校本，是正亦多，其中奧義微文，未盡發揮，端居多暇，與湘潭王啓原、葉德炯、孫楷、善化皮錫瑞、平江蘇輿，從弟先慎，覆加詮釋，決疑通滯，歲月既積，簡帙遂充，因合畢氏元本，參酌吳校，及寶應成蓉鏡補證，陽湖吳翊寅校議，瑞安孫詒讓札迻，甄錄尤雅，萃為斯編，剞劂甫成，元和祝秉綱垂示胡許二君所校，爲芟去重複，別卷附末，期以補靈巖之漏義，闡北海之精心。」由這段序中，我們可知，王氏此書，實以畢沅的釋名疏證爲根本，再加上各家的意見，總成一書。

此書於每條之下，先擧畢氏疏證，然後注明所採某氏之說，其中成蓉鏡氏補證的六十一條，因爲條列特精，所以全部收入，王氏此書，因最晚出，所以總集大成，最爲精核，較之畢氏之書，自然是後來居上了。今錄出其中數例，以作參考。

釋天：「光，晃也，晃晃然也，亦言廣也，所照廣遠也。」

疏證補：「畢沅曰：『說文，晄，明也，从日光，光亦聲。』先謙曰：『本書釋采帛云：黃、晃也，晃晃然，猶日光色也。亦與此證合。』

王先愼曰：『詩敬之傳，光，廣也，卽成國所本，說文廣从广黃聲，黃从田从炗，炗亦聲，炗，古文光，光廣古通。』」

釋天：「暑，煑也，熱如煑物也。」

疏證補：「先謙曰：『唐王維詩，長安客舍熱如煑，宋文同詩，六月久不雨，萬物蒸煑熟，本此，暑煑疊韻。』」

釋宮室：「宇，羽也，如鳥羽翼自覆蔽也。」

疏證補：「葉德炯曰：『詩斯干，如鳥斯革，如翬斯飛，正以鳥羽比興屋宇，爾雅釋樂，羽謂之柳，釋文引劉歆注，羽，宇也，物聚藏宇覆之也，是羽宇古文轉注，均取覆蔽之義。』」

釋宮室：「霤，流也，水從屋上流下也。」

疏證補：「畢沅曰：『說文，霤，屋水流也，从雨留聲。』葉德炯曰：『卽今之筧也，漢以銅爲之，漢書宣帝紀，金芝九莖，產於函德殿銅池中，注引如淳曰，銅池承霤也是也。筧字說文所無，玉篇有之，云，以竹通水也，蓋卽此物。』」

其他有關釋名的著作，如吳翊寅的釋名疏證校議，成蓉鏡的釋名補證，孫詒讓的釋名札迻，張金吾廣釋名，胡玉縉的釋名補證，謝雲飛先生的劉熙釋名音訓疏證，都是極有價值的作品，這裡就不仔細介紹了。

本章主要參考資料

一、胡樸安　中國訓詁學史（第三章、釋名派之訓詁、第四章、方言派之訓詁）
二、齊佩瑢　訓詁學概論（第十四節、理論的訓詁學）
三、劉叶秋　中國古代的字典
四、丁介民　方言考（見師大國研所集刊第九號）
五、林語堂　前漢方音區域考（見語言學論叢）
六、周祖謨　方言校箋序（見問學集）
七、羅常培　方言校箋及通檢序（見羅常培語言學論文選集）
八、周法高　中國方言學發凡（見中國語文研究）
九、吳雅美　郭璞爾雅註與方言註之比較（見南洋大學中國語文學報第三期）
十、戴震　方言疏證
十一、錢繹　方言箋疏
十二、王念孫　方言疏證補
十三、吳予天　方商注商
十四、周祖謨　方言校箋

十五、龍宇純　論聲訓（見清華學報九卷一、二合期）
十六、周祖謨　書劉熙釋名後（見問學集）
十七、畢沅　釋名疏證
十八、王先謙　釋名疏證補
十九、胡楚生　釋名考（見師大國研所集刊第八號）

第十二章　經傳釋詞一系的虛詞研究

第一節　經傳釋詞的虛詞研究

一、釋詞方法

訓詁之學，到了清代的王氏父子手中，確實是達到了成熟的境地，他們父子所著的廣雅疏證、讀書雜志、經義述聞、經傳釋詞，合稱之爲高郵王氏四種，毫無疑問的，都是清代著述中的第一流作品。在前面，我們曾經介紹代王念孫對於廣雅一書研究的成果，現在，我們將介紹另一種清代學者們異軍突起的學問，那就是以王引之的經傳釋詞爲代表的虛詞之學。

王引之在經傳釋詞自序中說：

「語詞之釋，肇於爾雅，粤于爲曰，茲斯爲此，每有爲雖，誰昔爲昔，若斯之類，皆約舉一隅，以待三隅之反，蓋古今異語，別國方言，類多助語之文，凡散見於經傳者，皆可比例而知，觸類長之，斯善式古訓者也。自漢以來，說經者宗尚雅訓，凡實義所在，既明著之矣，而語詞之例，則略而不究，或以實義釋之，遂使其文扞格，而意亦不明。……引之自庚戌歲入都，侍大人質問經義，始取尚書二十八篇紬繹之，而見其詞之發句助句者，昔人以實義釋之，往往詰鞫爲病，竊嘗私為之說，而未敢定也，及聞大人論毛詩『終風且暴』，禮記『此若義也』諸條，發明意恉，渙若冰釋，益復得所遵循，奉爲稽式，乃遂引而伸之，以盡其義類，自九經三傳，及周秦西漢之書，凡助語之文，徧爲搜討，分字編次，以爲經傳釋詞十卷，凡百六十字。前人所未及者補之，誤解者正之，其易曉者則略而不論。」

從這段自序中，我們可以看出，王引之撰著經傳釋詞的動機經過，以及此書內容的大略。錢熙祚在爲經傳釋詞所撰的跋語中，指出王氏釋詞的方法，共有以下六種。

㈠有舉同文以互證者：

如據隱六年左傳「晉鄭焉依」，周語作「晉鄭是依」，證「焉」之猶「是」。據莊二十八年左傳「則可以威民而懼戎」，晉語作「乃可以威民而懼戎」，證「乃」之猶「則」。

㈡有舉兩文以比例者：

如據趙策「與秦城何如不與」，以證齊策「救趙孰與勿救」，「孰與」之猶「何如」。

㈢有由互文而知其同訓者：

如據檀弓「古者冠縮縫，今也衡縫」，孟子「無不知愛其親者，無不知敬其兄也」，證「也」之猶「者」。

㈣有卽別本以見例者：

如據莊子「莫然有間」，釋文本亦作「爲間」，證「爲」之猶「有」。

㈤有因古注以互推者：

如據宣六年公羊傳何注「焉者於也」證孟子「人莫大焉無親戚君臣上下」之「焉」亦當訓「於」。據孟子「將爲君子焉，將爲小人焉」趙注「爲，有也」，證左傳「何福之爲」、「何臣之爲」、「何衞之爲」、「何國之爲」、「何免之爲」，諸「爲」字皆當訓「有」。

㈥有采後所引以相證者：

如據莊子引老子「故貴以身於天下，則可以託天下，愛以身於天下，則可以寄天下」，證「於」之猶「爲」。據顏師古引「鄙夫可以事君也與哉」，李善引「鄙夫不可以事君」，證論語「與」之當訓「以」。

這六種釋詞的方法，實際上，也就是王氏所以能夠對於那一百六十個虛詞，一一作出適當解釋的六種根據，錢氏替他揭示出來，對於人們閱讀此書來說，是有莫大帮助的。齊佩瑢在他的訓詁學概論中，又補充了「對文」、「連文」、「聲轉」、「字通」四條方法，因爲分析太過瑣細，這裏就不詳細介紹了。

二、歸納形式

王引之在經傳釋詞自序曾提到，「比例而知，觸類長之」，「引而伸之，以盡其義類」，「揆之本文而協，驗之他卷而通」，這幾句話，確實說明了他在虛詞研究時所採取的歸納態度，下面，我們先錄出一些王氏的例子，然後再詳細說明他的方式。（因篇幅所限，此處只能錄出一些較短的例子）。

用

㈠用、詞之「以」也

①一切經音義七，引蒼頡篇曰：「用、以也」。「以」、「用」一聲之轉。凡春秋公羊傳之釋經，皆

言「何以」。穀梁則或言「何用」。（桓十四年傳曰：何用見其未易災之餘而嘗也，餘倣此。）其實一也。

②書、臯陶謨曰：「侯以明之，撻以記之，書用識哉！」「用」亦「以」也；互交耳！

㈡用、詞之「由」也。

①詩君子陽陽傳曰：「由、用也」。「由」可訓爲「用」，「用」亦可訓爲「由」，一聲之轉也。

②禮記禮運曰：「故謀用是作，而兵由此起」。「用」亦「由」也；互文耳！

㈢用、詞之「爲」也。

①詩雄雉曰：「不忮不求，何用不臧」。言「何爲不臧」也。

②節南山曰：「國既卒斬，何用不監」。言「何爲不監」也。

③莊六年穀梁傳曰：「何用弗受」亦謂「何爲弗受」也。「用、以、爲」皆一聲之轉；故「何以」謂之「何用」；「何爲」亦謂之「何用」；互見「以爲」二字下。

獨

㈠獨、猶「甯」也；「豈」也。

①禮記樂記曰：「且女獨未聞牧野之語乎？」

②襄二十六年左傳曰：「夫獨無族姻乎？」

㈡獨、猶「將」也。

①宣四年左傳曰：「棄君之命，獨誰受之」。

②楚語曰：「其獨何力以待之」。

③孟子滕文公篇曰：「一薛居州，獨如宋王何」。

㈢獨、猶「孰」也；「何」也。

呂氏春秋必己篇曰：「孔子行於東野。（今本作孔子行道而息，乃後人所改。辯見讀書雜誌。）馬逸食人之稼，野人取其馬。子貢請往說之，畢辭，野人不聽。有鄙人始事孔子者，請往說之；因謂野人曰：子耕東海至於西海，吾馬何得不食子之禾？其野人大說，相謂曰：說亦皆如此其辯也；（與邪同。）獨如嚮之人，解馬而與之」。高注曰：「獨」、猶「孰」也。

哉

㈠說文：「哉、言之閒也」。

㈡哉、「問詞」也。若詩北門：「謂之何哉？」之屬是也。

㈢禮記曾子問正義曰：「哉者、疑而量度之辭」。若堯典：「我其試哉？」之屬是也。

㈣哉、「歎詞」也；或謂「歎美」；（若「大哉乾元」之屬。）或為「嗟歎」；（若「帝曰咈哉」之屬。）隨事有義也。

㈤哉、猶「矣」也。若「鮌哉！」「垂哉！」「益哉！」「欽哉！」「懋哉！」「敬哉！」「念哉！」之屬是也。

㈥哉、「句中語助」也。書大誥曰：「肆哉！爾庶邦君」。謂「肆爾庶邦君」也。「哉」字無意義。

諸

㈠士昏禮記注曰：「諸、之也」；常語。

㈡鄉射禮注曰：「諸、於也」；亦常語。

㈢小爾雅曰：「諸、乎也」。

①詩日月曰「日居月諸，照臨下土！」毛傳曰：「日乎月乎！照臨之也」。

②禮記祭義曰：「齊齊乎其敬也；愉愉乎其忠也；勿勿諸其欲其饗之也」！

③又曰：「孝弟發諸朝廷，行乎道路，至乎州巷，放乎獀狩，修乎軍旅」。「諸」亦「乎」也；互文耳。故：

④祭義：「勿勿諸其欲其饗之也」。禮器：「諸」作「乎」。

⑤樂記：「理發諸外」。祭義：「諸」作「乎」。

㈣諸、「之乎」也；急言之曰：「諸」，徐言之曰：「之乎」。

①禮記檀弓曰：「吾惡乎哭諸」？

②又曰：「書云：高宗三年不言，言乃讙；有諸」？（凡言有諸者，放此。）

③文王世子曰：「君王其終撫諸！」

④僖二十三年左傳曰：「天其或者將建諸」？

⑤論語雍也篇曰：「山川其舍諸？」此皆「之乎」二字之合聲。

㈤諸、語助也。

文五年左傳：「臯陶庭堅，不祀忽諸」。服注曰：「諸、辭」（見詩邶柏舟正義。）

是（氏）

㈠廣雅曰：「是、此也」；常語。

㈡是、猶「於是」也。

①書禹貢曰：「桑土既蠶，是降邱宅土」。言「於是降邱宅土也」。

②詩葛覃曰：「是刈是濩」。正義曰：「於是刈取之，於是濩煑之」。

㈢是、猶「寔」也。

①詩閟宮曰：「是生后稷」。言「姜嫄寔生后稷也」。字或作「氏」：

②大戴禮帝繫篇曰：「黃帝娶于西陵氏之子，謂之嫘祖；(句)氏發青陽、及昌意」。言「寔生青陽及昌意也」。

③禮記曲禮曰：「五官之長曰伯，是職方」。言「寔主東西二方之事也」。

④論語季氏篇曰：「求！無乃爾是過與！」言「爾寔過也」。「寔」字亦作「實」：

⑤僖五年左傳：「鬼神非人實親，惟德是依」。「實」亦「是」也；互文耳！「是」訓爲「寔」，故「寔」亦訓爲「是」，互見「寔」字下。

㈣是、猶「之」也。

①詩㞋曰：「反是不思，亦已焉哉！」言「反之不思」也。
②大戴禮文王官人篇曰：「平人而有慮者，使是治國家而長百姓」。「使是」，「使之」也。
③襄十四年左傳曰：「晉國之命，未是有也」。言「未之有」也。「是」訓爲「之」，故「之」亦訓爲「是」，互見「之」字下。

㈤是、猶「祇」也。
論語爲政篇曰：「今之孝者，是謂能養」。言「祇爲能養」也。「是」與「祇」同義；故薛綜注東京賦曰：「祇、是也」。

㈥是、猶「則」也。
①大戴禮王言篇：「教定是正矣」。家語：作「正教定則本正矣」。
②鄭語曰：「若更君而周訓之，是易取也」。韋注曰：「更以君道導之，則易取」。

㈦是、猶「夫」也。
①禮記三年問曰：「今是大鳥獸」；荀子禮論篇：「今是」作「今夫」。
②荀子宥坐篇曰：「今夫世之陵遲亦久矣」；韓詩外傳：「今夫」作「今是」。
③墨子天志篇曰：「今是楚王食於楚之四境之內，故愛楚之人」。
④荀子榮辱篇曰：「今是人之口腹」。
⑤富國篇曰：「今是土之生五穀也」。竝與「今夫」同義。
⑥孟子公孫丑篇曰：「予豈若是小丈夫然哉！」「是小丈夫！」「夫小丈夫也！」「是」訓爲「夫」

，故「夫」亦訓爲「是」；互見「夫」字下。

(八)「是故」、「是以」，皆承上起下之詞；常語也。

所

(一)所者、指事之詞。若「視其所以」，「觀其所由」之屬是也；常語也。

(二)所、猶「可」也。

①晏子春秋雜篇曰：「聖人非與嬉也」。「非」猶「不」也。言「聖人不可與戲也」。

②墨子天志篇曰：「今人處若家得罪，將猶有異家所以避逃之者矣。今人處若國得罪。將猶有異國所以避逃之者矣。今人皆處天下而事天，得罪於天，將無所以避逃之者矣」。「所以」、「可以」也。

③莊子知北遊篇曰：「人倫雖難，所以相齒」。言「可以相齒」也。

④鹽鐵論未通篇曰：「民不足於糟糠，何橘柚之所厭」。言「何橘柚之可厭」也。

⑤史記淮陰侯傳曰：「非信無所與計事者」。言「無可與計事者也」。漢書：「所」作「可」，是其證矣。

「所」與「可」同義，故或謂「可」爲「所」；或謂「所」爲「可」；互見「可」字下。

(三)所、猶「若」也。「或」也。

①書牧誓曰：「爾所弗勖，其于爾躬有戮」。言「爾若弗勖」也。（史記、周本紀、集解引鄭注曰：所、言且也，義亦相近。）

②詩牆有茨曰：「所可道也，言之醜也」。言「若可道也。」

③僖二十四年左傳曰：「所不與舅氏同心者，有如白水」。言「若不與舅氏同心」也。

④論語雍也篇曰：「予所否者，天厭之！天厭之！」言「予若否」也。又宣十年左傳曰：「所有玉帛之使者，則告；不然，則否」。言「若有玉帛之使」也。

⑤孟子離婁篇曰：「上無道揆也，下無法守也；朝不信道，工不信度；君子犯義，小人犯刑，國之所存者幸也」。言「國之或存者幸也」。

㈣所、語助也。

①書無逸曰：「烏呼！君子所其無逸」。言「君子其毋逸也」。「君子」謂「人君」也；所、語助耳！（鄭注：君子：謂在官長者），所、猶處也。皆失之。

②禮記檀弓曰：「君之臣免於罪，則有先人之敝廬在，君無所辱命」。言「君毋辱命也」。（鄭注：無所辱命，辭不受也。則所、乃語助，猶言「君毋辱命耳」。）

③成二年左傳曰：「能進不能退，君無所辱命」。義與此同。

④襄二十七年公羊傳曰：「無所用盟，請使公子鱄約之」。言「毋用盟也」。（何注：無用爲盟。）

⑤昭二十五年傳曰：「君無所辱大禮」。言「君毋辱大禮也」。

梁任公先生對於經傳釋詞，曾讚美說：「這十卷書，我們讀起來，沒有一條不是渙然冰釋，怡然理順，而且可以學得許多歸納研究方法，眞是益人神智的名著了。」（中國近三百年學術史）並且，在梁氏所著的清代學術概論中，他還說明了王氏父子的治學方法，一共有以下六個步驟。第一是注意，第二是虛己，第三是立說，第四是搜證，第五是斷案，第六是推論。這對於王氏父子治學的歸納方法與次第，是一種簡單扼要的說明。

胡適之先生在他所著的「清代學者的治學方法」一文中，對於經傳釋詞一書的歸納方法，有更爲詳細的說明，他說：

「清代講訓詁的方法，到王念孫王引之父子兩人，方才完備，二王以後，兪樾孫詒讓一班人都跳不出他們兩人的範圍。王氏父子所著的經傳釋詞，可算是清代訓詁學家所著的最有系統的書，……古人注書，最講不通的，就是古書裏所用的虛字，虛字在文字上的作用最大，最重要。古人沒有文法學上的名詞，一切統稱爲虛字（語詞、語助詞等等），已經是很大的缺點了。不料有一些學者，竟把這些虛字當作實字用，如『言』字在詩經裏常作『而』字或『乃』字解，都是虛字，被毛公鄭玄等解作代名詞的『我』，便更講不通了。王氏的經傳釋詞，全用歸納的方法，擧出無數的例，分類排比起來，看出相同的性質，然後下一個斷案，定他們的文法作用。」

又說：

「這種方法，先搜集許多同類的例，比較參看，尋出一個大通則來，完全是歸納的方法。但是，以我自己的經驗看起來，這種方法實行的時候，決不能等到把這些同類的例都搜集齊了，然後下一個大斷案。當我們尋得幾條少數同類的例時，我們心裏已起了一種假設的通則。有了這個假設的通則，若再遇着同類的例，便把已有的假設去解釋他們，看他能否把所有同類的例都解釋的滿意，這就是演繹的方法了。演繹的結果，若能充分滿意，那個假設的通則便成了一條已證實的定理。這樣的辦法，由幾個（有時只須一兩個）同類的例引起一個假設，再求一些同類的例去證明那個假設是否眞能成立，這是科學家常用的方法。假設的用處就是能使歸納法實用時格外經濟，格外省力。凡是科學上能有所發明的人，一定是富於假設的能力的人。宋儒的格物方法所以沒有效果，都是因爲宋儒既想格物，又想『不役其知』，不役其知就是不用假設，完全用一種被動的態度，那樣的用法，決不能有科學的發明，因爲不能提出假設的人，嚴格說來，竟可說是不能使用歸納的方法。爲什麼呢？因爲歸納的方法並不是教人觀察『凡天下之物』，並不是教人觀察亂七八糟的個體事物，歸納法的眞義在於教人『舉例』，在於使人於亂七八糟的事物裏面尋出一些『類似的事物』，當他『舉例』時，心裏必已有了一種假設……漢學家的長處就在他們有假設通則的能力，因爲有假設的能力，又能處處求證據來證實假設的是非，所以，漢學家的訓詁學有科學的價值。」

這裏引用了梁胡二位先生的許多議論，主要的目的，在藉着他們的言辭，來說明經傳釋詞一書是怎樣地經由歸納的形式過程，而獲致了結論與斷案，從而也讓我們知道，清代正統的訓詁學家，是用着怎樣的方法，去從事學術的研究工作。（王氏父子四種著作，內容雖然不同，寫作的精神却是一貫的。）錢熙祚在他爲經傳釋詞所撰的跋文中說：「高郵王文簡公承其家學，所著經義述聞，博考辭書，辨析經旨，審定句讀，譌字、羨文、脫簡，往往以經證經，渙然冰釋，精確處殆非魏晉以來儒者所及，經傳釋詞，則與述聞相輔而行者也。」這一段話，對於經義述聞和經傳釋詞，都給予了極高的評價。雖然，經傳釋詞也並不是完全沒有缺點的，馬建忠在馬氏文通中，就曾經批評說：「古書中爲字有難解者，釋詞諸書，只疏解其句義耳，而爲字之真解未得。」裴學海在經傳釋詞正誤中也說：「經傳釋詞之詁義雖精，而失誤亦聞不免。」不過，如果我們了解，王氏此書，只是虛詞研究的一個開端而已，那麼，我們對於王氏的成績，也許會更加讚賞而並不多加苛求了，錢熙祚批評此書說：「雖間有武斷，而大體淹貫，不失爲讀經之總龜。好學深思之士，得是書而益推明之，其於經義，或尠至於詰籟難通也哉！」（經傳釋詞跋）這是很公允的見解。

第二節　助字辨略的虛詞研究

一、釋詞方法

談到經傳釋詞與虛詞研究，便不能不提到劉淇的助字辨略，因爲，談到清代的虛詞之學，一般人都以經傳釋詞作爲代表，其實，助字辨略的成書，較之經傳釋詞，還要早出百年左右，眞正開創虛詞之學的，也應該是助字辨略，而非經傳釋詞。（梁任公中國近三百學術史，曾謂助字辨略成書於康熙初年，約當西曆一六七一月左右，經傳釋詞成書於嘉慶三年，當西曆一七九八年。錢泰吉曝書雜記，謂劉書刊於康熙五十年，當西曆一七一一年，王書刊於嘉慶二十四年，當西曆一八一九年。）

劉淇在助字辨略的自序中說：「構文之道，不過虛字實字兩端，實字其體骨，而虛字其性情也。蓋文以代言，取肖神理，抗墜之際，軒輊異情，虛字一乖，判於燕越，柳柳州所由發哂于杜溫夫者邪！且夫一字之失，一句爲之蹉跎，一句之誤，通篇爲之梗塞，討論可闕如乎！蒙愧顓愚，義存識小。聞嘗博求衆書，捃拾助字，都爲一集，題曰助字辨略，……凡是刺舊詁者十七，參臆解者十三，班諸四聲，因以爲卷。」劉氏之書，葉德輝稱之爲「條分縷析，既博且精，可謂字學之尾閭，文辭之淵海，論其書之創作。高郵一席，且退居後覺之人。」（助字辨略序）錢泰吉也說：「近時王伯申尚書著經傳釋詞十卷，其撰著之意，略同此書，詁訓益精密；然創始之功，不能不推劉君也。」（曝書雜記）助字辨略與經傳釋詞二書，在體制上，確是非常相似，我們今天，如果將二書作一比較，在精審的程度上，劉氏之書，確實是較爲遜色的，但是，正如劉毓崧氏所說：「此則草創之闊疏，不及大成之美備，然後來雖云居上，而先覺終不可忘。」（助字辨略跋）所以，楊樹達也說：「劉氏生於清學初啓之時，篳路藍縷，其功甚鉅。」（助字辨略跋）這是很公允的批評。

梁任公著中國近三百年學術史，曾說：「南泉（劉淇之字）是素不知名的一位學者，這部書從錢警石（曝書雜記）劉伯山（通義堂集）先後表章，才漸漸有人知道，書成於康熙初年，而和王伯申暗合的極多，伯山都把他們比較列出。伯申斷不是剽竊的人，當然是沒有見過這部書。」也就因爲劉王二氏之書，相似的地方很多，二人的時代，又非常接近，雖然，梁任公曾謂王氏決非剽竊之人，但並沒有加以證實，總不免令人有所懷疑，呂振端君嘗撰「助字辨略與經傳釋詞之比較研究」一文，擧出了九項證據，而斷定王氏之書，絕非勦襲之作，可資參考。

劉氏在助字辨略的自序中，曾說明他訓釋的方法，一共有六種，錄出如下，以供參考。

㈠正訓：如「仁者人也」「義者宜也」是也。

㈡反訓：如「故」訓「今」、「方」訓「向」是也。

㈢通訓：如「本猶根也」「命猶令也」是也。

㈣借訓：如「學之爲言效也」「齊之爲言齊也」是也。

㈤互訓：如「安」訓「何」、「何」亦訓「安」是也。

㈥轉訓：如「容」有「許」義，故訓「可」，「猶」有「尚」義，故訓「度幾」是也。

二、體制得失

在虛詞的研究上，經傳釋詞的成績，自然比之助字辨略爲高，不過，助字辨略在某些方面，也有它本身的特點，我們可以用助字辨略對照着經傳釋詞，從體制上作一比較，這樣，也許更能夠了解助字辨略的優劣得失之處。

綜合起來看，助字辨略約有三項優點：

㈠材料豐富

劉毓崧在助字辨略跋中說：「至於釋詞所述者，上自九經三傳，下迄周秦西漢之書，而東漢以還，則概從其略。此書所述者，自經傳諸子史漢以外，旁涉近代史書，雜說，文字、詩詞。蓋釋詞以經傳爲主，故採錄不多，此書以助字標名，故臚陳較廣，緣體裁小異，斯去取有殊耳。」劉氏此書，計收錄了四百七十六個虛字，據呂振端君的統計，劉王二氏之書俱加收錄之字，凡一百四十五個，辨略收而釋詞缺者，凡三百三十一字，辨略缺而釋詞收者，凡十五字，在份量上，助字辨略超出了很多，同時，在取材方面，經傳釋詞是斷明以西漢以前爲限，助字辨略則一直取材到最近期的作品。甚至連詩詞的語詞，都加以收錄，這是王氏之書所未有的現象。如卷五「莫」字，就是一個例子：

「朱子語類云：『莫、詞疑、猶今人云莫是如此否。』莫是者，方言，猶今云恐是也。又宋史岳飛傳：『莫須有三字，何以服天下』。莫須，猶莫是也。又王右軍止殷浩北伐書：『保淮之志，非復所及，莫過還保長江。』莫過，猶云不如也。又郭頒古墓斑狐記：『遮莫千試萬慮，其能爲害乎。』杜子美詩：『遮莫鄰鷄下五更。』遮莫，猶云儘敎，一任其如何也。又盧祖皋詞：『溪魚堪鱠，切莫論錢。』切莫，猶云愼毋、方言也。」

(二)採用俗語

劉氏之書，有時也收錄了一些不同時代的俗語，這在王氏之書及其他虛詞研究的書中，那是很難見到的。如卷三「恁」字，就是一個例子：

「恁，方言也。姜夔疏影詞：『等恁時重不見幽香，已入小窗橫幅。』又黃機水龍吟詞：『恨荼蘼吹盡，櫻桃過了，便只恁成孤負。』此恁字，猶云如此。言便只是如此，遂過却春也。」

(三)解釋精審

劉毓崧氏在助字辨略的跋文中，除了擧出許多經傳釋詞與助字辨略所暗合的例子之外，又擧出一些劉氏之書，推闡引證，較王氏之書更爲詳盡的例子，下面便是其中一例：

釋詞卷十：「薄，發聲也。詩葛覃曰：『薄汙我私，薄澣我衣。』又芣苢曰：『薄言采之。』傳曰：『薄，辭也。』時邁：『薄言震之。』韓詩薛君傳與毛傳同。」

辨略卷五：「詩國風：『薄言采之。』毛傳云：『薄，辭也。』正義云：『時邁云：薄言震之。箋云：薄，猶甫也。甫，始也。有客曰：薄言追之。箋云：王始言餞送之，以薄爲始者，以時邁下句云，莫不震疊，明上句薄言震之爲始動以威也。有客前云以縶其馬，欲留微子，下云薄言追之，是時將行，王始言餞送之。詩之言薄多矣，唯此二者以薄爲始，餘皆爲辭也。』愚案：薄，辭也；言，亦辭也。薄言，重言之也。詩凡云薄言，皆是發語之辭，非時邁有客二詩又別爲甫始，不如正義之所云也。」

楊樹達先生也在助字辨略的跋文中，舉出一些劉書精審過於王氏的例子，如：

公羊傳隱二年：「前此則曷爲始乎此？託始焉爾。」何休云：「焉爾，猶於是也。」王氏釋詞從其說。劉氏則云：「此焉爾亦語已辭，若以爲於是，則『紀子伯者何？無聞焉爾。』寧可作於是邪！」

莊子德充符篇：「子產蹵然改容更貌曰，子無乃稱。」王氏釋詞云：「子無乃稱，猶曰子無稱是言也。」而劉氏則云：「乃字合訓如此，言無爲如此稱說也。」

楊氏以爲，這兩個例子，「衡校兩家，劉氏之說，皆勝於王氏。」又如：史記東越傳：「且秦舉咸陽而棄之，何乃越也？」劉氏云：「何乃，猶云何但。」

史記高帝紀：「漢王以故得刼五諸侯兵。」劉氏云：「以故，猶言因是。」（章太炎新方言云：故，猶此也。」楊氏以爲「此二說又王氏釋詞所未及者也。」

除了優點之外，無可否認的，助字辨略也存在着一些缺點。

㈠體裁未能統一完善

王氏釋詞在體裁上，多數是先言用法，而後加以引證，同時，對於引證之書，也多數加以解釋，以說明其不同之用法。而劉氏之書，有時，在虛字之下先說用法，然後引書，後面又加按語。有時，在字下不加解說，先列引文，然後逐項加以辨析。有時，在羅列了幾種材料之後，才加以簡單的說明。因此，全書的體例似乎不夠完善統一，同時，對所舉例證的解釋，也並不非常成熟。

㈡引書未能盡從其溯

劉毓崧氏在助字辨略的跋文中說：「若夫同一援舊文也，釋詞必舉其最初，而此書不必盡從其溯。」劉氏之書，對他所收錄的例證，未能很好地去窮源竟妄，因此，每條所引用的，並不一定是使用這個字的最早材料，這樣，往往使得人們對字義產生的時代，不易作出明確的判斷，這確是很大的缺點。如對於「顧」的解釋：

辨略卷四：「顧，但也。史記刺客傳：『吾每念痛於骨髓，顧計不知所出耳。』」

釋詞卷五：「顧，猶但也。……燕策曰：『吾每念常痛於骨髓，顧計不知所出耳。』」

劉毓崧謂「燕策卽史記所本」，而辨略未能引用較早的資料。

㈢解釋虛詞每有錯誤

楊樹達先生在助字辨略的跋文中，曾舉出了一些劉氏解釋方面的錯誤，他說：

「書金縢：『于後公乃為詩以貽王。』庾子山詩：『於時朝野歡娛。』于字於字，義皆與在同，而劉氏乃云：『于後猶云其後，於時猶云其時。』不悟於字不能直訓其也。」

「荀子勸學篇：『雖欲無滅，亡得乎哉！』楊注云：『亡，通作惡。』按亡字當如字，屬上讀，楊注誤，而劉氏引為無字之例，未能糾正舊說。」

「史記曰者傳：『此夫老子所謂上德不德，是以有德。』夫字義與彼同，而劉氏乃謂此夫字為語助辭。」

「論語：『吾未嘗無誨焉。』史記陸賈傳：『高帝未嘗不稱善。』未嘗與未曾同，而劉氏乃云：『

未嘗，猶未始，未嘗不，猶云未有不。』不悟嘗字不能訓始與有也。」

「韓退之伯夷頌：『一凡人譽之，則自以爲有餘。』凡人，言凡庸之人，而劉氏誤以一凡連讀，謂一凡爲大率之義。」

雖然，後起的經傳釋詞，在體例方面，解釋方面，都比助字辨略來得謹嚴和精密，但是，劉氏之書，還是有它不可磨滅的價值，在虛字之學的研究上，它首先奠定了一個良好的基礎，並且爲後世提供了相當豐富的資料，對於後世虛字之學的研究，確曾發生了很大的影響，我們今日，從事虛字文法的研究，「不得因大輅具而遂鄙椎輪，藻火興而遽遺韋韍」（劉毓崧語），因此，對於助字辨略，仍應給予相當的重視的。

第三節　與經傳釋詞有關的著述

在這一節中，我們將介紹一些與經傳釋詞有關的著述，這些著述的內容，不外幾個方面：有些是糾正經傳釋詞的錯誤，有些是補充經傳釋詞的缺漏，有些是推衍經傳釋詞的撰著方法，而擴大其內容與體制。

一、經傳釋詞補與再補

孫經世所撰著的經傳釋詞補，一共有「庸」、「一」、「乃」、「爾」、「耳」、「縱、從」、「能」、「將」、「者」、「諸」、「非」、「未」等十二條，在這十二條中，除了「縱、從」一條，其他各條，都曾經被收入經傳釋詞，但是，孫經世以爲王氏之書，在解釋虛詞時，還有不少缺漏，有些是解釋方面的不足，有些是例證方面的不足，因此，他便撰寫此篇，來補充王氏之書。

孫氏所撰的經傳釋詞再補一文，共有「而」、「如」、「若」、「然」等四條，不過，在篇幅上，反而超出了前述那篇許多，至於撰寫的體裁，則與前篇大致相同。現就孫氏經傳釋詞補中，錄出「諸」字一條，以便和前節王氏書中的「諸」字那條對照來看。

諸

㈠諸，之也。（釋詞引士昏禮記注）

①禮記文王世子：「教之以事而喻諸德者也。」

②郊特牲：「而流示之禽，而鹽諸利。」

③定元年左傳：「縱子忘之，山川鬼神其忘諸乎？」

④孟子公孫丑篇：「王庶幾改之，王如改諸，則必反予。」「諸」亦「之」也，互文耳。

⑤故禮記檀弓：「小子識之」，論衡遭虎篇「之」作「諸」。

⑥論語子路篇：「吾其與聞之」，鹽鐵論刺議篇「之」作「諸」。

㈡諸，於也。（釋詞引鄉射禮注）

①禮記中庸：「施諸己而不願，亦勿施於人。」

②晉語：「不逞於齊，必發諸晉。」「諸」亦「於」也，互文耳。

③故孟子告子篇：「必形諸外」，說苑雜言篇「諸」作「於」。

㈢諸，「之於」也。

①禮記檀弓：「兄弟吾哭諸廟」，言哭之於廟也。

②宣二年左傳：「寘諸橐以與之」，言寘之於橐也。

③襄十一年傳：「乃盟諸僖閎」，言盟之於僖閎也。

④昭二十七年傳：「寘諸門」，言寘之於門也。

⑤定十二年傳：「敗諸姑蔑」，言敗之於姑蔑也。

⑥哀元年傳：「而邑諸綸」，言邑之於綸也。

⑦魯語：「行諸國人」，言行之於國人也。又「配虞胡公而封諸陳」，言封之於陳也。

⑧論語陽貨篇：「遇諸塗」，言遇之於塗也。

⑨「諸」義與「之於」同，故或以「諸」與「之于」互用（之于即之於）。若周禮士師：「一曰誓，用之于軍旅，二曰誥，用之于會同，三曰禁，用諸田役，四曰糾，用諸國中，五曰憲，用諸都鄙。」

⑩成八年左傳言「晉侯使韓穿來，言汶陽之田歸之于齊」，又言「今有二命，曰歸諸齊。」

⑪定十三年傳言「吾舍諸晉陽」，言「而寘諸晉陽」，又曰「而歸之于晉陽」皆是也。

⑫或以「諸」與「之於」通用，若齊語：「輕過而移諸甲兵」，管子小匡篇「諸」作「之於」是也。

㈣小爾雅廣訓曰：「諸，之乎也。」（釋詞云，「急言之曰諸，徐言之曰之乎」。）

①若昭二十一年左傳：「盍及其勞且未定也，伐諸？」

②二十六年傳：「無乃亢諸？」

③定五年傳：「其又爲諸？」
④哀六年傳：「盍及其未作也先諸？」又：「天其夭諸？」
⑤論語子罕篇：「韞匵而藏諸？求善賈而沽諸？」
⑥先進篇：「子路問聞斯行諸？」
⑦顏淵篇：「吾得而食諸？」
⑧子路篇：「人其舍諸？」
⑨孟子梁惠王篇：「毀諸？」
⑩滕文公篇：「則使齊人傳諸？使楚人傳諸？」
⑪莊子應帝王：「人孰敢不聽而化諸？」
⑫新序雜事一：「可以示諸？」
⑬楊子法言吾子篇：「焉得而正諸？」又：「惡覩乎聖而折諸？」
⑭先知篇：「惡得一日而正諸？」皆是也。

㈤諸、猶「其」也。
①若春秋繁露王道篇：「絕諸本而已矣」是也，諸字訓其，猶「於」之訓「其」也。

㈥諸、猶「凡」也。
①莊子至樂篇：「諸子所言」，言凡子所言也。
②春秋繁露五行對篇：「諸文所爲」，言凡父所爲也。

③五行之義篇：「諸授之者」，言凡授之者也。

④陽尊陰卑篇：「諸在上者」，言凡在上者也。

(七)其諸，擬議之詞。（見釋詞其字下）

①若宣十五年公羊傳：「其諸則宜於此焉變矣」是也。

(八)諸，猶「者也」。

①「諸」與「者」一聲之轉，故「者」可訓為「諸」，「諸」亦可訓為「者」，大戴記小閒篇：「列五王之德煩煩如繁諸乎？」言煩煩如繁者也。

(九)諸，語助也。

①儀禮鄉飲酒禮：「若有諸公大夫」，言若有公大夫也。

②僖二年公羊傳：「其諸侍御有不在側者與？」言其侍御有不在側者也，(其、抑也)諸，並語助耳。

二、經詞衍釋

吳昌瑩氏所撰經詞衍釋十卷，共收一百六十個虛字，補遺一卷，共收二十三個虛字。吳氏此書，主要是就經傳釋詞已有的基礎上，補充其缺失，所以，在正編的十卷中，完全是就經傳釋詞的一百六十個虛字，一一補充其例證，增加其解釋，（亦有未加增補的）至於王氏書中所未收的虛字，吳氏之書，則於補遺之中，加以解釋。吳氏在經詞衍釋自序中說：「王文簡公之經傳釋詞，發先儒未發之覆，解後人不解之惑，傳以詁經，諸子史漢，並以詁傳，疏通博贍，適當人心，雖然，其所略而不論，固猶多未易曉者，既續其援引所未詳，又於其釋之所未及，而實為義所應有者，博稽而推廣之，釋之所可通，而本義實別有在者，徵引而並存之，命曰經詞衍釋，至所略而未釋之詞，則補遺於卷末。」以下，我們將錄出一些此書的例子，以供參考。

用

經傳釋詞曰：「用，詞之以也，以用一聲之轉，公羊皆言何以，穀梁或言何用。用，詞之由也，由訓爲用，用亦可訓爲由，亦一聲之轉也。用，詞之爲也。」（凡三義）衍曰：

㈠用，以詞也。

①論語：「怨是用希。」

②易：「其羽可用爲儀。」

③詩：「匪用爲教。」「覆用爲虐。」

④左傳：「德用不擾。」

㈡用、詞之爲也。

①左傳：「焉用文之」，「焉用亡鄭以倍鄰」，「焉用效人之辟」，皆言何爲也。

②又詞作爲之爲，史記齊世家：「慶封令慶舍用政。」

諸

經傳釋詞曰：「諸，之也，常語。諸，於也。諸，乎也。諸，之乎也，急言之曰諸，徐言之曰之乎。諸，語助也。」（凡五義）衍曰：

㈠諸，猶凡也。（此義釋詞不載）

①史記衞青傳：「左右兩大將軍，及諸裨將。」索隱曰：「謂凡計也。」言及凡裨將也。

②左傳襄二十七年：「使諸喪邑者，具車徒以受地。」言凡失邑者也。

③二十八年：「使諸亡人得賊者，以告而反之。」

④禮記：「公之喪諸達官之長杖。」

⑤莊子至樂篇：「諸子所言，皆人生之累也。」

⑥春秋繁露五行對篇：「諸父所爲，其子皆奉承而續行之。」

⑦史記高祖紀：「諸所過無得掠鹵。」

⑧漢書公孫宏傳：「諸常與宏有隙者。」

⑨後漢劉根傳：「諸好事者，自遠而至。」諸之同凡義者，此特約略舉之。

吳氏之書，大抵先是引出經傳釋詞的說法，然後或是補充王氏未及的例證，（如用字條）或是增加新的解釋（如諸字條），如果以爲王氏之說已很完善，也有不加增補的。對於經傳釋詞的增補，對於虛詞的研究，吳氏此書，都有相當的價值，不過，此書在引用古籍的方法上，在每條解釋的組織上，都不及王氏之書的條理井然，這是不能否認的缺點。

三、詞詮

楊樹達氏所撰的詞詮，在體制上，也是摹倣經傳釋詞的著作，楊氏在詞詮序例中說：「凡讀書者有二事焉，一曰明訓詁，二曰通文法，訓詁治其實，文法求其虛，清儒善說經者，首推高郵王氏，其所著書，如廣雅疏證，徵實之事也，經傳釋詞，擣虛之事也，其讀書雜志經義述聞，則交會虛實而成者也。……因做經傳釋詞之體、輯爲是書。」楊氏此書，比之經傳釋詞，它有幾項特別之處，第一，楊氏採用了介詞、連詞、助詞、歎詞、副詞等名字來分別虛詞的詞類，不像王氏那樣，只知用語詞、語助詞等來說明，在虛詞解釋的精密準確的程度上，超過了王氏許多，這是時代所使然。第二，王氏於詞之通常用法，略而不說，而楊氏此書，意在便於初學，不問用法爲常見偶見，都一一詳釋。第三，人們習用的虛詞，偶然也會涉及它的實義，如「則」字釋爲法則，便是名詞實義，在此書中，楊氏也偶而提及。第四，經傳釋詞用守溫三十六字母爲次，楊氏此書，則採用注音符號爲次，而另編有部首目次，以便翻檢。下面，我們錄出一些詞詮的例子，以供參考。

哉

㈠時間副詞。爾雅釋詁云：「哉，時也。」

①哉生魄。（書）

②哉生明。（又）

㈡語中助詞。說文云：「哉，言之間也。」

①王曰，嗚呼，肆哉爾庶邦君越爾御事，爽邦由哲，亦惟十人迪知上帝命。（書大誥）

②陳錫哉周。（詩大雅文王）

㈢語末助詞，表感歎。

①大哉乾元，萬物資始，乃統天。（易乾彖傳）

②遠哉遙遙。（左傳）

③廣哉熙熙乎！（又）

④善哉民之主也！（又）

⑤林放問禮之本，子曰，大哉問！（論語八佾）

⑥大哉堯之爲君也。（又泰伯）

⑦孝哉閔子騫！人不閒於其父母昆弟之言。（又先進）

⑧有是哉！子之迂也。（又子路）

⑨南宮適出，子曰，君子哉若人，尚德哉若人！（又憲問）

⑩君哉舜也！（孟子滕文公上）

⑪天下殆哉！岌岌乎！（又萬章上）

⑫陳涉少時嘗與人傭耕，輟耕之壟上，悵恨久之，曰，苟富貴，無相忘，傭者笑而應曰，若爲傭耕，何富貴也，陳涉太息曰，嗟乎，燕雀安知鴻鵠之志哉！（史記陳涉世家）

⑬上讀子虛賦而善之，曰，朕獨不得與此人同時哉！（又司馬相如傳）

⑭上怒曰，烹之，通曰，嗟呼，寃哉烹也。（又淮陰侯傳）

⑮三代之際，非一士之智也。信哉！（又叔孫通傳）

⑯上其城，望見其屋室，甚大，曰，壯哉縣！（又陳平世家）

⑰及吳楚一說，說雖行哉！然復不遂。（又鼂錯傳）

⑱觀故蕭曹樊噲滕公之家及其素，異哉所聞。（又樊噲傳）

⑲孔子因史文次春秋，紀元年，正時日月，蓋其詳哉！（又三代世表）

(四)語末助詞，表疑問。

①天實爲之，謂之何哉？（詩邶風北門）

②咸丘蒙問曰，語云，盛德之士，君不得而臣，父不得而子，舜南面而立，堯帥諸侯北面而朝之，瞽瞍亦北面而朝之，舜見瞽瞍，其容有蹙，孔子曰，於斯時也，天下殆哉岌岌乎！不識此語誠然乎哉？（孟子萬章上）

③奈何以見陵之怨，欲批其逆鱗哉？（史記刺客傳）

④曹丘至，卽揖季布曰，楚人諺曰：「得黃金百，不如得季布一諾」。足下何以得此聲於梁楚間哉？（又季布傳）。

(五)語末助詞，表反詰。

①禮云禮云，玉帛云乎哉？樂云樂云，鐘鼓云乎哉？（論語陽貨）

②湯使人以幣聘之，囂囂然曰，我何以湯之聘幣爲哉？我豈若處畎畝之中，由是以樂堯舜之道哉？湯三使往聘之，既而幡然改曰，與我處畎畝之中，由是以樂堯舜之道，吾豈若使是君爲堯舜之君哉？吾豈若使是民爲堯舜之民哉？吾豈若於吾身親見之哉？（孟子）

③處非道之位，被衆口之譖，溺於當世之言，而欲當嚴天子而求其安，幾不亦難哉？（韓非子姦刼弒

臣）。

④今將軍內不能直諫，外爲亡國將，孤特獨立而欲常存，豈不哀哉？（史記項羽紀）

⑤高祖急，顧丁公曰，兩賢豈相戹哉？（又季布傳）

⑥夫絳侯東陽侯稱爲長者，此兩人言事，曾不能出口，豈斆此嗇夫諜諜利口捷給哉？（又張釋之傳）

⑦愼夫人乃妾，妾主豈可與同坐哉？（又袁盎傳）

⑧非通幽明之變，惡能識乎性命哉？（又外戚世家）

⑨既驩合矣，或不能成子姓，能成子姓矣，或不能要其終，豈非命也哉？（又）

⑩夫精變天地，而信不喻兩主，豈不哀哉？（又鄒陽傳）

⑪忘國家之政而貪雉兎之獲，則仁者不由也，從此觀之，齊楚之事，豈不哀哉？（又司馬相如傳）

⑫太史公曰，天道恢恢，豈不大哉？（又滑稽傳）

⑬待農而食之，虞而出之，工而成之，商而通之，此寧有政教發徵期會哉？人各任其能，竭其力，以得所欲。（又貨殖傳）

㈥語末助詞，表擬議。禮記曾子問疏云：「哉者，疑而量度之辭。」

①我其試哉！（書堯典）

②帝曰，咨四岳，湯湯洪水力割，湯湯懷山襄陵，浩浩滔天，下民其咨。有能俾乂？僉曰，於，鯀哉，帝曰，吁，咈哉！方命圮族，岳曰，異哉！試可乃已，帝曰，往欽哉！（又）

裴學海氏所撰的古書虛字集釋，在語詞的研究上，確是一部集大成的著作，李廷玉在此書的序文中說：「會川（裴氏之字）治經有素，又為音韻專家，著有孟子正義補正，學庸疑義訂解、尚書成語之研究讀書，皆已刊行於世，嘉惠士林，近著古書虛字集釋一部，計十卷，都為廿餘萬言，玉乞而讀之，知其引證詳博，解釋正確，凡於對文變文古音今音通假轉變，莫不極深研幾，期於毫無疑義，且於王懷祖廣雅疏證、讀書雜志，王伯申經傳釋詞、經義述聞，俞蔭甫群經平議、諸子平議、古書疑義學例諸書，多能補其闕，正其誤，此書一出，洵為解經之津梁，讀書之矩矱也。」裴氏的自敘也說：「夫周秦兩漢之書，所以不可以今人之文法讀之者，要由其虛字之用法，與今不盡同耳，其不盡同之處，在劉淇助字辨略、王念孫讀書雜志，王引之經傳釋詞、經義述聞、俞樾群經平議、諸子平議、古書疑義學例、楊樹達詞詮、高等國文法、古書疑義學例續補諸書中，皆已詳乎其言之，且均多精確之發明，堪為定讞者。然千慮一失，智者不免，故劉王俞楊四家之書，雖皆大醇而不無小疵，……學海素服膺高郵王氏父子，喜研聲音訓詁之學，自丁卯歲，就學清華研究院，得受業於梁（任公）陳（寅恪）林（宰平）趙（元任）諸師之門，昭若發矇，益多隅反，爰不揣檮昧，刺取周秦兩漢之書，採用劉王俞楊之說，分字編次，以為古書虛字集釋十卷，凡二百九十字，前修及時賢之未及者補之，誤解者正之，是而未盡者申證之，雖不無跡近好奇，流於武斷之處，要皆由實事求是，心知其意而然，儻所說有一二幸中者，或亦於綴學之士，不無小補也。」裴氏之書，雖然酌採了劉王俞楊等家之書，但却以經傳釋詞為主，所採以例句，也多以周秦兩漢為準，所以，凡虛字不見於周秦兩漢之書的，裴書都不加收入，所以，所收的虛字，較之劉楊兩家，反都較少，不過，裴氏之書，雖名為虛字集釋，而也時有越出範圍，涉及實義者，同時，凡是裴書採用前人的意見，都一一詳加注出，這些，也都是裴書的特點。下面，我們將錄出裴書一節，作爲參考的資料。

用　庸

㈠用，以也。

①孟子萬章篇：「用下敬上。」

②易謙上六：「可用行師。」

③井九三：「可用汲。」

④字或作「庸」，漢書武五子傳：「死不得取代，庸身自逝。」（說見讀書雜志）

㈡用，爲也。（訓見經傳釋詞）

①詩雄雉篇：「何用不臧？」（見經傳釋詞引）

㈢用，猶于也，於也。（用與于，一聲之轉，可通用，故用可訓於）

一爲介詞：

①易蒙上九象傳，漸九三象傳，並曰：「利用禦寇。」（按經文言「利禦寇」，傳言「利用禦寇」者，用訓於，爲介詞，可有亦可無也，孟子滕文云篇：「在於王所者，……在王所者」，其義全同，此「於」字可有可無之證。）

②困九五：「利用祭祀。」（升上六云：「利于不息之貞。」利用卽利于也。」

③觀六四：「利用賓于王。」凡易中言「利用」者，皆倣此。
④書盤庚篇：「視民利用遷。」
⑤洛誥篇：「彼裕我民，無遠用戾。」（彼，夫也。裕，道也。戾，善也。言夫教道我民，勿遠於善也。）
一爲「在」字之義：
①晏子春秋諫篇：「公愀然而嘆曰，用後嗣世世有此（有、如也），豈不可哉？」
(四)用，猶與也。（用訓與，與亦訓用。）
①韓非子人主篇：「賢用能之士進。」
②孟子公孫丑篇：「王猶足用爲善。」
(五)用，猶則也。（用訓則，猶以訓則也。）
①書微子篇：「我祖底遂陳于上（遂，成也。陳，道也），我用沈酗于酒，用亂敗德于下。」（下用字訓以。）
②盤庚篇：「今我民用蕩析離居，罔有定極。」（極猶止也）
③立政篇：「其在商邑，用協于厥邑，其在四方，用丕式顯德。」
④論衡定賢篇：「如命窮壽盡，方用無驗也。」（方，謂醫者療病之方。）
⑤呂氏春秋遇合篇：「七十人者，萬乘之主得一人，用可爲師。」（師，長也，言萬乘之主得一人，則可爲天下之長也。）
⑥文選七發篇：「太子曰，善，然用濤何氣哉？」

(六)用，猶而也。（用訓而猶「以」訓「而」也。）

①墨子節而用篇：「死者既葬，生者毋久喪用哀。」（節葬篇：「死則既以葬矣，生者必無久喪而疾」，文例同此。）

②詩公劉篇：「思輯用光。」（思，猶斯也乃也，輯，和也。）

③小弁篇：「維憂用老。」（維，以也）

除了上述的四部書籍之外，其他與經傳釋詞有關的著作，單篇的，如章太炎先生有王伯申新定助詞辯一文，專門駁證經義述聞中「語詞誤解以實義」一條的錯誤，裴學海氏有經傳釋詞正誤一文，專門匡正經傳釋詞的缺點。專著方面，如呂叔湘氏的文言虛字，許世瑛先生的常用虛字用法淺釋。這些，都是極有價值的作品，因為篇幅的關係，這裏就不詳細敘述了。至於馬建忠的馬氏文通，楊樹達的高等國文法等以下諸書，雖然也不免會牽涉到虛詞的研究，但是，它們多數都是參稽了西洋的語法而建構起來的有系統的文法專著，已經與經傳釋詞這一系列專講虛詞的書籍，在性質上大不相同，也已超出了本章所要討論的範圍，此處只得略而不論了。

本章主要參考資料

一、齊佩瑢　訓詁學概論（第十六節、訓詁學的復興）
二、梁啓超　中國近三百年學術史
三、胡　適　清代學者的治學方法
四、劉叶秋　中國古代的字典
五、呂振端　助字辨略與經傳釋詞之比較研究（南洋大學中國語文學會年刊第一期）
六、張以仁　經傳釋詞諸書引用材料的時代問題（大陸雜誌三十四卷第二期）
七、胡志禮　標點校勘經傳釋詞
八、許世瑛　論語孟子中「諸」字用法的探究

第十三章　古書疑義舉例及其有關書籍

第一節　俞氏舉例一書的先驅（經義述聞通說）

清代學者在訓詁方面的著作，除了王氏父子的四種書籍之外，創發最多的，便要算是俞樾（曲園）的古書疑義舉例了，俞氏的書，共有七卷，內容非常廣泛，包含了今天所謂的訓詁、校勘、語法、修辭等各方面的學問，這些學問，在今天，已經各自獨立，而且，都已有著極其進步的發展，所以，在今天，當我們再來看俞氏這本書時，不免會覺得它有些內容似乎說得不夠完善，但是，開創總是困難的，也是可貴的，在百年以前，中國的語法，修辭等學問，還未萌芽的時候，俞氏已經有了這樣豐富的成績，確實是值得大書特書的，自從俞氏此書刋行之後，中國學者，凡是談語法及修辭的，幾乎無人不受俞氏此書的影响，由這，也可以看出俞氏此書的價值和地位了。所以，劉師培稱此書爲「發古今未有之奇」，馬敍倫也稱它爲「發蒙百代，梯梁來學」的著作，並不是沒有理由的。

清代的訓詁之學，到了王氏父子，確實是登峯造極，算得上是這門學問中的第一流大師了，俞氏的時代、晚於王氏父子，而王氏父子，又是俞氏心目中最爲欽佩的人物，因此，俞氏在學問的研究中，自然地也就走上了與王氏父子相同的道路，甚至，在某些程度上，俞氏更是有意地在模仿著王氏父子著述的作品，像經群平議的摹仿經義述聞，諸子平議的摹仿讀書雜志，便是這種例子。俞氏在群經平議敍中說：

「嘗試以爲，治經之道，大要有三，正句讀，審字義，通古文假借，得此三者以治經，則思過半矣，………三者之中，通假借爲尤要，諸老先生唯高郵王氏父子，發明故訓，是正文字，至爲精審，所著經義述聞，用漢儒讀爲讀曰之例者居半焉，………余之此書，竊附王氏經義述聞之後，雖學術淺薄，儻亦有一二言之幸中者乎。」

章太炎先生曾作有「俞先生傳」，說到俞氏：

「年三十八，始讀高郵王氏書，自是說經依王氏律令，五歲，成群經平議，以劓述聞，又規雜志作諸子平議，最後作古書疑義舉例。」

章氏又說俞氏，「治群經不如述聞，諦諸子乃與雜志抗衡」，並說古書疑義舉例之作，較之經傳釋詞，更爲恢廓。只是，俞氏雖然在研究的方法上摹仿王氏父子，却並非一意抄襲，所以，梁任公說：「蔭甫私淑石臞父子，刻意模仿，但他並非蹈襲，乃應用王家的方法，補其所未及。」這是很公允的批評。

不僅在經學與子學的研究上，俞氏模仿了王氏父子，同時，在古書疑義舉例這本書的撰著方面，俞氏也多少承受了王氏父子的影響，因爲，經義述聞卷三十二，通說下的十二條，不論其性質或是撰寫的方式，都和俞氏舉例一書，十分接近，俞氏舉例一書，簡直可說就是王氏那十二條訓詁準則的擴大和引申，雖然，對於王俞二氏書中所討論的問題，在王氏之前，並不是無人討論過，但是，以俞氏之刻意摹仿王氏父子，崇拜王氏父子而言，舉例一書承受了王氏的影響，應該是非常合理的事情，因此，我們才說，王氏述聞中通說十二條，是俞氏舉例的先驅。

王氏通說十二條，所論述的問題，在訓詁學上，皆有一定的價值，今節錄部分如下，一則作為訓詁方法的參考，一則也可取與舉例一書，作為比較的資料。

一、經文假借

許氏說文論六書假借，曰，本無其字，依聲託事，令長是也，蓋無本字，而後假借他字，此謂造作文字之始也，至於經典古字，聲近而通，則有不限於無字之假借者，往往本字見存，而古本則不用本字，而用同聲之字，學者改本字讀之，則怡然理順，依借字解之，則以文害辭，是以漢世經師作注，有讀為之例，有當作之條，皆由聲同聲近者，以意逆之，而得其本字，所謂好學深思，心知其意也，然亦有改之不盡者，迄今考之文義，參之古音，猶得更而正之，以求一心之安，而補前人之闕。如借光為廣，而解者誤以為光明之光。（說見易光亨，書光被四表，國語少光王室，光遠宣朗），借有為又，而解者誤以為有無之有（說見遲有悔），……借易為埸，而解者誤以為平易之易（說見喪羊于易），借繘為矞，而解者誤以繘為綆（說見亦未繘井），借井為阱，而解者誤以為井泉之井（說見舊井无禽。）……

二、語詞誤解以實義

經典之文，字各有義，而字之為語詞者，則無義之可言，但以足句耳，語詞而以實義解之，則扞格難通，余曩作經傳釋詞十卷，已詳著之矣，玆復約略言之，其有前此編次所未及者，亦補載焉。如與，以也，論語陽貨篇：「鄙夫可與事君也與哉？」言不可以事君也，而解者云，不可與之事君，則失之矣。以，及也，復上六曰：「用行師，終有大敗，以其國君凶。」言及其國君也，而解者訓以為用，云，用之於國，則反乎君道，則失之矣。……如，而也，邶風柏舟曰：「耿耿不寐，如有隱憂。」言耿耿不寐，而有隱憂也，而解者云，如人有痛疾之憂，則失之矣。小雅車攻曰：「不失其馳，舍矢如破。」言舍矢而破也，而解者云，如椎破物，則失之矣。……善學者不以語詞為實義，則依文作解，較然易明，何至展轉遷就，而卒非立言之意乎？

三、經義不同，不可強為之說

講論六藝，稽合同異，名儒之盛事也，述先聖之元意，整百家之不齊，經師之隆軌也，然不齊之說，亦有終不可齊者，作者既所聞異辭，學者亦弟兩存其說，必欲牽就而泯其參差，反致溷殽而失其本指，所謂離之則兩美，合之則兩傷也，如書序以武庚、管叔、蔡叔為三監，逸周書作雒篇，以武庚、管叔、霍叔為三監，此不可強合者也，而解者欲合為一，則去武庚而以管叔蔡叔霍叔當之矣（辨見尚書上。）……成十六年左傳，晉侯伐鄭，欒書將中軍，士燮佐之，晉語則云，欒武子將上軍，范文子將下軍，此不可強合者也，而解者欲合為一，則云，上下，中軍之上下矣（見晉語韋注。）……以兩不相侔之說，而欲比而同之，宜其說之阢隉而不安矣。

四、經傳平列二字、上下同義

古人訓詁，不避重複，往往有平列二字，上下同義者，解者分為二義，反失其指。如泰象傳：「后以裁成天地之道，輔相天地之宜。」解者訓裁為節，或以為坤富稱財，不知裁之言載也成也，裁與成同義，而曰裁成，猶輔與相同義，而曰輔相也。……甘誓：「威侮五行。」解者訓威為虐，不知威乃威之譌，威乃蔑之借，蔑侮，皆輕慢也。……周南卷耳篇：「我馬玄黃。」解者以為玄馬病則黃，不知玄黃皆病也。……文十八年左傳：「天下之民謂之饕餮。」解者謂貪財為饕，貪食為餮，不知饕餮，本貪食之名，因謂貪得無厭者爲饕餮，饕與餮無異也。…………

五、經文數句平列、上下不當歧異

經文數句平列，義多相類，如其類以解之，則較若畫一，否則上下參差，而失其本指矣。如洪範：「聽作謀」與「恭作肅、從作乂、明作哲、睿作聖」並列，則謀當讀爲敏，解者以爲下進其謀，則文義不倫矣。昭七年傳：「官職不則」，與「六物不同、民心不壹、事序不類」並列，則「則」當訓爲均，解者訓則爲法，以爲法官居職不一法，則文義不倫矣。……論語顏淵篇：「非禮勿動」，與「非禮勿視、非禮勿聽、非禮勿言」並列，則動當爲動容貌，（中庸曰，齊明盛服，非禮不動，亦謂動容貌也），解者訓動爲行事，以爲身無擇行（見邢昺疏，後人皆沿其誤），則文義不倫矣。

六、經文上下兩義不可合解

經文上下兩義者，分之則各得其所，合之則扞格難通。如屯六二：「匪寇昏媾」謂昏媾也，「女子貞不字，十年乃字。」謂妊娠也，而解者誤以女子貞不字，承昏媾言之，則云許嫁笄而字矣。……僖五年左傳：「輔車相依。」取諸車以爲喻也，「脣亡齒寒。」取諸身以爲喻也，而解者誤合爲一，則云，輔，頰輔，車，牙車矣。……其有平列二字，字各爲義，而誤合之者，……周語：「川無舟梁。」謂無舟又無梁也，而解者誤合爲一，則云，舟梁，以舟爲梁矣。凡此皆宜分而合者也，說經者各如其本指，則明辨晳矣。

七、衍文

經之衍文，有至唐開成石經始衍者，洪範「于其無好」下衍「德」字，天官敘官腊人，衍「府二人史二人」六字之屬是也。有至唐初作疏時已衍者，湯誓「舍我穡事而割正」下衍「夏」字，文王世子：「諸父守貴室。」貴室上衍「貴宮」二字之屬是也。亦有自漢儒作注時已衍者，如大誥：「厥考翼其肯曰，予有後，弗棄基。」翼，衍字也，鄭注訓翼爲敬，則已衍翼字矣。無逸：「先知稼穡之艱難，乃逸，則知小人之依。」乃逸二字，衍字也。（家大人曰，先知稼穡之艱難，則知小人之依，文義上下相承，中間不得有乃逸二字，且周公戒王以無逸，何得又言乃逸乎，乃逸二字，蓋涉下文「厥子乃不知稼穡之艱難，乃逸乃諺」而衍。）而某氏傳曰，先知之，乃謀逸豫，則已衍乃逸二字矣。……家大人曰，書傳多有旁記之字，誤入正文者，墨子備城門篇：「令吏民皆智之。」智，古知字也，後人旁記「知」字，而寫者並存之，遂作「吏民皆智知之」。……

八、形譌

經典之字，往往形近而譌，仍之則義不可通，改之則怡然理順。……卿與鄉相似，而誤爲鄉，敦與激相似，而誤爲激（並辨見儀禮），濯與灌相似，而誤爲灌，改與致相似，而誤爲致，雀與省相似，而誤爲省，須與類相似，而誤爲類（並辨見大戴禮上）……左與右相似，而誤爲右，循與修相似，而誤爲脩，欲與故相似，而誤爲故，天與大相似，而誤爲大，穴字隸書與內相似，而誤爲內，壐與畺相似，而誤爲畺，又誤爲疆（並辨見禮記上）。……

網與綱相似，而誤爲綱。（論語述而篇：「子釣而不綱。」綱乃網之譌，謂不用網罟也，孔注據誤本綱字作解，失之。）

我與義相似，而誤爲義。（孟子公孫丑篇：「是集義所生者，非義襲而取之也。」下義字文義難通，疑當作我，言在外者，我可襲而取之，浩然之氣，從內而出，非我所能襲取也，我與義相似，又涉上文兩義字而誤耳，趙注但云人生受氣所自有，而不及義字，則所見本不作義可知，疏據義字作解，非也。）

差與養相似，而誤爲養。（告子篇：「雖有不同，則地有肥磽雨露之養，人事之不齊也。」養，疑當作差，字形相似而誤，謂雨露多寡之差也，故趙注以爲雨澤有不足。）

稟與棠相似，而誤爲棠。（盡心篇：「齊饑，陳臻曰，國人皆以夫子將復以發棠。」棠，疑當作稟，稟古廩字，謂發倉廩以振饑也，稟字隸書作槀，與棠相似而誤，趙注云：「棠，齊邑，發棠邑之倉，以振貧窮。」則所見本已誤爲棠，不知棠爲稟之譌，稟卽倉也。……）

九、上下相因而誤

經典之字，多有因上下文而誤寫偏旁者，如堯典：「在璿機玉衡。」機字本從木，因璿字而從玉作璣。大雅緜篇：「自土徂漆。」徂字本從彳，因漆字而從水作沮。爾雅釋詁：「簡、菿、大也。」菿字本從艸，因簡字而從竹作箌。此本有偏旁而誤易之者也。

盤庚：「烏呼」，烏因呼而誤加口。周南關雎：「展轉反側。」展字因轉字而誤加車。魏風伐檀：「河水清且漣猗。」猗字因漣字而誤加水。小雅采薇：「玁允之故。」允字因玁字而誤加犬。大戴禮勸學篇：「水潦屬焉。」屬字因潦字而誤加水。月令：「地氣且泄。」且字因泄字而誤加水。樂記：「及優朱儒。」朱字因儒字而誤加人。定五年左傳：「陽虎將以與璠歛。」與字因璠字而誤加玉。爾雅釋詁：「昄、至、大也。」至字因昄字而誤加日。釋宮：「椹謂之虔。」虔字因椹字而誤加木。釋山：「山夾水、澗，陵夾水、虞。」虞字因澗字而誤加水。此本無偏旁而誤加之者也。

十、上文因下而省

古人之文，有下文因上而省者，亦有上文因下而省者，堯典：「朞三百有六旬有六日。」三百者，三百日也，因下六日而省日也。……論語爲政篇：「舉直錯諸枉則民服，舉枉錯諸直則民不服。」舉直舉枉者，舉諸直諸枉也，因下錯諸枉錯諸直而省諸字。衞靈公篇：「躬自厚而薄責於人。」躬自厚者，躬自厚責也，因下薄責於人而省責字。孟子滕文公篇：「夏后氏五十而貢，殷人七十而助，周人百畝而徹。」五十七十者，五十畝七十畝也，因下百畝而省畝字。

十一、增字解經

經典之文，自有本訓，得其本訓，則文義適相符合，不煩言而已解，失其本訓而強爲之說，則阢隉不安，乃於文句之間，增字以足之，多方遷就，而後得申其說，此强經以就我，而究非經之本義也。如蹇六二：「王臣蹇蹇，匪躬之故。」故，事也，言王臣不避艱難者，皆國家之事，而非其身之事也，而解者曰，盡忠於君，匪以私身之故，而不往濟君（正義），則於躬上增以字私字，故下增不往濟君字矣。……繫辭傳：「聖人以此洗心。」洗與先通，先猶導也，言聖人以此導其心思也，而解者曰，洗濯萬物之心（韓注），則於心上增萬物字矣。……皋陶謨：「烝民乃粒。」粒讀爲立，立，定也，言衆民乃安定也，而解者曰，衆民乃復粒食（鄭注），則於粒下增食字矣。……無逸：「則知小人之依，爰知小人之依。」依之言隱也痛也，言知民隱也，而解者曰，知小人之所依怙，又曰，小人之所依，依仁政（並某氏傳），則於依上增所字矣。……邶風：「終風且暴。」，終猶既也，言既風且暴也，而解者曰，終日風爲終風（毛傳），則於終下增日字矣。……莊二十四年左傳：「昔周公弔二叔之不咸。」謂管蔡不和睦也，而解者曰，傷夏殷之叔世，疏其親戚，以至滅亡（杜注），則於叔下增世字，不咸上增親戚字矣。……此皆不得其正解，而增字以遷就之，治經者苟三復文義，而心有未安，雖舍舊說以求之可也。

十二、後人改注疏釋文

經典譌誤之文，有注疏釋文已誤者，亦有注疏釋文未誤，而後人據已誤之正文改之者，學者但見已改之本，以爲注疏釋文所據之經，已與今本同，而不知其未嘗同也。如易繫辭傳：「莫善乎著龜。」唐石經善誤爲大，而諸本因之，後人又改正義之善爲大矣。小雅十月之交篇：「山冢卒崩。」唐石經誤依釋文卒作崒，而諸本因之，後人又改箋及正義之卒爲崒矣。……曲禮：「前有車騎，則載鴻。」唐石經鴻上衍飛字，而諸本因之，後人又加飛字於正義內矣。……宣二年左傳：「趙穿殺靈公於桃園。」唐石經殺誤爲攻，而諸本因之，後人又改釋文之殺爲攻矣。襄二十九年傳：「其有陶唐氏之遺風乎。」唐石經風誤爲民，而諸本因之，後人又據以改正義矣。……凡此者，皆改不誤之注疏釋文，以從已誤之經文，其原本幾不可復識矣，然參差不齊之迹，終不可泯，善學者循其文義，證以他書，則可知經文雖誤，而注疏釋文尚不誤，且據注疏釋文之不誤，以正經文之誤可也。

第二節　俞氏古書疑義舉例

俞曲園在古書疑義舉例序上說：「夫周秦兩漢，至於今遠矣，執今人尋行數墨之文法，而以讀周秦兩漢之書，譬猶執山野之夫，而與言甘泉建章之巨麗也，夫自大小篆而隸書，而眞書，自竹簡而縑素，而紙，其爲變也屢矣，執今日傳刻之書，而以爲古人之眞本，譬猶聞人言筍可食，歸而養其簀也，嗟夫，此古書疑義所以日滋也歟。竊不自揆，刺取九經諸子，爲古書疑義舉例七卷，使童蒙之子，習知其例，有所據依，或亦讀書之一助乎？若夫大雅君子，固無取乎此。」俞氏因爲「發現出許多古人說話行文用字之例，又發現出許多後人因誤讀古書而妄改或傳鈔譌舛以致失眞之例。」（梁啓超中國近三百年學術史），因此，才著成此書，俞氏雖然自謙是爲了使童蒙之子，習知其例，其實，想要閱讀秦漢古籍的人，何嘗不可以利用此書作爲津梁呢！以下，我們將擇要節錄一些例子，以供參考。

一、上下文異字同義例

古書有上下文異字而同義者。孟子公孫丑篇：「有仕於此而子悅之，不告於王而私與之吾子祿爵；夫士也，亦無王命而私受之於子。」按：「有仕於此」之「仕」，即「夫士也」之「士」。「夫士也」，正承「有仕於此」而言。「士」，正字，「仕」，叚字，是上下文用字不同而實同義也。

論語衞靈公篇：「臧文仲其竊位者與？知柳下惠之賢而不與立也。」按：古文「位」、「立」同字。此章「立」字當讀爲「位」，不與立即不與位，言知柳下惠之賢而不與之祿位也。上文「竊位」字作「位」，下文「不與位」字作「立」，異文而同義也。

莊元年左傳：「築王姬之館于外。爲外，禮也。」按：「爲外，禮也，」猶曰「于外，禮也。」古「于」、「爲」義通。鄭注士冠禮曰：「『于』，猶『爲』也。」然則「爲」亦猶「于」也，此舉經文而釋之。若但曰「禮也」，疑若通言築之爲得禮，而無以明築于外之爲得禮；故疊「于外」二字，乃舉經文作「于外」，而傳文自作「爲外」，亦異文而同義也。

二、上下文同字異義例

古書亦有上下文同字而異義者。禮記玉藻篇：「既搢必盥，雖有執於朝，弗有盥矣。」上「有」字乃有無之「有」，下「有」字乃「又」字也；言雖有執於朝，不必又盥也。論語公冶長篇：「子路有聞，未之能行，惟恐有聞。」上「有」字乃有無之「有」，下「有」字亦「又」字也；言有聞而未行，則惟恐又聞也。

尚書微子篇：「降監殷民，用乂讎斂，召敵讎不怠。」按：釋文曰：「讎，如字；下同。」此依傳義作音也。又曰：「徐云鄭音疇。」是鄭注上讎字與下讎字異義。鄭於上讎字蓋讀爲疇，故徐云鄭音疇也。「乂」與「刈」通。「降監殷民，用乂讎斂，」言下視殷民，方用刈穫之時，計疇而斂之也。孟子盡心篇趙注曰：「疇，一井也。」殷制用助法，上所應得者，惟公田所入耳。此云「疇斂」，則是按井而斂之，所取不止於公田，殆紂時所加賦歛？枚傳不知上下兩讎字文同義異，致失其解。

三、倒句例

古人多有以倒句成文者，順讀之則失其解矣。僖二十三年左傳：「其人能靖者與有幾？」昭十九年：「諺所謂室於怒市於色者。」皆倒句也。

詩人之詞必用韻，故倒句尤多。桑柔篇：「大風有隧，有空大谷。」言大風則有隧矣，大谷則有空矣。今作「有空大谷」，乃倒句也。說詳王氏經義述聞。節南山篇：「弗聞弗仕，勿罔君子；式夷式已，無小人殆。」言勿罔君子，無殆小人也。「無」，猶勿也，「罔」與「殆」義相近，論語亦以「罔」

「殆」對文可證。今作「無小人殆」，乃倒句也。說詳余所著羣經平議。

孟子盡心下篇：「若崩，厥角稽首。」按：漢書諸侯王表：「厥角稽首。」應劭曰：「厥者，頓也。角者，額角也。稽首，首至地也。」其說簡明勝趙注。「若崩」二字，乃形容厥角稽首之狀。蓋紂衆聞武王之言，一時頓首至地，若山冢之崒崩也。當云「厥角稽首若崩」，今云「若崩厥角稽首」，亦倒句耳。後人不得其義，而云稽首至地，若角之崩，則不知角爲何物，失之甚矣。

史記樂毅傳：「薊丘之植，植於汶篁。」索隱曰：「薊丘，燕所都之地也。言燕之薊丘所植，皆植齊王汶上之竹也。」按：此亦倒句，若順言之，當云「汶篁之植，植於薊丘」耳。宋人言宣和事云：「夷門之植，植於燕雲，」便不及古人語妙矣。

四、錯綜成文例

古人之文，有錯綜其辭以見文法之變者。如論語：「迅雷風烈；」楚辭：「吉日兮辰良；」夏小正：「剝棗栗零：」皆是也。

淮南子主術篇：「夫疾風而波興，木茂而鳥集。」上言疾風，下言木茂，亦錯綜其詞。意林引此，作「風疾而波興」，由不知古人文法之變而以意改之。

五、兩事連類而並稱例

少牢饋食禮：「日用丁己。」言或用丁，或用己也。士虞禮：「冪用絺布。」言或用絺，或用布也。古人之文，自有此例。

日知錄曰：「孟子云：『禹、稷當平世，三過其門而不入。』考之書曰：『啓呱呱而泣，予弗子。』此禹事也；而稷亦因之受名。『華周、杞梁之妻，善哭其夫而變國俗。』考之列女傳曰：『哭於城下七日而城爲之崩。』此杞梁妻事也；而華周妻亦因之以受名。」愚謂此皆連類而及之例也。呂氏春秋曰：「孔丘、墨翟，晝日諷誦習業，夜親見文王、周公旦而問焉。」因孔子而及墨翟，因周公而及文王，亦此類矣。

六、兩語似平而實側例

緜篇：「曰止曰時。」箋云：「時，是也。曰可止居於是。」正義曰：「如箋之言，則上『曰』爲辭，下『曰』爲『於』也。」按：此亦似平而實側者，與「爰始爰謀」，乃宣乃畝」一例。王氏引之曰：「經文疊用曰字，不當上下異訓，二曰字皆語辭，時亦止也。」轉未得古人義例矣。

論語憲問篇：「君子恥其言而過其行。」正義曰：「此章勉人使言行相副也。君子言行相顧，若言過其行，謂有言而行不副，君子所恥也。」按：恥其言而過於行，亦語平而意側。皇侃義疏本作「君子恥其言之過其行也；」語意更明。朱注曰：「恥者，不敢盡之意；過者，欲有餘之辭；」誤以兩句爲平列，失之。

七、兩句似異而實同例

古人之文，有兩句竝列而實一意者，若各爲之說，轉失其義矣。禮記表記篇：「仁有數，義有長短小大。」鄭注曰：「數與長短小大，互言之耳。」按：數即短長小大，質言之，則是仁有數，義亦有數耳。乃於仁言「數」，而於義變言「長短小大」，此古人屬辭之法也。

尚書舜典篇：「流共工于幽州，放驩兜于崇山，竄三苗于三危，殛鯀于羽山。」枚傳曰：「殛、竄、放、流，皆誅也；異其文，述作之體。」至詩人之詞，此類尤多。關睢篇：「參差荇菜，左右流之；

窈窕淑女，寤寐求之。」傳曰：「流，求也。」則流之、求之，一也。兔爰首章，「我生之初，尚無爲；」次章，「我生之初，尚無造。」傳曰：「造，爲也。」則無爲、無造，一也。

楊子法言吾子篇：「多聞則守之以約，多見則守之以卓。」按：卓亦約也。莊子大宗師篇郭象注曰：「卓者，獨化之謂也。」是卓有獨義。說苑君道篇：「踔然獨立。」踔與卓同。「卓約」，本疊韻字。莊子之「淖約」，上林賦之「綽約」，竝其證也。「多聞則守之以約」「多見則守之以卓」，猶「淖約」「綽約」之比。是亦變文以成辭而無異義也。

八、倒文協韻例

詩既醉篇：「其僕維何？釐爾女士。釐爾女士，從以孫子。」按：女士者，士女也。孫子者，子孫也。皆倒文以協韻。猶「衣裳」恆言，而詩則曰「制彼裳衣」；「琴瑟」恆言，而詩則曰「如鼓瑟琴」也。甫田篇：「以穀我士女，」此云「女士」，彼云「士女」，文異義同。箋云：「予女以女而有士行者」，則失之纖巧矣。經文平易，殆不如是。

莊子山木篇：「一上一下，以和爲量。」按：此本作「一下一上，以和爲量，」上與量爲韻；今作一上一下，失其韻矣。秋水篇：「無東無西，始於元冥，反於大通。」亦後人所改。莊子原文本作「無西無東」，東與通爲韻也。王氏念孫已訂正。「上下」「東西」，人所恆言，後人口耳習熟，妄改古書，由不知古人倒文協韻之例耳。

古書多韻語，故倒文協韻者甚多。淮南子原道篇：「無所左而無所右，蟠委錯紾，與萬物終始。」不言「始終」而言「終始」，始與右爲韻也。文選鵩鳥賦：「怵迫之徒，或趨西東；大人不曲，意變齊同。」不言「東西」而言「西東」，東與同爲韻也。後人不達此例而好以意改，往往失其韻矣。

九、古人行文不避繁複例

古人行文，亦有不避繁複者。孟子梁惠王篇：「故王之不王，非挾泰山以超北海之類也；王之不王，是折枝之類也。」離婁篇：「瞽瞍底豫而天下化，瞽瞍底豫而天下之爲父子者定。」兩「王之不王」，兩「瞽瞍底豫」，若省其一，讀之便索然矣。

管子權修篇：「凡牧民者，欲民之正也。欲民之正，則微邪不可不禁也。微邪者，大邪之所生也。微邪不禁而求大邪之無傷國，不可得也。凡牧民者，欲民之有禮也。欲民之有禮，則小禮不可不謹也。小禮不謹於國，而求百姓之行大禮，不可得也。凡牧民者，欲民之有義也。欲民之有義，則小義不可不行。小義不行於國，而求百姓之行大義，不可得也。凡牧民者，欲民之有廉也。欲民之有廉，則小廉不可不修也。小廉不修於國，而求百姓之行大廉，不可得也。凡牧民者，欲民之有恥也。欲民之有恥，則小恥不可不飾也。小恥不飾於國，而求百姓之行大恥，不可得也。凡牧民者，欲民之修小禮，行小義，飾小廉，謹小恥，禁微邪，此厲民之道也。」按：此一段之中，疊用「凡牧民者」句，文繁語複，使今人爲之，則芟薙者過半矣。

十、語急例

古人語急，故有以「如」爲「不如」者。隱元年公羊傳：「如勿與而已矣。」注曰：「如，卽不如」是也。有以「敢」爲「不敢」者。莊二十二年左傳：「敢辱高位。」注曰：「敢，不敢也」是也。詳見日知錄三十二。

詩君子偕老篇：「是紲袢也。」毛傳曰：「是當暑袢延之服也。」然則「袢」即「袢延」也。論語先進篇：「由也喭。」鄭注曰：「子路之行，失於畔喭。」然則「喭」即「畔喭」也，竝古人語急而省也。

雍也篇：「君子博學於文，約之以禮，亦可以弗畔矣夫。」「畔」亦即「畔喭」也。畔、喭本疊韻字，急言之，則或曰「喭」，「由也喭」是也；或曰「畔」，「亦可以弗畔矣夫」是也。鄭注曰：「弗畔，不違道。」殆未免乎知二五而不知十矣。

十一、語緩例

古人語急，則二字可縮爲一字；語緩，則一字可引爲數字。襄三十一年左傳：「繕完葺牆以待賓客。」急言之，則止是「葺牆以待賓客」耳。乃以「葺」上更加「繕完」二字，唐李涪刊誤遂疑「完」字當作「宇」矣。

尚書牧誓篇：「王朝至于商郊牧野。」按：郊牧野者，爾雅所謂邑外謂之郊，郊外謂之牧，牧外謂之野也。枚傳云：「至牧地而誓衆，」則但謂之「商牧」可矣。國語曰：「庶民弗忍，欣戴武王，以致戎于商牧。」是其正名也。乃連郊野言之，曰「郊牧野」；又或連野言之，曰「牧野」。詩曰：「牧野洋洋」是也。此皆古人語緩，故不嫌辭費。

十二、一人之辭而加曰字例

凡問答之辭，必用「曰」字，紀載之恆例也。乃有一人之辭中加「曰」字自爲問答者，此則變例矣。論語陽貨篇：「『懷其寶而迷其邦，可謂仁乎？』曰『不可』。『好從事而亟失時，可謂知乎？』曰

『不可』。」兩「曰」字仍是陽貨語；直至「孔子曰諾」，始爲孔子語。史記留侯世家：「『昔者湯伐桀而封其後於杞者，度能制桀之死命也；今陛下能制項籍之死命乎？』曰，『未能也。其不可一也。』『武王伐紂封其後於宋者，度能得紂之頭也；今陛下能得項籍之頭乎？』曰，『未能也。其不可二也。』」此下凡「不可者」七，皆子房自問自答；至漢王輟食吐哺罵曰，「豎儒！」始爲漢王語，與論語文法正同。說本閻氏四書釋地。按：記人於下文特著「孔子曰」，則上文兩「曰不可」，非孔子語明矣。前人皆未見及，閻氏此論，昭然發千古之矇。

十三、兩人之辭而省曰字例

一人之辭自爲問答，則用「曰」字；乃有兩人問答，因語氣相承，誦之易曉，而「曰」字從省不書者。如論語陽貨篇：「子曰：『由也，女聞六言六蔽矣乎？』對曰：『未也。』『居，吾語女！』」「居，吾語女！」乃夫子之言，而即承「對曰未也」之下，無「子曰」字。「子曰：『食夫稻，衣夫錦，於女安乎？』曰『安。』『女安，則爲之。』」「女安，則爲之」，乃夫子之言，而即承「曰安」之下，無「子曰」字。

孟子書如此者尤多。「臣請爲王言樂！」孟子之言也，而無「曰」字。「敢問何謂浩然之氣？」公孫丑之言也，而無「曰」字。文義易明，故省之也。「然則子之失伍也亦多矣！」「然則治天下獨可耕且爲與？」「然則犬之性猶牛之性，牛之性猶人之性與？」句上皆無「曰」字，文勢易見，故省之也。

十四、蒙上文而省例

古人之文，有蒙上而省者。尚書禹貢篇：「終南、惇物，至於鳥鼠。」正義曰：「三山空舉山名，不言治意，蒙上既旅之文也。」是其例也。定四年左傳：「楚人爲食，吳人及之。奔，食而從之。」此文「奔」字一字爲句，言楚人奔也。「食而從之」四字爲句，言吳人食楚人食，食畢而遂從之也。「奔」上當有「楚人」字，「食而從之」上當有「吳人」字，蒙上而省也。杜注曰，「奔食，食者走，」則奔食二字，文不成義矣。

十五、探下文而省例

夫兩文相承，蒙上而省，此行文之恆也。乃有逆探下文而預省上字，此則爲例更變，而古書亦往往有之。堯典：「舜生三十徵庸，三十在位，五十載。」因下句有「載」字，而上二句皆不言「載」。孟子滕文公篇：「夏后氏五十而貢，殷人七十而助，周人百畝而徹。」因下句有「畝」字，而上二句皆不言「畝」，是探下文而省者也。詩七月篇：「七月在野，八月在宇，九月在戶，十月蟋蟀入我牀下。」鄭箋云：自「七月在野」至「十月入我牀下」，皆謂蟋蟀也。按：此亦探下文而省，初無意義。正義曰：「退蟋蟀之文在十月之下者，以人之牀下非蟲所當入，故以蟲名附十月之下，所以婉其文也。」斯曲說矣。牀下既非蟲所當入，何反以蟲名附十月之下乎？

十六、因此及彼例

古人之文，省者極省，繁者極繁，省則有擧此見彼者矣，繁則有因此及彼者矣。日知錄曰：「古人之辭，寬緩不迫。得失，失也。史記刺客傳：『多人，不能無生得失。』利害，害也。史記吳王濞傳：『擅兵而別，多佗利害。』緩急，急也。史記倉公傳：『緩急無可使者。』游俠傳：『緩急人所時有也。』成敗，敗也。後漢書何進傳：『先帝嘗與太后不快，幾至成敗。』同異，異也。吳志孫皓傳注：『

蕩異同如反掌。』晉書王彬傳：『江州當人强盛時，能立異同。』贏縮，縮也。吳志諸葛恪傳：『一朝贏縮，人情萬端。』禍福，禍也。晉歐陽建臨終詩：『成此禍福端。』」按：此皆因此及彼之辭，古書往往有之。禮記文王世子篇：「養老幼於東序，」因老而及幼，非謂養老兼養幼也。玉藻篇：「大夫不得造車馬，」因車而及馬，非謂造車兼造馬也。

昭十三年左傳：「鄭，伯男也。」正義曰：「周語云：『鄭，伯男也，王而卑之，是不尊貴也。』王肅注此與彼，皆云『鄭，伯爵而連男言之，足句辭也。』」按：王說得之。鄭衆、服虔云鄭在男服，賈逵云男當作南，謂南面之君：竝曲說耳。

十七、寓名例

史記萬石君傳：「長子建，次子甲，次子乙，次子慶。」甲、乙非名也，失其名而假以名之也。漢書魏相傳：「中謁者趙堯舉春，李舜舉夏，兒湯舉秋，貢禹舉冬。」不應一時四人同以堯、舜、禹、湯爲名，皆假以名之也。說詳日知錄。

莊、列之書多寓名，讀者以爲悠謬之談，不可爲典要。不知古立言者自有此禮也。雖論語亦有之，長沮、桀溺是也。夫二子者問津且不告，豈復以姓名通於吾徒哉？特以下文各有問答，故爲假設之名以別之：曰「沮」，曰「溺」，惜其沈淪而不返也。桀之言「傑然」也，「長」與「桀」，卅指目其狀也。以爲二人之眞姓名，則泥矣。

十八、以大名冠小名例

荀子正名篇曰：「物也者，大共名也；鳥獸也者，大別名也。」是正名百物，有共名別名之殊。乃古人之文，則有舉大名而合之於小名，使二字成文者。如禮記言「魚鮪」，魚其大名，鮪其小名也。左傳言「鳥烏」，鳥其大名，烏其小名也。孟子言「草芥」，草其大名，芥其小名也。荀子言「禽犢」，禽其大名，犢其小名也。皆其例也。

禮記月令篇：「孟夏行春令，則蝗蟲爲災；仲冬行春令，則蝗蟲爲敗。」王氏引之曰：「『蝗蟲』皆當爲『蟲蝗』。此言『蟲蝗』，猶上言『蟲螟』，後人不知而改爲『蝗蟲』，謬矣。」按：上言「蟲」而下言「螟」；「蟲」，其大名也；「蝗、螟」，其小名也。

十九、實字活用例

宣六年公羊傳：「勇士入其大門，則無人門焉者。」上「門」字實字也，下「門」字則爲守是門者也。襄九年左傳：「門其三門。」下「門」字實字也，上「門」字則爲攻是門者矣。此實字而活用者也。宣十二年左傳：「屈蕩戶之，」杜注曰：「戶，止也。」戶本實字而用作止義，則活矣。

執持於手卽謂之手。莊十二年公羊傳：「手劍而叱之。」禮記檀弓篇：「子手弓而可」是也。懷抱於腹卽謂之腹。詩蓼莪篇：「出入腹我，」是也。史記司馬相如傳：「手熊羆，足野羊。」注曰：「手足，謂拍踰殺之。」手所拍卽謂之手，足所踰卽謂之足，古人用字之法也。

以女妻人卽謂之女，以食飤人卽謂之食，古人用字類然；經師口授，恐其疑誤，異其音讀，以示區別，於是何休注公羊，有長言、短言之分；高誘注淮南，有緩言、急言之別。詩：「興雨祁祁，雨我公田。」釋文曰：「興雨如字，雨我于付反。」左傳：「如百穀之仰膏雨也，若常膏之。」釋文曰：「膏雨如字，膏之古報反。」苟知古人有實字活用之例，則皆可以不必矣。

二十、語詞複用例

古人用助語詞，有兩字同義而複用者。左傳：「一薰一蕕，十年尚猶有臭。」尚，即猶也。禮記：「人喜則斯陶。」斯，即則也。此顧氏炎武說。「何」謂之「庸何」。文十八年左傳：「人奪女妻而不怒，一抶汝，庸何傷？」庸，亦何也。「詎」謂之「庸詎」。莊子齊物論篇：「庸詎知吾所謂知之非不知邪？庸詎知吾所謂不知之非知邪？」庸，亦詎也。「安」謂之「庸安」。荀子宥坐篇：「女庸安知吾不得之桑落之下？」庸，亦安也。「孰」謂之「庸孰」。大戴記曾子制言篇：「庸孰能親汝乎？」庸，亦孰也。此王氏引之說。

尚書秦誓篇：「尚猶詢茲黃髮。」言「尚」又言「猶」。禮記三年問篇：「然後乃能去之。」言「然後」又言「乃」。莊子逍遙遊篇：「而後乃今將圖南。」言「而後」又言「乃」。史記商君傳：「乃遂去之秦。」言「乃」又言「遂」。漢書食貨志：「天下大氏無慮皆鑄金錢矣。」言「大氏」又言「無慮」。

二十一、句中用虛字例

虛字乃語助之詞，或用於句中，或用於首尾，本無一定；乃有句中用虛字而實爲變例者。如「螽斯羽」，言螽羽也；「兎斯首」，言兎首也。毛傳以「螽斯」爲「斯螽」，鄭箋以「斯首」爲「白首」，均誤以語詞爲實義。辨見王氏經傳釋詞。

禮記射義篇，「又使公罔之裘，」鄭注曰：「之，發聲也。」僖二十四年左傳，「介之推不言祿，」杜注曰：「之，語助。」按：於人名氏之中用語助，此亦句中用虛字之例也。

二十二、上下文變換虛字例

古書有疊句成文而虛字不同者。尚書洪範篇：「水曰潤下，火曰炎上，木曰曲直，金曰從革，土爰稼穡。」上四句用「曰」字，下一句用「爰」字。爰，即曰也。爾雅釋魚篇：「俯者靈，仰者謝，前弇諸果，後弇諸獵。」前兩句用「者」字，後兩句用「諸」字。諸，即者也。史記貨殖傳：「智不足與權變，勇不足以決斷，仁不能以取予。」上一句用「與」字，下二句用「以」字。與，即以也。論語述而篇：「富而可求也，雖執鞭之士，吾亦爲之；如不可求，從吾所好。」上句用「而」字，下句用「如」字。孟子離婁篇：「文王視民如傷，望道而未之見。」上句用「如」字，下句用「而」字。而，即如也。禮記文王世子篇：「文王九十七乃終，武王九十三而終。」上句用「乃」字，下句用「而」字。而，即乃也。鹽鐵論：「忠焉能勿誨乎？愛之而勿勞乎？」崔駰大理箴：「或有忠能被害，或有孝而見殘。」上句用「能」字，下句用「而」字。能，即而也。墨子明鬼篇：「非父則母，非兄而姒。」史記欒布傳：「與楚則漢破，與漢而楚破。」上句用「則」字，下句用「而」字。而，即則也。

二十三、反言省乎字例

「嚚訟，可乎？」「乎」字已見於堯典，是古書未嘗不用「乎」字。然「乎」者語之餘也，讀者可以自得之。古文簡質，往往有省「乎」字者。尚書西伯戡黎篇，「我生不有命在天？」據史記則句末有「乎」字。呂刑篇，「何擇非人？何敬非刑？何度非及？」史記作「何擇非其人，何敬非其刑，何居非其宜乎？」則亦當有「乎」字，皆經文從省故也。

老子弟五章：「天地之閒，其猶橐籥乎？」易州唐景龍二年刻石本無「乎」字。弟十章：「抱一能無離乎？專氣致柔，能嬰兒乎？滌除玄覽，能無疵乎？愛民治國，能無知乎？天門開闔，能無雌乎？明白四達，能無爲乎？」河上公本，此六句竝無「乎」字。蓋無「乎」字者，古本也；有「乎」字者，後人以意加之也。七十七章：「是以聖人爲而不恃，功成而不處，其不欲見賢。」末句當云「其不欲見賢乎？」文義始明。而各本皆未增加，猶老子原文也。

二十四、也邪通用例

論語：「君子人與？君子人也。」朱注曰：「與，疑詞；也，決詞。」乃古人之文則有以「也」字爲疑詞者。陸氏經典釋文序所謂「邪、也弗殊」，是也。使不達此例，則以疑詞爲決詞，而於古人之意大謬矣。今略舉數事以見例，其已見于王氏經傳釋詞者，不及焉。

論語八佾篇：「子入太廟，每事問。或曰：『孰謂鄹人之子知禮乎？入太廟，每事問。』子聞之曰：『是禮也？』」按：此章乃孔子歎魯祭之非禮也。魯僭禮之國，太廟之中，犧牲服器之等，必有不如禮者。子入太廟，每事問，所以諷也。或人不諭，反有孰謂知禮之譏，故夫子曰：「是禮也？」「也」讀爲「邪」，乃反詰之詞，正見其非禮也。學者不達「也」、「邪」通用之例，以反言爲正言，而此章之意全失矣。

論語中以「也」爲「邪」者甚多：「子張問十世可知也？」「井有人焉其從之也？」「豈若匹夫匹婦之爲諒也？」諸「也」字竝當讀爲「邪」。又如：「事君盡禮，人以爲諂也？」子曰：「其事也？」兩「也」字亦必讀爲「邪」，方得當日語氣。以本字讀之，則神味爲之索然矣。

晏子春秋諫上篇：「寡人出入不起，交擧則先飲，禮也？」「也」當讀爲「邪」，乃詰問晏子之詞。

以上，我們節錄了俞氏的二十四個例子，由這些例子，我們可以看出俞書性質的一般，這些，「疑義」

的提出，對於古書中許多疑難的問題，作出了精當的解釋，對於後人閱讀古書，提示了許多明確的方向，確實具有很大的帮助。自然，俞氏之書，並不是沒有缺點的，（所以，馬敘倫氏就作了一篇「古書疑義舉例校錄」，從俞書的二十五項例子中，舉出了很多的錯誤），如果我們以今天的語法、修辭、校勘、訓詁等學問的觀點，個別地去勘察俞氏此書，那麼，一定會發現俞氏在許多方面，不夠周密完滿，但是，正如前節我們所提到的，開創總是比較困難的，雖然，在今天，語法、修辭、校勘、訓詁等學問，已經有了比較進步的成績，但是學問的進步，是累積前人的成果而造成的，從歷史上看，自俞氏之後，一直到今天，無論是語法、修辭、校勘或訓詁那一門學問，幾乎沒有不受俞氏此書的影響的，而且，俞氏此書，不僅在歷史的地位上有價值，在今天，我們研究訓詁等學問，仍然是可以當作極有價值的參考資料的。

第三節　俞氏舉例一書的後繼者

自從俞氏刊行了古書疑義舉例一書，後代便有一些學者，繼續在進行著與俞氏相似的工作，像劉師培、楊樹達、馬敘倫、姚維銳等，便都有這一方面的著作出現。只是，這些學者，都是追踪著俞氏的成果和方法，而希望去補正俞氏的缺漏和錯誤。

除了馬敘倫的古書疑義舉例校錄，是專門校正俞氏舉例一書的錯誤之外，劉師培的古書疑義舉例補，楊樹達的古書疑義舉例續補，以及姚維銳的古書疑義舉例增補，都是補充俞氏舉例一書所未完備的，在例子的枚舉方面，有許多，也是足供參考之用的，以下，我們將就劉楊姚三氏之書，節錄一些例子如后。

一、使用器物之詞，同於器物之名例

書經顧命篇云：「一人冕執劉。」鄭注云：「劉，蓋今鑱斧」是也。又爾雅釋詁云：「劉，殺也。」方言、廣雅均同。左傳成十三年「虔劉」，杜注亦訓爲「殺」。蓋殺人之器謂之「劉」，而殺亦訓「劉」。

說文云：「劍，佩刀也。」而晉潘岳馬汧督誄序云：「漢明帝時，有司馬叔持者，白日于都市，手劍父仇。」蓋殺人之器謂之「劍」，而以劍殺人亦謂之「劍」。是猶刀謂之「刃」，以刃加人亦謂之「刃」也。

說文云：「鏝，鐵杇也，或從木作槾。」爾雅釋宮篇云：「鏝謂之杇。」李巡注云：「鏝，一名釫，塗工作具也。」又呂氏春秋離俗篇云：「不漫于利。」高誘注云：「漫，汙也。」「漫」與「鏝」同，「汚」與「杇」同。蓋塗物之具，或謂之「鏝」，亦謂之「杇」，而所塗之物，亦或稱爲「漫」，或稱爲「汚」也。

二、虛數不可實指之例

汪中述學釋三九篇云：「生人之措辭，凡一二所不能盡者，則約之三以見其多；三之所不能盡者，則約之九以見其極多；此言語之虛數也。實數可指也，虛數不可執也，推之十百千萬，莫不皆然。」自汪氏發明斯說，而古籍膠固罕通之義，均渙然冰釋矣。

古人於數之繁者，則約之以百，如百工、百物、百貨、百穀是也。虞書堯典篇：「平章百姓。」不

必得姓者僅百家也。荀子正論篇：「古者天子千官，諸侯百官。」不必泥于千百之數也。百之所不能盡者，則推而上之，至于千、百、億、兆。

古籍以「三」字爲形容衆多之詞。其數之最繁者，則擬以「三百」之數，以見其多；其數之尤繁者，則擬以三千之數，以見其尤多。左傳僖二十八年：「且乘軒者三百人焉，」不過極言其冗官之衆耳，非必限于三百人也。史記言：「孔子弟子三千，」「古詩三千，」「孟嘗、平原、春申之客三千，」「東方朔用三千奏牘。」（褚先生補。）亦係形容衆多之詞，非必限於三千之數，亦未必足於三千之數也。擧斯以推，則禮記禮器篇，「經禮三百，曲禮三千；」中庸篇，「曲禮三百，威儀三千；」猶言數百、數千耳，不必以三爲限，亦不必定以周禮、儀禮詁之也。

古人于浩繁之數，有不能確指其目者，則所擧之數，或曰三十六，或曰七十二，如三十六天、三十六宮是也。三十六天之例，與九天同；三十六宮之例，與千門萬戶同：不必泥定數以求也。又史記封禪書，載管子對桓公語，謂「古之封禪者七十有二家，夷吾所記者十有二。」夫其詳既不可得聞，則七十二家之數，亦係以虛擬之詞，表其衆多。莊子載孔子語，謂「以六藝干七十二君」。夫孔子所經之國，不過十餘，則七十二君，亦係虛擬之詞。由斯而推，則佛經言八萬四千，言三十六，言七十，言百一，多寡不同，均係表象之詞，不必確求其數也。（詩召旻：「日闢國百里，」「日蹙國百里，」亦係形容之詞，不可指實事求之。）

古人記數，有出以懸揣之詞者，所擧之數，不必與實相符，亦不致大與實違。如書序、孟子，皆言「武王伐殷，車三百兩」；而逸周書伐殷解，則言「周車三百五十乘。」蓋一爲實數，一爲懸揣之詞。

又如孟子言「由周而來，七百有餘歲，」此不足七百之數者也。（故趙注上溯太王、王季之開基，以求合孟子之言，近儒江永、焦循强以闢劉歆三統歷之誤，非也。）史記言「孔子卒後至于今五百年」，此不足五百之數者也。又史記滑稽傳，言「優孟後二百餘年，秦有旃施，」此不止二百餘年者也。（若言「淳于髡後百餘年，楚有優孟」，其語尤誤。）又刺客傳，言「專諸刺吳王後七十餘年，晉有豫讓之事。」實六十二年。）「豫讓刺趙襄後四十餘年，而軹有聶政之事。」（實五十七年。）「聶政刺俠累後二百二十年，而秦有荆軻之事。」（徐廣曰：「僅百七十年。」）所記之數，均與實違。此則古人屬文，多出以想像之詞，不必盡合于實數。由是以推，則凡古史紀年互歧者，均可緣此例以解之矣。（又孟子：「君子小人之澤，五世而斬。」亦係懸擬之詞。）

古人屬詞記事，恆視其言之旨爲轉移。形容其大，則誣少爲多；形容其小，則省多爲少；不必確如其數。如孟子滕文公篇云：「湯以七十里，文王以百里。」（又史記平原君傳云：「毛遂曰，遂聞湯以七十里之地王天下，文王以百里之地臣諸侯。」荀子仲尼篇曰：「文王載百里地而天下一。」韓詩外傳卷四云：「客有說春申君者曰，湯以七十里，文王以百里，皆兼天下，一海內。」）顧炎武日知錄曰：「孟子爲此言，以證王之不待大耳。其實文王之國，不止百里。周自王季伐諸戎，疆土日大。文王自岐遷豐，其國已跨三四百里之地；伐崇伐密，自河以西，舉屬之周。至于武王，而西及粱、益，東臨上黨，無非周地。」夫湯、文疆土廣延，踰于孟子所言者數倍。而孟子言文王之囿，已云方七十里，則所謂百里、七十里者，不過援古代封國之制，以形容其小，猶後世所謂彈丸赤子耳。（史記荀子諸書亦然。）言與實違，不可謂之非虛數也。焦循孟子正義不達此例，援文王由方百里起之文，遂謂：「文王初興，其地不過百里，」殆古人所謂刻舟求劍者歟？

古籍記事，恆記其後先之次，若飾詞附會，律以一定之時期，則拘泥鮮通。如史記言：「舜所居，一年成聚，二年成邑，三年成都。」此不過敍成聚成邑成都之先後耳，不必膠執其年也。

三、以製物之質表物例

古人有以製物之質表物者。孟子滕文公上篇云：「許子以釜甑爨，以鐵耕乎？」趙注云：「以鐵爲犂，用之耕否耶？」是鐵謂犂也。不言犂而言鐵者，以犂爲鐵製也。又，離婁下篇云：「抽矢扣輪，去其金，發乘矢而後反。」趙注云：「叩輪去鏃，」是金謂鏃也。乃不言鏃而但言金，以鏃乃金所製也。又，公孫丑下篇：「木若以美然。」左傳僖二十三年云：「我二十五年矣，又如是而嫁，則就木焉。」二「木」字皆謂棺槨，乃不言棺槨而但曰木者，亦以棺槨爲木所製耳。莊子列禦寇篇云：「爲外刑者，金與木也。」郭注云：「木謂棰楚桎梏，」亦同此例。

中庸云：「衽金革，死而不厭。」金，謂兵；革，謂甲也。不言兵甲而言金革者，以兵之質爲金，甲之質爲革耳。此皆以物質表物之例也。

物質名可以表物，故凡同質之物，皆可以其質之名表之。此物質名所以有種種不同之訓義也。孟子去其金之金爲鏃，中庸衽金革之金爲兵，前既言之矣。呂氏春秋求人篇云：「故功績銘乎金石。」高注云：「金，鐘鼎也。」荀子禮論篇云：「金革轡靷而不入。」楊倞注云：「金，謂和鸞。」莊子列禦寇篇云：「爲外刑者，金與木也。」郭注云：「金謂刀鋸斧鉞。」又後漢書馮衍傳云：「懷金垂紫。」李注云：「金，謂印也。」同一金字，而義各不同如此者，以諸物本皆是金製耳。禮記禮器篇云：「匏竹在下。」注：「匏笙也。」釋名釋樂器云：「笙以匏爲之，故曰匏也。」此則明爲以質表物之例發其凡矣。

四、人姓名之間加助字例

王氏經傳釋詞卷九云：「禮記射義『公罔之裘』。鄭注曰：『之，發聲也。』僖二十四年左傳：『介之推。』杜注曰：『之，語助。』凡春秋人名中有『之』字者，皆倣此。」按：莊八年左傳，有石之紛如。又二十八年有耿之不比。論語雍也篇有孟之反。孟子離婁篇有庾公之斯、尹公之他。皆姓名中加「之」字者也。例證甚多，不必盡擧。

古人姓名之閒，又有加「施」字者。孟子公孫丑上篇云：「孟施舍之所養勇也。」趙注云：「孟，姓；舍，名；施，發音也。施舍自言其名，則但曰舍」是也。又有加「設」字者。左傳昭二十年：「乃見鱄設諸焉。」鱄設諸，史記伍子胥傳只作專諸，故杜注亦但云：「鱄諸，勇士。」是亦以「設」爲助字也。按：施、設，雙聲字，「之」與「施」、「設」，同屬舌葉音，故或加「之」，或加「施」，或加「設」矣。

五、據古人當時語氣直述例

古人文字質直，雖陳辭未盡，而亦肖古人當時對答之情狀而直述之，前條既言之矣。乃若古人言語之際：或以一時之情感，或以其人之特質，而語言蹇澀，訥訥然不能出諸口者，古人亦據其狀而直書之，此又可見古人文字務欲逼眞之心矣。史記張蒼傳：「昌爲人吃，又盛怒，曰：『臣口不能言，然臣期期知其不可；陛下欲廢太子，臣期期不奉詔。』」昌以口吃，每語重言「期期」，史公亦據其當時發言之情狀而直書之。然此文已敍明昌爲人口吃於前，則重言「期期」，讀者一見自明，不至誤解。又，高祖本紀：「五年，諸侯將相共請尊漢王爲皇帝，漢王三讓，不得已，曰：『諸君必以爲便便國家』——甲午，乃卽皇帝位氾水之陽。」上文重言「便便」，「便國家」之不，亦本當有表示允諾之辭，而高祖蹇澀未言，史公卽亦據情述之，而高祖急於稱帝之心及其故爲推讓之狀，躍然如在目前矣。（此爲余友錢玄同先生之說。）此蓋太史公效法春秋，所謂「微而顯」者所在歟？班氏作漢書，乃改曰：「諸侯幸以爲便於天下之民則可矣，」取高祖未竟之語而補足之，當時高祖之態度，不可得而見矣。

尚書顧命篇云：「奐麗陳敎，則肄肄不違。」江氏聲云：「肄肄重言之者，病甚氣喘而語吃也。」據此，則史公所述固古史記言之遺法也。

六、稱引傳記以忌諱刪改例

漢書司馬遷傳云：「太史公曰：『余聞之董生：周道廢，孔子爲魯司寇，諸侯害之，大夫壅之。孔子知時之不用，道之不行也；是非二百四十二年之中以爲天下儀表，貶諸侯，討大夫，以達王事而已矣。』」樹達按：太史公自序作「貶天子，退諸侯，討大夫」；班用史公原文作傳，乃節去「天子退」三字。班去史公不過二百年，史公原文之所有者，班不能不節去。時代愈近，則忌諱愈深，亦可以知矣。

論語八佾篇云：子曰：『夏禮，吾能言之，杞不足徵也；殷禮，吾能言之，宋不足徵也。』」禮記中庸篇云：「子曰：『吾說夏禮，杞不足徵也；吾學殷禮，有宋存焉。』」閻若璩四書釋地云：「論語：杞、宋並不足徵，中庸易其文曰：『有宋存。』孔子世家言『伯魚生伋，字子思，嘗困於宋。子思作中庸。』中庸既作於宋，易其文，殆爲宋諱乎！」樹達按：閻氏此說至確。然則避忌變文，乃孔門之家法，又在周已然，不僅漢人爾矣。（閻氏此說，俞氏書卷三已引之，但俞氏屬之「古書傳述亦有異同例」中，今以爲避諱變文之例，故仍引焉。）

七、避重複而變文例

太史公報任少卿書云：「蓋西伯拘而演周易；仲尼戹而作春秋；屈原放逐，乃賦離騷；左丘失明，厥有國語。」鄉先輩王先生理安云：「左丘明作春秋內外傳，玆舉國語，避上春秋字。」

史記蔡澤傳云：「如是而不退，則商君、白公、吳起、大夫種是也。」按上文言白起，此變言白公者，李笠史記訂補卷一云，「以下文有吳起，避起字複耳。」又，樊噲傳云：「下鄜、槐里、柳中、咸陽，灌廢丘最。」索隱云：「廢丘，卽槐里，上文總言所攻陷之邑，別言以水灌廢丘，其功特最也。初言槐里，稱其新名；後言功最，是重舉，不欲再見其文，故因舊稱廢丘也。」

漢書昭帝紀云：「夏旱大雩，不得舉火。」王先謙云：「五行志云『大旱』：此無『大』字，避下複文。」黥布傳云：「前年殺彭越，往年殺韓信。」張晏曰：「往年與前年，同耳，文相避也。」又翟方進傳云：「兄宣，靜言令色，外巧內嫉。」王念孫讀書雜志，謂「靜言」卽「巧言」是也。樹達按：此用論語「巧言令色」之文，變「巧」言「靜」者，以避下文「巧」字故耳。

八、省句例

古人文中，常有省略一句者。其所以省略之故，有由於說者語急不及盡言，而記事者據其本眞以達之者；有由於執筆者因避繁而省去者。玆舉數例明之：（俞氏書卷二有「語急例」，所述皆省一字之例，不及省句。）

禮記檀弓上篇云：「子夏喪其子而喪其明，曾子弔之曰：『吾聞之也，朋友喪明，則哭之。』曾子哭，子夏亦哭，曰：『天乎，予之無罪也！』曾子怒曰：『商！女何無罪也？吾與女事夫子於洙泗之間，退而老於西河之上，使西河之民，疑女於夫子，爾罪一也。喪爾親，使民未有聞焉，爾罪二也。喪爾子，喪爾明，爾罪三也。而曰女何無罪與？』」按：「而曰女何無罪與」，語殊難解，故學者多以爲疑。不知「而曰」下實當有「女無罪」一句，文本當云：「而曰女無罪，女何無罪與？」「女無罪」者，承子夏「天乎予之無罪也」一語而言也。「女何無罪與」，則曾子詰責之詞。乃曾子以盛怒之故，急迫不及盡言，而記者亦據實記載之，曾子怒不可遏之情，乃如在目前矣。

史記馮唐傳云：「上既聞廉頗、李牧爲人良，說而搏髀曰，嗟乎！吾獨不得廉頗、李牧時爲吾將，吾豈憂匈奴哉！」按文本當云：「吾獨不得於廉頗、李牧時，令頗、牧爲將；若得於廉頗、李牧時，令頗、牧爲將，吾豈憂匈奴哉！」以語急省去。又太史公自序云：「故有國者不可以不知春秋，前有讒而弗見，後有賊而不知；爲人臣者不可以不知春秋，守經事而不知其宜，遭變事而不知其權。」兩「不可以不知春秋」句下，各當有「不知春秋」一語，以避複，故省去之。

九、兩名錯舉例

漢書劉向傳云：「然公卿大臣絳、灌之屬，咸介胄武夫，莫以爲意。」錢大昭漢書辨疑云：「李善注文選，謂絳灌是一人，非絳侯與灌嬰。案孝惠世，周勃、灌嬰俱在，而一取封地，一取氏族，不相倫類，故李氏疑非二人，蓋據楚漢春秋謂高祖之臣，別有絳灌；然史傳中無此人。且賈誼傳已云『樊、酈、絳、灌，』樊指噲，酈指商，絳指周勃，灌指灌嬰。又，陳平傳云：『絳、灌等或讒平。』樊噲傳云

：『羣臣絳、灌等莫敢入。』外戚傳：『絳侯、灌將軍等曰：「吾屬不死，命乃且縣此兩人。」』蓋各舉其姓，則周有周昌、周竈之不同；各舉其封地，嬰又封潁陰，兩字不可單稱，故當時有此『絳灌』之目。」樹達按：錢氏之說，剖析至精，此可知古人屬辭之不苟，非漫爲參錯也。李善不知稱名本有參錯之例，遽信後人僞撰之楚漢春秋，疎矣。

伯夷、叔齊通稱夷、齊，而風俗通正失篇云：「袁、彭淸擬夷叔，政則冉、季。」冉、季謂冉有、季路，夷、叔則謂伯夷、叔齊也。魏志王昶傳載昶戒子書云：「若夫山林之士，夷、叔之倫，甘長饑於首陽，安赴火於緜山。」亦以夷、叔爲稱。伊尹、周公通稱伊、周，而後漢書崔琦傳云：「今將軍累世台輔，任齊伊、公。」伊、公，李賢注謂伊尹、周公。古人行文參錯，不尙整齊如此。（淸擬夷、叔，任齊伊、公，可謂巧對。）

馬融長笛賦云：「彭、胥伯奇，哀、姜孝己。」彭、胥謂彭咸、伍子胥也。潘岳夏侯常侍誄云：「子之承親，孝齊閔、參。」閔、參謂閔子騫、曾參也。江淹別賦云：「雖淵、雲之墨妙，嚴、樂之筆精。」嚴、樂謂嚴安、徐樂也。皆兩名連舉：一稱其姓，一稱其名或字，參錯不齊。

十、一字不成詞則加助語例

古人屬文，遇一字不成詞，則往往加助語以配之。若虞、夏、殷、周，本朝名，而曰有虞、有夏、有殷、有周，此加「有」字以爲語中助詞也。它如：書臯陶謨篇「亮采有邦」之「有邦」，「夙夜浚明有家」之「有家」，立政篇「乃有室」之「有室」，盤庚篇「民不適有居」之「有居」，多方篇「告猷爾有方多士」之「有方」，及詩賓之初筵篇「發彼有的」之「有的」，十月之交篇「擇三有事」之「有事」，皆因一字不成詞，加「有」字以爲助語也。（詳見王氏經傳釋詞卷三。）

詩雄雉篇，「道之云遠；」瞻卬篇，「人之云亡：」此「云遠」、「云亡」之「云」，亦助語也。因「遠」與「亡」不成詞，故加「云」字以配之也。昧者不達，訓「云」爲「言」，失之遠矣。

書皋陶謨篇，「百工惟時；」召誥篇，「無疆惟休：」「時」與「休」不成詞，則加「惟」字以配之，亦其例也。

襄十七年左傳，「而何以田爲？」二十二年傳，「雨行何以聖爲？」晉語，「將何治爲？」楚語，「何不來爲？」論語顏淵篇，「何以文爲？」季氏篇，「何以伐爲？」莊子逍遙遊篇，「奚以之九萬里而南爲？」楚辭漁父篇，「何故懷瑾握瑜而自令見放爲？」荀子議兵篇，「何以兵爲？」韓子說林篇，「奚以薛爲？」皆因句末第二字不成詞，加助語「爲」字以配之。（參看劉淇助字辨略卷一。）

詩天保篇，「如松柏之茂，無不爾或承，」此言無不爾承也。「或」字在句中無意義，此亦加助字之例。「一」字亦助語也。昭二十年左傳，「君一過多矣；」莊子大宗師篇，「回一怪之；」燕策，「此一何慶弔相隨之速也：」諸「一」字皆用如助語，所以配其詞也。「一」或作「壹」。禮記檀弓篇，「子壹不知夫喪之踊也；」大學，「壹是皆以修身爲本；」大戴禮小辯，「吾壹樂辯言；」成十六年左傳，「敗者壹大；」襄二十一年左傳，「今壹不免其身以棄社稷：」諸「壹」字皆助語，無意義可言，只用以配成其詞而已。而或訓爲「專壹」，或「決定」之意，俱不得其說而爲之辭。

以上節錄的十個例子，第一第二例，是劉氏書中所舉出的，第三至第九個例子，是楊氏書中所舉出的，第十個例子，是姚氏書中所舉出的。此外，楊樹達先生還有古書句讀釋例一書，性質也與以上所舉的例子相近，這裏就不詳細介紹了。

本章主要參考資料

一、王引之　經義述聞
二、俞　樾　古書疑義學例
三、劉師培　古書疑義學例補
四、楊樹達　古書疑義學例續補
五、姚維銳　古書疑義學例增補
六、馬敍倫　古書疑義學例校錄
七、劉叶秋　中國古代的字典

第十四章　訓詁學的過去與未來

第一節　上古時期(先秦兩漢)

在前面的敍述中，我們介紹了一些訓詁學上比較重要的理論，以及比較重要的書籍，在這一章中，我們將再對訓詁學發展的整個過程，作一個全面性的簡單敍述，一方面是回顧訓詁學在過去所獲得的成果，一方面是展望訓詁學在未來可能的發展。

在本章中，我們所着重的，是介紹歷代學者們，研究訓詁之學的問題。或是利用訓詁學的方法去研究其他問題而獲得的成果，不過，如果這些成果在本書前面已經敍得較爲詳細了，那麼，這裏就儘量的簡略些。

一、先秦時代

訓詁學在古代，與文字學聲韻學同屬於「小學」的範圍，而小學又只是經學的附庸，從兩漢到清末，兩千年來，訓詁學也始終取不到獨立的地位，學者們研究訓詁學以至小學的目的，也只是在於「訓詁明而後經義明」，所以，談到訓詁學的過去，是離不開經學的發展的。

在先秦儒家的思想中，比較與訓詁學有關的理論，便是孔子的正名思想，因爲名是代表思想的符號，而詞彙是由許多名組成的，因此，爲了表情達意以至分辨善惡是非的便利，正名的最基本的要求，便是每個名都先能具有正確而肯定的含義，才不致黑白顛倒，名實混淆，這也正是訓詁學的基本要求。

把正名思想更積極地運用到語言訓詁上的，是儒家的另外一位大師荀子，像正名篇中所說的：「名無固宜，約之以命，約定俗成謂之宜，異於約則謂之不宜。」「單足以喻則單，單不足以喻則兼，單與兼無所相避則共。」「故萬物雖衆，有時而欲徧舉之，故謂之物，物也者，大共名也，推而共之，共則有共，至於無共然後止。有時而欲偏舉之，故謂之鳥獸，鳥獸也者，大別名也，推而別之，別則有別，至於無別而後止。」「若有王者起，必將有循於舊名，有作於新名。」這些見解，都是訓詁學上最基本的理論，而荀子早在兩千多年以前，經已提出，這不能不說是件值得讚歎的事情。

儒家的正名思想，也表現在春秋之中，春秋既然是一部道名分，寓褒貶、明是非、別善惡的著作，「一字之褒，榮於華袞，一字之貶，嚴於斧鉞」，那麼，用字的謹愼，是可想而知的；春秋的本身，對於所用的字義，並沒有精密的解釋，但是，到了公羊傳與穀梁傳的解經，對於字義的解釋，便非常的精密了，像公羊傳中的：「天子曰崩，諸侯曰薨，大夫曰卒，士曰不祿。」「春曰苗，秋曰蒐，冬曰狩。」穀梁傳中的：「不期而會曰遇。」「苞人民，毆牛馬，曰侵，斬樹本，壞宮室，曰伐。」這種字義的解釋，都非常精密。

除了儒家的正名思想之外，墨家對於字義的訓釋，也往往有精當的界說，像墨子經上的：「久（通宙）、彌異時也。宇、彌異所也。圜、一中同長也。方、柱隅四雜（通匝）也。」這些解釋，對於後來逐漸發展的訓詁方法，無疑是有着很大的影響的。

經籍纂詁在凡例中首列「經傳本文卽有訓詁」，所舉的例子，像孟子梁惠王：「畜君者好君也。」

左氏文元年傳：「忠，德之正也。信，德之固也。」禮記曲禮：「約信曰誓，涖牲曰盟。」便都是說明經傳本文中就已出現的訓釋，如果我們廣泛一點說，凡是對於古籍作出訓釋疏解的工作，便可以稱爲是訓詁的話，那麼，像易傳的釋周易，公羊穀梁的釋春秋，禮記的釋儀禮周禮，便都是一種較爲廣義的訓詁了。

二、兩漢時代

秦始皇的焚書，對儒學來說，確是一大災厄，但是，却也因此造成了訓詁的勃興，兩漢承秦火之後，整理古書，注解經籍，像毛公、馬融、賈逵、服虔、許愼、鄭玄等，並爲經學及訓詁的大師，其中尤以毛公的毛詩故訓傳，鄭玄的詩箋與三禮注，在訓詁學上，最有價値，毛公的詩傳，不僅在訓詁的方法上，已涉及到很大的範圍（參本書第五章），而且，在狀聲詞（如詩伐木傳：「丁丁，伐木聲。」盧令傳：「令令，纓環聲。」車鄰傳：「鄰鄰，衆車聲。」）與虛詞（如麟之趾傳：「于嗟，歎辭。」漢廣傳：「思，辭也。」日月傳：「胡，何也。」等方面，也有了相當精密的解釋。（詳細的說明，可參考陳應棠先生的毛詩訓詁釋例。）

鄭玄的詩箋，與三禮注，不僅在訓詁方法上，所涉極廣，爲後世訓詁方法，建立了穩固的基礎，而且，在注釋古籍中，首先提出通假字的問題，像詩經小雅伐木：「無酒酤我。」毛傳：「酤，一宿酒也。」鄭箋：「酤，買也。」考說文：「酤，一宿酒也。」毛傳用本義爲釋，鄭箋則以酤爲「賈」之借字，說文：「賈，一曰買也。」可證鄭氏以借字之義爲釋，又如周禮考工記玉人：「衡四寸。」鄭注：「衡，古文橫，假借字也。」考工記弓人：「寬緩以荼。」鄭注：「荼，古文舒，假借字。」禮記儒行：「起居竟伸其志。」鄭注：「信讀如屈伸之伸，假借字也。」便都是通假字的例子，通假字在訓詁學上，是一個重要的課題，而鄭氏對於通假字的研究，確實爲後世奠下了一個良好的基礎。（詳細的說明可參考賴炎元先生的毛詩鄭氏箋釋例，李雲光先生的三禮鄭氏學發凡。）

兩漢時代，比較重要的訓詁學專書，像爾雅、方言、釋名等，因爲已有專章介紹，這裏就從略了。總之，兩漢的訓詁學，雖然還是處在初興的階段，但由於許多學者的努力，學風是謹嚴而篤實的，這對於訓詁學往後的發展，無疑是有着很大的影響的。

第二節　中古時期（魏晉至隋唐）

一、魏晉時代

中國學術的發展，到了魏晉，是玄學大昌的時代，經學也受到了影響，因此，王弼的周易注，皇侃的論語義疏，都蒙上了濃厚的道家色彩，漢儒謹嚴的學風與研究經學的方法，已經不再受到重視，因此，訓詁學到了魏晉南北朝，也走上了衰頹的時代，從魏初到隋初，這三百多年之內，關於訓詁學的作品，除了張揖的廣雅，郭璞的爾雅注與方言注之外，只有梁朝顧野王的玉篇，較爲重要，玉篇是模仿說文而撰成的，採用部首分類的方式，共分五百四十二部，不過，內容部類，並不與說文完全相同，所收的字數，也較說文爲多，玉篇的解釋，以音義爲主，不再如說文一樣，用六書分析字形。每字之下，先以反切注音，然後解釋字義，或引他書爲證，玉篇的解釋，不僅注意到虛詞的用法，而且也注意到方言俗語的搜集，像「夫，又音扶，語助也。」「瞀，曾也，發語詞也。」「儂，奴冬切，吳人稱我是也。」

「個，鄭玄注儀禮云，俗呼个為個。」這些例子，對於研究那一時代的詞彙與語法，是有相當帮助的。

二、南北朝時代

南北朝時代，不僅政治上有南北之分，經學上也有南北之殊，北史儒林傳說：「南人約簡，得其英華，北人深蕪，窮其枝葉。」又說：「江左，周易則王輔嗣、尚書則孔安國、左傳則杜元凱。河洛，左傳則服子慎，尚書周易則鄭康成，詩則並主於毛公，禮則同遵於鄭氏。」便是指的這種情形。隋平江南之後，不僅政治上歸於統一，經學也趨於統一，及唐代隋祚，便有五經正義之頒修，五經正義是唐太宗命孔穎達與馬嘉運、楊士勛、賈公彥、王德韶等所撰定，五經正義之作，取之於南北朝的義疏與劉焯、劉炫之說為多，故學者評其得失，以為五經正義有「彼此互異」、「曲徇注文」、「雜引讖緯」等三種缺點。（見皮錫瑞經學歷史）但是，正義在訓詁學上，也有不少值得稱道的地方，在說明文句的結構方面，像「倒文」（如詩經葛覃：「施于中谷。」毛傳：「中谷，谷中也。」正義：「中谷，谷中，倒其言者，古人之語皆然，詩文多此類也。」）「變文」（如詩經桃夭：「宜其室家。」又：「宜其家室。」又：「宜其家人。」正義：「此云家人，家，猶夫也，猶婦也，以異章而變文耳。」），「互文」（如詩經大序：「動天地，感鬼神。」正義：「天地云動，鬼神云感，互言耳。」），便都是這種例子。在說明虛詞方面，如詩經柏舟：「日居月諸。」正義：「居諸者，語助也。故日月傳曰，日乎月乎，不言居諸也。」又如詩經出其東門：「縞衣綦巾，聊樂我員。」正義：「云員古今字，助句辭也。」又如詩經小弁：「弁彼鸒斯。」正義：「此鳥名鸒，而云斯者，語辭。」便都是這種例子。

三、隋唐時代

唐代在五經正義之外，最有價值的訓詁學著作便是陸德明的經典釋文三十卷了，此書首爲序錄一卷，其次便是周易一卷，古文尚書二卷，毛詩三卷，周禮二卷，儀禮一卷，禮記四卷，春秋左氏六卷；春秋公羊一卷，春秋穀梁一卷，孝經一卷，論語一卷，老子一卷，莊子三卷，爾雅二卷。此書不收孟子，而收錄老子莊子，大約是由於宋代以前，孟子不在經書之列，而李唐又特尊道教的緣故。經典釋文對諸經之中難解的文字，廣泛地採錄各家的音切訓釋，並考證各本的異同，加上自己的按語，像老子首章：「欲以觀其徼。」釋文：「徼，小道也，邊也，微妙也，古弔反。」十一章：「埏埴以爲器。」釋文：「埴，弔力反，河上曰，土也，司馬云，埴土可以爲器，釋名云，埴，職，杜弼云，埴，黏土也。」莊子逍遙遊：「北冥有魚。」釋文：「北冥，本亦作溟，覓經反，北海中。嵇康云，取其溟漠無涯也。梁簡文帝云，窅冥無極，故謂之冥。東方朔十洲記云，水黑色謂之冥海，無風洪波百丈。」逍遙遊：「齊諧者。」釋文：「齊諧，戶皆反，司馬及崔並云人姓名，簡文云書。」便是釋文一般的體例。四庫提要批評釋文說：「所採漢魏六朝音切凡二百三十餘家，又兼載諸儒之訓詁，證各本之異同，後來得以考見古義者，注疏之外，唯賴此書之存。」盧文弨在重雕經典釋文緣起一文中也說：「關經訓之菑畬，導後人以涂徑，洗專己守殘之陋，滙博學詳說之資，先儒之精蘊賴以留，俗本之譌文賴以正，實天地間不可無之書也。」這些批評，雖未免推崇過分，但也可以使人想見釋文一書的價值了。

經典釋文是解釋儒家道家經籍音義的作品，在唐代，還出現了兩部解釋佛家經籍音義的作品，那便是玄應的一切經音義二十五卷和慧琳的一切經音義一百卷了。隨着佛教的興盛，在南北朝時已有解釋佛典音義的作品出現，大唐內典錄曾著錄北齊僧人道慧所撰的一切經音，但此書久已亡佚，到了唐代，便出現了玄應與慧琳的二書，到後來，遼僧希麟又有續一切經音義十卷，是增補慧琳音義的作品。

玄應、慧琳、希麟的這三部書，編次的體制與經典釋文相似，有時，在音義的注解方面，還較釋文更爲詳細。這三部書，雖是以解釋佛典爲主，但是，所引以注解音義的材料，却搜羅了爲數極多的中國古代的字書、詞書、韻書，如三蒼、字苑、字林、字統、聲類、韻詮、韻英、通俗文、古今正字、文字典說等等，以及爲數極多的古書注解，如鄭玄的尙書注、論語注，賈逵、服虔的春秋傳注，李巡孫炎的爾雅注等等，這些作品，多數是後世已經亡佚的，由於玄應慧琳、希麟等書的引用，不但保存了許多亡佚的作品，爲後人研究訓詁，提供了極爲寶貴的資料，同時，也爲許多現存的書籍，如爾雅、方言、說文、釋名、玉篇等書，提供了極爲寶貴的校勘資料，鄭樵在校讐略中論求書之道說：「小學文字之書，可以求之釋氏。」這是極有見地的說法，楊守敬在日本訪書志中提到慧琳音義等說：「誠小學之淵藪，藝林之鴻寶。」這並不是過分的推崇。

慧琳音義曾一度失傳，直到清光緒初年，才又由日本傳囘中國，民國二十七年，北京大學研究院文史部曾在沈兼士先生領導下，編成了一部慧琳一切經音義引用書索引（包括希麟音義），民國五十一年，中央研究院也出版了周法高先生所編的玄應一切經音義索引，對於使用此三書的人們，提供了不少的方便。

第三節　近古時期（宋元明）

宋元明三代，在學術史上，是理學昌盛的時代，卽使是經學的研究，也蒙上了哲學式的懷疑風氣，因此，漢唐注釋與訓詁之學的研究方式，在宋元明三代之中，是不甚發達的。在宋代，除了邢昺所撰的爾雅疏之外，（見前第十章），在訓詁方面較爲重要的著作，便是朱子的一些討論訓詁的語錄，以及陳淳的北溪字義了。

一、朱子對於訓詁的見解

朱子的學問，博大精深，在理學家中，實兼具漢學之長，所注解的書籍，爲數極夥，在訓詁學方面，朱子雖然沒有專門的著作，但是，在他的語錄和筆札中，却提出了許多極爲珍貴的意見，首先，朱子對於漢唐以來的古籍注疏，表示了他的尊重態度，他在論語訓蒙口義中說：「本之注疏，以通其訓詁，參之釋文，以正其音讀，然後會之於諸老先生之說，以發其精微。」又在論語要義目錄序中說：「其文義名物之詳，當求之注疏，有不可略者。」又在答余正夫書中說：「今所編禮書內，有古經闕略處，須以注疏補之，不可專任古經，而直廢傳注。」注疏是前人對於古籍研究疏釋的成果，何況，注疏撰成的時代，較之後人，更爲近古，許多名物制度，行事本末，多一些參考，總是有益無害的，朱子這種尊重注疏的態度，較之當時一些捨傳求經之流，眞是格外的可貴了。

其次，在談到注解古籍方面，朱子也有許多寶貴的意見，他在記解經中說：「凡解釋文字，不可令注脚成文，成文則注與經各爲一事，人唯看注疏而忘經，不然，卽須合作一翻理會，須只是漢儒毛孔之流，略釋訓詁名物，及文義理致尤難明者，而其易明處，更不須貼句相續，乃爲得本。蓋如此，則讀者看注，卽知非經外之文，却須將注再就經上體會，自然思慮歸一，功力不合，而其玩索之味，亦益深長矣。」又在答張敬夫書中說：「漢儒可謂善說經者，不過只說訓詁，使人以此訓詁玩索經文，訓詁經文，不相離異，只作一道看了，直是意味深長也。」又在語類中說：「漢初諸儒，專治訓詁，如教人亦只言某字訓某字，自尋義理而已。」又說：「自晉以來解經者，却改變得不同，王弼郭象輩是也，漢儒解經，依經演繹，晉人則不然，捨經而自作文。」又說：「傳注唯古注不作文，却好看，疏亦然。今人解書，且圖要作文，又如辨說，百般生疑，故其文雖可讀，而經意殊遠，程子易傳亦作文，說了又說，故今人觀者更不看本經，只讀傳，亦非所以使人思也。」又說：「某集注論語，只是發明其辭，使人玩味經文，理皆在經文內。」朱子認爲注解古書，不該使注腳成文，免得使人們只看注流而忘了經文，以至本末倒置，這種見解，是相當正確的，所以，他才敢於批評程子的易傳。朱子這種見解，對於後世許多學者在注解古籍時繁徵博引，以至造成注釋愈多，經義愈晦的情形，未始不是一記當頭的棒喝。

朱子對於古籍的注疏，有著相當的尊重，對於古籍的注解，也有著他的不令注腳成文的主張，這些意見，在他自己的作品中，也已經加以實施了，就以論語集注來說吧，清代潘衍桐曾有論語集注訓詁考一書，乃是潘氏命詁經精舍諸生尋繹集注一書詁義之所從出，徧採舊注及羣經子史，注以來歷，以明集注的訓詁，都有所本，而非朱子所自造的，例如學而章朱注：「學之爲言效也。」訓詁考：「尚書大傳周傳洛誥篇，學，效也，廣雅釋詁，學，效也。」朱注：「習，鳥數飛也。」訓詁考：「說文習部，習，數飛也，禮月令，鷹乃學習。」

有子章朱注：「善事父母爲孝，善事兄長爲弟。」訓詁考：「爾雅釋訓，善父母爲孝，善兄弟爲友。皇侃論語義疏，善事父母曰孝，善事兄曰悌。」像這種例子，潘氏書中，搜集了很多，從這些例子，也可看出朱子在論語集注中對於古注的採用情形，至於不令注腳成文，我們只要把論語集注等書與程子易傳比較一下，這種情形，便非常明顯了。總之，朱子雖然是理學的大師，但是，卽使就漢學家正統的觀點來看，朱子在訓詁學發展的歷史上，也應該佔有一席地位的。

二、陳淳的北溪字義

在宋代，朱子之外，在訓詁學上,比較重要的，便是陳淳了，雖然，陳氏的訓詁方式，和漢儒的傳統方式，有很大的差別，但這並不影響陳氏在訓詁學史上的地位。陳氏的北溪字義，可以說是純粹的理學家的訓詁學，北溪字義主要是闡釋理學中某些重要的字義，寓義理於訓詁，也頗有所發明。全書分上下兩卷，分二十六目，卽命、性、心、情、才、志、意、仁義禮智信、忠信、忠恕、一貫、誠、敬、恭敬（以上上卷十四目），道、理、德、太極、皇極、中和、中庸、禮樂、經權、義利、鬼神、佛老（以上下卷十二目）。這二十六目，都是理學上的重要觀念，作者一面訓釋字義，一面又將有關的義理加以闡發，「所言則太極理氣之原頭，性命道德之宗旨，心學一貫之會歸，陰陽鬼神之通復，異端曲學之流弊，逐一分疏，既極親切，合而會通之，又極其融洽，其體用分合，源流本末，無不綱擧目張，秩然條理。」（戴嘉禧北溪字義序）至於此書訓釋字義的體制與次序，大約爲：一、略下定義。二、詳論原委。三、旁徵經典。四、引證理學家言。由於宋儒注重義理，因此，北溪字義一書，也儘量地推闡宋儒關於理學方面的基本思想，而並不重視文字的本義，也並不注重字義在古籍中的應用意義，和漢儒傳統客觀的訓詁方法比較起來，北溪字義無寧是較爲主觀的，在目的上，也有著求眞與求善的不同。

北溪字義雖然並不是漢儒正統的訓詁作品，但是，它確實能夠別開生面，獨闢蹊徑，不僅在理學與訓詁學上，都有很高的價值，而且，它的訓詁方法，也對後代的漢學家，產生不少的影響，像後來戴震所撰的孟子字義疏證，焦循所撰的易通釋，劉師培所撰的理學字義通釋，在體制上，與北溪字義都很相近，說他們完全不曾受到陳氏之書的影響，那是很難使人相信的。

三、埤雅與爾雅翼

除了朱子陳淳之外，宋代還有兩部訓詁書籍，值得一提，那就是陸佃的埤雅和羅願的爾雅翼。陸佃的書，目的是作爲爾雅的輔佐，共有二十卷，計有釋魚、釋獸、釋鳥、釋蟲、釋馬、釋木、釋草、釋天等目，書中對於各種動植物的形狀、特點、性能，都有很具體的解釋，並且，也像釋名一樣，注意探求得名的所以然，可以作爲古代一部動植物的辭典來看。羅願的爾雅翼，命名的取義是作爲爾雅的羽翼，共有三十二卷，計有釋草、釋木、釋鳥、釋獸、釋蟲、釋魚等目，考證頗爲精詳，四庫提要說：「其書考據精博，而體例謹嚴，在陸佃埤雅之上。」到也不是溢美的話。

四、駢雅與通雅

金元時代，訓詁之學，無足稱道，明人訓詁之書，較有價值的，是朱謀㙔的駢雅和方以智的通雅。駢雅專門搜集古書中冷僻深奧的詞語，加以詮釋，體例全仿爾雅，有釋詁、釋訓、釋名稱，釋宮、釋服食、釋天、釋地、釋草、釋木、釋蟲魚、釋鳥、釋獸等目，所以謂之爲「駢」，是因爲「聯二爲一，駢異而同」（朱氏自序），像「鬱悠，思念也。惆悵，悲哀也。憭慄，悽愴也。」（釋訓）便是其中的例子。通雅一書，主要是考釋古音古訓，對方言俗語，也很重視，其書卷首附音義雜論，讀書類略，小學大略、詩說、文章薪火五篇，以下共分釋詁、天文、地輿、身體、稱謂、姓名、官制、事制、禮儀、樂曲、樂舞、器用、衣服、宮室、飯食、算術、植物、動物、金石、諺原等二十目，雖然是以雅爲名，但是，它的內容，早已超出了爾雅的範圍，所以名為通雅，也是取義如通志通考，無所不該的意思，這部書保存了相當豐富的古代詞彙，對於探討「詞源」，是很有用處的，而且，對於清代考證學的興起，也有着相當的影響。

第四節 近代時期（清代）

一、清學與訓詁學的復興

訓詁學的發展，在漢代可說是昌盛時期，從魏晉以下，直到元明，可說是衰微時期，這其間，雖然有五經正義的出現，也不過只是一個小統一的局面而已。到了清代，訓詁學才算達到了復興的時期。

清代是考證之學昌盛的時代，這種考證之學的興起，一方面，是對於明代理學末流束書不觀，游談無根而流入狂禪的一種反動，轉而注重古籍，研究古籍，以求提倡一種徵實的學風，一方面，是滿清入關之後，文網日密，加以四庫開館，當時學者，欲隱晦避禍，不得不移其精神，專力於古籍的考證。也就由於研究古籍，考證古籍，不得不需要訓詁學的知識作為工具，因此，訓詁學的復興，隨着徵實考證之學的昌盛，也就應運而生了。

清代的訓詁學家，自然以戴震、邵晉涵、郝懿行、錢繹、王念孫、王引之、俞樾等人最為著名，他們的代表作品，在前述數章中，我們也已經加以介紹過了，此外，像錢大昕、江聲、宋翔鳳、畢沅、陳奐、阮元、馬瑞辰、朱駿聲、王先謙、孫詒讓等人，也都是極有成就的訓詁學家，因為篇幅的關係，我們在這裏，只想擇要地介紹阮元和朱駿聲兩人的訓詁作品，那就是經籍纂詁和說文通訓定聲。

清代著名的訓詁學家，像戴東原、王念孫、王引之等，在學術的研究上，他們都是長於歸納方法的使用，他們不僅能夠羅列出許多學術上特殊的現象，而且，還能利用他們淵博的學識，通過歸納得出的一些原則，奉為階式，然後加以引申發揮，以盡其義類，但是，在研究學術的方法上，阮元比他們更進一步的，是統計方法的使用，在他的揅經室集中，有「性命古訓」、「論語論仁論」、「孟子論仁論」等，都是使用了統計的方法，所作出的研究成果。

二、經籍纂詁與說文通訓定聲

經籍纂詁一百零六卷，是阮元在督學浙江的時候，手定凡例，以臧庸為總纂，以周中孚、丁授經、洪頤煊、嚴杰等數十人為分纂，所編輯成功的一部經傳訓詁的總集，它是依照佩文韻府的方式，按平上去入四聲，分為一百零六部，以一韻為一卷，每字之下，收入經傳子史及諸家訓詁書籍的訓釋例證，而且，每字之下，都是先列本義，次列引申，轉訓的用法，王引之在此書的序文中說：「展一韻而衆字畢備，檢一字而諸訓皆存。」這是相當客觀的批評，我們今天使用這部書籍時，也確實能夠得到這樣的方便。這部書的體例，相當謹嚴，系統地排列了許多材料，可以算是集古代訓詁大成的一部書籍，就是在今天，仍然是有着相當的價值的。

說文通訓定聲是朱駿聲取說文一書，解散其五百四十部首，而以聲為經，以形為緯，而以所從得聲的字依次隸屬，主要在於發明形聲字的系統，並且特別注重每個文字的轉注假借的用法。朱氏的書，在每字之下，每講造字的本義，列舉古書中相同的實例，其次便列出轉注之義，朱氏所說的轉注，相當於我們所說的引申，然後再列出假借之義，朱氏所說的假借，相當於我們所說的通假。雖然，朱氏此書，他所採用的一些訓釋材料，只是從經籍纂詁轉錄而來，取材的範圍未免窄狹，但是，它的體例非常完整，不僅供給我們許多形聲字研究，同源詞研究的資料，而且，也爲詞義的變遷，通假字的尋求本字，提供了許多線索，所以，即使在今天，這部書仍然是值得我們去重視它的。

三、經學與訓詁學的關係

在本章的開始，我們曾經提到，從兩漢到清末，訓詁學只是經學的附庸，因此，在古代，訓詁學與經學，確實有着極爲密切的關係，訓詁學的發展，與經學的發展，也是相當密切的，我們甚至可以比較籠統地說，經學的演進情況，往往也就相當於訓詁學的演進情況。四庫提要經部總敘一篇，扼要的敘述了歷代經學（詁經之說）的演進，提要將二千年來的經學，分爲六個階段，對於每一個階段，提要都用一句話去說明它的優點，也同時用一個字去批評它的缺點。對於兩漢，提要說：「其學篤實謹嚴，及其弊也拘。」對於魏晉至北宋初葉，提要說：「各自論說，不相統攝，及其弊也雜。」對於北宋中葉至南宋末年，提要說：「其學務別是非，及其弊也悍。」對於宋末至明初，提要說：「其學見異不遷，及其弊也黨。」對於明代中葉至明代末葉，提要說：「其學各抒心得，及其弊也肆。」對於清代初葉，提要說：「其學徵實不誣，及其弊也瑣。」其實，「詁經之說」，也正是訓詁學中重要的一環呢！四庫提要批評經學演進的話，如果我們借來批評經學演進的話，那麼，雖不中，不遠矣，尤其是兩漢與清代的訓詁學，我們如果說：「篤實謹嚴」和「徵實不誣」分別是它們的優點，「拘」和「瑣」分別是它們的缺點，想該是最恰當不過的了。

第五節　現代時期（民國以來）

民國開始以後，訓詁學的發展，一方面繼承了清代考證學的成果，一方面，在「以科學方法整理國故」的號召下，訓詁學於是進入了另一個新的境界，那就是它不但在內容上方法上有了革新，最重要的，它不再是經學的附庸，它已脫離了經學的羈絆，而以一種獨立的學科的面貌出現了，雖然，幾十年來，訓詁學研究的成果，比不上文字學、古文字學、和聲韻學那麼豐碩，但是，成績仍然是極為可觀的。

一、訓詁學的專書方面

在訓詁學的專書方面，較早出現的有胡樸安氏的中國訓詁學史，何仲英氏的訓詁學引論，齊佩瑢氏的訓詁學概論，近年出版的，則有杜學知先生的訓詁學綱目和徐善同氏的訓詁學。其中何氏與徐氏的書，較為簡略，杜先生的書，所涉及的範圍雖然很廣，但因為只是「綱目」的性質，所以，也只能提綱挈領以為之說。篇幅較大的，是胡樸安氏與齊佩瑢氏的書，胡氏的書，雖然名為訓詁學史，不過，卻是分派的介紹了一些訓詁的書籍和材料，對於訓詁的方法，卻並沒有提及，雖然是體裁所限，也不能不說是一種缺點，而且，此書因為出版較早，並沒有採用新式的標點，而只是一路圈記到底，因此，眉目就不甚清楚了，尤其是在徵引古籍方面，使讀者感到非常不便。齊氏的訓詁學概論一書，搜羅了很多的材料，採用的觀點也非常新穎，算得上是一部傑作，不過，由於材料過分的繁多，抉擇的工夫便不夠精審，繁徵博引的結果，往往容易使讀者覺得河漢無極，迷失在材料之中，而不易掌握到問題的重心，而且，有些方面，求之過深，視為作者在學術上的研究成果，自無不可，以之作為引導初學入門的課本，就不免覺得不太實用了。

二、其他研究方面

在訓詁方法的研究上，沈兼士先生有「右文說在訓詁上之沿革及其推闡」，林語堂先生有「前漢方音區域考」，楊樹達先生有「字義同緣於語源同例證」、「形聲字聲中有義略證」、「造字時有通借證」，朱芳圃氏有「聯緜字概說」，張壽林氏有「三百篇聯緜字研究」，孫德宣氏有「聯緜字淺說」，周法高先生有「聯緜字通說」、「聲音區別詞類說」、「中國訓詁學發凡」，董璠氏有「反訓纂例」，杜學知先生有「意義引申與聯想法則」、「復詞別義說」，龍宇純先生有「論反訓」、「論聲訓」、「造字時有通借證辨惑」、「荀子正名篇重要語言理論闡述」，向夏先生有「小義之受義根源懸解」，黃永武先生有「形聲多兼會意考」、張以仁先生有「古書虛字集釋的假借理論的分析與批評」、「讀如讀若讀爲讀曰與當爲」，都是極有價值的作品。

在訓詁書籍的研究上，王國維先生有「爾雅草木蟲魚鳥獸名釋例」，黃季剛先生有「爾雅略說」，楊樹達先生有「爾雅略例」，劉師培先生有「爾雅蟲名今釋」，魏紫銘氏有「爾雅學」，謝雲飛先生有「爾雅義訓釋例」，芮逸夫先生有「爾雅釋親補正」，林明波先生有「清代雅學考」，鄭師許氏有「玉篇研究」，周祖謨先生有「方言校箋」，馬光宇先生有「方言校釋」，丁介民先生有「方言考」，陳鐘凡氏有「詩經毛傳改字釋例」，賴炎元先生有「毛詩鄭氏箋釋例」，陳應棠先生有「毛詩訓詁釋例」，李雲光先生有「毛詩重重言通釋」、「三禮鄭氏學發凡」等，都是極有價值的作品。

在通假字的研究上，周何先生有「說文解字讀若文字通假考」，張亨先生有「荀子假借字譜」，周富美女士有「墨子假借字集證」，「尚書假借字集證」，李鎣先生有「昭明文選通假字考」，王忠林先生有「說文引經通假字考」，龍良棟先生有「國語假借字研究」，都是極有價值的作品。

在虛詞的研究上，胡適之先生有「三百篇『言』字解」，丁聲樹氏有「論詩經中的『何』『曷』『胡』」，「詩經『式』字說」，黎錦熙氏有「三百篇之『之』」，呂叔湘氏有「『把』字用法的探究」，許世瑛先生有「論語孟子中『諸』字用法探究」，王仁鈞氏有「莊子『於』字用法探究」，左松超先生有「左傳虛字集釋」，余培林先生有「呂氏春秋虛字集釋」，朱廷獻氏有「尚書虛字集釋」，都是極有價值的作品。

在利用訓詁學的方法而撰作的研究上，沈兼士先生有「鬼字原始意義之試探」，徐中舒氏有「剁字解」，邵君樸氏有「釋家」，丁聲樹氏有「何當解」，聞一多氏有「詩新臺鴻字說」、「詩經新義」、「詩經通義」，屈萬里先生有「罔極解」、「說易散稿」、「詩三百篇成語零釋」、「河字意義的演變」、「岳義稽古」、「仁字意義之史的觀察」，楊希枚先生有「姓字古義析證」，饒宗頤先生有「釋儒—從文字訓詁學上論儒的意義」，張亨先生有「荀子語彙研究」，都是極有價值的作品。

此外，一些學者們的論集，像王國維先生的「觀堂集林」，劉師培先生的「小學發微補」，「中國文學教科書」，楊樹達先生的「積微居金石小學論叢」、「積微居小學述林」，周祖謨先生的「問學集」，王了一先生的「中國語文概論」、「古代漢語」、「漢語史稿」，周法高先生的「中國語文研究」、「中國語文論叢」、「中國語言學論文集」等，也往往擁有許多關於訓詁方面的作品。

總括來說，近幾十年來，訓詁學的研究，成果雖然不及文字學、古文字學與聲韻學那樣的豐碩，但是，它的發展，正在方興未艾之中，至於怎樣才能獲得更爲理想的成果，那就要看未來的努力了。

第六節　未來的展望

在前面幾節的敘述中，我們簡單地介紹了訓詁學過去的演進，至於訓詁學在未來的發展，究竟是怎樣的情形呢？我們在這裏，想提出一些粗淺的意見，供給對這一方面有興趣的人士，作爲參考。

甲、兩種態度

對於未來訓詁學的研究發展，首先，有兩種態度，我們覺得，是非常重要的，一種是歷史的眼光，一種是比較的精神。對於未來訓詁學的發展，我們不但要使它脫離經學的拘束，打破訓詁學是經學附庸的舊觀念，並且，要使它歸入到歷史的範疇中去，把訓詁學當作是歷史語言學的一個重要部門，當作是文化史中的一個部門，與歷史與社會作緊密的配合，這樣，訓詁學的本身，一方面是作爲一個獨立的學科，同時它的研究，也並不是完全孤立的了，而且，在歷史的眼光中，我們對於時代的觀念，也將更爲清晰嚴密，而不像過去那樣籠統了，所以，歷史的眼光，是我們應該具有的第一個態度。同時，近代學術的發展，一日千里，許多表面似乎不甚相關的學科，也許正是能有極大關係的輔助學科呢，所以，在訓詁學未來的發展與研究中，隨時注意有關的學科的發展，而隨時取人之長，補己之短，在大的比較中，充實自己的內容，這是極爲重要的，所以，比較的精神，是我們應該具有的第二個態度。

乙、十點意見

其次，在研究工作的技術方面，以下幾點，也許能提供作爲參考。

一、資料的彙集

訓詁的資料，許多古代訓詁的書籍，雖然似已散佚，但是，清儒在輯佚的工作中，已搜輯了不少的資料，還有許多未曾佚亡的資料，只因散處各處，取用極爲不便，如果能將訓詁的資料，彙集一處，無論是按時代或按性質，彙印出版，對於訓詁學的研究，那將是極有貢獻的工作，像鄭奠、麥梅翹二人所合編的古漢語語法學資料彙編，便是做的這種資料彙集工作，只是他們搜集的還嫌太過簡略而已。

二、訓詁學史的編纂

胡樸安氏的訓詁學史，不但不是「史」的性質，而且太過簡單，體制方面，取材方面，都欠理想。如能完成詳審的訓詁學史，對於訓詁學在每個時代的發展，有詳細的介紹，這樣，對於研究的人們，也同樣可以省却許多盲目的尋求。

三、索引的利用

古代的學者，太不注重工具書的利用，因此，疲精勞神，以長於記憶爲賢，實際上，精力的浪費，妨礙了研究的進展，在精確的程度上，也是不合於現代的要求的。清代的學者，有了史姓韻編、說文通檢、檢字一貫三，已經是差勝於前人了，但是，在使用上，仍然不及周法高先生的一切經音義索引、翁世華先生的說文段注索引、吳曉鈴氏的方言通檢來得方便，近代「引得」之編纂，節省學者翻檢之勞，爲用極宏，許多訓詁的書籍，像爾雅廣雅以下各書，雖有分類，但不便使用，如能儘量製爲索引、引得，則使用者一編在手，便利無窮矣。

四、圖表的繪製

鄭樵撰著圖譜略，極重視圖譜，戴震研究考工記，也繪有圖表，錢基博氏說：「動植物學，今方講明，宜考爾雅以徵毛傳，參以圖說，實以目驗，審定古之何物爲今之何物，非但取明經義，亦深有裨實用，未可以其瑣而忽之也」。（古籍學要）許多訓詁中的名物制度，如能儘量繪成圖表，釋以今名，那麼，對於閱讀古籍，研究訓詁，都會有極大的帮助。

五、訓詁方法的改進

欲求訓詁方法的改進，只有儘量吸取其他有關學科的優點，擴大訓詁學的範圍，充實訓詁學的內容，以求揚棄舊日訓詁的缺點（如形訓、音訓），而儘量使用較爲精確的訓詁方法（如義界等），如果能儘量參考一些新興的學科，如語源學、語義學等，也許，訓詁學的方法，還能達到另一個新的境界。

六、專書的研究

董同龢先生曾提倡專書的研究，他的意見，張亨先生、周富美女士等，已經加以實行，而且，都已有了很好的成果，這個方向，還有許多值得進行的工作。而且，不只是通假字，專書中的詞彙，語法、虛字、訓釋方式、名物、典制等，都是值得探討的問題。而且，所謂專書，不僅訓詁書籍，一切古籍，都可作爲研究的對象。

七、斷代的研究

斷代的研究，無疑是要以專書的研究，作爲基礎，至少，也要選擇那一時代斷面中的一些主要訓詁材料，作爲分析歸納的所資，只有那一時代中的一部部的專書，有了良好的研究成果，得到了相當的比較之後，斷代的研究，才能得到更爲良好的成果，才能進而爲整個訓詁學史，提供更爲精確的論據。

八、比較的研究

比較的研究，小自一個訓詁的術語與另一個術語的比較，以至一個訓詁的方法與另一個訓詁方法的比較，一部書或一個人與另一部書或一個人的訓詁比較，大至利用方言俗語或域外語言，作出空間性與時間性的比較，都屬於比較研究的範圍，我們越能利用比較的方法，所得的結論，也越能精確不移，我們的缺點和優點，也越能顯現。

九、問題的研究

一個問題的研究，可能是縱貫整個訓詁學史而探討的，這不只需要分析的能力，也需要綜合的眼光，沈兼仕先生曾撰有「右文說在訓詁上之沿革及其推闡」，龍宇純先生曾撰有「論反訓」、「論聲訓」等，在專門問題的研究上，都得到了不少的收獲。

十、詞彙史的撰者

古代語言中每一個重要的詞彙，我們都應該爲它們一一撰寫演變的歷史，由一個詞彙的語源，到每個時代中，其意義的演變情況，都應該經由古籍文句的歸納，而得到正確的解釋，雖然，這種工作是繁重的，瑣碎的，但是，不經過這樣的工作，每一個詞彙意義的演變情況，我們是無法確知的，只有在完成了大多數詞彙史的情形下，一部較爲完整的詞彙史字義史的大字典，才能集結完成。

以上的幾點，多數是參考了當代一些學者的意見，同時，也加上了個人的一些淺見，而提出的，自知無當於萬一，只是聊爲訓詁學未來的發展，貢獻出一些參考的意見而已。

本章主要參考資料

一、齊佩瑢　訓詁學概論
二、胡樸安　中國訓詁學史
三、皮錫瑞　經學歷史
四、周法高　論中國語言學的過去現在和未來
五、董同龢　古籍訓解和古語字義的研究（見史語所集刊第三十四期）
六、劉叶秋　中國古代的字典
七、王了一　新訓詁學（見漢語史論文集）
八、江　藩　漢學師承記
九、陳　澧　東塾讀書記
十、鄭奠、麥梅翹　古漢語語法學資料彙編
十一、梁啓超　清代學術概論、中國近三百年學術史
十二、胡楚生　朱子對於古籍訓釋之見解（見大陸雜誌五十五卷二期）

〔附錄〕

一、春秋名字解詁（選）

王引之

敍曰，名字者，自昔相承之詁言也，白虎通曰：「聞名即知其字，聞字即知其名。」蓋名之與字，義相比附，故叔重說文，屢引古人名字，發明古訓莫箸於此，觸類而引申之，學者之事也，夫詁訓之要，在聲音不在文字，聲之相同相近者，義每不甚相遠，故名字相沿，不必皆其本字，其所假借，今韻復多異音，畫字體以爲說，執今音以測義，斯於古訓，多所未達，不明其要故也，今之所說，多取古音相近之字以爲解，雖今亡其訓，猶將罕譬而喻，依聲託義焉，爰考義類，定以五體，一曰同訓，予字子我，常字子恆之屬是也，二曰對文，沒字子明，偃字子犯之屬是也，三曰連類，括字子容，側字子反之屬是也，四曰指實，丹字子革，啓字子閭之屬是也，五曰辨物，鍼字子車，鱣字子魚之屬是也，因斯五體，測以六例，一曰通作，徒字爲都，籍字爲鵲之屬是也，二曰辨譌，高字爲克，狄字爲秋之屬是也，三曰合聲，徐言爲成然，疾言爲旃之屬是也，四曰轉語，結字子綦，達字子姚之屬是也，五曰發聲，不狃爲狃，無畏爲畏之屬是也，六曰並稱，乙喜字乙，張侯字張之屬是也，訓詁列在上編，名物分爲下卷，衆箸者不爲贅設之詞，難曉者悉從闕疑之例，上稽典文，旁及謠俗，亦欲以究聲音之統貫，察訓詁之會通云爾，至於解釋不明，援引鮮當，大雅宏達，其有以教之矣。

1.吳伯嚭字子餘（哀八年左傳）

嚭之言丕也，說文：「嚭，大也。」物小則不足，大則有餘，故名嚭字子餘，或曰，嚭與餘，皆謂衆多也，嚭伾古同聲，廣雅曰：「伾伾，衆也。」高誘注呂氏春秋辯士篇曰：「餘，猶多也。」孔晁注周書羅匡篇曰：「餘，衆也。」

2.衞卜商字子夏（仲尼弟子傳）

樂記曰：「夏，大也。」秦商字子丕，則商亦大也，商章古字通，漢書遊俠傳，萬章字子夏，與此同意，或曰，取章夏爲義也，春官鍾師九夏有章夏，杜子春云：「臣有功，奏章夏。」或曰，商，殷商也，夏，夏后氏也。

3.鄭渾罕字子寬（昭十八年左傳正義）

罕，讀爲衎，（鄭公子喜字子罕，宋樂喜字子罕，皆借罕爲衎）漸六二：「飲食衎衎。」馬融注曰：「饒衍。」（釋文）王肅注曰：「衎衎，寬饒之貌。」（李善魏都賦注）

4.宋公子充石字皇父（文十一年左傳）

充石，美大之意也，皇亦美大之意，說文：「充，長也高也。」長與高，皆大也，呂氏春秋必己篇「禍充天地」，淮南說山篇「近之則鐘音充」，高注並曰：「充，大也。」孟子盡心篇：「充實之謂美，充實而有光煇之謂大。」是充者美也大也，爾雅：「碩，大也。」漢書律曆志：「石，大也。」石碩古字通，（世本碩父澤，又作石甫願繹，見上）豳風狼跋篇：「公孫碩膚。」毛傳曰：「碩、大，膚、美也。」陳風澤陂篇：「有美一人，碩大且卷。」是碩者美也大也，爾雅：「皇皇，美也。」尸子廣澤篇曰：「皇，大也。」（爾雅釋詁疏）大雅皇矣篇：「皇矣上帝。」毛傳曰：「皇，大也。」周頌執競篇：「上帝是皇。」傳曰：「皇，美也。」是皇者美也大也。

5. 衞公子瑕字子適（僖三十年左氏經傳）

管子小問篇：「說王曰，瑕適皆見精也。」尹知章注曰：「瑕適，玉病也。」（楊倞荀子法行篇注，以適爲玉之美澤調適之處，非是）呂氏春秋舉難篇：「尺之木必有節目，寸之玉必有瑕適。」玉有疵謂之瑕適，猶言有疵謂之瑕讁也，老子道篇：「善言無瑕讁。」河上公注曰：「無瑕疵讁過於天下也。」讁與適通。

6. 秦孫陽字伯樂（楚辭七諫注，又史記司馬相如傳索隱引張揖注）

王風君子陽陽篇：「君子陽陽，君子陶陶。」毛傳曰：「陽陽，無所用心也，陶陶，和樂貌。」鄭箋曰：「陶陶，猶陽陽也。」正義曰：「史記（晏嬰傳）稱晏子御，擁大蓋，策四馬，意氣陽陽甚自得，（今本史記陽作揚）則陽陽是得志之貌，賢者在賤職，而亦意氣陽陽，是其無所用心，故不憂，下傳云陶陶和樂，亦是無所用心，故和樂也。」案陽之言暢也，其心舒暢也，字或作揚，荀子儒效篇：「得委積，足以揜其口，則揚揚如也。」楊注曰：「揚揚，得意之貌。」陽爲得意之貌，故字伯樂矣。

7. 鄭公子去疾字子良（宣四年左傳）

疾，惡也，良，善也，去疾故良也，昭九年左傳：「辰在子卯謂之疾日。」杜注曰：「疾，惡也。」疾爲惡，亦爲弱，良爲善，亦爲彊，周語：「棄壯之良而用幼弱。」（之猶與也，謂棄壯與良也，之訓爲與，見釋詞）良與弱，相對成文，則其義爲彊矣，人有疾則弱，故謂之不良，昭七年傳「孟縶之足不良，史朝曰，弱足者居」是也。

8.魯原憲字子思（仲尼弟子傳）

說文：「憲，敏也。」僖三十三年左傳杜預注曰：「敏，審當於事也。」憲有審當於事之義，故字子思，或曰，憲與獻通，思與偲通，皆謂多才能也，周書謚法篇曰：「博聞多能曰獻。」史記正義獻作憲，齊風盧令篇：「其人美且偲。」毛傳曰：「偲，才也。」鄭箋曰：「才，多才也。」

9.楚郤宛字子惡（昭二十七年左傳）

宛，當讀爲怨，宛怨古同聲，故借宛爲怨，字又作惋，秦策曰：「受欺於張儀，王必惋之。」史記楚世家惋作怨是也，怨惡義相近，故名怨字子惡，大雅假樂曰：「無怨無惡。」夏官合方氏曰：「除其怨惡。」

10.申黨字周（仲尼弟子傳單行索隱本，申黨作申堂，漢郎中王政碑作申棠，論語公冶長篇作申棖）

黨與周，皆朋輩相親密之義，（廣雅：「黨，比也。」雜記鄭注：「黨，猶親也。」文十八年左傳杜注：「周，密也。」離騷王注：「周，合也。」）文十八年左傳：「頑嚚不友，是與比周。」比周猶比黨也，儒行曰，「讒諂之民，有比黨而危之者」是也，齊策：「夫從人朋黨比周，莫不以從爲可。」荀子臣道篇：「朋黨比周，以環主圖私爲務。」

11.衞端木賜字子貢（仲尼弟子傳）

爾雅：「貢，賜也。」字亦作贛，說文：「贛，賜也。」淮南精神篇：「今贛人敖倉，予人河水。」要略篇：「一朝用三千鍾贛。」高注並曰：「贛，賜也。」

12.楚蔿賈字伯嬴（僖二十七年、宣四年左傳）

嬴，當讀爲贏，說文：「贏，賈有餘利也。」昭元年左傳：「賈而欲贏，而惡囂乎。」

13.齊華還字周（襄二十三年左傳）

還與環通，（士喪禮注：「古文環作還。」）昭十七年左傳：「環而塹之及泉。」越語：「環會三百里者，以爲范蠡地。」杜韋注並云：「環，周也。」字或作圜，漢書高五王傳：「迺割臨菑東，悼惠王冢園邑，盡以予菑川。」顏注云：「圜，謂周繞之。」或作旋，說文：「旋，周旋旌旗之指麾也。」

14.魯公伯繚字周（單行本史記索隱仲尼弟子傳）

繚，曲也，爾雅「小枝上繚爲喬」，郭注云，「翹繚上句」是也，周亦曲也，唐風有杕之杜篇「生于道周」，毛傳云「周，曲也」是也，繚，繞也，楚詞九歎「腸紛紜以繚轉兮」，王注云「繚，繞也」是也，周亦繞也，吳語「周軍飭壘」，韋注云「周，繞也」是也，故周垣謂之㙩，㙩之言繚繞也，說文：「繚（力沼切）周垣也。」班固西都賦曰：「繚以周牆。」

15.魯南宮括字子容（仲尼弟子傳）一名韜（論語公冶長篇王注釋文作韜，云本又作縚）

括者，包容之稱也，史記秦始皇本紀贊：「秦孝公有囊括四海之意。」張晏云：「括，括囊也，言其能包含天下。」（集解引）後漢書蔡邕傳：「包括無外。」皆容受之義也，韜亦容受之稱，廣雅：「韜，容，寬也。」玉篇：「韜，藏也寬也。」劍衣謂之韜（說文），弓藏謂之韜（廣雅），皆取包容之義。

16.晉狐偃字子犯（僖二十三年左傳注、晉語注）

偃，當讀爲隱，古字偃與隱通，（齊語「隱五刃」，管子小匡篇作「偃五兵」，漢書古今人表徐隱王，顏注曰：「即偃王也。」）檀弓：「事親有隱而無犯，事君有犯而無隱，事師無犯無隱。」鄭注曰：「隱，謂不稱揚其過失也，犯，犯顏而諫。」各隱字犯，以相反爲義也。

17.魯閔損字子騫（仲尼弟子傳）

小雅天保篇：「不騫不崩。」毛傳云：「騫，虧也。」虧亦損也，（高注淮南精神篇云：「虧，損也。」）漢書鼂錯傳：「內無邪辟之行，外無騫汚之名。」顏師古注云：「騫，損也。」

18.鄭公子魚臣字僕叔（宣十二年左傳）

魚，讀爲御，古聲魚與御通，（天官序官釋文：「䱷音魚，本又作魚，又音御。」史記宋世家：「此言乃公子子魚教湣公，謂公子御說也。」）說文：「御，使馬也。」小雅出車傳曰：「僕夫，御夫也。」魯武公子有伯御（周語），魯大夫有御孫（莊二十四年左傳），皆以御爲名。

19.齊杞殖字梁（襄二十三年左傳）

殖，讀爲植，立者謂之植，橫者謂之梁，爾雅：「植謂之傳，傳謂之突。」郭注曰：「戶持鎖植也。」衆經音義（卷七）引三倉云：「戶旁柱曰植。」墨子非儒篇：「季孫與邑人爭，門關決植。」淮南本經篇：「緜聯房植。」高注曰：「植，戶植也。」夏官大司馬：「大役與慮，事屬其植。」鄭注曰：「植，築城楨也。」是立者謂之植也，爾雅：「楣謂之梁，宋瘤謂之梁。」是橫者謂之梁也。（爾雅又曰：「隄謂之梁。」亦取橫互之義）

20.楚公子啓字子閭（哀六年左傳）

說文：「閭，里門也。」名啓字閭，取啓門之義，王氏南陔曰：「啓與閭，皆行陳之名。」左氏襄二十三年傳言「齊侯伐衞，其軍有啓有胠」，孔疏以左翼曰啓，爲賈逵說，逸周書武順篇：「一卒居前曰開，一卒居後曰敦，左右一卒曰閭。」孔晁注：「開猶啓，皆陳名。」

21.齊梁邱據字子猶（昭二十年左傳）

據，讀爲遽，猶，讀爲輶，遽也輶也，皆車之輕且速者也，爾雅：「遽，傳也。」僖三十三年左傳：「且使遽告於鄭。」吳語：「徒遽來告孤，日夜相繼。」杜韋注並云：「遽，傳車也。」昭二年左傳：「子產懼弗及，乘遽而至。」則遽爲車之最速者，遽者疾也，車輕行疾，故謂之遽也，爾雅：「輶，輕也。」說文：「輶，輕車也。」秦風駟鐵篇：「輶車鸞鑣。」毛傳與爾雅同。

22.魯曾參字子輿（仲尼弟子傳）

參，讀爲驂，秦風小戎篇箋云：「驂，兩騑也。」桓三年左傳正義云：「初駕馬者，以二馬夾轅而已，又駕一馬，與兩服爲參，故謂之驂，又駕一馬，乃謂之駟，故說文云，驂，駕三馬也，駟，一乘也，總舉一乘則謂之駟，指其騑馬則謂之驂，詩稱兩驂如舞，二馬皆稱驂，禮記稱說驂而賻之，一馬亦稱驂，是本其初參，遂以爲名也。」名驂字子輿者，駕馬所以引車也。

23.齊陳書字子占（昭十九年左傳）

說文：「占，視兆問也。」金縢：「乃卜三龜，一習吉，啓籥見書，乃幷是吉。」鄭注云：「三龜，占書，亦合於吉。」（正義引）正義云：「周禮大卜，其經兆之體，皆百有二十，其頌皆千有二百，占兆之書則彼頌是也。」呂刑：「明啓刑書胥占。」亦謂明開刑書，相與視之也。

24.鄭石制字子服（宣十二年左傳）

制，讀爲製，說文：「製，裁衣也。」定九年左傳：「晳幘而衣貍製。」服虔注云：「貍製，貍裘也。」（見豳風七月正義）哀二十七年傳：「陳成子衣製杖戈。」杜預注云：「製，雨衣也。」說苑復恩篇：「吳赤市使於智氏，假道於衞，甯文子具紵絺三百製，將以送之。」史記叔孫通傳：「通儒服，漢王憎之，迺變其服，服短衣楚製。」則製乃衣服之通稱也。

25.晉師曠字子野（昭八年左傳）

小雅何草不黃篇：「匪兕匪虎，率彼曠野。」毛傳云：「曠，空也。」曠或作壙，孟子離婁篇：「民之歸仁也，猶水之就下，獸之走壙也。」趙注云：「獸樂壙野。」

26.衞史鰌字魚（襄二十九年左傳注、論語衞靈公篇注）

爾雅：「鰼，鰌。」郭注云：「今泥鰌。」釋文引字林云：「似鱣（鱓同，俗作鱔）短小。」

27.晉羊舌鮒字叔魚（昭十三年左傳）

廣雅：「鰿，鮒也。」井九二：「井谷射鮒。」鄭注云：「所生無大魚，但多鮒魚耳，言微小也。」（見劉逵吳都賦注）今人謂之鯽魚。

28.宋公子圍龜字子靈（成五年左傳）

圍，讀爲違，同聲假借也，（易繫辭傳：「範圍天地之化而不過。」釋文：「範圍，馬王肅張作犯違。」管子形勢篇：「其功逆天者，天違之。」宋本違作圍）表記：「不廢日月，不違龜筮。」違龜，猶違卜也，大誥曰：「王害不違卜」是也，靈猶神也，頤初九曰：「舍爾靈龜。」春官龜人：「天龜曰靈屬。」爾雅曰：「龜俯者靈。」

29.越文種字禽（呂氏春秋當染篇注）

種，讀爲䳯，玉篇：「䳯（充鞏切），雀也。」廣韻：「䳯，小鳥飛也。」故字禽。

30.晉韓籍字叔禽（元和姓纂）

籍，讀爲鵲，古音籍與鵲相近，（詳見唐韻正）故鵲通作籍，春秋時晉有蒲城鵲居，（成二年左傳正義引世本）戰國時秦有扁鵲，（秦策）莊子有瞿鵲子，（齊物論篇）是古人多以鵲爲名者也，名鵲故字禽。

二、經義述聞（選）

王引之

1.書甘誓

大戰于甘，乃召六卿。

王曰：「嗟！六事之人，予誓告汝。有扈氏威侮五行，怠棄三正。天用勦絕其命，今予惟恭行天之罰。左不攻于左，汝不恭命；右不攻于右，汝不恭命；御非其馬之正，汝不恭命。用命，賞于祖；弗用命，戮于社。予則孥戮汝。」

威侮五行

某氏傳曰：「威虐侮慢五行。」正義曰：「無所畏忌，作威虐而侮慢之，故曰威虐侮慢。」引之謹案，威侮二字，義不相屬，威爲暴虐，侮爲輕慢，不得合言虐慢也，且人於天地之五行，何暴虐之有乎，威，疑當作烕，烕者，蔑之假借也，（小雅正月篇釋文引字林：「烕，武劣反。」正與蔑音相近，故借烕爲蔑，烕之爲蔑，猶滅之爲蔑也，易剝初六：「蔑貞凶。」釋文曰：「蔑，荀作滅。」逸周書之侮滅，即侮蔑也。）蔑，輕也，（見大雅桑柔鄭箋、文選典引蔡注）蔑侮五行，言輕慢五行也，逸周書克殷篇「侮滅神祇不祀」，史記周本紀滅作蔑，倒言之則曰蔑侮，說苑指武篇「崇侯虎蔑侮父兄，不敬長老」是也，烕與威，形極相似，世人多見威，少見烕，故烕字譌而爲威矣，墨子明鬼篇引此作「威侮五行」，亦滅侮之誤。

2.書金縢

既克商二年，王有疾，弗豫。二公曰：「我其爲王穆卜。」周公曰：「未可以戚我先王。」公乃自以爲功，爲三壇同墠。爲壇於南方，北面，周公立焉；植璧秉珪，乃告太王、王季、文王。史乃册祝曰：「惟爾元孫某，遘厲虐疾；若爾三王，是有丕子之責于天，以旦代某之身。予仁若考，能多材多藝，能事鬼神；乃元孫不若旦多材多藝，不能事鬼神。乃命于帝庭，敷佑四方，用能定爾子孫于下地；四方之民，罔不祇畏。嗚呼！無墜天之降寶命，我先王亦永有依歸。今我即命于元龜，爾之許我，我其以璧與珪，歸俟爾命；爾不許我，我乃屏璧與珪。」

予仁若考

家大人曰，金縢「予仁若考」，史記魯周公世家作「旦巧」，考巧古字通，若而語之轉，予仁若考者，予仁而巧也，（顧懽老子義疏曰：「若，而也。」夬九三：「遇雨若濡。」言遇雨而濡也，莊二十二年左傳：「幸若獲宥。」言幸而獲宥也）惟巧，故能多材多蓺，能事鬼神，意重巧，不重仁，故下文但言乃元孫不若旦多材多蓺也，若如傳曰，「周公仁能順父」，則武王豈不順父者邪，且對三王言之，亦不當獨稱考也。

3.禮檀弓

孔子蚤作，負手曳杖，消搖於門，歌曰：「泰山其頹乎，梁木其壞乎，哲人其萎乎」，既歌而入，當戶而坐。子貢聞之曰：「泰山其頹，則吾將安仰；梁木其壞、哲人其萎，則吾將安放，夫子殆將病也。」遂趨而入。

哲人其萎

「泰山其頹，則吾將安仰，梁木其壞，哲人其萎，則吾將安放」，引之謹案，「哲人其萎」四字，乃後人據家語增入，非禮記原文也，上文「泰山其頹乎，梁木其壞乎，哲人其萎乎」，鄭注曰：「泰山，衆山所仰，梁木，衆木所放，（正義曰：「放，依也。」）哲人，亦衆人所仰放也，以上二句喻之。」（以上鄭注）是「哲人其萎」，兼有無所仰之義，非但無所放也，若如今本，以「哲人其萎」，專屬之「吾將安放」，則鄭必不如此注矣，蓋鄭本作「泰山其頹，則吾將安仰，梁木其壞，則吾將安放」，而無「哲人其萎」四字，「泰山其頹，則吾將安仰」，正謂哲人其萎，則吾將安仰也，「梁木其壞，則吾將安放」，正謂哲人其萎，則吾將安放也，文見於此，意通於彼，不必更言「哲人其萎」矣，且下文夫子殆將病，即是「哲人其萎」也，王肅作家語，乃妄改其文曰：「梁木其壞，則吾將安杖，喆人其萎，則吾將安放。」（見終記篇）後人據此，遂增「哲人其萎」四字於「則吾將安放」之上，而文義參差甚矣，哲人爲人所仰放，何得但言放邪，孔仲達不能釐正，而云「子貢意在悤遽，不暇句句別言，故直引梁木哲人，總云吾將安放」，此曲說也。（困學紀聞曰：「或謂盧陵劉美中家古本禮記，梁木其壞之下，有則吾將安杖五字，蓋與家語同，齊氏息園曰，案古本以無此五字，故孔疏云，子貢意在悤遽，不暇別言，劉氏所藏古本，必好事者爲之。」引之案。齊說是也，「則吾將安仗」五字，亦遽家語增入，而增入「哲人其萎」四字者，已爲之先導矣）

4.禮檀弓

孔子過泰山側，有婦人哭於墓者而哀，夫子式而聽之。使子路問之曰：「子之哭也，壹似重有憂者。」而曰：「然，昔者吾舅死於虎，吾夫又死焉，今吾子又死焉。」夫子曰：「何爲不去也？」曰：「

無苛政。」夫子曰：「小子識之，苛政猛於虎。」

無苛政

「夫子曰，何爲不去也，曰，無苛政，夫子曰，小子識之，苛政猛於虎也，」鄭注不釋政字，釋文亦不作音，引之謹案，政，讀曰征，謂賦稅及繇役也，誅求無已，則曰苛征，荀子富國篇：「厚刀布之斂以奪之財，重田野之稅，以奪之食，苛關市之征，以難其事。」楊注曰：「苛，暴也，征，亦稅也。」是也，古字政與征通(互見下文)王制：「五十不從力政，八十者一子不從政，九十者其家不從政，廢疾非人不養者，一人不從政，父母之喪，三年不從政，齊衰大功之喪，三月不從政，將徙於諸侯，三月不從政，自諸侯來徙家，期不從政。」雜記：「三年之喪，祥而從政，期之喪，卒哭而從政，九月之喪，既葬而從政，小功緦之喪，既殯而從政。」皆借政爲征也，而新序雜事篇載此事，乃云「其政平，其吏不苛」，則已誤以爲政事之政矣，鄭注雜記云：「從政，從爲政者教令，謂給繇役。」既訓爲給繇役，則是讀政爲征，而又云「從爲政者教令」，非也，從爲政者教令六字，蓋後人所增。

5. 禮禮運

大道之行也，天下爲公，選賢與能，講信修睦。故人不獨親其親，不獨子其子，使老有所終，壯有所用，幼有所長，矜寡孤獨廢疾者，皆有所養。

選賢與能

禮運：「選賢與能。」正義曰：「此明不世諸侯也，國不傳世，唯選賢與能也，黜四凶舉十六相之類是也。」引之謹案，與，當讀爲舉，大戴禮王言篇「選賢舉能」是也，舉與古字通，无妄象傳：「物與无妄」虞翻注曰：「與，謂舉也。」地官師氏：「王舉則從。」故書舉爲與，楚辭九章：「與前世而皆然兮。」言舉前世而皆然也，七諫：「與世皆然兮。」王逸注曰：「與，舉也。」墨子天志篇：「天下之君子，與謂之不祥。」言舉謂之不祥也。

6. 禮經解

故婚姻之禮廢，則夫婦之道苦，而淫辟之罪多矣。鄉飲酒之禮廢，則長幼之序失，而爭鬬之獄繁矣。喪祭之禮廢，則臣子之恩薄，而倍死忘生者衆矣。聘覲之禮廢，則君臣之位失，諸侯之行惡，而倍畔侵陵之敗起矣。

倍死忘生

經解：「喪祭之禮廢，則臣子之恩簿，而倍死忘生者衆矣。」家大人曰，喪祭非所以事生，則喪祭之禮廢，亦不得言忘生，（正義曰：「喪祭之禮，所以敦勖臣子恩情，使死者不見背違，生者恆相存念。」此曲爲之說也）生，當爲先，字之誤也，（大戴禮禮察篇亦作生，蓋後人據小戴記誤字改之）喪禮廢，則民倍死，祭禮廢，則民忘先，漢書禮樂志曰：「喪祭之禮廢，則骨肉之恩薄，而背死忘先者衆。」顏師古曰：「先者先人，謂祖考。」論衡薄葬篇曰：「故曰喪祭禮廢，則臣子恩泊，臣子恩泊，則倍死忘先。」二書皆用經解文也。

7. 禮中庸

「天下之達道五，所以行之者三。曰：君臣也，父子也，夫婦也，昆弟也，朋友之交也——五者，天下之達道也。知、仁、勇三者，天下之達德也。所以行之者一也。」

所以行之者一也

「天下之達道五，所以行之者三，曰，君臣也，父子也，夫婦也，昆弟也，朋友之交也，五者，天下之達道也，知仁勇三者，天下之達德也，所以行之者一也。」正義曰：「所以行之者一也，言百王以來，行此五道三德，其義一也。」家大人曰，一字，文衍也，五道是所行者，三德是所以行五道者，五者天下之達道也，即所謂天下之達道五也，三者天下之達德也，所以行之者也，即所謂所以行之者三也，文義上下相應，不當有一字，此因下文「所以行之者一也」而誤衍耳，史記平津侯傳：「智仁勇此三者，天下之通德，所以行之者也。」漢書公孫傳：「仁知勇三者，所以行之者也。」則經文本無「一」字，鄭於下文「所以行之者一也」注曰：「一，謂當豫也。」而於此不釋「一」字，則鄭本無「一」字可知，家語哀公問政篇：「智仁勇三者，天下之達德，所以行之者一也。」一字亦後人據誤本禮記加之也。

8.左傳僖公二十八年

子玉使鬭勃請戰，曰：「請與君之士戲，君馮軾而觀之，得臣與寓目焉。」晉侯使欒枝對曰：「寡君聞命矣。楚君之惠，未之敢忘，是以在此。爲大夫退，其敢當君乎。既不獲命矣，敢煩大夫謂二三子，戒爾車乘，敬爾君事，詰朝將見。」

請與君之士戲

惠氏補注曰：「朱國禎曰，戲者兵也，三軍之號，所云戲下是也，若云以兵見耳，林堯叟謂得臣輕用民命，便解作戲弄之戲，夫得臣亦英雄，豈有此失。」引之謹案，林固失之，而朱亦未爲得也，說文：「戲，兵也，從戈䖒聲。」則戲乃兵器之名，請與君之士兵，豈復成文義乎，若以爲戲下之戲，則愈不可通，漢書高帝紀：「諸侯罷戲下，各就國。」顏師古注曰：「戲，謂軍之旌麾也，音許宜反，亦讀曰麾。」漢書通以戲為麾字，是戲乃旌旗之名，請與君之士旗，文義尚可通乎，今案，戲，角力也，晉語：「少室周為趙簡子右，聞牛談有力，請與之戲，弗勝，致右焉。」韋注曰：「戲，角力也。」戰有勝負，角力亦有勝負，故比戰於戲，晉語又曰：「夷吾之少也，戲不過所復。」僖九年左傳作「夷吾能鬭，不過是戲，即鬭」，鬭，即角力也。

9. 左傳宣公四年

楚人獻黿於鄭靈公，公子宋與子家將見，子公之食指動，以示子家，曰：「他日我如此，必嘗異味。」及入，宰夫將解黿，相視而笑。公問之，子家以告。及食大夫黿，召子公而弗與也，子公怒，染指於鼎，嘗之而出。公怒，欲殺子公。子公與子家謀先，子家曰：「畜老猶憚殺之，而況君乎？」反譖子家，子家懼而從之。夏，弒靈公。書曰：「鄭公子歸生弒其君夷。」權不足也。

食大夫黿

四年傳：「及食大夫黿，召子公而弗與也。」家大人曰，黿下當有「羹」字，謂為黿羹，以食大夫也，下文「染指於鼎，嘗之而出」，所嘗者羹也，則上文原有「羹」字可知，自唐石經脫「羹」字，而各本遂沿其誤，太平御覽人事部十一指篇、飲食部十九羹篇、鱗介部四黿篇，引此皆無羹字，案御覽載此事於羹篇，則所引當有「羹」字，今本無者，後人依俗本左傳刪之，因幷刪指篇黿篇兩「羹」字耳，鈔本北堂書鈔酒食部三羹篇出「黿羹」二字，注引左傳「食大夫黿羹」，（陳禹謨本刪注文羹字，而正文「黿羹」二字尚存）、初學記服食部羹篇引同，白帖十六羹篇出「黿羹」二字，注所引亦同，（今本注內無羹字，亦後人所删）高注呂氏春秋季夏篇及淮南時則篇，並云「黿可爲羹」，引左傳「鄭靈公不與公子宋黿羹」，（呂氏春秋諭大篇注引同）則傳文原有「羹」字甚明，史記鄭世家敍此事，亦云「及入見靈公，進黿羹」，又云「靈公召之，獨弗與羹」，韓子難四云：「食黿之羹，鄭君怒而不誅。」易林蒙之萃云：「黿羹芬香，染指弗嘗。」黿羹之文，皆本於左傳。

10. 詩衞風氓

桑之落矣，其黃而隕，自我徂爾，三歲食貧，淇水湯湯，漸車帷裳，女也不爽，士貳其行，士也罔極，二三其德。

士貳其行

衞風氓篇：「女也不爽，士貳其行。」箋曰：「我心於女，故無差貳，而復關之行，有二意。」正義曰：「言我心於汝男子也，不爲差貳，而士何謂二三其行於己也。」引之謹案，貳，與二通，旣言「士貳其行，又言士也罔極，二三其德」，文義重沓，非其原本也，貳，當爲貣之譌，貣音他得切，即忒之借字也，（洪範「衍忒」，史記宋微子世家作「衍貣」，管子正篇：「如四時之不貣。」即易之「四時不忒」也）爾雅：「爽，差也。」「爽，忒也。」鄭注豫卦象傳曰：「忒，差也。」是爽與忒同訓爲差。「女也不爽，士貳其行」，言女也不差，士則差其行耳，爾雅說此詩曰：「晏晏旦旦，悔爽忒也。」郭注曰：「傷見絕棄，恨士失也。」然則悔爽忒者，正謂恨士之爽忒其行，據爾雅所釋，詩之作「貣」明矣，箋解女字爲汝，貳字爲二，皆失之，其釋不爽曰「無差貳」，則無差貣之譌也，（差貣即差忒也，呂氏春秋季夏紀「無或差忒」）以差貣之解，解士貣其行，則得之矣。

三、讀書雜志（選）

王念孫

1.史記商君傳

孝公既用衞鞅，鞅欲變法，恐天下議己。衞鞅曰：「疑行無名，疑事無功。且夫有高人之行者，固見非於世；有獨知之慮者，必見敖於民。愚者闇於成事，知者見於未萌。民不可與慮始而可與樂成。論至德者不和於俗，成大功者不謀於衆。是以聖人苟可以彊國，不法其故；苟可以利民，不循其禮。」孝公曰：「善。」

鞅欲變法

「孝公既用衞鞅，鞅欲變法，恐天下議己，衞鞅曰，疑行無名，疑事無功。」念孫案，「鞅欲變法」，鞅字因上文而衍，此言孝公欲從鞅之言而變法，恐天下議己，非謂鞅恐天下議己也，孝公恐天下議己，故鞅有「疑事無功」之諫，若謂鞅恐天下議己，則與下文相反矣，商子更法篇：「孝公曰，今吾欲變法以治，更禮以教百姓，恐天下之議我也，公孫鞅曰，疑行無成，疑事無功，君亟定變法之慮，殆無顧天下之議之也。」是其明證矣，新序善謀篇同。

2.史記商君傳

令民爲什伍，而相收司連坐。不告姦者腰斬，告姦者與斬敵首同賞，匿姦者與降敵同罰。民有二男以上不分異者，倍其賦。有軍功者，各以率受上爵；爲私鬭者，各以輕重被刑大小。

收司

「令民爲什伍，而相收司連坐。」引之曰，收，當爲牧，字之誤也，（俗書收字作收，與牧相似，晏子雜篇：「蠶桑豢牧之處不足。」呂氏春秋論人篇：「不可牧也。」淮南原道篇：「中能得之則外能牧之。」今本牧字並誤作收。）方言曰：「監、牧、察也。」鄭注周官禁殺戮曰：「司，猶察也，凡相監察謂之牧司。」周官禁暴氏曰：「凡奚隸聚而出入者，則司牧之，戮其犯禁者。」酷吏傳曰：「置伯格長以牧司姦盜賊。」（漢書譌作收司，顏師古以爲收捕司察姦人，非也，）皆其證也，索隱本作「牧司」注云：「牧司，謂相糾發也，一家有罪，則九家連舉發。」然則必先司察而後舉發，舉發而後收捕，不得先言收而後言司矣，索隱之「牧司」，謂相糾發，後人亦依正文改爲收司，而不知收非糾發之謂也。

3. 史記刺客傳

荊軻嘗游過楡次，與蓋聶論劍，蓋聶怒而目之。荊軻出，人或言復召荊卿。蓋聶曰：「曩者吾與論劍，有不稱者，吾目之，試往，是宜去，不敢留。」使使往之主人，荊卿則已駕而去楡次矣。使者還報，蓋聶曰：「固去也，吾曩者目攝之！」

目攝之

「荊軻嘗游過楡次，與蓋聶論劍，蓋聶怒而目之。荊軻出，人或言復召荊卿，蓋聶曰，曩者吾與論劍，有不稱者，吾目之，試往，是宜去，不敢留，使使往之主人，荊卿則已駕而去楡次矣。使者還報，蓋聶曰，固去也，吾曩者目攝之。」索隱曰：「攝，猶整也，謂不稱己意，因怒視以攝整之也。」正義曰：「攝，猶視也。」念孫案，索隱解攝爲整，不合語意，正義解攝爲視，古無此訓，皆非也，攝，讀為懾，鄭注樂記曰：「懾，猶恐懼也。」言曩者吾怒目以懼之，彼固不敢不去也，（恐謂之懼，使人恐亦謂之懼，昭十二年左傳：「楚子圍徐以懼吳。」是也，恐謂之懾，使人恐亦謂之懾，呂氏春秋論威篇：「威所以懾之。」是也）襄十一年左傳：「武震以攝威之。」釋文曰：「攝如字，又之涉反。」是懾與攝通，（衞將軍驃騎傳：「懾慴者弗取。」漢書作攝讋，樂記：「柔氣不懾。」說苑脩文篇作攝）韓詩外傳曰：「上攝萬乘，下不敢敖乎匹夫。」

4. 漢書陳勝傳

秦二世元年秋七月，發閭左戍漁陽九百人，勝廣皆為屯長。行至蘄大澤鄉，會天大雨，道不通，度已失期。失期法斬，勝、廣乃謀曰：「今亡亦死，舉大計亦死，等死，死國可乎？」勝曰：「天下苦秦久矣。吾聞二世，少子，不當立，當立者乃公子扶蘇。扶蘇以數諫故不得立，上使外將兵。今或聞無罪，二世殺之。百姓多聞其賢，未知其死。項燕為楚將，數有功，愛士卒，楚人憐之。或以為在。今誠以吾衆為天下倡，宜多應者。」廣以為然。乃行卜。卜者知其指意，曰：「足下事皆成，有功。然足下卜之鬼乎！」勝、廣喜，念鬼，曰：「此教我先威衆耳。」乃丹書帛曰「陳勝王」，置人所罾魚腹中。卒買魚亨食，得書，已怪之矣。又間令廣之次所旁叢祠中，夜構火，狐鳴呼曰：「大楚興，陳勝王。」卒皆夜驚恐。旦日，卒中往往指目勝、廣。

勝、廣素愛人，士卒多為用。將尉醉，廣故數言欲亡，忿尉，令辱之，以激怒其衆。尉果笞廣。尉劍挺，廣起奪而殺尉。勝佐之，并殺兩尉。召令徒屬曰：「公等遇雨，皆已失期，當斬。藉弟令毋斬，而戍死者固什六七。且壯士不死則已，死則舉大名耳。侯王將相，寧有種乎！」徒屬皆曰：「敬受令。」乃詐稱公子扶蘇、項燕，從民望也。袒右，稱大楚。爲壇而盟，祭以尉首。勝自立爲將軍，廣爲都尉。攻大澤鄉，拔之。

兩勝廣

「且日，卒中往往指目勝廣，勝廣素愛人，士卒多爲用。」念孫案，此文本作「旦日，卒中往往指目勝，（句）廣素愛人，士卒多爲用」，上文魚腹中書，及構火狐鳴之語，皆曰陳勝王，故卒中往往指目陳勝，而吳廣不與焉，吳廣素得士卒心，故忿尉辱己，以激怒其衆（見下文）而陳勝不與焉，史記陳涉世家作「旦日，卒中往往語，皆指目陳勝，（句）吳廣素愛人，士卒多爲用者」，是其證，今本指目勝下有「廣」字，廣素愛人上又有「勝」字，則與上下文不合。

5.漢書陳勝傳

始皇既沒，餘威震于殊俗。然而陳涉，甕牖繩樞之子，甿隸之人，遷徙之徒也，材能不及中庸，非有仲尼、墨翟之知，陶朱、猗頓之富。躡足行伍之間，而免起阡陌之中，帥罷散之卒，將數百之衆，轉而攻秦。斬木爲兵，揭竿爲旗，天下雲合嚮應，贏糧而景從，山東豪俊，遂並起而亡秦族矣。

阡陌

「躡足行伍之間，而免起阡陌之中」，如淳曰：「時皆辟屈在阡陌之中也。」念孫案，阡陌本作「什伯」，此因什伯誤作仟伯，故又誤作阡陌耳，今本漢書，及史記陳涉世家、賈子、文選，皆誤作阡陌，唯秦始皇本紀作「什伯」，（羣書治要引同）集解引漢書音義曰：「首出十長百長之中，如淳曰，時皆辟屈在十百之中。」據此則正文及如注皆本作「什伯」明矣，陳涉世家索隱亦作「什伯」注云：「謂在十人百人之長也。」（今本什伯誤作「仟伯」，十人誤作「千人」）與匈奴傳索隱不合，且下文云：「將數百之衆。」則不得言千明矣）匈奴傳索隱引續漢書百官志云：「里魁掌一里百家，什主十家，伍長五家。」又引過秦論云：「俛起什百之中。」此皆其明證，上言行伍，故下言什伯，淮南兵略篇所謂「正行伍，連什伯」也，或謂陳涉起於田間，當以作阡陌者爲是，不知陳涉起於大澤，乃爲屯長時事，非爲耕夫時事，上文先言「甿隸之人」，後言「遷徙之徒」，此文行伍什伯，皆承遷徙之徒言之，下文適戍之衆，又承行伍什伯言之，「躡足行伍之間，免起什伯之中，率罷散之卒，將數百之衆」，四句一意相承，皆謂戍卒也，若作阡陌，則與上下文不類矣。

6. 荀子非相

相人，古之人無有也，學者不道也。古者有姑布子卿，今之世梁有唐舉，相人之形狀顏色，而知其吉凶妖祥，世俗稱之。古之人無有也，學者不道也。故相形不如論心，論心不如擇術；形不勝心，心不勝術；術正而心順之，則形相雖惡而心術善，無害爲君子也。形相雖善而心術惡，無害爲小人也。君子之謂吉，小人之謂凶。故長短大小，善惡形相，非吉凶也。古之人無有也，學者不道也。

相人古之人無有也學者不道也

元刻相下無「人」字（宋龔本同）念孫案，無人字者是，此謂古無相術，非謂古無相人也，謂學者不道相術，非謂不道相人也，下文云「長短小大，善惡形相，古之人無有也，學者不道也。」是其證，宋本作相人者，涉下相人之形狀而誤。

7.荀子非相

凡言不合先王，不順禮義，謂之姦言，雖辯，君子不聽。法先王，順禮義，黨學者，然而不好言，不樂言，則必非誠士也。故君子之於言也，志好之，行安之，樂言之，故君子必辯，凡人莫不好言其所善，而君子爲甚，故贈人以言，重於金石珠玉，觀人以言，美於黼黻文章，聽人以言，樂於鍾鼓琴瑟，故君子之於言無厭。

觀人以言　聽人以言

「故贈人以言，重於金石珠玉，觀人以言，美於黼黻文章，聽人以言，樂於鍾鼓琴瑟」，念孫案，觀本作「勸」，勸人以言，謂以善言勸人也，故曰美於黼黻文章，若觀人以言，則何美之有，楊注云：「謂使人觀其言。」則所見本已譌作觀，太平御覽人事部三十一，所引亦然，藝文類聚人部十五，正引作「勸人以言」。

「聽人以言」，元刻以作「之」而盧本從之，案此與上二句，文同一例，聽人以言者，我言之而人聽之也，我言而人聽，則是我之以善及人也，故曰「樂於鍾鼓琴瑟」，若聽人之言，則何樂之有，此後人不曉文義而妄改之耳，據楊注云，「使人聽其言」，則本作「聽人以言」明矣，藝文類聚太平御覽，竝引作「聽人以言」。

8.莊子秋水

秋水時至，百川灌河，涇流之大，兩涘渚崖之閒，不辯牛馬。於是焉河伯欣然自喜，以天下之美爲盡在己。順流而東行，至於北海，東面而視，不見水端，於是焉河伯始旋其面目，望洋向若而歎曰：「

野語有之曰，『聞道百以爲莫己若者』，我之謂也。且夫我嘗聞少仲尼之聞，而輕伯夷之義者，始吾弗信。今我睹子之難窮也，吾非至於子之門則殆矣，吾長見笑於大方之家。」北海若曰：「井鼃不可以語於海者，拘於虛也；夏蟲不可以語於冰者，篤於時也；曲士不可以語於道者，束於教也。今爾出於崖涘，觀於大海，乃知爾醜，爾將可與語大理矣。」

井鼃

秋水篇：「井鼃不可以語於海者拘於虛也。」引之曰，鼃本作「魚」，後人改之也，太平御覽時序部七、鱗介部七、蟲豸部一、引此並云「井魚不可以語於海」，則舊本作魚可知，且釋文於此句不出鼃字，直至下文「陷井之鼃」始云「鼃本又作蛙戶蝸反」引司馬注云：「鼃，水蟲，形似蝦蟇。」則此句作魚不作鼃明矣，若作鼃，則戶蝸之音，水蟲之注，當先見於此，不應至下文始見也，再以二證明之，鴻烈原道篇：「夫井魚不可與語大，拘於隘也。」梁張綰文：「井魚之不識巨海，夏蟲之不見冬冰。」（水經贛水注云：「聊記奇聞，以廣井魚之聽。」）皆用莊子之文，則莊子之作「井魚」益明矣，井九三：「井谷射鮒。」鄭注曰：「所生魚無大魚，但多鮒魚耳。」（見劉逵吳都賦注）困學紀聞（卷十）引御覽所載莊子曰：「用意如井魚者，吾爲鉤繳以投之。」呂氏春秋諭大篇曰：「井中之無大魚也。」此皆井魚之證，後人以此篇有陷井鼃之語，而荀子亦云「坎井之鼃，不可與語東海之樂」，（見正論篇）遂改井魚爲井鼃，不知井自有魚，無煩改作鼃也，自有此改，世遂動稱井鼃夏蟲，不復知有井魚之喻矣。

四、羣經平議（選）

俞樾

1.書堯典

曰若稽古帝堯，曰放勳。欽、明、文、思、安安，允恭克讓；光被四表，格于上下。克明俊德，以親九族；九族既睦，平章百姓；百姓昭明，協和萬邦。黎民於變時雍。

光被四表

枚氏傳曰：「故其名聞，充溢四外。」

樾謹按，光被四外，甚爲不辭，詩噫嘻篇正義引鄭注曰：「言堯德光耀，及四海之外。」然經文但曰四表，不曰四海之表，增字釋經，亦非經旨，今按僖二十八年左傳「表裏山河」，表裏皆以衣爲喻，是故四表，猶四裔也，說文衣部：「表，上衣也，從衣從毛，古者衣裘，以毛爲表。」又曰：「裔，衣裾也。」是表與裔，本義皆屬衣，以其在極外而言，則曰四表，猶衣之有表也，以其在極末而言，則曰四裔，猶衣之有裔也，文選西都賦曰：「表以太華終南之山，帶以洪河涇渭之川。」表帶竝言，得古義矣。

2.書西伯戡黎

西伯既戡黎，祖伊恐，奔告于王，曰：「天子，天既訖我殷命，格人元龜，罔敢知吉，非先王不相我後人，惟王淫戲用自絕。」

天既訖我殷命

樾謹按，是時殷猶未亡，乃云既訖我命，義不可通，古書既與其，每通用，禹貢「濰淄其道」，史記夏本紀作「既道」，詩常武篇「徐方既來」，荀子議兵篇引作「徐方其來」，竝其證也，天既訖我殷命，當作「天其訖我殷命」，蓋以格人元龜，罔敢知吉，故推度天意如此也，此篇以「天其訖我殷命」發端，猶微子篇以「殷其弗或亂正四方」發端也，皆事前推度之辭，若作既訖，則似乎事後之論矣。

3. 詩齊風還

子之還兮！遭我乎峱之間兮！並驅從兩肩兮！揖我謂我儇兮！

子之茂兮！遭我乎峱之道兮！並驅從兩牡兮！揖我謂我好兮！

子之昌兮！遭我乎峱之陽兮！並驅從兩狼兮！揖我謂我臧兮！

揖我謂我臧兮

傳曰：「臧，善也。」

樾謹按，臧固訓善，而此臧字，則當訓爲壯，壯者盛也，禮記學記篇「約而達，微而臧」，臧與微對，則有壯盛之義可知，蓋臧壯聲近而義通也，首章言「子之還兮」，故曰「揖我謂我儇兮」，傳曰：「還，便捷之貌，儇，利也。」是還與儇，義相應也，二章言「子之茂兮」，故曰「揖我謂我好兮」，傳曰：「茂，美也。」是茂與好，義相應也，此臧字亦當與昌字相應，傳訓昌爲盛，臧爲善，則義不相應矣，鄭知傳義之未安，而易傳曰：「昌，佼好貌。」則又與二章無別，蓋毛傳失之於臧，非失之於昌，一章以便利相譽，二章以美好相譽，三章以壯盛相譽，言各有當，未可徒泥古訓矣。

4. 詩魏風伐檀

坎坎伐檀兮！寘之河之干兮！河水清且漣猗！不稼不穡，胡取禾三百廛兮？不狩不獵，胡瞻爾庭有縣貆兮？彼君子兮，不素餐兮！

坎坎伐輻兮！寘之河之側兮！河水清且直猗！不稼不穡，胡取禾三百億兮？不狩不獵，胡瞻爾庭有縣特兮？彼君子兮，不素食兮！

坎坎伐輪兮！寘之河之漘兮！河水清且淪猗！不稼不穡！胡取禾三百囷兮？不狩不獵，胡瞻爾庭有縣鶉兮？彼君子兮，不素飧兮！

胡取禾三百廛兮

傳曰：「一夫之居曰廛。」正義曰：「謂一夫之田百畝也。」樾謹按，如傳義，則三百廛爲三百夫之田，其數太多，且一章言廛，二章言億，三章言囷，義亦不倫，疑傳義非也，廣雅釋詁，「稛、繶、纏，竝訓束，然則三百廛者，三百纏也，三百億者，三百繶也，三百囷者，三百稛也，其實皆三百束也，說文又部：「秉，禾束也。」然則三百束者，三百秉也，鄭箋於二章曰：「三百億，禾秉之數。」不知三百者，億之數，億猶秉也，蓋自傳失其義，故箋亦不得其解矣。

5. 詩唐風鴇羽

肅肅鴇羽，集于苞栩。王事靡盬，不能蓺稷黍。父母何怙？悠悠蒼天，曷其有所。

肅肅鴇翼，集于苞棘。王事靡盬，不能蓺黍稷。父母何食？悠悠蒼天，曷其有極。

肅肅鴇行，集于苞桑。王事靡盬，不能蓺稻粱。父母何嘗？悠悠蒼天，曷其有常。

父母何怙

傳曰：「怙，恃也。」

樾謹按，二章云「不能藝黍稷，父母何食」，三章云「不能藝稻粱，父母何嘗」，皆承上句爲義，此章云「不能藝稷黍，父母何怙」，義亦當同，怙乃餬之叚字，說文食部：「餬，寄食也。」莊子人間世篇釋文引李云：「餬，食也。」崔云：「字或作互，或作飦。」蓋餬從胡聲，亦或省從古聲，故怙與餬，得以通用，猶言父母何食也，傳以本字讀之，非是。

6. 詩秦風黃鳥

交交黃鳥，止于棘，誰從穆公，子車奄息，維此奄息，百夫之特，臨其穴，惴惴其慄，彼蒼者天，殲我良人，如可贖兮，人百其身。

人百其身

箋云：「人皆百其身，謂一身百死，猶爲之。」正義曰：「我國人皆百死其身以贖之。」

樾謹按，經言百其身，不言百其死，箋義非也，此其字仍以三良言，首章謂奄息也，穆公以奄息從死，奄息止一身耳，若可贖之，則人願百倍其身以贖之，謂以百人從死，亦所甘也，上云「維此奄息，百夫之特」，是奄息之德，足以匹百夫，故願以百身代之，兩百字，正相應，解爲一身百死，失其旨矣。

7. 禮記檀弓

齊大饑黔敖爲食於路，以待餓者而食之。有餓者，蒙袂輯屨，貿貿然來。黔敖左奉食，右執飲，曰：「嗟來食。」揚其目而視之，曰：「予唯不食嗟來之食，以至於斯也。」從而謝焉；終不食而死。曾子聞之曰：「微與？其嗟也可去，其謝也可食。」

嗟來食

樾謹按，來，乃語助之辭，莊子大宗師篇：「子桑戶死，孟子反子琴張，相和而歌曰，嗟來桑戶乎，嗟來桑戶乎。」此云「嗟來食」，文法正同，下云「予唯不食嗟來之食」，是嗟來二字連文之明證，正義解爲「嗟呼來食」，誤以「來食」連讀，失之。

曾子聞之曰微與

注曰：「微，猶無也，無與，止其狂狷之辭。」正義曰：「微與者，微，無也，與，語助，言餓者無得如是與。」

樾謹按，餓者已不食而死，曾子於事後發論，乃復言無得如是，以止之，殊於語意不合，下文「雖微管而已」，注曰：「微，猶非也。」此微字，亦當訓爲非，微與，猶言非與，曾子聞其事而非之，特以不食而死，亦人所難，故不敢質言，而言與以疑之也。

8. 禮學記

學者有四失，教者必知之。人之學也，或失則多，或失則寡，或失則易，或失則止。此四者，心之莫同也。知其心，然後能救其失也。教也者，長善而救其失者也。

或失則易

注曰：「失於易，謂好問不識者。」正義曰：「至道深遠，非凡淺所識，而人不之思求，唯好汎濫外問，是失在輕易於妙道。」

樾謹按，「或失則多」，「或失則寡」，相對成義，「或失則易」，「或失則止」，亦必相對成義，讀爲輕易之易，則與止字不對矣，易，當讀爲變易之易，「或失則易」者，謂見異而遷，此事未竟，又爲彼事也，「或失則止」者，謂畫地自限，但知其一，不知其二也，此兩者之失，事正相反，鄭注未得其解，故正義遂失其讀矣。

9.左傳宣十二年

楚子又使求成于晉，晉人許之，盟有日矣，楚許伯御樂伯，攝叔爲右，以致晉師。許伯曰：「吾聞致師者，御靡旌，摩壘而還。」樂伯曰：「吾聞致師者，左射以菆，代御執轡，御下兩馬，掉鞅而還。」攝叔曰：「吾聞致師者，右入壘，折馘執俘而還。」皆行其所聞而復。晉人逐之，左右角之。樂伯左射馬而右射人，角不能進。矢一而已，麋興於前，射麋麗龜。晉鮑癸當其後，使攝叔奉麋獻焉，曰：「以歲之非時，獻禽之未至，敢膳諸從者。」鮑癸止之，曰：「其左善射，其右有辭，君子也。」既免。

御下兩馬

集解曰：「兩，飾也。」

樾謹按，兩之訓飾，未聞其義，釋文曰：「徐云，或作裲。」於義更遠，阮氏校勘記曰：「北宋本、葉抄本、盧文招本、作㨂」。㨂字從手，雖若近之，然其字實非古所有，若左傳有㨂字，說文不應遺之，玉篇所收廣矣，而尚無㨂字，則其字後出，可知也，左傳原文止作「兩馬」，兩者，兩兩排比之也，一車有四馬，兩馬在中曰服，兩馬在邊曰驂，詩曰：「兩服齊首，兩驂如手。」皆言其整齊也，是時車右入壘，而車在壘外留待之，故御者下車，排比其馬，使兩驂兩服，不至儳互不齊，亦示閒暇之意也，周官太宰：「以九兩繫邦國之民。」鄭注曰：「兩，猶耦也。」然則兩馬者，使服與服耦，驂與驂耦也，因服杜竝訓爲飾，遂變其字從手，又因古無㨂字，而以裲字爲之，玉篇裲訓松脂，於馬無涉也，惠氏補正反以柄字爲正，失之矣。

10. 論語里仁

子游曰，事君數，斯辱矣，朋友數，斯疏矣。

何晏集解曰：「數，謂速數之數。」

樾謹案，此數字，即儒行所謂「其過失可微辨，而不可面數」之數，數者，面數其過也，漢書高帝紀：「漢王數羽。」師古注曰：「數責其罪也。」是此數字之義也，禮記曲禮曰：「爲人臣之禮，不顯諫。」故諫有五，而孔子從其諷，其於朋友，則曰忠告而善道之，事君而數，則失不顯諫之義，朋友而數，則非所謂善道之矣，取辱取疏，職此之故，唐宋以來，以犯顏極諫爲人臣之盛節，至有明諸臣，遂有聚哭於君之門者，蓋自古義湮，而君臣朋友之閒，所傷所矣。

11. 論語衞靈公

子曰，衆惡之，必察焉，衆好之，必察焉。

王曰：「或衆阿黨比周，或其人特立不羣，故好惡不可不察也。」

樾謹按，阿黨比周，解衆好必察之意，特立不羣，解衆惡必察之意，是王肅所據本，「衆好」句在「衆惡」句前，潛夫論潛歎篇引孔子曰：「衆好之，必察焉，衆惡之，必察焉。」蓋漢時舊本如此，今傳寫誤倒耳，風俗通義正失篇引孔子曰：「衆善焉，必察之，衆惡焉，必察之。」雖文字小異，而亦善在惡前，可據以訂正。

12. 論語季氏

季氏將伐顓臾，冉有季路見於孔子曰：「季氏將有事於顓臾。」孔子曰：「求、無乃爾是過與？……丘也聞有國有家者，不患寡而患不均，不患貧而患不安；蓋均無貧，和無寡，安無傾。」

不患寡而患不均，不患貧而患不安。

樾謹按，寡貧二字，傳寫互易，此本作「不患貧而患不均，不患寡而患不安」，貧以財言，不均亦以財言，財宜乎均，不均則不如無財矣，故不患貧而患不均也，寡以人言，不安亦以人言，人宜乎安，不安則不如無人矣，故不患寡而患不安也，下文云「均無貧」，此承上句言，又云「和無寡，安無傾」，此承下句言，觀「均無貧」之一語，可知此文之誤易矣，春秋繁露度制篇引孔子曰：「不患貧而患不均」，可據以訂正。

13.論語陽貨

子曰：鄉原德之賊也。

周曰：「所至之鄉，輒原其人情，而為意以待之，是賊亂德也。」一曰：「鄉，向也，古字同，謂人不能剛毅，而見人輒原其趣嚮，容媚而合之，言此所以賊德也。」

樾謹按，周注迂曲，必非經旨，如何晏說，則與孟子「一鄉皆稱原人」之說不合，其義更非矣，原，當為傆，說文人部：「傆，黠也。」鄉傆者，一鄉中傆黠之人也，孟子說鄉原曰：「非之無舉也，刺之無刺也，同乎流俗，合乎汚世，居之似忠信，行之似廉潔。」則其人之巧黠可知，孔子恐其亂德，蓋即巧言亂德之意，朱注謂「原與愿同」，雖視舊說為勝，然愿自是美名，孔子曰：「侗而不愿，吾不知之矣。」則愿固孔子所取也，一鄉皆以為愿，人當問其果愿與否，安得據絕之為德之賊，且孟子所稱鄉原之行，亦非謹愿者所能爲也，然則讀原爲愿，抑猶未得其字矣。

14.周禮天官冢宰

惟王建國，辨方正位，體國經野，設官分職，以爲民極。

體國經野

鄭注曰：「體，猶分也。」賈公彥疏曰：「言體猶分者，謂若人之手足，分爲四體，得爲分也。」

樾謹按，體之訓分，其義迂迴，殆非也，體，當讀爲履，詩氓篇：「爾卜爾筮，體無咎言。」釋文曰：「體，韓詩作履。」是其例也，蓋履與體，聲近義通，易坤初六：「履霜堅冰至。」釋文曰：「鄭讀履爲禮。」禮體竝從豊聲，體之通作履，猶履之通作禮也，履國經野，謂履行其國，經畫其野也，宣十五年公羊傳曰：「稅畝者何，履畝而稅也。」與此履字義同。

五、諸子平議（選）

俞　樾

1.老子二十六章

重爲輕根，靜爲躁君，是以君子終日行，不離輜重，雖有榮觀，燕處超然，奈何萬乘之主，而以身輕天下？輕則失本，躁則失君。

輕則失本，躁則失君。（二十六章）

樾謹按，河上公本作「輕則失臣」，注云：「王者輕淫，則失其臣。」竊謂兩本均誤，永樂大典作「輕則失根」，當從之，蓋此章首云「重爲輕根，靜爲躁君」，故終之曰，「輕則失根，重則失君」，言不重則無根，不靜則無君也，王弼所據作「失本」者，本與根一義耳，而弼不曉其義，以失本爲喪身，則曲爲之說矣，至河上公作「失臣」，殆因下句「失君」之文而臆改耳。

2.老子四十一章

上士聞道，勤而行之；中士聞道，若存若亡；下士聞道，大笑之；不笑，不足以爲道。

下士聞道大笑之。（四十一章）

樾謹按，王氏念孫漢書雜志曰：「大笑之，本作大而笑之，猶言迂而笑之也，牟子引老子，正作大而笑之，抱朴子微旨篇，亦云大而笑之，其來久矣，是牟葛所見本，皆作大而笑之。」今按王說是也，下士聞道，大而笑之，與上文「上士聞道，勤而行之」，兩句相對，傅奕本作「上士聞道，而勤行之，下士聞道，而大笑之」，蓋誤移兩而字於句首，然下句之有「而」字，則尚可藉以考見也，而勤行之，是「勤而行之」之誤，然則而大笑之，是「大而笑之」之誤，可以隅反矣。

3. 老子七十六章

人之生也柔弱，其死也堅強，草木之生也柔脆，其死也枯槁，故柔弱者，生之徒；堅強者，死之徒；是以兵強則滅，木強則兵，強大處下，柔弱處上。

木強則兵。（七十六章）

樾謹按，木強則兵，於義難通，河上公本作「木強則共」，更無義矣，老子原文本作「木強則折」，因折字闕壞，止存左旁之斤，又涉上句「兵強則不勝」，而誤爲兵耳，共字則又兵字之誤也，列子黃帝篇引老聃曰：「兵強則滅，木強則折。」即此章之文，可據以訂正。

4. 老子八十章

小國寡民，雖有什伯之器而勿用，使民重死而不遠徙；雖有舟車，無所乘之；雖有甲兵，無所陳之；使民復結繩而用之，甘其食，美其服，安其居，樂其俗，鄰國相望，鷄犬之聲相聞，民至老死，不相往來。

使有什伯之器而不用。（八十章）

樾謹按，什伯之器，乃兵器也，後漢書宣秉傳注曰：「軍法五人爲伍，二五爲什，則共其器物，故通謂生生之具爲什物。」然則什伯之器，猶言什物矣，其兼言伯者，古軍法以百人爲伯，周書武順篇：「五五二十五曰元卒，四卒成衛曰伯。」是其證也，什伯皆士卒部曲之名，禮記祭義篇曰：「軍旅什伍。」彼言什伍，此言什伯，所稱有大小，而無異義，徐鍇說文繫傳，於人部伯下引老子曰：「有什伯之器，每什伯共用器，謂兵革之屬。」得其解矣，使有什伯之器而不用，使民重死而不遠徙，兩句一律，下文云「雖有舟輿，無所乘之，雖有甲兵，無所陳之」，舟輿句，蒙重死不遠徙而言，甲兵句，蒙什伯之器不用而言，文義甚明，河上公本什伯下誤衍「人」字，遂以使有什伯四字爲句，失之矣。

5.荀子勸學

君子曰：學不可以已。青、取之於藍，而青於藍；冰、水爲之，而寒於水。木直中繩，輮以爲輪，其曲中規，雖有槁暴，不復挺者，輮使之然也。故木受繩則直，金就礪則利，君子博學而日參省乎己，則知明而行無過矣。故不登高山，不知天之高也；不臨深谿，不知地之厚也；不聞先王之遺言，不知學問之大也。干、越、夷、貉之子，生而同聲，長而異俗，教使之然也。

君子博學而日參省乎己。（勸學）

樾謹按，「省乎」二字，後人所加也，荀子原文，蓋作「君子博學而日參己」，參者驗也，史記禮書曰：「參是豈無堅革利兵哉。」索隱曰：「參者驗也。」管子君臣篇曰：「若望參表。」尹注曰：「參表，謂立表所以參驗曲直。」是參有參驗之義，君子博學而日參驗之於己，故知明而行無過也，後人不得參字之義，妄據論語「三省吾身」之文，增「省乎」二字，陋矣，大戴記勸學篇。作「君子博學如日參己焉」，如而古通用，無「省乎」二字，可據以訂正。

6.荀子非相

人之所以爲人者何已也？曰：以其有辨也。饑而欲食，寒而欲煖，勞而欲息，好利而惡害，是人之所生而有也，是無待而然者也，是禹桀之所同也。然則人之所以爲人者，非特以二足而無毛也，以其有辨也。今夫狌狌形笑，亦二足而毛也，然而君子啜其羹，食其胾。故人之所以爲人者，非特以其二足而無毛也，以其有辨也。夫禽獸有父子，而無父子之親，有牝牡而無男女之別。故人道莫不有辨。

今夫猩猩形笑，亦二足而毛也。

樾謹按，形笑二字，甚爲不詞，注云：「形容者，能言笑也。」望文生義，未足爲據，笑，疑當作狀，傳寫者失爿旁，但存犬字，而俗書笑字，亦或從犬，後人以形犬二字難通，因猩猩能笑，遂改作笑字耳，毛上當有「無」字，上文云：「然則人之所以爲人者，非特二足無毛也。」下文云：「故人之所以爲人者，非特以其二足而無毛也。」則此文亦當作「無毛」明矣。

7. 荀子非相

辨莫大於分，分莫大於禮，禮莫大於聖王；聖王有百，吾孰法焉？〔故〕曰：文久而〔息〕滅，節族久而絕，守法數之有司，極禮而褫。故曰：欲觀聖王之跡，則於其粲然者矣，後王是也。彼後王者，天下之君也；舍後王而道上古，譬之是猶舍己之君，而事人之君也。

欲觀聖王之跡，則於其粲然者矣，後王是也。

樾謹按，楊注曰：「後王，近時之王也。」又引司馬遷曰：「法後王者，以其近己而俗相類，議卑而易行也。」此自得荀子之意，劉氏台拱曰：「後王謂文武也，楊注非。」汪氏中曰：「史記引法後王，蓋如賦詩之斷章耳，此注承其誤，名爲解荀子，而實汨之。」王氏念孫曰：「後王二字，本篇一見，不苟篇一見，儒效篇二見，王制篇一見，正名篇三見，成相篇一見，皆指文武而言，楊注皆誤。」此三君之說，皆有意爲荀子補弊扶偏，而實非其雅意也，據下文云：「彼後王者，天下之君也，舍後王而道上古，譬之是猶舍己之君而事人之君也。」然則荀子生於周末，以文武爲後王可也，若漢人則必以漢高祖爲後王，唐人則必以唐太祖太宗爲後王，設於漢唐之世，而言三代之制，是所謂舍己之君而事人之君矣，豈其必以文武爲後王乎，蓋孟子言法先王，而荀子言法後王，亦猶孟子言性善，而荀子言性惡，各成其是，初不相謀，比而同之，斯惑矣，呂氏春秋察今篇曰：「上胡不法先王之治，非不賢也，爲其不可得而法。」又曰：「世易時移，變法宜矣，譬之若良醫，病萬變，藥亦萬變，病變而藥不變，鄉之壽民，今爲殤子矣。」蓋當時之論，固多如此，其後李斯相秦，廢先王之法，一用秦制，後人遂以爲荀卿罪，不知此固時爲之也，後人不達此義，於數千年後，欲胥先王之道而復之，而卒不可復，吾恐其適爲秦人笑矣。

8. 荀子解蔽

故爲蔽：欲爲蔽，惡爲蔽，始爲蔽，終爲蔽，遠爲蔽，近爲蔽，博爲蔽，淺爲蔽，古爲蔽，今爲蔽。凡萬物異則莫不相爲蔽，此心術之公患也。

故爲蔽。

樾謹按，宋呂夏卿錢佃本並如是，故，猶胡也，墨子尙賢中篇：「故不察尙賢爲政之本也。」下文作「胡不察尙賢爲政之本也」，是故與胡同，管子侈靡篇：「公將有行，故不送公。」亦以故爲胡，故爲蔽，猶云胡爲蔽，胡之言何也，乃設爲問辭，下文「欲爲蔽、惡爲蔽」云云，乃歷數以應之也，元刻涉注文而誤作數爲蔽，盧氏從之，非。

9. 荀子正名

故萬物雖衆，有時而欲徧舉之，故謂之物，物也者，大共名也，推而共之，共則有共，至於無共然後止。有時而欲偏舉之，故謂之鳥獸，鳥獸也者，大別名也，推而別之，別則有別，至於無別然後止。

有時而欲偏舉之，故謂之鳥獸，鳥獸也者，大別名也。

樾謹按，上文云「故萬物雖衆，有時而欲徧舉之，故謂之物，物也者，大共名也」，既有大共大別之不同，而上云徧舉之，此亦云偏舉之，不可通矣，疑此偏字乃「徧」字之誤，上云「徧舉之」，乃普徧之義，故曰「大共名」也，此云「偏舉之」，乃一偏之義，故曰「大別名」也。偏與徧，形似，因而致誤。

10.荀子法行

曾子病，曾元持足，曾子曰：「元，志之，吾語汝，夫魚鱉黿鼉猶以淵爲淺而堀其中，鷹鳶猶以山爲卑而增巢其上，及其得也必以餌，故君子苟能無以利害義，則恥辱亦無由至矣。

夫魚鱉黿鼉，猶以淵爲淺而堀其中，鷹鳶猶以山爲卑而增巢其上。（法行）

樾謹按，堀下當有「穴」字，堀穴其中，增巢其上，相對爲文，晏子春秋諫篇：「古者嘗有處橧巢窟穴。」亦以窟穴對橧巢，是其證也，大戴記曾子疾病篇作「鷹鶽以山爲卑，而曾巢其上，魚鱉黿鼉，以淵爲淺，而蹷穴其中」，蹷穴即堀穴也，春秋文十年「次于厥貉」，公羊作「屈貉」，然則以蹷爲堀，猶以厥爲屈也，荀子此文，本於曾子，彼作蹷穴，此作堀穴，乃古書以聲音叚借之常例，若無「穴」字，則文爲不備矣。

11.莊子逍遙遊

堯讓天下於許由曰：「日月出矣而爝火不息，其於光也，不亦難乎！時雨降矣而猶浸灌，其於澤也，不亦勞乎！夫子立而天下治，而我猶尸之，吾自視缺然，請致天下。」許由曰：「子治天下，天下既已治也。而我猶代子，吾將爲名乎？名者，實之賓也。吾將爲賓乎？鷦鷯巢於深林，不過一枝；偃鼠飲河，不過滿腹。歸休乎君，予無所用天下爲！庖人雖不治庖，尸祝不越樽俎而代之矣。」

吾將爲賓乎。

樾謹按，此本作「吾將爲實乎」，與上「吾將爲名乎」，相對成文，吾將爲名乎，名者實之賓也，其意已足，吾將爲實乎，當連下文讀之，其文曰：「吾將爲實乎，鷦鷯巢於深林，不過一枝，偃鼠飲河，不過滿腹，歸休乎君，予無所用天下爲。」蓋無所用天下，則以實而言，又不足爲矣，故云吾將爲實乎，呂氏春秋求人篇，載許由之言曰：「爲天下之不治與，而既已治矣，自爲與，啁噍巢於林，不過一枝，偃鼠飲於河，不過滿腹，歸已君乎，惡用天下。」其文與此大略相同，彼云爲天下之不治與，即此云「吾將爲名乎」，彼云自爲與，即此云「吾將爲實乎」，實與賓形似，又涉上句「實之賓也」而誤，不可以不正，若如今本，則爲賓即是爲名，兩文複矣。

12. 墨子兼愛上

聖人以治天下爲事者也，不可不察亂之所自起，當察亂何自起？起不相愛。臣子之不孝君父，所謂亂也。子自愛，不愛父，故虧父而自利，弟自愛，不愛兄，故虧兄而自利，臣自愛，不愛君，故虧君而自利，此所謂亂也。雖父之不慈子，兄之不慈弟，君之不慈臣，此亦天下之所謂亂也。父自愛也，不愛子，故虧子而自利，兄自愛也，不愛弟，故虧弟而自利，君自愛也，不愛臣，故虧臣而自利，是何也，皆起不相愛。雖至天下之爲盜賊者亦然，盜愛其室，不愛其異室，故竊異室以利其室，賊愛其身不愛人，故賊人以利其身，此何也，皆起不相愛。雖至大夫之相亂家，諸侯之相攻國者亦然。

賊愛其身不愛人，故賊人以利其身。

樾謹按，兩人字下並奪「身」字，本作「賊愛其身，不愛人身，故賊人身，以利其身」，方與上句一律，下文云，「視人身若其身，誰賊」，亦以「人身」「其身」對言，中篇云：「今人獨知愛其身，不愛人之身，是以不憚舉其身，以賊人之身。」並可證人下當有「身」字也。

國家圖書館出版品預行編目資料

訓詁學大綱

胡楚生著. – 初版. – 臺北市：臺灣學生，2016.10
面；公分：

ISBN 978-957-15-1715-5 (平裝)

1. 訓詁學

802.1　　105018196

訓詁學大綱

著作者：胡楚生
出版者：臺灣學生書局有限公司
發行人：楊雲龍
發行所：臺灣學生書局有限公司
臺北市和平東路一段七五巷一一號
郵政劃撥戶：〇〇〇二四六六八號
電話：（〇二）二三九二八一八五
傳真：（〇二）二三九二八一〇五
E-mail:student.book@msa.hinet.net
http://www.studentbooks.com.tw
本書局登記證字號：行政院新聞局局版北市業字第玖捌壹號
印刷所：長欣印刷企業社
中和市永和路三六三巷四二號
電話：（〇二）二二二六八八五三
定價：新臺幣四〇〇元
二〇一六年十月初版

80298

ISBN 978-957-15-1715-5 (平裝)